Prolog

Ende 1992 waren die Zeitungen in Singapur voll mit Berichten über einen alten Mann, der eine ganze Nation in Atem hielt. Er war der Hausmeister eines kleinen, baufälligen Schreins auf einem kleinen Grundstück gegenüber der heutigen Kio San Thong Road. Der Schrein stand einem Neubauprojekt im Wert von dreihundert Millionen Dollar im Wege, doch ohne die Einwilligung und Unterschrift des alten Mannes konnten die Bulldozer nicht vorrücken. Als die Bauherren ihm mehrere Millionen Dollar als Entschädigung boten, so wurde berichtet, bespuckte und beschimpfte er sie und jagte sie fort.

Die Zeitungen brachten Fotos eines kleinen, verhutzelten Mannes, der Journalisten wegscheuchte und, bei einer Gelegenheit, sogar mit einer langen Bambusstange nach einem Reporter schlug, der den Schrein und die kleine Holzhütte daneben fotografierte. Nach unbestätigten Berichten war dort irgendwann Mitte der fünfziger Jahre unter tragischen Umständen eine junge Frau ums Leben gekommen und später von vielen Menschen in der Umgebung gesehen worden. Sie errichteten ihr einen Schrein und nannten sie aus Gründen, die wir nicht kennen, »Göttin mit Augen und Ohren«. Der alte Hausmeister soll in einer Beziehung zu ihr gestanden haben. War er ein Bruder, ein Freund oder ein Liebhaber?

Eines Abends fing die Hütte des alten Mannes Feuer. Als er aus den Flammen geborgen wurde, war er bereits tot.

Die Bauherren beauftragten Mönche, an dem Schrein umfangreiche Beschwichtigungszeremonien durchzuführen. Dann rollten die Bulldozer an. Heute steht dort, wo die Göttin mit Augen und Ohren einst Wunder tat, ein großer petrochemischer Komplex.

Kind

I Das Kind Han sollte heute fortgebracht werden. Jetzt, im Dunkel der Dämmerung, schlief es mit seinen fünf Geschwistern auf dem großen Holzbett in einem unentwirrbaren Knäuel aus Armen, Beinen, Kissen, Nackenrollen und Habseligkeiten, von denen sich die Kinder selbst im Schlaf nicht trennen konnten – einer hellrosa Plastikpuppe, die zwischen seiner linken Wange und der rechten Pobacke von Ältestem Bruder klemmte, einem blauen Bagger, der auf verschlungenen Wegen zu den Zehen von Kleiner Schwester gelangt und dort steckengeblieben war, dem Schnuller, der Kleiner Schwester aus dem Mund gefallen war und nun, dünngelutscht, platt und trocken, an einer Schnur um ihren Hals hing.

Doch das störte die Kinder nicht; sie schliefen weiter tief und fest. Sie hatten die Nacht ja auch brav begonnen. Jedes Kind hatte sich auf den ihm zugewiesenen Platz gelegt und sich bemüht, die Beine einzuziehen und seine Schlafposition so den Rundungen der anderen Körper anzupassen, daß Platz für alle war. Ältester Bruder, immer ein Clown, hatte eine strenge, mißbilligende Miene aufgesetzt und gekreischt: »Denkt daran, die *Phoo-oot*-Zeit ist vorbei«, womit er sagen wollte, daß in der Nacht nicht gefurzt werden durfte, denn wem ins Gesicht gefurzt wurde, der hatte das Recht, sich in gleicher Weise zu revanchieren.

Zudem hatten sie die strikte Regel eingehalten, nach der die drei Kissen und zwei Nackenrollen im Turnus gewechselt wurden; heute, am Mittwoch, war die Reihe an den drei ältesten.

Doch im Schlaf hatten alle den ihnen zugewiesenen Platz verlassen und um die begehrten Kissen und Nackenrollen gerungen, so daß sie am Morgen diesen unordentlichen, wirren Haufen bildeten. Das Kind Han, das jüngste, lag oben auf dem Haufen und hielt siegreich die blaue Nackenrolle umklammert, eine kleine Faust in die Wange eines älteren Bruders gebohrt, der seinerseits ein Bein über die Schulter einer Schwester geschlungen hatte.

Das Bett ließ alle betrüblichen Anzeichen der Überbevölkerung erkennen. Es knarrte und hing in der Mitte durch, und die mit Kokosfasern gefüllte Matratze war unter dem ständigen Druck der im Spiel trampelnden sechs Beinpaare geplatzt, so daß kleine Büschel steifer Haare hervorquollen und die junge Haut wund scheuerten. Mit der Nähnadel hatte die Mutter versucht, sie zurückzudrängen, jedoch ohne Erfolg. Hoffnungslos verschmutzt durch Urin, Schweiß, Spucke und Ausdünstungen wilder Träume, die sie Nacht für Nacht aufsog, schwoll die Matratze im gleichen Maße an, in dem tief in ihren vielen Falten, unsichtbar für das Auge, eine ganze Kolonie von Parasiten heranwuchs. Mitten in der Nacht krabbelten die Wanzen in Scharen hervor und fielen über die schlafenden Kinder her, die dann unter krampfhaftem Kratzen ihre Arme, Beine und Schenkel verdrehten. Ein mageres Kind sah fett, ein blasses Kind rosig aus von den Bissen.

Wanzen bissen niemals diejenigen, in deren Körpern sie entstanden waren. Für den Befall der Matratze gaben die Kinder einer alten, dicken, aufgedunsenen Frau die Schuld, die gleich nebenan wohnte und jede Nacht ihres Lebens friedlich schlief, während die fetten Wanzen, die nach ihrem Bild erschaffen waren, wie eine Invasionsarmee nach draußen marschierten und andere Dorfbewohner heimsuchten.

Die Rache war besonders süß, wenn die Kinder unter findiger Anleitung von Ältester Bruder zum Gegenangriff übergingen, die Feinde mit Haarnadeln der Mutter ausgruben und in

einer mit Petroleum gefüllten Untertasse langsam zu Tode quäl-
ten. Andere zerquetschten sie einfach, und zahllose braune
Flecken auf der Matratze zeugten davon, daß der Tod reiche
Ernte gehalten hatte. Hinterher hielten sich die Kinder gegenseitig triumphierend Daumen oder Zeigefinger unter die Nase
und lachten, wenn ihr Gegenüber vor dem Wanzengestank
zurückschauderte.

Manchmal taten sie dasselbe mit ihrer Mutter und lachten,
wenn sie ihnen strafend auf die Finger schlug. Nie aber mit
ihrem Vater. Wenn er fort war, blieb der Platz neben der Mutter in dem zweiten Bett der Familie, das mit einer weichen
Baumwollmatratze und zwei Kissen ausgestattet war, leer; und
so kam es gelegentlich vor, daß ein Kind nachts vor den Wanzen oder der Nässe, die sich unter ihm ausbreitete, heulend ins
elterliche Schlafzimmer floh und auf den freien Platz kletterte.

»Paß auf, daß du mich nicht trittst«, warnte die Mutter
dann, um das Ungeborene in ihrem nun beängstigend ange-
schwollenen Bauch zu schützen. Auch ungeborene Kinder
strampelten um mehr Platz, durch das Amnion vor den Schlägen und Knüffen geschützt, die Geschwister im Schlaf austeil-
ten. Allerdings nicht immer vor den eindringenden Dämpfen
von Rohopium, den Krämpfen, die durch eine unreife, zusammen mit Bier verzehrte Ananas ausgelöst wurden, oder dem
gezielten Trommeln von Fäusten. Die Mutter hatte in ihrer
Verzweiflung alle Möglichkeiten ausprobiert und war, bleich
und bereits blutend, in einer Rikscha vom Haus der Hebamme, die am anderen Ende des Dorfes wohnte und auch
Abtreibungen vornahm, heimgekehrt. Doch das Kind ging
nicht ab und strampelte weiter kräftig. Die Hebamme sagte,
so etwas sei ihr noch nie untergekommen; meistens falle das
kleine Ding nach der ersten Opiumkugel heraus, auch ohne
die unterstützende Wirkung von Ananas und Bier. Dies sei
wahrhaftig ein Zeichen des Himmelsgotts, daß dem Kind
erlaubt werden solle zu leben.

»Tritt mich nicht«, warnte sie die Kinder. Aber sie blieben ohnehin lieber in ihrem eigenen Bett. Sie hatten Angst vor ihrem Vater, und im weiteren Sinn auch vor seinem Bett. Er kam nur selten nach Hause und geriet in Rage, wenn er beim Zubettgehen plötzlich getrockneten Urin roch. Dann rümpfte er unheilvoll die Nase, beugte sich über die Matratze, schnüffelte und blähte zornig und rachsüchtig die Nüstern, richtete sich auf und brüllte nach dem Schuldigen.

Nur zwei der sechs Kinder machten ins Bett, doch er bestrafte sie alle, indem er seine dicken Fingerknöchel auf das wogende Meer der kleinen Köpfe niedersausen ließ oder sich den breiten Gürtel abschnallte und damit in den Wald der hüpfenden Beine schlug. Meist aber ließ er sie dem Alter nach in einer Reihe antreten, während er in weißem Unterhemd und Pyjamahose am Tisch saß und Bier trank. Die Wärme des Guinness Stout durchströmte seinen Körper und entspannte ihn, so daß er tief in den Stuhl sank und die langen Arme an der Seite baumeln ließ. Eine trügerische Wärme: Ohne Vorwarnung fuhr sie in die rechte Faust des Mannes und zog sich dort zu einem festen Knoten reiner, bösartiger Energie zusammen. Begleitet von lautem Gebrüll, schoß die Faust hervor und riß den übrigen Körper mit einem Ruck auf die Beine. Jetzt war der Vater wieder hellwach. Sein Blick glitt über die kleinen verängstigten Gesichter hinweg, und ein Kind nach dem anderen trat vor und bekam seine Faust zu spüren.

Nicht allein Solidarität, sondern die völlige Abhängigkeit vom Trost der anderen hielt jedes Kind davon ab, nach der Züchtigung mit roter Wange und unter heißen Tränen davonzulaufen. Statt dessen trat es beiseite und wartete geduldig, während das nächste und das übernächste vortrat, bis auch das letzte an der Reihe gewesen war, dann erst rannten sie alle gemeinsam zu ihrem Bett, kletterten hinauf, warfen sich übereinander und stimmten mit großer Verzögerung, aber in vollkommener Harmonie ihr Schmerzensgeheul an.

Bei einer Gelegenheit hatte ihnen die Mutter später, als der Vater das Haus bereits wieder verlassen hatte, einen Teller großzügig mit Zucker bestreuter Brote und eine Flasche Orangensaft gebracht, die Flasche geöffnet und gleichmäßig an die sechs Kinder verteilt, um sie zu trösten und den Knäuel zu entwirren.

Früher war der Vater selbst zitternd mit seinen Geschwistern zur Züchtigung angetreten, und vor ihm sein Vater, denn diese Grausamkeit hatte eine lange Tradition, nicht nur unter den Menschen, sondern auch unter den Gottheiten und Göttern in den Tempeln und Schreinen am Fluß, die es für angebracht hielten, daß alle Sünden bestraft wurden.

Einmal rettete das Kind Han sie alle. Sie standen wie gewöhnlich in einer Reihe vor dem Vater, der mit einem Bier am Tisch saß. Die Mutter stand in der Küchentür und sah teilnahmslos zu.

Ältester Bruder trat mit angespanntem Gesicht vor und erwartete zitternd den Schlag der starken Hand, die vom Trinken noch stärker wurde, doch das Kind Han schlug zuerst zu. Es löste sich von seinem Platz am Ende der Reihe, rannte zum Vater, blieb vor ihm stehen und führte einen ulkigen kleinen Tanz vor – für eine ähnliche Darbietung hatte sie vor einer Woche von einem schmunzelnden Nachbarn zwei Kekse bekommen.

Sie hatte den Tanz zufällig irgendwo gesehen und kannte jede Bewegung genau, schwang die Hüften, klatschte in die Hände und sang dazu mit einem klaren, schrillen Sopran:

Der Vogel sucht
die Biene schmachtet
die Ameisen lechzen
nach meiner kleinen Blume
meiner süßen kleinen aufblühenden Blume.

Sie schloß, indem sie kühn mit dem Hintern wackelte und perfekt eine kokette Frau nachahmte, die mit den Wimpern hinter einem Fächer hervorklimpert. Die Geschwister kicherten und spähten nervös zum Vater. Der Betrunkene, dessen aufwallender Zorn durch das Vortreten des Kindes auf halbem Wege jäh gestoppt worden war und der während der gesamten Dauer des Tanzes unverständliche Worte vor sich hin gemurmelt hatte, schien nicht belustigt und starrte sie an.

»Hä?« stieß er hervor, als das Kind plötzlich vorstürmte, auf seine Knie kletterte, ihm einen Schmatz auf die Wange gab und mit dem entwaffnenden Charme einer Vierjährigen sagte: »Du bist mein Vater, und ich habe dich sehr lieb.«

»Hä?« sagte er wieder und starrte melancholisch auf das kleine Mädchen, das ihm die Arme fest um den Hals schlang. Er wiederholte mit schwerer Zunge ihre Koseworte, dann brach seine Brutalität in sich zusammen, und er zerfloß, von Rührung überwältigt, in Tränen. Der große Mann schluchzte über die Kümmernisse des Lebens und rieb sich mit einer Hand die Augen.

»Weine nicht, Vater«, sagte das raffinierte Kind und strahlte vor Stolz über die gelungene Rettungstat.

Der Mann konnte gegen seine Frau und seine Kinder auch sehr großzügig sein. An Tagen, an denen er Geld mitbrachte, trat er meist gutgelaunt und polternd ins Haus, zog ein dickes Bündel Geldscheine aus der Tasche, stopfte es seiner Frau in Bluse oder Kragen und sah zu, wie sie es hervorholte und zitternd vor Freude zählte. Mit demselben Elan schaufelte er Geldstücke aus den Taschen, ließ sie auf die ausgestreckten Hände der Kinder niederregnen und lachte, wenn sie aufgeregt auf allen vieren umherkrochen und versprengte Münzen unter Schränken und Füßen hervorfischten.

»Los, holt es euch.« Vom Alkohol und von der Freude über den plötzlichen Wohlstand berauscht, gab sich der perverse Mensch den kindischsten Späßen hin. Er klemmte sich ein

Geldstück zwischen die Hinterbacken und ließ in dem Moment, als das Geldstück geborgen wurde, einen lauten Furz fahren.

Die Frau schüttelte über die Albernheit des Mannes den Kopf.

»*Siau, siau*«, murmelte sie, war jedoch dankbar für das Bündel Geldscheine, denn nun konnte sie in den Krämerladen gehen, ihre Schulden begleichen, ihren Vorrat an Tigerbalsam auffüllen, mit dem sie sich die unablässig schmerzenden Schläfen einrieb, und bei der Dorflotterie ihr Glück versuchen. Die Zahlen, die sie dabei verwendete, beruhten auf Datum und Uhrzeit der großzügigen Gabe ihres Mannes oder darauf, wie oft das Kind in ihrem Bauch gestrampelt oder sich bewegt hatte.

Der Vater trug auf dem rechten Arm eine große Tätowierung, die einen Dämonen-Krieger mit schwarzem Gesicht darstellte. Der Tätowierer hatte sie mit bizarren Hörnern, Fängen und zusammengeringelten Schlangen verziert, die sich entrollten, sobald die Muskeln bewegt wurden. Gern krempelte der Vater den Ärmel hoch und forderte die Kinder auf, näher zu treten und zuzusehen, wenn er den Arm beugte, und brach dann in schallendes Gelächter aus, wenn sie aufschrien und kichernd zu ihrem Bett rannten.

Manchmal scharte er die Kinder um sich und erzählte ihnen Geschichten.

Vor langer, langer Zeit waren es die Männer, die jeden Monat bluteten, nicht die Frauen. Die Männer konnten natürlich keine Binden aus Stoff tragen, wie Frauen sie benutzten. Dafür schützten sie ihre Penisse mit langen Futteralen aus Bambus, die sich jedoch beim Pflügen, Säen und Ernten als sehr hinderlich erwiesen, so daß sie den Himmelsgott baten, sie von dieser Last zu befreien und sie statt dessen den Frauen aufzubürden. Der Himmelsgott erbarmte sich ihrer und erfüllte ihnen die Bitte.

»*Siau, siau*«, murmelte die Frau. »Den Kindern solche Geschichten zu erzählen.«

Seine Frau verwünschte ihn, jedoch nie in seiner Gegenwart.

»Himmelsgott, segne meinen Mann mit guter Gesundheit
Himmelsgott, segne meinen Mann mit Wohlstand
Himmelsgott, segne meinen Mann mit gutem Benehmen.«

Jeden Morgen entzündete sie für den mächtigen Gott ein Räucherstäbchen. Er offenbarte sich in grimmigem Donnergrollen und zuckenden Blitzen am Himmel, und Kinder wurden angehalten, sie mit ehrfürchtigen *»pup pup«*-Lauten der Lippen zu begrüßen, um etwas von der freigewordenen göttlichen Energie aufzunehmen. Energie verströmten auch die großen starrenden Augen des Gottes, das wallende Haar und der lange Bart, das Sonnenrad aus funkelnden Speeren auf seinem Rücken und, vor allem, der mächtige Fuß, der auf einem Haufen zermalmter, heulender Dämonen ruhte, während er selbst breitbeinig auf seinem goldenen Thron saß und die Huldigungen von tausend Gläubigen entgegennahm.

Der mächtige Gott mochte es als Dreistigkeit empfinden, daß sie an ein einzelnes Räucherstäbchen, von dem nur dünner Rauch aufstieg, drei größere Bitten knüpfte, wo er doch dichte Schwaden aus einhundert goldenen Tempelurnen gewohnt war. Doch es war seine eigene Schuld, daß ihre Opfergaben stets so kärglich ausfielen: Wenn er allmächtig war, warum hatte er ihrem Mann dann nicht ein Vermögen oder einen anderen Charakter geschenkt?

»Der Himmelsgott hat weder Augen noch Ohren.«

Selbst Götter mußten an ihre Nachlässigkeit erinnert werden, und in ihrem speziellen Fall waren sie unverschämt lange taub und blind für alle Bitten gewesen. Seit ihrer Heirat mit sechzehn Jahren brannte sie Räucherstäbchen ab und hatte doch nie einen friedvollen oder glücklichen Tag erlebt.

Ältester Bruder war es, der durch einen schmalen Spalt in der Bretterwand ins elterliche Schlafzimmer spähte und die anderen aufgeregt zu sich winkte.

Sechs Gesichter preßten sich neugierig an die Ritzen zwischen den Brettern. Das Kind Han, das gar nichts sah und wie immer nicht zu kurz kommen wollte, verlangte lautstark, hochgehoben zu werden, und erhielt von Ältester Bruder dafür einen Klaps auf den Mund.

Später sprachen sie darüber, was das Keuchen und Stoßen zu bedeuten hatten. Ältester Bruder, der neun war, behauptete zu wissen, was es damit auf sich habe, und demonstrierte es unter schallendem Gelächter mit ein paar Stößen seiner schmalen Hüften in den schlackernden Khaki-Shorts. So mache man Babys, sagte er, und zur weiteren Verdeutlichung legte er Daumen und Zeigefinger der linken Hand aneinander und stieß mehrmals den Zeigefinger der Rechten durch den Ring. Die anderen taten es ihm nach, und minutenlang wetteiferten sie darum, wer es am schnellsten konnte, bis schließlich, angelockt durch das Gekreische, ihre Mutter hereinstürzte und beim Anblick der rasenden Fingerkolben schrie: »Laßt euch nie wieder dabei erwischen!« Doch Ältester Bruder hatte, klug und gewitzt, wie er war, vollends Licht in das Dunkel gebracht. Er hatte nämlich erkannt, daß zwischen der anstrengenden Betätigung des Vaters bei jedem seiner Besuche und dem anschließenden Anschwellen des Bauches ihrer Mutter ein unbestreitbarer Zusammenhang bestand.

Tatsächlich zeugten die seltenen Besuche des Vaters und die sichtbaren Folgen dieser Besuche von einer Fruchtbarkeit, die ihresgleichen suchte, selbst in diesem Dorf der fruchtbaren Frauen, wo bei jeder Versammlung am Brunnen, auf dem Marktplatz oder im Krämerladen mehrere runde Bäuche in verschiedenen Stadien der Rundlichkeit zu sehen waren.

Der Bauch der Mutter, der glatt und prall war wie eine Melone und ihre Baumwollhosen von den Knöcheln bis zur

Mitte der Waden hinaufzog, war ein vertrauter Anblick und lud zu scherzhaften Vergleichen ein.

»*Pok*«, neckten die Nachbarn. »Warum wirst du jedes Jahr *pok?*« sagten sie und ahmten dabei den scharfen Knall nach, der entstand, wenn die reifen Früchte des Kautschukbaums aufplatzten und die harten Samen herausfielen, die, glatt und braun, Kinder gerne aufhoben, um mit ihnen zu spielen. Es gehörte sich nicht, mit Kindern über den Zustand ihrer Mutter zu sprechen, doch eine Nachbarin, die aufdringlichste und faulste von allen, paßte die Kinder ab, wenn sie sie zum Dorfladen gehen sah, streckte, an einem Stück Zuckerrohr kauend, ordinär den Bauch heraus, warf scherzhaft die Arme nach vorn und beschrieb einen großen Bogen in der Luft. Die Kinder sagten nichts und gingen mürrisch ihres Weges. »Warum steckt ihr eigentlich immer zusammen?« schrie die Frau. »Könnt ihr nie etwas alleine tun? Ihr scheißt ja sogar zusammen!« Die Mutter selbst hatte, als sie ausnahmsweise einmal gut gelaunt war, der Nachbarin erzählt, daß ihre Kinder sich in der Dunkelheit fürchteten und nachts nie allein auf den Außenabort gingen. Sie weckten sich gegenseitig und gingen im Schein einer einzelnen Kerze zusammen. Das auf Pfählen errichtete Holzhäuschen erwies sich als zu klein für sechs bibbernde Kinder, und so geschah es einmal, daß eines in den Kübel darunter fiel und schreiend wieder nach oben gezogen werden mußte. Die Mutter, der selten zum Lachen war, hatte Heiterkeitsstürme entfacht, als sie beschrieb, wie sie den Dorfbrunnen fast leer geschöpft hatte, um das dumme Ding wieder sauber zu bekommen.

Die Nachbarinnen witzelten über ihre Schwangerschaften, nie aber über ihre Geburten, die unter bemitleidenswerten Umständen erfolgten, und ausnahmslos in Abwesenheit des Vaters, der nie ausfindig gemacht und nach Hause geholt werden konnte. Jedes Neugeborene lag auf einem Haufen zerschlissener Handtücher und Sarongs, die Nachbarn gespendet hatten, und die Mutter war darauf angewiesen, daß die Spender auch regelmäßig mit Milchpulver und Windeln aushalfen.

Die Hebamme, die ihre Dienste gerne kostenlos zur Verfügung gestellt hätte, dies aber nicht konnte, da sie damit ihren Lebensunterhalt verdiente, war immerhin so freundlich, in der Nachbarschaft zu sammeln, damit das Kind mit dem Notwendigsten versorgt wurde. Selbst die ungehobelte Zuckerrohrfrau brachte Bettlaken, zu Streifen zerrissen, und eine Schale mit stärkendem Kräutersud.

»Sie wollen partout nicht herauskommen, nicht einmal nach drei Opiumkugeln«, sagte, von Ehrfurcht ergriffen, die Hebamme. »Deshalb wird sie noch mehr Kinder bekommen. Wer kann sich schon dem Willen des Himmelsgottes widersetzen?«

Unterdessen lag die Mutter bleich und hilflos da, und in ihren Augen schimmerten ungeweinte Tränen. Nur eines der Kinder hatte ihr Glück gebracht: Mit einer Zahl, die auf seinem Geburtstag und seiner Geburtsstunde beruhte, hatte sie in der Lotterie eine bescheidene Geldsumme gewonnen. Nach dem Kind Han hatte sie noch zwei Babys bekommen und beide zur Adoption freigegeben; es waren ohnehin nur Mädchen gewesen.

An diesem kühlen, düsteren Morgen lag sie, abermals schwanger, wach auf ihrem Bett und starrte in die Dunkelheit, während ihre Kinder nebenan tief und fest schliefen.

Draußen krähte der alte federlose Dorfhahn. Immer, wenn ein neuer Tag anbrach, schrie er sich in Erfüllung seiner Pflicht, die Geister der Nacht zu vertreiben und gleichzeitig die Lebenden zu wecken, die Lunge aus dem Hals. Draußen vor dem Dorf lag ein Friedhof. Der Hahn beendete das Stelldichein verliebter Geister, die weinend in ihre Gräber zurückkehrten; er unterbrach Séancen an Gräbern und ließ Geschäfte unvollendet liegen, denn die nebelhaften Gestalten der Toten, die durch hohle Bambusstäbe heraufstiegen, die Lebende voller Hoffnung tief in ihre Gräber getrieben hatten, mußten auf halbem Wege umkehren und wieder hinabfahren.

Der Mann, der nachts die Aborte leerte, begegnete einmal einem weiblichen Geist. Lange vor allen anderen Dorfbewohnern auf den Beinen und quer über den Schultern die lange Stange schleppend, an deren Enden zwei große Sammelkübel hingen, erstarrte er, als die Gestalt vor ihm auftauchte – eine sich wiegende Frau in einem langen weißen Gewand, mit einem dichten Vorhang aus Haaren vor dem Gesicht, den sie langsam auseinanderschob, als sie näher kam und ihm ins Gesicht blickte. Mit einem Aufschrei rannte er davon, stürzte und ließ seine Kübel fallen, so daß ihr Inhalt im weiten Umkreis verspritzte und der Gestank im Dorf noch Tage später an die Begegnung mit dem Geist erinnerte. Einige meinten, es habe sich um eine junge Frau gehandelt, die japanische Soldaten während der Besatzung vergewaltigt und ermordet hatten, andere hielten sie für jene Wahnsinnige, die bei Vollmond ihr Kind getötet hatte, dann schreiend zu einem Brunnen gerannt und hineingesprungen war. Später tauchten ein kleines Gefäß mit Räucherstäbchen und ein Teller mit Orangen und Blüten an der Stelle auf, wo der Mann sie gesehen hatte.

Kinder, die auf dem Weg in die Stadt am Friedhof vorüberkamen, preßten eilends die Handflächen gegeneinander und bewegten sie, reumütig und bittend zugleich, rasch auf und nieder. Die Reue galt jeder unbeabsichtigten Sünde, denn bekanntlich wohnten Geister in grasbewachsenen Erdhügeln oder Baumstämmen, und es war durchaus möglich, daß sie achtlos darauf getreten waren oder uriniert hatten. Und sie baten um Geld für ihre Väter, denn der Tod verlieh selbst dem einfachsten Mann oder der einfachsten Frau die Macht, den Lebenden im Traum die Gewinnzahlen der Lotterie zu offenbaren. So wurde ein einfältiger und stummer Knecht, ein Enkel der dicken, Wanzen produzierenden Alten, von einem umstürzenden Kautschukbaum erschlagen und verhalf

hinterher einigen Menschen durch solche im Traum verhieße-
nen Glückszahlen zu Wohlstand. Als Gegenleistung verlangte
er lediglich ein aus Spanferkel und Brathuhn bestehendes Mahl
und erhielt so viel, wie er essen konnte – tagelang hing der
köstliche Duft Dutzender warmer Fleischgerichte über seinem
Grab. Seine Großmutter, sprachlos vor Glück, durfte einen
Teil der Speisen mit nach Hause nehmen. Eltern lehrten ihre
Kinder zudem, nicht zu sprechen, wenn sie einen geheimnisvollen Blütenduft rochen. Mit schmalen Lippen und ernstem
Gesicht gingen die Kinder dann weiter und mieden den Anblick der Granit- und Marmorplatten, die aus dem hohen
dichten Gras ragten, wo Opfergaben wie Lebensmittel, Tee
und Räucherstäbchen auf der Erde verrotteten.

Nur der Hahn kannte keine Furcht. Er machte jeden Tag für
die Lebenden den Weg frei, indem er die Toten unerbittlich in
ihre Wohnungen zurückschickte. Sein einsamer, anhaltender
Ruf endete stets in einem Schrei, der, dem Schluchzen eines
Menschen sehr ähnlich, noch lange in der kühlen Morgenluft
nachhallte. Sobald der letzte Geist geflohen war und in den
Küchen die ersten Lichter angingen, versagte das alte treue
Herz, und der Hahn fiel um und starb. Doch schon hatten
die beruhigenden Geräusche eingesetzt, die vom Fortgang des
Lebens kündeten – Brennholz wurde gehackt, damit die Mahlzeiten des Tages zubereitet werden konnten, ein Hund bellte,
ein Kind schrie in unregelmäßigen Abständen. Und auch von
der Zähigkeit der Lebenden: Irgendwo ertönte der quälende
Husten der schwindsüchtigen Witwe, die entschlossen war,
für ihren gelähmten Sohn am Leben zu bleiben, und unterstrich die hoffnungsvolle morgendliche Stimmung.

Die Kinder schliefen trotz Lärm und Tod. Die Mutter stand
auf, warf sich, bleich und zitternd, ein Handtuch über die
Schultern und ging aus dem Haus, dorthin, wo die Urne des
Himmelsgottes auf dem Boden stand. Die Räucherstäbchen
sandten keinen Rauch mehr zum Himmel, und ihre Überreste

ragten verloren aus der Asche. Daneben stand eine kleine Untertasse mit verwelkten rosa Balsamblüten.

Ihre verwitwete Mutter, die, um ihre Kinder durchzubringen, jeden Tag Berge von Wäsche gewaschen hatte, bis ihr die Hände aufplatzten und bluteten, hatte vor Jahren einmal gesagt: »Der Himmelsgott hat Ohren und Augen«, nicht als wahre Behauptung, sondern als Ausdruck der Hoffnung. »Wer will bestreiten, daß der Himmelsgott die größten Ohren und die schärfsten Augen hat?« Auch Götter waren für Schmeicheleien empfänglich und freuten sich über ein Lob wie Kinder.

Die bedauernswerte Frau war in der festen Überzeugung gestorben, daß alle, die zu ihrem Leid beigetragen hatten, unter ihnen auch ihre bösartige Schwägerin, zu gegebener Zeit von den Göttern bestraft wurden.

Ihre Mutter war eine Närrin gewesen. Sie würde niemals wie ihre Mutter werden.

Mit einer Zehe kippte sie geschickt die Urne um, so daß Asche und Räucherstäbchen herausfielen, und spuckte in die Asche. Dann drehte sie sich um und ging ins Haus zurück, endgültig dem hoffnungslos unverständigen Gott abschwörend, dem Frauen seit undenklichen Zeiten ihr Leid klagten.

Jetzt wurde es Zeit, daß sie das Kind Han fortbrachte.

Die Mutter betrat das Kinderzimmer und ging zielstrebig auf das Bett und das Kind zu. Sie befreite es aus dem Haufen und setzte es auf, beugte sich zu ihm hinunter und flüsterte eindringlich: »Wach auf. Wir müssen bald gehen.« Das Kind wankte schlaftrunken, dann sank es, ohne die Augen zu öffnen, in das warme atmende Knäuel zurück, wo es sicher war vor den Schrecken des kommenden Tages. Die Mutter faßte es unter den Achselhöhlen, hob es aus dem Bett und setzte es ab. Es stand einen Moment wackelig da, dann gaben seine Beine nach, und es sackte lautlos zu Boden und wäre wohl wieder eingeschlafen, wenn es von der Mutter nicht aufgefangen und aus dem Zimmer getragen worden wäre, mit hängendem Kopf, die Beine über die riesige Melone von einem Bauch gespreizt. »Ich sage, aufwachen, wir haben eine Menge zu erledigen«, sagte die Frau wieder mit leiser Stimme, um die anderen nicht zu wecken.

Sie stellte das Kind in der Küche auf die Füße und gab ihm ein paar leichte Ohrfeigen, damit es aufwachte. Das Kind murmelte und öffnete schläfrig die Augen.

»Zieh die Sachen aus«, befahl sie. Sie ging hinaus in die Dunkelheit, zog einen großen Eimer Wasser aus dem Brunnen und kam zurück. Das Kind war immer noch vollständig angezogen und rieb sich die Augen.

»Du ungezogenes Kind. Habe ich dir nicht gesagt, daß du dich ausziehen sollst«, murmelte die Mutter. Sie kauerte sich hin, knöpfte dem Kind die Bluse auf und löste die Kordel an der Hose. Die Augen halb geschlossen und sich an den Schultern der Mutter festhaltend, hob das Kind ein Bein, dann das andere und stieg aus der Hose. Die Mutter tauchte einen Lappen in den Eimer und wusch ihr das Gesicht, den Hals und den ganzen Körper bis hinunter zu den kleinen Falten zwischen den Zehen. Bei der Berührung mit dem nassen Lappen erwachte das Kind endlich. Es blickte sich verdutzt um, verzog das Gesicht und begann zu weinen.

»Psst«, zischte die Mutter, trocknete das Kind rasch mit einem kleinen Handtuch ab und zog es an. Die Kleider hatte sie am Vorabend auf einem Stuhl zurechtgelegt. Es waren neue Kleider, wie sie sonst nur am ersten Tag des neuen Jahres ausgegeben und getragen wurden. Das Kind wußte, daß heute nicht Neujahr war, doch war es an diesem Morgen zu verwirrt, um Fragen zu stellen. So schwieg es, befolgte die Anweisungen der Mutter und streckte gehorsam einen Arm aus, um in einen Ärmel zu schlüpfen, oder hob ein Bein, um in die Hose zu steigen. Es war ein hellroter Baumwollanzug mit hübschen gelben Froschknöpfen, und mit ihrem runden glänzenden Gesicht und ihren großen dunklen Augen sah die Vierjährige darin wie eine Puppe aus.

Die Mutter trat einen Schritt zurück und musterte sie.

»Sie werden sagen, daß du zu mager und zu blaß bist«, murmelte sie. Sie ging zu einem kleinen Schrank in der Ecke und zog eine Steppjacke aus Baumwolle hervor. Sie war dem Kind mehrere Nummern zu groß, hatte aber die erwünschte Wirkung und gab der schmächtigen Gestalt etwas mehr Fülle. »Warte«, sagte die Mutter und trat, noch immer nicht zufrieden, an den Ahnenaltar am anderen Ende des Raumes. Auf dem Altar stand keine Gedenkurne, und die gerahmte Fotografie des Ahnen, die darüber an der Wand hing, war von zerfetzten Spinnweben überzogen. Die Frau hatte genug von Göttern und Ahnen; sie hielt sich nur noch an die Lebenden. Sie wühlte in dem Wirrwarr von Gegenständen, die auf dem in ein Regal umfunktionierten Altar lagen, schob Kämme, Haarnadeln, Puderdosen und Knöpfe beiseite und fand schließlich, was sie suchte – das hellrote Papier, in dem die Räucherstäbchen verpackt gewesen waren und das sie eigens für solche Gelegenheiten aufbewahrt hatte. Sie riß ein Stück ab und befeuchtete es mit der Zunge, dann kehrte sie zu ihrer Tochter zurück und rieb ihr mit dem feuchten Papier die Wangen ein, bis zwei Farbflecke erschienen, die sie noch puppenhafter aussehen ließen. Wieder trat die Frau zurück und musterte sie. Etwas fehlte noch – das Kind hatte keine Schuhe.

Sie sah sich um. Sie fand ein Paar Schuhe, aber sie waren zu klein. Dann entdeckte sie unter einem Schrank Gummislipper und bückte sich nach ihnen. Sie waren, wie die Steppjacke, mehrere Nummern zu groß, erfüllten aber ihren Zweck. Sie fand ein Stück rosa Band, flocht daraus eine zierliche Schleife und befestigte sie am Haar des Kindes. Das Werk war vollbracht. Das Kind Han war fertig. »Du mußt etwas essen, und dann sollten wir gehen. Wir wollen doch nicht zu spät kommen.«

In diesem Moment wich die dumpfe Verwirrung der Tochter einem Ausdruck des Verstehens, und sie strahlte vor Freude. Ihr Gesicht wurde voller, ihre Augen leuchteten, ihre Wangen glühten. Sie war ein Kind von anrührender Schönheit. »Oh, Mama, ich will Erdnußkugeln und den Zuckermann und Regenbogenstangen und den grünen Melonenaffen«, rief sie aufgeregt in lebhafter Erinnerung an das Versprechen der Mutter vom Vortag.

Das Kind brachte die ohnehin schon ungeduldige Mutter mit seinem Geplapper fast zur Verzweiflung, doch sie nahm sich zusammen. Ihr Zorn wandelte sich in Verlegenheit, die Mütter nicht zu empfinden brauchen, wenn sie ihr Kind nur mit List dazu bewegen wollen, zur Schule oder zum Zahnarzt zu gehen. Jahre später, am Ende eines zerstörten Lebens, als die Mutter mit schlechtem Gewissen an diesen Tag zurückdachte, sagte sie, daß selbst eine Kuh, die ihrem Besitzer arglos ins Schlachthaus folge, Schuldgefühle wecken könne.

»Aber damals empfand ich nichts«, sagte sie traurig. »Ich hatte zu viele Sorgen und empfand nichts.« Was nicht ganz stimmte, denn als sie dem Kind Schleife und Steppjacke zurechtzupfte, bedrückte sie der Betrug, und sie kämpfte mit den Tränen.

Sie gab dem Kind eine Schale Reisbrei mit einem Ei darin. Eier gab es normalerweise nur zu besonderen Gelegenheiten wie Geburtstagen, Neujahr oder Krankheiten, doch das Kind stellte keine Fragen, allzu groß war seine Erregung über den versprochenen Besuch im größten Süßwarenladen der ganzen Stadt.

»Ich will den Hintern des dicken Manns und den Schweinearsch und...«

Die Namen hatten sie sich selbst ausgedacht, als sie einmal vor dem Dorfladen standen und sehnsüchtig nach den großen Glasgefäßen mit Süßigkeiten schielten. Ältester Bruder deutete auf eine Schleckerei, die eine merkwürdige rosa Farbe und eine gewellte Form hatte, gab ihr sofort den Namen Schweinearsch und klopfte sich freudestrahlend über seinen Scherz auf die Schenkel. Die anderen griffen das Stichwort begeistert auf und überboten sich gegenseitig im Erfinden obszöner Namen – »Scheiße der alten Frau«, »Hundepenis«, »Affeneier«. Der Besitzer des Süßwarenladens kam heraus und scheuchte sie weg. Das Kind Han erinnerte sich an die Geste, an der ihre Mutter Anstoß genommen hatte, und zeigte sie dem Mann. Er stieß einen lauten Schrei aus und sprang auf sie zu. Sie rannten davon, bis er sie nicht mehr erreichen konnte.

Sie brüllten vor Lachen, als sie wieder allein waren, und das Kind sonnte sich im Lob von Ältester Bruder. Das Namengeben hatte ihr Verlangen gezügelt.

»Schon gut«, sagte die Frau. »Red nicht soviel. Iß.«

Später, als das Kind den Brei bis auf den letzten Löffel gegessen hatte, wischte ihm die Mutter sorgfältig den Mund ab und gab ihm Wasser zu trinken. »Jetzt müssen wir los«, sagte sie. »Wir haben einen langen Weg vor uns.«

Sie trat vor den runden Spiegel, der an der Küchenwand hing, und überprüfte rasch ihr eigenes Äußeres. Jede Schwangerschaft zehrte an ihrem Körper und beraubte sie weiterer Zähne. Nur zwei Goldplomben ragten noch intakt zwischen verfaulenden braunen Stummeln hervor. Jedes ihrer Kinder war gesund und kräftig zur Welt gekommen, nur sie selbst verfiel zusehends.

Ich bin noch keine Dreißig und sehe aus wie eine alte Frau, dachte sie.

Mit sechzehn hatten Schönheit und Leidenschaft ein Ende gehabt. Sie war das schönste Mädchen im Dorf gewesen. Der Besitzer einer Kautschukplantage, der sich in einem Auto herumfahren ließ, begehrte sie und sprach bei ihrer Mutter vor. Aber dumm, wie sie war, brannte sie mit einem anderen durch, einem Herumtreiber, der sie Jahr für Jahr schwängerte und ihr kein Geld daließ, damit sie Essen und Kleidung für die Kinder kaufen konnte. Später erfuhr sie, daß die Konkubine des reichen Mannes, ein Mädchen aus ihrem Dorf und nicht halb so schön wie sie, in einem eigenen Haus lebte. Sie trug goldene Armreifen, die ihr bis zu den Ellbogen reichten, und Goldketten, die so dick waren wie Seile.

Sie sollte nach diesem Kind noch ein weiteres zur Welt bringen, und sie lag gerade neben dem gewickelten Neugeborenen, als ihr eine Schreckensnachricht überbracht wurde: Ihr Mann, der in der Stadt einen Job hatte, über den er nie ein Wort verlor, war von einem Kollegen wegen einer Frau erschlagen worden. Man hatte seine Leiche in einer abgelegenen Kokosplantage gefunden, das Gesicht zerschmettert und bis zur Unkenntlichkeit entstellt. Und damit nicht genug: Etwas abseits hatte man seine Genitalien entdeckt. Der Mörder hatte sie ihm abgeschnitten und weggeworfen und damit deutlich zu verstehen gegeben, daß der Mann für sein ehebrecherisches Verhalten nicht nur in dieser Welt büßen sollte, sondern auch in der nächsten, in der entmannte Geister auf ewig vor Einsamkeit heulten. Die Frau weinte, dann stand sie auf und sagte mit ihrem bittersten Lachen: »Er hat doch Augen und Ohren!«, womit sie nicht den toten Gatten meinte, sondern den Gott, dem sie abgeschworen hatte. Zu dieser Zeit hatte sie das Kind Han bereits für immer verloren. Aber es machte ihr nichts aus. Sie wußte, was sie tat.

An diesem Morgen nahm sie das Kind, das in dem roten Anzug und mit der rosa Schleife reizend aussah, an der Hand und wollte es gerade aus dem Haus führen, als, durch den Lärm und die Stimmen geweckt, nacheinander die anderen Kinder erschienen. In den kommenden Jahren sollten auch sie ihr Zuhause verlassen. Nach dem Weggang des Kindes Han verfiel die Mutter hoffnungslos dem Laster des Spiels, und die Familie geriet immer tiefer in Not, bis sie schließlich einige Jahre nach dem Tod des Vaters endgültig auseinanderbrach: Ältester Bruder lief fort, ohne daß jemand wußte, wohin, und die übrigen wurden zur Adoption freigegeben, fristeten ein elendes Dasein als Dienstboten oder Putzhilfen in Eßlokalen oder verschwanden einfach.

Doch an diesem Tag waren sie noch zusammen und sahen zu, wie ihre Mutter und ihre Schwester das Haus verließen. Die älteren bemerkten sofort, daß sie ihrer Besitztümer beraubt wurden, und protestierten lautstark.

»Sie trägt meine Jacke!«

»Das sind meine Slipper. Gib mir meine Slipper wieder!«

Sie versuchten ihre Sachen zurückzuholen, doch die Mutter brachte sie mit Klapsen und Ohrfeigen zum Schweigen.

Das Kind Han, das darauf gebrannt hatte, den anderen die gute Neuigkeit mitzuteilen, verkündete mit überschwenglicher Großzügigkeit: »Keine Sorge, Ältester Bruder, Ältere Schwester. Ihr bekommt eure Sachen wieder, sobald ich zurück bin. Und ich werde meine Süßigkeiten mit euch teilen. Jeder bekommt eine Erdnußkugel ...«

»Erdnußkugel! Daß ich nicht lache!« höhnte Ältester Bruder. »Wie kannst du nur so blöd sein ...«

»Das reicht!« schrie die Frau streng, wandte sich zu dem Jungen und schlug ihm auf den Mund. »Kümmere dich um deinen Kram!«

Zu den anderen sagte sie, ohne ihren Ton zu mildern: »Und ihr benehmt euch anständig. Wenn ihr brav seid, kaufe ich euch Nudeln!« Unbeeindruckt begann Ältester Bruder, den Clown zu spielen, verrenkte die Glieder, schnitt ulkige Grimassen und formte mit den Lippen unhörbare Worte. Das Kind Han jauchzte vor Entzücken und hielt sich die Hand vor den Mund. Die Mutter wollte dem Jungen noch eine Ohrfeige geben, verfehlte ihn aber und zerrte das Kind schließlich aus dem Haus.

Trotz ihres dicken Bauchs schritt sie forsch aus, und das Kind schlurfte in den viel zu großen Slippern schwerfällig neben ihr her, wobei es ständig über die Schulter nach den Geschwistern spähte, die sich in der Tür drängten und ihnen nachblickten.

»Was ist denn?« schrie die Mutter gereizt und ungeduldig. »Kannst du nicht schneller gehen? Ich habe dir doch gesagt, daß wir einen langen Weg vor uns haben!«

Plötzlich blieb das Kind stehen. Es drehte sich zu der kleinen Gruppe in der Tür um, die es schon weit zurückgelassen hatte. Sein Gesicht glühte vor freudiger Erwartung.

»Wartet, bis ich zurückkomme!« rief es ihnen zu. »Ich bringe euch viel mit, das verspreche ich.«

Sie wollte ihnen zeigen, wieviel, und dazu benötigte sie beide Hände. Also entwand sie sich dem Griff der Mutter und beschrieb mit beiden Armen einen großen, wunderbaren Bogen in der Luft.

»Was soll das?« schrie die Mutter. Sie wollte die Angelegenheit zügig hinter sich bringen, doch das Kind hielt sie immer wieder auf.

Das Kind legte folgsam seine Hand in die der Mutter, und gemeinsam gingen sie weiter.

Dann war es die Mutter, die stehenblieb. Sie sah das Kind traurig an, zerknirscht über ihr Vorhaben.

»Du warst ein besonderes Kind, du bist mit den Füßen voraus auf die Welt gekommen«, sagte sie und streichelte ihm bedauernd die Wange. Kinder, die, wider die natürliche Ordnung, mit den Füßen voraus geboren wurden, wurden entweder sehr intelligent oder sehr dumm. »Du bist so klug, daß du selbst auf dich aufpassen kannst. Ältester Bruder wird sein Leben lang ein dummer Nichtsnutz bleiben.« Diese vertrauliche Mitteilung galt weniger dem Kind, das mit großen Augen erstaunt zu ihr aufsah, als den unzähligen Geistern, denen nachgesagt wurde, daß sie Kinder liebten und beschützten. Die Frau hoffte, sie würden sie verstehen und ihr vergeben.

Sie erblickte im Gras neben der Straße einen kleinen Schrein aus Stein und eilte zu ihm hinüber. Vielleicht ließ sich der

Zorn einiger rachsüchtiger Götter durch das Wohlwollen anderer ausgleichen. Sie neigte den Kopf, legte die Hände aneinander und, bereit, die Gunst der kleinen Gottheit im Schrein zu erbitten, stellte sie mit Schrecken fest, daß es die Gottheit eines anderen Volkes war, mit einem Elefantenkopf und drei purpurnen Armpaaren. Dennoch sprach sie ihr Gebet zu Ende und kehrte erst dann zu dem Kind zurück, das ihr von der Straße aus zugesehen hatte.

»Mama«, sagte das Kind und zeigte ihr, was sie bedrückte.

»Habe ich dir nicht gesagt, du sollst das zu Hause machen«, sagte die Frau ungeduldig. Aus Respekt vor dem Schrein trug sie das Kind so weit weg, wie sie konnte, und säuberte es hinterher mit Laub.

In späteren Jahren, als sie eine junge Frau geworden war, dachte sie in besonders schweren Stunden an diesen Tag, den letzten im Kreis ihrer Familie, zurück. Sie erinnerte sich noch lebhaft in allen Einzelheiten daran, wie sie dem warmen Bett entrissen wurde, an die kalten Wasserspritzer, an den harten prallen Bauch, an die schwieligen Hände, die ihr über das Gesicht und den Körper rubbelten. Doch sie zog es vor, dies alles beiseite zu schieben. Sie erinnerte sich lieber an den eigens für sie zubereiteten Reisbrei mit Ei, an die schönen neuen Kleider, die Geschwister, die gemeinsam von ihr Abschied nahmen, den goldenen Bogen ihres Versprechens.

II Das Kind Han und seine Mutter standen vor einem riesigen Herrenhaus mit mächtigen grünen Säulen, geschwungenem Dach und zwei Steinlöwen, die grimmig den Eingang bewachten. Etwas so Prachtvolles hatte das Kind noch nie gesehen. Fest die Hand der Mutter umklammernd, prägte es sich rasch das Bild des Süßwarenladens ein, um später zu Hause davon zu berichten. Sie hatte ihn sich wie den Laden im Dorf vorgestellt, nur zehnmal größer. Doch er war völlig anders und hundertmal größer. Das Kind registrierte jedes Detail des wunderbaren, an einen Tempel erinnernden Daches – es zeichnete mit den Händen seine Umrisse nach – und studierte den wilden Ausdruck auf den Gesichtern der Löwen – sie zog eine Grimasse und versuchte, ebenso grimmig dreinzuschauen. Ein so herrliches Äußeres verhieß ein zauberhaftes Inneres, und das Kind zerrte aufgeregt an der Hand der Mutter und wiederholte, wie schon mehrmals unterwegs, die Namen seiner Lieblingssüßigkeiten.

Die Mutter blickte in das kleine hochgereckte Gesicht und verfiel plötzlich wieder in fieberhafte Aktivität, um das Aussehen des Kindes zu verbessern. Sie beugte sich hinab, und mit fliegenden Händen strich sie sein Haar glatt, straffte seine Kleider, wischte seine Slipper blank. Die Schleife war unterwegs abgegangen, das Rot auf den Wangen verblaßt. Die Mutter schüttelte den Kopf und murrte leise. Sie befeuchtete ihren Zeigefinger und wischte energisch einen Fleck am Kinn des Kindes weg. Da fiel ihr etwas ein, und sie kauerte nieder und überprüfte, ob die Hose des Kindes naß war oder roch. Alles war in Ordnung, doch lief jetzt dem Kind die Nase. Sie zog schnell ein Taschentuch hervor und putzte sie ihm.

Die Aufregung der Mutter wuchs. Mit schriller Stimme ermahnte sie das Kind: »Du mußt sehr höflich zu der Dame im Haus sein. Faß nichts an. Sei nicht ungezogen.«

Das Kind war verwirrt, sagte aber: »Ja, Mutter.«

»Sei höflich, sag ›Guten Morgen‹ zu der Dame«, fuhr die Mutter fort. »Daß du mir nichts anrührst oder kaputtmachst, sonst wird die Dame sehr böse.«

»Ja, Mutter. Mutter, kann ich …«

»Denk daran, was ich dir gesagt habe. Jetzt gehen wir hinein.«

Das Kind entdeckte ein kleines gelbes Pferd, das auf dem Boden lag, und flitzte sofort zu ihm, um es aufzuheben. Daneben lag noch eines, ein rotes, und ein Stück weiter ein drittes, ein blaues. Irgendein reiches Kind, das in dem Haus wohnte und Spielsachen im Überfluß besaß, hatte einen ganzen Stall voller bunter Pferde einfach herausgeworfen.

Das Kind Han fiel entzückt darüber her.

»Dies ist für Älterer Bruder, und dies hier …«

»Was tust du denn? Laß das!« kreischte die Mutter. Sie ließ das Kind alle Pferde wieder auf den Boden legen.

»Willst du, daß man dich eine Diebin schimpft?«

Die Gereiztheit der Mutter wurde dem Kind nun zuviel. Sein Gesicht lief rot an, zwei dicke Tränen glitzerten in seinen Augen und kullerten ihm dann über die Wangen. Langsam drehte es sich um und richtete die Augen starr und vorwurfsvoll auf die Mutter.

»Sieh mich nicht so an!«

Der stumme Vorwurf des Kindes war schlimmer als jedes trotzige Geschrei.

»Du sollst mich nicht so ansehen. Ich bin deine Mutter.«

Bevor sie endgültig das Haus betraten, wollte die Mutter

dem Kind eine Freude machen. Sie löste ein Armband von ihrem Handgelenk und legte es dem Kind um. Es war aus rotem Garn, in den ein Jadestein eingeflochten war. In ihn war mit groben Schnitten der Himmelsgott eingeritzt. Obwohl eine allmächtige Gottheit, konnte der Himmelsgott so als kleines Amulett auf der Brust oder am Handgelenk getragen werden. Es war ihr erstes und letztes Geschenk an das Kind. Sie verstellte die Größe des Armbands und paßte sie dem zierlichen Handgelenk an. Das Kind betrachtete es gleichgültig.

»Böse Mama. Deine Mutter ist böse, ja?« sagte die Frau. »Komm, schlag Mama. Hier ist Mamas Hand, siehst du? Los, schlag zu.«

Normalerweise war ein solcher Rollentausch, bei dem Kinder mit ihren kleinen Fäusten gegen ihre Eltern trommeln und die Eltern in übertriebene Schmerzensschreie und Tränen ausbrechen, ein unfehlbarer Trick, um die Wogen zu glätten. Doch das Kind Han wandte das Gesicht ab, und die Mutter gab auf.

III In dem großen Haus lebte tatsächlich ein reicher Junge. Doch im Moment erschöpfte sich sein Reichtum in einer Vielzahl von Spielsachen und anderen Besitztümern und so hatte er sich in einem Anfall von Langeweile und Überdruß einige bunte Pferde herausgegriffen und aus dem Fenster geworfen. Er hatte auch eine hübsch bemalte Pferdekutsche zertrampelt und einer hölzernen Gans den Kopf abgeschlagen. Ein besseres Los war einem dickbäuchigen Mann und seinem Tanzaffen beschieden. Sie waren lediglich in einer Ecke gelandet und dort liegengelassen worden. Nur die kleinen Männer- und Frauenfiguren in europäischen Trachten, die, mit roten Wangen und goldenem Haar, in einer Reihe auf einem hohen Regal standen, waren gänzlich unbeschadet davongekommen.

Kaum war der Temperamentsausbruch vorüber, warf sich der kleine Junge auf sein großes Bett mit Seidenvorhängen und schlief ein. Zumindest tat er so. Er machte sich nämlich gern einen Spaß daraus, fest die Augen zu schließen und stundenlang reglos zu verharren, um sein Kindermädchen zu erschrecken.

»Oh, was soll ich nur tun? Unser kleiner Herr Wu ist tot! Wie soll ich das nur seinen Großeltern beibringen? Sie werden mich mit einem Schwert erschlagen.«

Das Dienstmädchen Lan, das in dem großen Haus nur die eine Aufgabe hatte, den Jungen zu betreuen, war, nur um ihm eine Freude zu machen, schon die grausamsten Tode gestorben. Mal war sie erdolcht oder an den Haaren an der Decke aufgehängt, mal in einen Kessel mit siedendem Öl oder in ein Faß mit eingelegten Schweineinnereien getaucht, auf einen Haufen mit roten, rattengroßen Ameisen geworfen oder von einem Wilden aus dem Dschungel bei lebendigem Leib aufgefressen worden. Dabei beobachtete sie immer das Gesicht des Jungen und lauerte darauf, daß er den starren Mund zu einem Grinsen verzog und endlich einen Seufzer ausstieß, der das Ende des Anfalls ankündigte. Doch heute abend blieb der Mund starr.

Das Kindermädchen gab die Hoffnung auf und begann, die auf dem Boden verstreuten Spielsachen aufzuheben und an ihren Platz auf den Regalen in den Glasschränken zurückzustellen. Die Großeltern und Verwandten schenkten ihm so viele Spielsachen, daß sie bereits im Nebenzimmer untergebracht werden mußten: Es war bemerkenswert, wie der kleine Junge manchmal, wenn er ein blitzendes Auto, einen Feuerwehrzug oder einen Krieger-Gott, dessen dicker Bauch Erdnüsse spendete, untersuchte, das Spielzeug einfach fallen ließ und seine Aufmerksamkeit einer Schmeißfliege an der Wand zuwandte. Oder er trat ans Fenster und sah den zerlumpten Kindern aus dem Dorf zu, wie sie mit einer Kokosschale Fußball spielten.

»Spuckgesicht soll kommen.«

Es war typisch für die Launenhaftigkeit des Jungen, daß er immer dann nach Spuckgesicht verlangte, wenn der Mann wahrscheinlich schon in seinem Holzschuppen schlief oder gerade stumpfsinnig durch die Stadt streifte. Das Mädchen sagte: »Herr Wu ist so ein braver Junge, Herr Wu sollte nicht ...«

Sie sah sich hilfesuchend im Zimmer um, und ihr Blick streifte ein Regal, auf dem eine Reihe von Gefäßen mit Ingwerkeksen, kandierten Mandeln und Pflaumen stand. Ein exaltierter Verwandter hatte sie mitgebracht, weil der Junge bei einem Besuch zufällig eine Vorliebe dafür gezeigt hatte. »He«, sagte das Mädchen, »sieh dir die Leckereien an. Du hast ja einen

Süßwarenladen in deinem Zimmer! Welcher kleine Junge in der Stadt kann von sich sagen, daß er einen Süßwarenladen in seinem Zimmer hat? Willst du eine Mandeldame oder einen Ingwerhund?« Sie hob flehentlich die Stimme.

»Ich will Spuckgesicht sehen.«

»Oh, unser Herr Wu ist so ein braver Junge. Er sollte nicht...«

Sie sah, wie das Gesicht des Jungen rot anlief, und noch bevor er in lautes Gebrüll ausbrechen konnte, eilte sie davon, um Spuckgesicht zu suchen.

Zum Glück war er im Holzschuppen hinter dem Haus. Er schlief fest und schnarchte. Das Kindermädchen rüttelte ihn wach. Er erhob sich schwerfällig von seiner Matte und folgte ihr zu dem Jungen.

Den Namen Spuckgesicht verdankte er seinem abstoßenden Äußeren, wegen dem ihn Hunde anbellten und Kinder bespuckten. Er gehörte zu dem menschlichen Strandgut, das es gelegentlich aus den Dörfern in die Häuser der Reichen spült. Er verdiente sich seine Mahlzeiten und den Schlafplatz im Schuppen durch Holzhacken und Botengänge, erhielt am Neujahrsfest neue Kleider und Sandalen und führte den Dienstmädchen, wenn sie den Himmelsgott wegen ihrer niedrigen Stellung verfluchten, tröstlich vor Augen, daß es andere gab, die noch unter ihnen standen.

In der Gegenwart des Jungen schüttelte Spuckgesicht die Schläfrigkeit ab und grinste. Er schlüpfte sofort in seine Rolle, fiel auf alle viere und lud, mit dem zerzausten Haar, den zerlumpten Kleidern und den dicken Knubbelknien einem gutmütigen Lasttier gleichend, den Jungen mit Gesten dazu ein, auf seinem Rücken zu reiten, was diesem, wie er wußte, Spaß machte.

Doch so rasch der Wunsch des Jungen erfüllt worden war, so rasch erlosch auch sein Interesse. Er wandte das zarte, hübsche Gesicht ab und gab zu verstehen, daß er schlafen wolle.

»Ich will *Chor Kong Kong* sehen.«

Das Mädchen seufzte ärgerlich.

»Oh, Herr Wu ist so ein braver Junge. Er wird doch nicht seinen lieben Urgroßvater stören wollen, der jetzt tief und fest schläft...«

»Ich möchte *Chor Kong Kong* sehen! Bring mich zu *Chor Kong Kong!*«

Noch hatten seine Launen kein Ende. Da half nur Entgegenkommen. »Also gut«, sagte die Sklavin und hob ihn vom Bett.

Der zweiundachtzigjährige und zusehends seniler werdende Alte bewohnte ein geräumiges Zimmer im Erdgeschoß am anderen Ende des Hauses. Sein Leben bestand nur noch aus Essen und Schlafen, und er wartete ruhig auf das Ende. Seine Pflegerin Chu erriet sofort den Grund für den späten Besuch. Sie hatte auf einem Stuhl in der Ecke an einer Flickendecke gearbeitet, und als sie sich nun erhob, fielen kleine Dreiecke aus Stoff zu Boden. Sie legte einen Finger an die Lippen, um ihnen zu bedeuten, daß der Alte schlafe und nicht gestört werden dürfe.

»Siehst du, ich habe dir doch gesagt, daß Urgroßvater schläft und nicht gestört werden darf«, flüsterte das Kindermädchen Lan und bereute es schon im nächsten Moment, denn der Zorn des Jungen war noch keineswegs verraucht. Er trat nach dem Tisch, so daß eine Emailschüssel klirrend zu Boden fiel. Der alte Mann erwachte und richtete sich, verwirrte Laute von sich gebend, mühsam auf. Das Mädchen Chu eilte zu ihm und beruhigte ihn. Noch immer wimmernd, wandte er den Blick dem Besucher zu. Sein plötzliches Erwachen fiel zufällig mit einem lichten Moment zusammen. Er erkannte den Besucher und zitterte aufgeregt: »Mein Urenkel!«

Das Kindermädchen Lan führte den Jungen zu ihm. Der Junge besuchte ihn nur selten und stets in Begleitung seiner Großmutter oder männlicher Verwandter, die mit dem Besuch ihre Kindespflicht erfüllten. Doch im Unterschied zu sonst kam der Junge dem Urgroßvater heute so nahe, daß er die eingesunkenen wäßrigen Augen, die angeblich erblindeten, und die großen langen Zähne, über die er grausige Geschichten gehört hatte, studieren konnte, und so blieb er aufmerksam sitzen und stellte dem Kindermädchen keine Forderungen mehr.

Der alte Mann schien sich in eine Erregung hineinzusteigern und plapperte undeutliche Worte, die erst verständlich wurden, als er plötzlich mit zittrigem Finger in eine Ecke des Raumes wies, dorthin, wo sein Sarg stand. Wenn er über seinen Sarg sprach, war sein Verstand immer am klarsten. An die Vergangenheit – selbst an die Varietémädchen, mit denen er sich in jungen und mittleren Jahren vergnügt hatte – erinnerte er sich im allgemeinen nur verschwommen, doch wie der Sarg ins Haus gebracht worden war und warum er ihm seit zwanzig Jahren hier Gesellschaft leistete, wußte er noch ganz genau bis in alle Einzelheiten. Er konnte Daten, Jahreszahlen und Orte aufzählen und überschüttete seinen Urenkel nun förmlich mit seiner Erinnerung. Dem kleinen Jungen sagten sie nichts, wie so viele Reden von Erwachsenen, doch da er eingehend diese legendären schrecklichen Zähne studierte, vermittelte es den Anschein gespannter Aufmerksamkeit.

Leidenschaftlich erzählte der Alte, wie er anläßlich seines fünfundsechzigsten Geburtstages seine Söhne beauftragt hatte, einen Sarg, den besten, für ihn ins Haus zu bringen. Er wollte dem schlimmsten Schicksal entgehen, das einem Mann droht, nämlich auf See zu ertrinken und nie geborgen zu werden oder in der Fremde zu sterben und kein würdiges Begräbnis zu erhalten. Er hatte viele Geschäfts- und Vergnügungsreisen unternommen, und so schreckte ihn der Gedanke an einen Tod ohne Sarg. Um ihm dies bittere Los zu ersparen und seine Befürchtungen zu zerstreuen, hatten die Söhne den Sarg aufstellen lassen. Er erinnerte sich noch an den Tag, an dem sechs starke Männer den schönen, aus gebogenen Teakholzbrettern bester Qualität gezimmerten Kasten hereingetragen und in die Ecke gestellt hatten. Er und sein Sarg lebten nun schon seit über zwanzig Jahren glücklich zusammen, und – an dieser Stelle sprühten seine Augen Feuer, und seine Stimme erhob sich zu einem vergnügten Gackern – es würden weitere zwanzig Jahre folgen, bevor sie sich verabschiedeten und zusammen unter die Erde gehen würden. Die Freude des Alten verriet eine besondere Häme, als hege er irgendeinen heimlichen Groll und sei entschlossen, seinen Triumph im voraus auszukosten.

»Er hat es faustdick hinter den Ohren. Er steht mit einem Bein im Grab. Aber er hat es faustdick hinter den Ohren, unterschätzt ihn nicht«, sagte das Dienstmädchen Chu mit einem scharfen Lachen. Ihre kleinen intensiven Augen, ihre markanten Wangenknochen und ihre Gewohnheit, energisch in den kleinen Spucknapf neben ihrem Stuhl zu spucken, hatten selbst etwas Heimtückisches.

Das Zimmer des ältesten Mitglieds des Hauses Wu, das eigentlich eine Oase des Friedens hätte sein sollen, verströmte etwas Bedrohliches, das selbst dann spürbar war, wenn der Alte fest schlief und die Sklavin, über ihre Handarbeit gebeugt, auf dem Stuhl saß oder lautlos umherging und aufräumte.

Der Junge betrachtete neugierig den Sarg. Er entsann sich, daß er schon einige Geschichten darüber gehört hatte, doch jetzt fühlte er sich schläfrig.

Und sein Urgroßvater, erschöpft vom Geschichtenerzählen, nickte nun ebenfalls langsam ein. Den beiden Mädchen war es angenehm, daß ihre Schützlinge müde wurden. Und etwas anderes war ihnen noch angenehmer: Da sie das jüngste und das älteste Mitglied der Familie Wu betreuten, waren sie in dem großen Haus die einzigen weiblichen Bediensteten, die ohne Furcht in den Schlafzimmern aus und ein gehen konnten.

Das Mädchen Lan hob, nachdem es sich vergewissert hatte, daß der Junge friedlich schlief, die restlichen Spielsachen auf und räumte sie auf. Sie seufzte und schnalzte besorgt, wenn sie an die jüngsten Wutanfälle des Jungen dachte. Er würde davon sicherlich schlechte Träume bekommen.

Schuld an den Wutanfällen und schlechten Träumen war der Erdhügel hinter den Obstbäumen auf der Rückseite des Hauses. Der Junge war gefallen und hatte sich den Zeh an dem kleinen Hügel gestoßen, der aus gelber Erde bestand und mit dürren Grasbüscheln bedeckt war. Sie hätte ihn auf keinen Fall unbeaufsichtigt so weit gehen lassen dürfen. So hatte sie in doppelter Hinsicht den Ärger der Großmutter erregt. Später entdeckte man vergraben in dem Hügel eine halb abgebrannte Kerze und ein paar Münzen. Sie hatten den anschließenden Fieberanfall des Jungen hervorgerufen.

In höchstem Maße beunruhigt, hatte die Herrin, um eine weitere Heimsuchung ihres Enkels durch den erzürnten Geist zu verhindern, nach der *Keo-Kia*-Frau geschickt, damit sie die notwendigen Besänftigungszeremonien vornahm. Die *Keo-Kia*-Frau erhielt das T-Shirt, das der Junge getragen hatte, als er gestürzt war und den Geist in seiner Wohnung gestört hatte. Obwohl sie schon alt und nahezu blind war und nur noch mit zittriger Stimme sprechen konnte, mobilisierte sie noch einmal ihre besonderen medialen Kräfte, vollzog ein tadelloses Beschwichtigungsritual, bei dem sie unablässig Gebete murmelte und neben dem Hemd des Jungen auch mehrere Scheren, eine rote Kerze und einen Spiegel als Requisiten verwendete. Sie erreichte damit, daß das Fieber des Jungen sank. Auf diese Weise vermittelte die *Keo-Kia*-Frau seit über fünfzig Jahren zwischen erzürnten Göttern und ungebärdigen Kindern.

Der Erdhügel gehörte nun neben einem alten knorrigen Rambutan-Baum, einem Bambusgestrüpp und einem Ameisenhaufen zu der wachsenden Zahl von Lieblingsspielplätzen, die den Kindern verboten waren, weil ihre mürrischen Bewohner ein herumtollendes oder urinierendes Kind mit schlechten Träumen, Fieber und gar mit einer scheußlichen Hodenschwellung bestraft hatten. Letzteres war dem Sohn einer Wäscherin widerfahren, doch freundlicherweise hatte die Herrin der verzweifelten Mutter nicht nur die Dienste der *Keo-Kia*-Frau zur Verfügung gestellt, sondern auch mit etwas Geld ausgeholfen, so daß sie ihren Sohn mit geweihtem Wasser aus dem Tempel und heiligen Ölen hatte behandeln lassen können.

Nachlässige Kindermädchen, die heißgeliebte Söhne oder Enkel auf verbotenem Gelände herumtollen ließen und damit deren Gesundheit aufs Spiel setzten, brachten sich selbst in Gefahr. Die Strafe für ein solches Vergehen konnte sie fürs Leben zeichnen. Ein halbes Jahrhundert zuvor, so erzählte man sich, hatte die Großmutter der Herrin einmal einem pflichtvergessenen Dienstmädchen eine Katze in die Hose gesteckt, dann die Hose an der Hüfte und an den Knöcheln zugebunden und mit einem dicken Holzscheit auf das gefangene Tier eingeschlagen. In ihrer Raserei hatte die Katze der Übeltäterin das Fleisch zerfetzt, bevor sie endlich befreit wurde.

Die Grausamkeit der Witwe vererbte sich auf ihre weiblichen Nachfahren, glücklicherweise jedoch in stetig abnehmendem Maß. Auch die Mutter der Herrin bestrafte noch grimmig; zudem hatte sie einen Hang zum Rituellen und achtete stets darauf, daß die Züchtigung nicht nur der Schwere, sondern auch der Art des Vergehens entsprach und genau dem Körperteil verabreicht wurde, der gefehlt hatte. So wurde mit den Scherben einer zerbrochenen Tasse die Hand geritzt, die sie hatte fallen lassen, Lügen kehrten in den Mund der Lügnerin in Gestalt der schärfsten roten Chilis zurück, und als Strafe für trotzige Blicke wurde der Aufrührerin in die Augenlider gekniffen.

Zu der Zeit, als der Strom der Bestrafungen schließlich die Herrin, eine ruhige und sanfte Frau, erreichte, war er zu einem Rinnsal geschrumpft, und die Übeltäterin wurde lediglich mehrmals flüchtig in den Arm oder Oberschenkel gezwickt. Sobald die Herrin von dem Sturz ihres Enkels erfuhr, schickte sie nach dem Mädchen Chu und vollzog die fällige Strafe zügig, aber ohne Begeisterung, als einen Akt der Pflicht, den sie dem geliebten Enkel schuldete.

Und so kam es, daß das Kindermädchen am nächsten Morgen, als die Herrin im Zimmer des Jungen erschien, nervös Haltung annahm, denn ihre Haut brannte noch von der Züchtigung.

Die Herrin trat ans Bett, blickte dem Jungen ins Gesicht und legte ihm eine kühle, trockene Hand auf die Stirn. Der sehr lange, gebogene Nagel ihres kleinen Fingers, der zeigte, daß sie weit über allen weiblichen Dienstboten stand, so wie die gebundenen Füße ihrer Mutter und Großmutter einst deren privilegierte Stellung unterstrichen hatten, hinderte sie nicht daran, ihn liebevoll zu tätscheln.

Die Herrin liebte den Jungen abgöttisch. Und er hatte auch allen Anspruch auf ihre Zuneigung: Er war ihr einziger Enkel von ihrem einzigen Sohn. Seine Eltern waren beide gestorben, die Mutter an einem Fieberanfall kurz nach seiner Geburt, der Vater durch seine eigene Hand, eine Tragödie, die nur das Werk besonders boshafter Geister gewesen sein konnte. Es war eine schwere Zeit für die Familie Wu: Innerhalb von zwei Jahren lagen zwei Leichname im Haus. Ein unsägliches Mißgeschick, über das monatelang geklatscht und spekuliert wurde. Um dergleichen in Zukunft zu verhindern, mußte jede mögliche Hilfe in Anspruch genommen werden, und so wurden Wahrsager, Astrologen und Geomanter zu Rate gezogen und gebeten, an einer großen Beschwichtigungs- und Reinigungszeremonie teilzunehmen. Vom Tempel des Weißen Lichts kam eine Schar Mönche herüber, und tagelang hörte man in den Dörfern rund um das große Haus Glöckchengebimmel und den monotonen Singsang betender Mönche, sah versöhnlich stimmende Rauchschwaden aufsteigen und Gestalten in safrangelben Gewändern über das Grundstück huschen oder im Haus aus und ein gehen.

Einer der Mönche hielt plötzlich im Beten inne und blieb in einiger Entfernung vom Haus wie erstarrt auf einem Stück Brachland stehen. Von hier komme das Böse, sagte er, er könne seine Energie spüren. Vor vielen Jahren hatte an der Stelle ein Baum gestanden, an dem sich eine Magd erhängt hatte. Seitdem irrte ihr böser Geist dort umher. Er wurde, wie es sich gehörte, durch Gebete, Opfergaben und Reinigungen mit geweihtem Wasser besänftigt.

Ein Wahrsager, der auf eigene Faust Nachforschungen anstellte, machte eine andere Quelle ausfindig, und für einige Zeit schwebte eine dunkle Wolke des Verdachts über keinem anderen als dem Alten selbst. Obwohl schon achtzig Jahre alt, besaß er noch alle seine Zähne, lange scharfe obendrein. Ein alter Mann mit scharfen Zähnen, so der Wahrsager, lebe zweifellos nur deshalb so lange, weil er seine Nachkommen aufgefressen habe. Kein Mann solle seine Kinder und Kindeskinder überleben, und dieser Greis habe innerhalb von zwei Jahren gleich zwei begraben.

Es war schrecklich. Kindliche Pietät rang mit respektlosem Argwohn. Am Ende siegte die Pietät, und die Nachkommen schämten sich, allerdings erst, als der Alte, verwundert über gewisse Anspielungen und versteckte Andeutungen, deren Grund schließlich verstand und zutiefst gekränkt war.

»Sarg«, sagte er laut zu dem Kasten, auf dem der Staub von zwanzig Jahren lag, den niemand wegzuwischen gedachte, »einige Leute würden dich und mich lieber heute als morgen verschwinden sehen, aber wir werden es ihnen zeigen!«

Die Mönche vom Tempel des Weißen Lichts brachten den Wahrsager in Mißkredit, entlasteten den Alten und konzentrierten ihre Kraft darauf, die unglückliche tote Magd zu beschwichtigen, und die Angelegenheit wurde nie wieder erwähnt. Der Geist war besänftigt worden, und das Glück war ins Haus Wu zurückgekehrt, doch der kleine Herr mußte künftig sorgsam vor einer Rückkehr des Geistes geschützt werden.

Die Herrin spähte nach dem Emailnachttopf unter dem Bett und fragte: »Hast du ihm Erleichterung verschafft?« Sie wollte wissen, ob die Magd den Jungen mitten in der Nacht sanft geweckt und ihm geholfen hatte, in den Topf zu urinieren, damit er ungestört weiterschlafen konnte; wenn er sich naß machte, wachte er auf und wurde quengelig. Zu diesem Zweck nächtigte die Sklavin im selben Zimmer, aber auch, um ihm Geschichten zu erzählen, wenn er noch nicht schlafen wollte, und um darauf zu achten, daß er in stürmischen Nächten warm zugedeckt war.

Die Herrin zog den Nachttopf behutsam mit dem Fuß unter dem Bett hervor und warf einen Blick hinein. Das Mädchen hatte seine Pflicht getan. Dann schritt sie aus dem Zimmer, und wie aus dem Nichts tauchten zwei Zofen auf und begleiteten sie in ihre Gemächer, eine, um sie zu frisieren, die andere, um ihr die Augenbrauen zu zupfen. Ihr Haar, das immer noch schwarz war, wurde mit reinstem Kokosöl glattgestrichen, hinten zu einem festen Knoten geschlungen und mit Haarnadeln aus Jade geschmückt. Die perfekten Bögen ihrer Brauen wurden von jedem überflüssigen Härchen befreit, das möglicherweise über Nacht gesprossen war; zwei straff gespannte Fäden, die geschickt zusammengedreht wurden, erfaßten auch das kleinste Haar und rissen es aus.

Die Herrin blickte in den runden Spiegel, der ihr vorgehalten wurde, dann drückte sie ihn nach unten, um zu zeigen, daß sie zufrieden und bereit war, in dem morgendlichen Programm fortzufahren. Trotz ihres hohen Wuchses schritt sie anmutig die Treppe hinunter. Die beiden Zofen folgten ihr, und eine dritte erschien, die keine erkennbare Funktion hatte außer der, die Zahl der Dienerinnen zu erhöhen und so die Bedeutung der Bedienten zu unterstreichen.

Alle hatten das Haar zurückgekämmt und zu einem festen, gut geölten Knoten aufgesteckt, und alle trugen den gleichen Hosenanzug, dessen Grau oder Schwarz ebenso streng war wie die Frisur. Doch während die Gebote weiblicher Keuschheit und Sittsamkeit für langweilige Eintönigkeit sorgten, hoben die des Status die Herrin unermeßlich weit über die Dienerinnen hinaus. Ihre Kleider waren immer aus feinster Seide, die der anderen aus schlichter Baumwolle, ihr Schmuck war aus Jade, Gold und Diamanten, der der anderen aus Knochen oder bestenfalls aus Silber. Vor allem aber zeigte sich ihre Macht, auf die all diese Attribute nur einen zarten Hinweis lieferten, in den Gesten ihrer weichen, von jeder Arbeit verschonten Hände mit den sanft gebogenen Nägeln und in dem stolzen Zusammenspiel von Augen, Nase, Mund und gezupften Brauen.

Die Züge der Herrin konnten sich erhellen, wenn ihr ein zotiger Scherz oder Witz zu Ohren kam, die Hand mit den langen Nägeln konnte zum Mund fliegen und ein mädchenhaftes Kichern verbergen, wenn sie dem Klatsch der Waschweiber lauschte. Als junges Mädchen, so wurde gemunkelt, habe sie so für die Opernaufführungen auf dem Marktplatz geschwärmt, daß sie sich trotz des väterlichen Verbots als Bäuerin verkleidete und in Begleitung einer treuen Zofe davonstahl. Sie saß stets in der ersten Reihe und berauschte sich am Anblick der Schauspieler, die in glänzenden Kostümen und mit überschwenglichen Gesten zu dem Getöse der Trommeln, Gongs, Zimbeln und Flöten über die Bühne schwebten. In späteren Jahren sollte sie schmunzelnd von ihren Eskapaden erzählen, jedoch niemals in Hörweite der Bediensteten, in deren Gegenwart sie stets eine strenge Würde wahrte.

Jetzt rauschte sie in den Ahnensaal: Hier schwärmten die Mädchen in ihrer Begleitung aus und trafen rasch die Vorbereitungen für die nächste und letzte Verrichtung vor dem Frühstück. Eine brachte ihr ein Bündel Räucherstäbchen, eine andere ein goldenes Gebetsglöckchen, die dritte einen Teller mit wohlriechenden Blütenblättern. Die Herrin trat vor den brokatbedeckten Ahnenaltar, auf dem einhundert goldene

Urnen, Tafeln, Götterbilder, Vasen, Schalen mit Früchten und Blumen sowie Porzellantassen mit Huldigungstee standen. Die Räucherstäbchen in Händen, verbeugte sie sich ehrfürchtig und bat Götter und Ahnen um ihren Segen für den Tag.

Manchmal platzte sie ohne Vorankündigung herein, trat an den Altar, fuhr mit dem Finger über eine Vase oder Urne, hob kühl den Staub in die Höhe und zeigte ihn vorwurfsvoll dem verantwortlichen Mädchen, das nur betreten stammeln konnte. Beim Fest der hungrigen Geister, wenn ein zusätzlicher Tisch hereingetragen wurde, um die riesigen Platten mit Fleisch und Gemüse für das Bankett der Geister aufzunehmen, ließ die stets nach Perfektion strebende Herrin ihren sachkundigen Blick über das Spanferkel, die gebratenen Enten, die geschmorte Gans gleiten und schließlich auf dem gedünsteten Huhn ruhen, um festzustellen, ob es sich auch wirklich um ein jungfräuliches Tier handelte. Es war unter großen Kosten und Mühen am einzigen Geflügelstand auf dem Stadtmarkt erstanden worden und somit nicht etwa eine gewöhnliche Henne, die als Opfergabe an die erhabenen Götter und Ahnen ungeeignet war. Nachlässige, faule Mägde vermochten vielleicht die Toten zu täuschen, nicht aber die Lebenden. Hatte die Herrin den Betrug durchschaut, so verlangte sie nach Eßstäbchen und einem Mülleimer und entfernte behutsam die unwürdige, noch im eigenen Fett glänzende Gabe.

»Wie könnt ihr erwarten, daß der Priester aus dem Tempel des Weißen Lichts ein solches Opfer darbringt?« Der Priester, der zu jedem wichtigen Anlaß ins Haus kam, war bekannt für seine Pingeligkeit.

Die Herrin setzte sich jetzt an den Frühstückstisch und wartete auf den Patriarchen. Hatte sie in jüngeren Jahren alleine gegessen, so verlieh ihr nun das Alter das Privileg, zusammen mit ihrem Gatten zu speisen. Mit dem Erscheinen des Patriarchen tauchten weitere Dienstmädchen auf. Gewöhnlich trippelten sie unbemerkt über die endlosen Korridore, gingen in

Zimmern ein und aus, Nachttöpfe, Flaschen mit heißem Wasser und Tee, warme Handtücher, Fächer und ihre eigenen festen jungen Körper tragend, und befriedigten in diesem großen Haus, in dem zu jeder Tages- und Nachtzeit die Türen gingen, Hunderte von Bedürfnissen und Wünschen.

Jetzt trugen sie eine Vielzahl appetitlicher Schälchen und Teller mit verschiedenen eingelegten Gemüsen, vergorenen Sojabohnen und gepökelten Innereien herein, bäuerliche Kost. Der Patriarch hatte sie schon als kleiner Junge auf dem Gut seines Großvaters mit Vorliebe gegessen, auf langen Holzbänken bei den Arbeitern hockend, die gewaltige Mengen von dampfendem Reis in ihre Münder schaufelten und dabei ihre Stäbchen so rasch bewegten, daß sie ihm vor den Augen verschwammen. Innereien von Geflügel und Schwein, faserige Gemüsestrünke und Obstschalen, die bei der Zubereitung eines Mahls für die Toten nicht verwendet wurden, tauchten, in raffinierten Soßen schwimmend, als Gerichte für die Lebenden wieder auf.

Es war lange her, daß der Patriarch bäuerliche Kost aus derbem Tongeschirr gegessen hatte, doch aus den seltenen Fleisch- und Gemüsesorten, die für teures Geld importiert wurden, um den Tisch der Wohlhabenden zu bereichern, hatte er sich nie etwas gemacht. Er hatte seinen einfachen Geschmack behalten, und seine Frau, die selbst aus wohlhabender Familie stammte, glich die Schlichtheit der Kost mit vornehmem Keramik- und Porzellangeschirr und Stäbchen aus Elfenbein aus.

Der Reisbrei, zeitlebens das Hauptnahrungsmittel des Patriarchen, wurde, damit er nicht abkühlte, in einem irdenen Topf aufgetragen und kochendheiß in die Schalen geschöpft, denn der Patriarch war bekannt dafür, daß er zur sprachlosen Bestürzung seiner Frau und der Mädchen sofort vom Tisch aufstand, wenn der erste Löffel nicht so heiß war, daß man sich fast die Zunge verbrannte.

Er und die Herrin saßen sich an einem runden Tisch mit

geschnitzten Drachenfüßen gegenüber. Sie sprachen wenig, und wenn, dann nur leise, während ihre Stäbchen flink kleine Stücke von Eingelegtem aufpickten. Die Herrin berichtete kurz über den Enkel oder die *Keo-Kia*-Frau, und der Patriarch legte in seine Antworten gerade soviel Interesse, wie nötig war, um zu zeigen, daß ihm der Enkel am Herzen lag, und gleichzeitig klarzustellen, daß er mit Frauenangelegenheiten nicht behelligt zu werden wünschte.

Nach der Mahlzeit kehrte er in seine Räume am anderen Ende des Hauses zurück, wo er sich seiner Kalligraphie und seinen Geschäftsbüchern widmete, oder er ließ sich, stets mit einem tadellosen dunkelgrauen oder cremefarbenen Mandaringewand bekleidet, in seinem Ford zu Freunden chauffieren. Er trug einen weißen Tropenhelm zum Schutz vor der Sonne und führte einen Gehstock bei sich, den er gar nicht benötigte, denn er hatte einen aufrechten Gang, der seine vornehme Haltung zusätzlich unterstrich. Als Mitglied einer geachteten Familie, die nun leider einen senilen Vater, einen toten Sohn und einen launischen Enkel aufwies, tat er alles, was der Anstand gebot: Er sorgte dafür, daß es dem Alten an nichts fehlte, konsultierte seinetwegen die besten Ärzte der Gegend und war bereit, zu gegebener Zeit für ihn das prunkvollste Begräbnis des Landes auszurichten. Für seinen Sohn, der auf tragische Weise verstorben war, konnte er nichts mehr tun, und so überließ er es dem Weibervolk, das tägliche Gedenkritual zu vollziehen und den Altar des jungen Mannes in Ehren zu halten. Und was seinen Enkel anging, so war er entschlossen, ihm die beste Erziehung angedeihen zu lassen und ihn gründlich darauf vorzubereiten, das reiche Erbe des Hauses Wu anzutreten.

In einer Hinsicht freilich unterschied sich der Hausherr von anderen Männern seines hohen und privilegierten Standes – er hatte keine Konkubinen und wollte auch keine. Es war eine Eigenart, die ihn unter seinesgleichen zum Außenseiter stempelte und, ohne sein Wissen, sogar zur Zielscheibe anzüglicher Witze machte: Was war nur los mit diesem Mann, der mit einer von den Göttern eingeführten Sitte brach, nach der sich Männer viele Frauen hielten, um ihr geheimes Yin aufzusaugen? Sein Vater hatte zweifellos besser zu leben verstanden; über die Affären des Alten mit Tänzerinnen, ja selbst mit den Mätressen anderer Männer wurde noch mehr gewitzelt. Hatte sich der alte Schwerenöter mit Schlangenblut jung gehalten oder, was noch zuverlässiger wirkte, mit dem Blut einer Jungfrau?

Einmal, vor vielen Jahren, hatte sich der Patriarch ein Dienstmädchen ins Bett geholt, da sie außergewöhnlich schön war. Doch sie erwies sich als dumm und geschwätzig und stank obendrein. Pingelig, wie er war, warf er sie hinaus, so wie er auch einen Löffel, der nicht peinlich sauber, oder Reisbrei, der nicht kochendheiß war, zurückgehen ließ.

Er beschäftigte sich mit seiner Kalligraphie und seiner Buchführung und überließ andere Männer ihren Vergnügungen. Unablässig strömten nichtsnutzige Cousins und Halbbrüder in sein Haus, angelockt von der Aussicht, auf seine Kosten gut zu leben und die heimlichen Freuden zu genießen, die all die jungen, gefügigen Dienstmädchen, die zwischen den Zimmern hin und her huschten, versprachen. Der Hausherr duldete die Eskapaden der Cousins und Halbbrüder, solange sie den geregelten Gang seines Lebens nicht störten.

»Männer – wie Hähne auf dem Hof sind sie ständig hinter Hennen und jungen Hühnchen her«, hatte die Herrin bemerkt, womit sie freilich nicht ihren Gatten meinte, sondern die männlichen Verwandten und insbesondere ihren Schwiegervater, den Alten mit den langen scharfen Zähnen der Langlebigkeit und der langen Nase nie erlöschender Begierde, die jeden willigen jungen Körper erschnüffelte. Bevor die Krankheit den Alten zum Krüppel machte und an sein Zimmer fesselte, hatte er angeblich jedes Dienstmädchen im Hause Wu gezwungen, ihm zu Willen zu sein.

Die Herrin wartete, bis ihr Gatte das Eßzimmer verlassen hatte, dann stand sie ebenfalls auf und ging in die Haupthalle, um dort eine Frau zu empfangen, die ein Kind zu verkaufen hatte. Sie setzte sich, flankiert von zwei Dienstmädchen, in einen Stuhl, dessen Rückenlehne prachtvolle Perlmutteinlagen schmückten, wie sie es immer zu tun pflegte, wenn Frauen aus dem Dorf vorsprachen und ihre Töchter zum Zwecke einer Adoption oder eines Verkaufs zur Begutachtung vorführten. Auf ihrem Stuhl thronend, gab sie Urteile über die armen, mitleiderregenden Geschöpfe ab, prüfte, ob sie eine gesunde Kopfhaut und gesunde Zähne hatten, und besiegelte den Handel schließlich, indem sie einen verschlossenen roten Umschlag mit einer Geldsumme überreichen ließ.

Schon zu Lebzeiten ihrer Mutter und Großmutter waren auf diese Weise junge Mädchen ins Haus gekommen, hier aufgewachsen und zum Dienst in dem großen Haus verpflichtet worden, sei es als Mägde, Zofen oder Nebenkonkubinen.

Die geschickte Augenbrauenzupferin waltete nun, auf einen Wink der Herrin hin, ihres zweiten Amtes als Rückenklopferin. Ihre jungen kräftigen Hände sausten, zu Fäusten geballt, auf den Rücken und die Schultern der Herrin nieder und verteilten nach einem ganz bestimmten Muster schnelle rhythmische Schläge, die jede Verspannung lösten und jeden Schmerz vertrieben. So massierten Dienstmädchen ihren Herren und Herrinnen den Patriarchen den Rücken, um ihnen damit gleichzeitig ihren Respekt zu bekunden und Linderung zu verschaffen.

Die Massage des überaus fähigen Mädchens war so beruhigend, daß die Herrin für einen Augenblick einnickte. Als sie wieder die Augen öffnete, fiel ihr Blick auf das Kind Han und seine Mutter, die soeben eingetreten waren und sich nun vorstellten. Beide wirkten müde und waren mit Staub bedeckt. Das Kind klammerte sich an die Mutter und blickte jeden mißtrauisch an.

»Sie ist sehr mager«, bemerkte die Herrin. Erhitzt von dem langen Marsch, hatte das Kind die Steppjacke ausgezogen, mit der die Mutter ihre Magerkeit hatte verbergen wollen, und sich später geweigert, sie wieder anzulegen.

Die Herrin wandte sich zustimmungheischend an die ältere Hausangestellte zu ihrer Rechten, die offensichtlich über den anderen Mädchen stand. Das verrieten ihre strenge Miene, ihre Kleidung, die eindeutig besser geschnitten und aus feinerem Stoff gefertigt war, und der Jadereifen an ihrem linken Handgelenk, vor allem aber ihre etwas herablassende Haltung, die sie von der Herrin übernommen hatte. Nur sie hatte die Arme fest vor der Brust verschränkt, die anderen ließen ihre ehrerbietig an der Seite hängen, um jederzeit eilfertig tätig werden zu können. Nur sie reckte das Kinn in die Höhe, die anderen hielten den Kopf leicht gesenkt.

Die Mutter blickte mit einem scheuen Lächeln zu der einschüchternden Person und wartete ängstlich auf ihre Antwort. Choyin – wie sie hieß – richtete sich zu der vollen Größe auf, die ihrer Bedeutung als Hausdame entsprach, und antwortete kurz angebunden: »Sehr mager. Sie besteht nur aus Haut und Knochen.« Sie fragte die Mutter: »Hat das Kind Würmer?« Fünfunddreißig Jahre zuvor war sie selbst hierhergebracht worden, ein Kind mit zerzaustem Haar und aufgeblähtem Leib, das dringend hatte entlaust und entwurmt werden müssen.

»O nein«, antwortete die nervöse Mutter beflissen, »das Kind ist kerngesund. Sie hat keine Würmer, sie war noch nie krank. Hin und wieder hat sie Schnupfen, das ist alles.« Sie war froh, daß ihm die Nase nicht mehr lief.

»Sie ist sehr klein für ihr Alter«, sagte die Herrin und winkte das Kind heran, um es genauer in Augenschein zu nehmen. Gern hob sie den dünnen Arm eines Kindes und umfaßte ihn mit Daumen und Zeigefinger, um zu demonstrieren, wie dünn er war.

Doch das Kind rührte sich nicht von der Stelle und umklammerte fest die Mutter.

»Schorf an den Beinen«, setzte Choyin hinzu, um den Preis für das Kind weiter zu drücken und die Position der Käuferin zu stärken.

Die Mutter war sichtlich aufgeregt. Sie hing von einem erfolgreichen Abschluß des Handels ab. Falls er nicht zustande kam, wußte sie sich keinen Rat mehr. Und so versicherte sie abermals, daß das Kind kerngesund und folgsam sei.

Das Interesse der Herrin verlagerte sich nun von dem Kind auf die Mutter. Sie fragte: »Bist du in deinem Zustand den ganzen Weg zu Fuß gegangen?« Sie selbst war während jeder Schwangerschaft verhätschelt und mit den besten Ginseng- und Kräutermischungen verwöhnt worden, und so fragte sie sich nun, im Alter, mit einem gewissen Mitgefühl und großer Neugier, wie die andere Seite wohl lebte.

Die Frau war über die Wendung, die das Gespräch nahm, erleichtert. Sie dankte der Herrin überschwenglich für die Ehre und Freundlichkeit, ihr ein Angebot für ihre Tochter zu unterbreiten, und brachte in glühenden Worten ihre Hoffnung zum Ausdruck, daß das Kind heranwachsen und ihr eine gute Dienerin sein werde. Die Herrin wandte sich wieder an Choyin und sagte etwas zu ihr. Die Hausdame trat an einen Tisch, nahm einen roten Umschlag und reichte ihn der Mutter. Die Mutter wollte den Handel möglichst schnell hinter sich bringen und diese verhaßten Leute verlassen, und so riß sie, obwohl es unschicklich war, den Umschlag sofort auf und zählte das Geld darin. Die Herrin und Choyin tauschten verschmitzte Blicke aus.

»Vielen Dank«, sagte sie zu der Herrin mit dem ganzen Respekt, den sie aufzubringen vermochte.

Jetzt war es an der Zeit, das Kind zu verlassen. Das Kind hielt sich mit beiden Händen an ihrem Arm fest. Sie zog eine Hand weg, dann die andere. Das Kind reagierte mit hysteri-

scher Anstrengung. Die genaue Musterung seiner Person hatte
es mißtrauisch gemacht, und der Anblick der Geldübergabe
noch mehr. In einem letzten Versuch, die Flucht der Mutter
zu verhindern, mobilisierte es jetzt alle Kräfte: Es warf sich
auf die Mutter und umschlang sie mit Armen und Beinen, so
daß sie sich nicht von der Stelle rühren konnte. Die Mutter
stieß ein nervöses Lachen aus, als wolle sie sich dafür entschul-
digen, daß ihre Tochter so uneinsichtig blieb, obwohl der
Kaufpreis bereits bezahlt war. In strengem Ton sagte sie zu
ihr: »Du bist sehr ungezogen.« Und wie es der Anstand unter
den gegebenen Umständen verlangte, fügte sie so laut, daß alle
es hören konnten, hinzu: »Sei brav. Sei gehorsam. Du kannst
dich glücklich schätzen, daß du im Hause Wu bist. Denk
immer daran. Sei deiner Herrin eine gute Dienerin.« Sie versuchte, das Kind abzuschütteln, ohne Erfolg. Das Kind hing
an ihr wie ein kleines zähes Tier, das auf Bäumen lebt und das
nur der Tod zwingen kann, loszulassen und auf den Boden zu
fallen.

»Verlaß mich nicht! Mutter, bitte, verlaß mich nicht!«
schluchzte das Kind.

Die Mutter unternahm einen letzten Versuch, die immer
peinlicher werdende Situation zu meistern. »Ich verlasse dich
nicht«, sagte sie beschwichtigend. »Ich gehe nur für kurze Zeit
weg und komme später zurück und hole dich. Nur für ganz
kurze Zeit!«

Das Kind zitterte noch am ganzen Leib von dem Schock
über die erste Lüge, so daß es auf eine zweite nicht hereinfiel.
Entschlossen kletterte es an der Mutter hinauf und wand sich
an ihrem dicken Bauch vorbei, so daß der Mutter gar nichts
anderes übrigblieb, als es in die Arme zu schließen. Wie ein
verschrecktes kleines Tier vergrub es sich in diesen Armen
und rollte sich in der schützenden Wärme zusammen. Es
schloß die Augen und verharrte reglos in dem Glauben, daß
diese fremden Leute verschwanden, wenn es sie nicht ansah,

so daß es mit seiner Mutter wieder allein sein konnte und vor ihnen sicher war. Es sehnte sich nach seinem Zuhause, nach seinen Geschwistern.

Die Mutter seufzte. Sie wiegte das zitternde Kind sanft in den Armen, um es zu beruhigen, während sie überlegte, was sie als nächstes tun solle.

»Mama, laß uns nach Hause gehen«, schluchzte das Kind. Für eine Vierjährige hatte sie einen klugen Verstand, und so versuchte sie es nun anders. »Mama«, sagte sie, »ich will nie mehr um Süßigkeiten betteln. Ich verspreche, daß ich Ältesten Bruder nicht mehr beiße. Ich verspreche, daß ich Kleiner Schwester keinen Reis mehr stehle. Ich verspreche, daß ich nie mehr in die Hosen mache.« Die Litanei entlockte dem unbewegten Gesicht der Herrin das schwache Kräuseln eines Lächelns. Nun brachte das Kind das höchste Opfer: Es zog das gelbe Pferd aus der Tasche und gab es der Mutter.

Die Mutter erging sich in Entschuldigungen. Sie habe ihr verboten, es zu nehmen. Es habe bei ihrer Ankunft auf dem Boden gelegen. Sie habe ihr befohlen, es wieder hinzulegen. Das Kind sei ungezogen. Nur ungezogen, keine Diebin.

Die Herrin zerstreute ihre Befürchtungen mit einer kurzen Handbewegung, und die Mutter wandte sich erleichtert wieder dem Kind zu: »Du bist ein böses Mädchen. Ich werde dich mit nach Hause nehmen und bestrafen. Mit dem Stock. Und du bekommst nie wieder Zuckerbrötchen.«

Das Kind nickte. Es hätte auch genickt, wenn ihm mit der schlimmsten Strafe gedroht worden wäre, die es kannte und die darin bestand, zum Brunnen geschleppt und an den Armen über die bedrohliche schwarze Tiefe gehalten zu werden, wie ihre Mutter es einmal mit Ältestem Bruder getan hatte. Durch die Schreie des zappelnden Jungen alarmiert, war ein Nachbar herbeigeeilt und hatte ihn gerettet. Hinterher hatten die Nachbarn die weinende Mutter gescholten: »*Siau, siau.* Bist du verrückt? Hast du den Verstand verloren?«

Das Kind nickte eifrig zu der Drohung mit dem Stock und dem angekündigten Entzug seiner Lieblingsspeise.

»Deinetwegen bin ich jetzt müde und habe großen Durst«, fuhr die Mutter fort. »Ich brauche etwas zu trinken. Warte hier. Ich trinke einen Schluck Wasser, dann gehen wir nach Hause. Ungezogenes Mädchen. Denk an den Stock!«

Sie setzte das Kind auf dem Boden ab und verschwand.

Tränenüberströmt und zitternd stand das Kind da und wartete, ohne in die Gesichter zu blicken, die zu ihm herabsahen. Es starrte unverwandt in die Richtung, in der die Mutter verschwunden war, die Augen geweitet vor wachsender Spannung.

Die Mutter kam nicht zurück. Irgend etwas stimmte nicht. Gefahr drohte, Gefahr von Erwachsenen, doch sie konnte abgewendet werden, wenn Kinder schnell genug reagierten. Und so führte das Kind Han, dessen kleiner Körper aufs äußerste angespannt war, wieder seinen koketten Beschwichtigungstanz vor, wobei es diesmal noch überzeugender mit dem Hintern wackelte. Seine Stimme erhob sich zu einem traurigen Diskant:

> *Der Vogel sucht*
> *Die Biene schmachtet*
> *die Ameisen lechzen*
> *nach meiner Blume...*

Die Herrin sah überrascht auf und kicherte leise. Die Dienstmädchen stimmten mit ein, und bald erfüllte amüsiertes Gelächter den Raum. Das Kind hielt inne und biß sich verdrossen auf die Lippe, da es merkte, daß nichts in Ordnung kam. Erneut blickte es mit bleichem und angespanntem Gesicht in die Richtung, in der die Mutter verschwunden war. Erst als die Herrin von ihrem Stuhl aufstand und sagte: »Sorgt dafür, daß sie ein ordentliches Bad bekommt, und gebt ihr etwas zu essen«, dämmerte ihm die schreckliche Wahrheit. Es rannte zur Tür und schrie nach der Mutter. Zwei Händepaare zogen es zurück, ein drittes kam ihnen zu Hilfe, denn das Kind entwickelte eine unbändige Kraft, schrie, trat, spuckte und biß.

»Wahrlich ein schlechter Anfang«, murmelte die Herrin. Sie und die Dienerinnen blickten auf das Kind, das sich jetzt vor Schmerz und Verzweiflung am Boden krümmte. So etwas hatten sie noch nie erlebt.

Ein Mann erschien aus dem Durchgang, der in die Küche führte, und trat in den Kreis der Zuschauer. »Spuckgesicht«, fuhr ihn Choyin an, »bist du mit dem Holzhacken fertig? Du hast hier nichts verloren!«

Spuckgesicht deutete aufgeregt auf das Mädchen, das immer noch strampelnd am Boden lag, und gab scharfe Grunzlaute von sich. Wie immer, wenn es laut und turbulent zuging, erfaßte ihn eine kindliche Freude, und er begann, johlend auf und ab zu hüpfen und in die Hände zu klatschen. Das Kind hörte auf zu schreien, drehte sich um und sah ihn an, den wilden Mann unter all den adretten Frauen. Er faßte Mut, griff in die Taschen seiner Khaki-Shorts und zog verschiedene kleine Gegenstände hervor, die er umständlich auf dem Boden vor dem Kind ausbreitete.

Er wählte ein in hübsches Silberpapier eingewickeltes Bonbon aus und hielt es lächelnd dem Mädchen hin. Sie schlug es ihm aus der Hand, drehte sich weg und begann von neuem zu schreien. Spuckgesicht ließ sich nicht entmutigen. Er kniete sich hin, kroch auf das Mädchen zu und lud sie zu einem Ritt auf seinem Rücken ein. Er streckte die Hand nach ihr aus und wollte sie berühren. Von jäher Wut gepackt, wirbelte sie herum, ergriff die Hand und biß kräftig hinein. Er schrie vor Schmerz und zuckte zurück, dann beugte er sich vor, spitzte blöde den Mund und stieß ein lang anhaltendes Geheul aus – die perfekte Comic-Figur.

Hier gab es etwas zu sehen, und die Dienstmädchen, die, angelockt durch den Lärm aus verschiedenen Flügeln des Hauses, herbeigeeilt waren, traten nun näher und kicherten. Eine hielt noch ein halb gebügeltes Hemd in der Hand, eine andere eine große Wasserflasche, eine dritte wischte sich die Hände an ihrer Schürze ab.

»Mach dem Kind keine Angst, Spuckgesicht. Es ist ohnehin schon ganz durcheinander.«

»Du bist wieder ins Haus gekommen, ohne dir die Füße zu waschen. Sieh dir deine Zehennägel an!«

»Scher dich zurück zu deinem Brennholz!«

Die Herrin erhob sich ein zweites Mal von ihrem Stuhl.

»Am besten, wir lassen das Kind allein«, sagte sie. »Es muß sich erst einmal beruhigen. Anschließend soll es ein Bad nehmen und etwas essen. Und reibt ihm das Haar mit Petroleum ein. Sie haben alle Läuse, wenn sie hierherkommen.« Sie schwebte aus dem Raum, und Choyin folgte ihr. Auch die Dienstmädchen verschwanden. Nur Spuckgesicht schlich weiter um das Kind herum, darauf erpicht, sich mit ihm anzufreunden. Er unternahm einen zweiten Versuch, es zu berühren, fuhr aber mit einem erschreckten Schrei zurück, als es abermals Anstalten machte, ihn zu beißen. Dann wandte es sich von ihm ab und begann wieder zu schreien. Es schrie ohne Unterlaß; sicher würde es bald krank davon werden.

»Diese Vierjährige hat den Teufel im Leib. Wir werden etwas unternehmen müssen«, sagte die Herrin auf dem Weg in ihre Gemächer.

In einem anderen Zimmer, nicht weiter von den Gemächern der Herrin entfernt, ließ der junge Herr Wu sich gerade artig kämmen wie jeden Morgen, bevor er seinen Großvater und seine Großmutter besuchte. Da sagte er plötzlich: »Was ist das? Wer schreit da?« Er lauschte angestrengt, dann stand er auf und sagte entschlossen: »Ich will nachsehen.«

Sein Kindermädchen Lan, in panischer Angst, einen neuerlichen Fehler zu begehen und sich ein zweites Mal den Zorn der Herrin zuzuziehen, versuchte ihn mit verschiedenen Tricks zurückzuhalten.

Nur eine Katze. Eine Katze, die einen Fisch stibitzt hat und nun von Choyin geschlagen wird.

»Ich möchte die Katze sehen«, sagte der Junge.

Sieh mal da, an der Wand, eine riesige Spinne. Und dort, eine Eidechse, die sie gleich fressen wird.

Der Junge würdigte sie keines Blickes.

»Ich will nachsehen.«

Nicht einmal eine Geschichte wollte er hören. Aus Not war sie eine vortreffliche Märchenerzählerin geworden und bevölkerte ihre Geschichten mit vielköpfigen Ungeheuern, schwarzzüngigen Geistern und unverwundbaren Kriegern, denen weder Feuer noch Schwerter, noch Eisberge etwas anhaben konnten. Selbst grausame Despoten erlagen dem Zauber solcher Geschichten von Frauen. Es war einmal. Mit Genugtuung sah sie, wie der Junge große Augen machte.

Es war einmal ein kleiner Prinz, dessen Vater, ein großer Kaiser, alles für ihn tat. Eines Tages wurde der Junge krank. Ein Zauberer sagte, das einzige Heilmittel gegen die Krankheit sei die Frucht eines Baumes, von dessen Art es auf der Welt nur einen einzigen gebe. Die Frucht wachse nur, wenn man die Wurzeln des Baumes mit dem Blut von tausend Jungfrauen gieße.

»Was sind schon tausend Jungfrauen«, sagte der Kaiser, dessen riesiger Palast und die Mauern, die ihn umschlossen, auf dem Blut und den Knochen von zehntausend Männern errichtet waren. Also ließ er seine Soldaten ausschwärmen und tausend junge Mädchen zusammentreiben. Sie wurden zu dem Baum geschleppt und dort enthauptet, so daß ihr Blut die Erde rund um den Baum tränkte. Die Frucht wuchs, wie vorausgesagt, und wurde für den jungen Prinzen gepflückt. Er aß sie und wurde gerettet.

Aber keine Geschichte kam gegen das Geschrei des fremden Bauernmädchens an, das laut und deutlich zu ihnen drang. Der Junge sprang auf. »Ich will nachsehen«, wiederholte er und ging zur Tür. Er wollte noch fragen, was eine Jungfrau sei, aber das konnte er später nachholen.

»Warte ...«

Die Sklavin Lan hatte erst kürzlich die geheime Macht ihres Körpers entdeckt. Sie lag damals neben dem Jungen auf dem Bett und erzählte ihm Geschichten zum Einschlafen – nach all den Aufregungen bei seinem üppigen Geburtstagsmahl war er besonders nervös –, als seine träge umherwandernde Hand plötzlich ihre linke Brust streifte. Die Hand zuckte, hielt inne und begann dann zaghaft, die feste Rundung zu erforschen. Sie bewegte sich langsam im Kreis, genüßlich, sinnlich. Das Mädchen sog scharf die Luft ein, und der Junge, von einem Schauder ergriffen, tat es ihr nach. Das Mädchen blieb reglos liegen und sagte kein Wort. Angeregt durch das neue Gefühl wurde die Hand des Jungen nun schneller und zielstrebiger, untersuchte das junge feste Fleisch und die sanfte Wölbung und gelangte schließlich zu der harten Knospe.

Jetzt gab es für ihn kein Halten mehr. Mit derselben Aggressivität, mit der er stets Dinge zu sehen verlangte, über die gesprochen wurde oder die seinem Blick verborgen waren, verlangte er nun das zu sehen, was er berührt und was ihn so erregt hatte. Nicht mit Worten, denn die Situation war so eindeutig, daß Worte nur gestört hätten. Der Junge setzte sich auf und hob kühn die Bluse des Mädchens an. Sie setzte sich ebenfalls auf, damit sich die Schönheit ihrer runden Brüste, die im Liegen verlorenging, voll entfalten konnte, schob sich die Bluse bis unters Kinn und sah, wie der Junge große Augen machte. Der kleine Junge und das nackte Mädchen saßen sich auf dem Bett gegenüber, dann zog sie die Bluse herunter, und es war vorbei. Das Erlebnis war zu überwältigend, als daß es auf einmal ausgekostet werden konnte, so wie man auch eine große Schachtel mit Süßigkeiten sparsam in mehreren Schüben verzehrt oder ein aufregendes Spielzeug weglegt und später wieder zur Hand nimmt, um den Lustgewinn zu erhöhen.

Beide begriffen das, das Mädchen und der Junge.

Der Junge legte sich wieder hin, drehte sich von dem Mädchen weg und stellte sich schlafend. Er hatte die geheimnisvolle Welt betreten, die unter den Kleidern der Frauen und den Kleidern unter ihren Kleidern verborgen war. Eine Welt, die für ihn auch deshalb unauffindbar gewesen war, weil sie, sobald sie ihn kommen sahen, ihre Stimmen dämpften und, sobald sie seine Schritte vernahmen, mit den Fingern ihre Lippen versiegelten. Sie rissen fremde Kleidungsstücke von Wäscheleinen, fingerten aufgeregt an den Knöpfen ihrer Blusen herum oder nestelten an den Kordeln ihrer Hosen, wenn er ins Zimmer platzte.

Sie verbargen ihr Geheimnis vor ihm, und jetzt hatte er es entdeckt.

Auch das Mädchen hatte eine vielversprechende Entdeckung gemacht: die perfekte Waffe in ihrem geheimen Arsenal gegen die Widerspenstigkeit des jungen Herrn. Mehr noch als mit Süßigkeiten und Geschichten konnte sie den kleinen Tyrannen mit ihrem Körper beruhigen und bändigen. Dies erleichterte ihr die Arbeit. Ihr Körper war ihre stärkste Waffe, die sie allerdings nur im äußersten Notfall einsetzen durfte, so wie jetzt, wenn ihren Armen und Schenkeln eine zweite Züchtigung drohte.

»Warte ...«

Sie nahm den Jungen am Arm und zog ihn an sich. Dann hob sie seine Hand, ganz langsam, schob sie unter ihre Bluse und legte sie auf ihre rechte Brust. In Erinnerung an die erste Begegnung umschloß sie sofort die angenehm runde Form. Zum Glück drang von unten kein Geschrei mehr herauf, das den Jungen hätte ablenken können, und so durfte er noch einmal das atemberaubende Vergnügen vom Abend seines fünften Geburtstages erleben.

So brachte sie den Jungen dazu, daß er wieder Platz nahm und sich kämmen ließ. Sie tauchte einen Finger in einen Topf

Brylcreme und schmierte ihm das Haar ein, damit es den hübschen Glanz bekam, der seinem Großvater so gefiel. »Das wär's«, sagte sie. »Du bist fertig.«

IV Als die Dunkelheit hereinbrach, saß das Kind auf dem Boden, allein in dem großen Raum, in dem man es zurückgelassen hatte, damit es sich beruhigte.

Der Sturm seiner Entrüstung hatte sich gelegt und war verzweifelten, leisen Schluchzern gewichen, während es, ohne auf seine nassen Hosen und das Erbrochene auf seiner Bluse zu achten, um sich blickte. Nun, da alles Schreien und Umsichschlagen nichts nutzte und das Kind dazu auch viel zu erschöpft war, griff es zu dem letzten Mittel, das einem Kind in der Not bleibt: Es begann, nach der Mutter zu rufen, immer und immer wieder, so als könnte die beschwörende Kraft seiner monotonen Stimme der Dunkelheit ringsum den Klang der vertrauten Schritte und den Anblick des vertrauten Gesichts entlocken.

»Ma-ma. Ma-ma. Ma-ma.«

Das Kind wiegte sich im Rhythmus des Singsangs vor und zurück, wie ein Betender im Tempel, der in tiefer Trance das Erscheinen eines Gottes erwartet.

Die nächtlichen Geräusche fluteten ungehört über es hinweg – jemand hustete, ein Gegenstand fiel scheppernd zu Boden, ein Stuhl wurde gerückt, und draußen auf der Straße winselte ein Hund, der Krämer, der mit seinem Karren die Runde machte, klapperte mit seinen Stangen.

Noch nie war sein Ruf nach der Mutter ungehört geblieben – ob es als Säugling naß und hungrig in der Sarong-Wiege lag, die von einem Balken an der Decke hing, und nach der wahren Wiege der mütterlichen Arme schrie oder ob es sich später auf dem Marktplatz in dem Gewirr der Erwachsenenbeine verirrt hatte und panisch an allen Beinen hinaufsah, um festzustellen, ob sie zu dem vertrauten Gesicht gehörten.

Jedesmal war die Mutter gekommen, hatte es auf den Arm genommen und getröstet. Und es hatte sich sofort beruhigt, wenn ihm der Gummischnuller in den Mund geschoben wurde, wenn es die warme Mulde zwischen Hals und Schulter spürte, in die es so gern seinen Kopf bettete, die vertrauten Gerüche einsog, die vertrauten Formen der Knochen und pulsierenden Muskeln fühlte.

Der beschwörende Singsang mochte es in tiefen Schlaf gewiegt haben, doch irgendwann erwachte es wieder, besann sich und rief einen anderen Namen. Die verräterische Mutter wurde durch den geliebten Ältesten Bruder ersetzt, und es begann, seinen Namen zu rufen, zuerst langsam, dann immer schneller und drängender, und schließlich erweiterte es die Beschwörungsformel zu einer vollständigen Forderung: »Ich will, daß mich Ältester Bruder nach Hause holt.« Die Lippen des verzweifelten Kindes zitterten vor quälender Sehnsucht: Mehr als jeden anderen auf der Welt wollte es den Bruder sehen, an den es sich noch erinnern sollte, als es die anderen längst vergessen hatte.

»Ich will, daß mich Ältester Bruder nach Hause holt.«

»Was sagt sie?«

Der junge Herr Wu spähte, in den Armen seines Kindermädchens, hinter einer Säule im Obergeschoß hervor und reckte den Hals nach dem Mädchen, das unten auf dem Boden saß und Selbstgespräche führte. »Sei vorsichtig«, sagte das Kindermädchen und hielt ihn fest. Die Nachricht von der Attacke auf Spuckgesicht hatte sich bereits herumgesprochen. Alle anderen Hausangestellten hatten sich das ungebärdige Kind bereits angesehen. Das wollte sie jetzt nachholen.

»Was sagt sie? Warum sitzt sie so da? Warum hat sie nur

einen Slipper an?« Die Fragen sprudelten nur so aus dem Jungen hervor, doch stolz, daß er an einer offensichtlichen Verschwörung der Erwachsenen teilnehmen durfte, war er kooperativ und hielt seine Stimme gesenkt.

»Nimm dich in acht, sie ist wie ein wildes Tier. Sie hat Spuckgesicht gebissen.«

»Was?«

Jetzt war der Junge nicht mehr zu halten. Seine Neugier machte sich in einem Schwall von Fragen Luft: Warum hatte sie Spuckgesicht gebissen? Hatte sie scharfe Zähne wie ein Ungeheuer? Hatte Spuckgesicht geweint? Hatte er sie ebenfalls gebissen?

Von dem unwiderstehlichen Verlangen getrieben, das Kind, das so etwas Erstaunliches getan hatte, aus der Nähe zu betrachten, trat er dem Kindermädchen in die Seite, schlug gegen die ihn umschließenden Arme und wand sich nach unten, bis sie ihn absetzen mußte. Er wollte zur Treppe rennen, doch sie hielt ihn zurück.

»Du mußt mich deine Hand halten lassen«, warnte sie ihn, »sonst wird das kleine Mädchen, das in Wirklichkeit gar kein Mädchen ist, sondern ein verkleideter Dämon, den Mund aufmachen und dich verschlingen.«

Diese erstaunliche Mitteilung ließ das Kindermädchen in seiner Achtung sofort wieder steigen, und er erlaubte ihr, ihn an der Hand zu nehmen. Gemeinsam gingen sie die Treppe hinunter und näherten sich dem Kind Han, das auf dem Boden saß.

Es gab nur noch ein kaum vernehmliches Wimmern von sich, das wie eine kleine Wolke der Verzweiflung in der zunehmenden Dunkelheit hing.

Der Junge blieb vor ihm stehen. Es schaute auf und erschrak.

Sie starrten einander an.

Das Kindermädchen stellte sich dicht neben den Jungen, bereit, ihn gegen jeden Angriff zu verteidigen. Aber das ungebärdige Kind war nicht länger ungebärdig. Es saß elend in seinem Schmutz und sah schweigend den Jungen an. Der geringe Abstand zwischen den beiden täuschte über den tiefen Graben hinweg, der sie trennte und immer trennen würde: Er, ein Junge, Erbe und Sproß des Hauses Wu, mit einem Anzug aus feiner blauer Seide und bestickten Drachenschuhen bekleidet, sie, ein Mädchen eben erst gekauft, im ersten neuen Kleid seines Lebens, das es nur wegen des Kaufs erhalten hatte, jetzt schmutzig und in seinem unsäglichen Schmerz darüber, verlassen worden zu sein.

Der Junge wollte ihr etwas schenken und wühlte in seinen Taschen. Er fand einen roten Umschlag mit einem Geldgeschenk; es war einer von vielen, die er zum fünften Geburtstag von Verwandten bekommen hatte. Die Großmutter hatte vergessen, ihn herauszunehmen und die Scheine in die große Schildpattsparbüchse in seinem Zimmer zu stecken.

Die Taschen des Jungen waren häufig auch mit Geldstücken gefüllt, damit er den zahlreichen Bettlern, die ans Haus kamen, ein Almosen geben und seinen großherzigen Vorfahren nacheifern konnte, die in armen Dörfern Straßen und Brücken gebaut und für die Ärmsten der Armen Säcke mit Reis gespendet hatten. Schon in frühester Kindheit hatte er, noch wackelig auf den Beinen, unter den Augen der stolzen Großmutter Geld in kraftlose, schrumpelige Hände gelegt und war dafür mit einem beifälligen Lächeln und Nicken belohnt worden. Jetzt wünschte er, er hätte etwas anderes als Geld. Eine Süßigkeit oder einen Keks. Eine Mandeldame. Oder ein Spielzeug. Ein rotes oder ein blaues Pferd. So etwas würde dem Mädchen bestimmt gefallen. Dennoch zog er den roten Umschlag aus der Tasche und streckte steif und schüchtern die Hand aus, um ihn dem Mädchen zu geben. Sie verharrte reglos und starrte ihn an. Das Kindermädchen Lan schrie erschreckt auf, preschte nach vorn, riß den Umschlag an sich, ergriff den Jungen und eilte mit ihm die Treppe hinauf in sein Zimmer.

V Das Kind Han lag auf einer Matratze am Boden. Man hatte es in ein kleines Zimmer im Obergeschoß getragen, von Urin und Erbrochenem gesäubert und in frische Kleider gesteckt. Drei Tage lang hatte es geweint und nichts gegessen, und sein geschwächter Körper war inzwischen so schlaff wie eine ausgeweidete Flickenpuppe. Neben ihm lag, völlig fehl am Platz, eine kleine hellgelbe Gummiente; Spuckgesicht war, als gerade niemand hersah, ins Zimmer geschlüpft und hatte sie dort zurückgelassen. Zuerst hatte er sie in die Hand des Kindes gedrückt und seine Finger nacheinander darum gelegt, doch das Geschenk war ihm sofort wieder entglitten und zu Boden gefallen. Mit leisen bekümmerten Seufzern hatte er es erneut versucht, dann aber aufgegeben und die Ente neben es gebettet.

Das Kind lag vollkommen still da, die Augen halb geschlossen, den Mund offen.

In einem letzten Versuch, es zum Essen zu bewegen, hatte ihm Choyin gewaltsam den Mund geöffnet und versucht, ihm einen Löffel Milch einzuflößen. Zuvor hatte man es mit Reisbrei füttern wollen, doch es hatte fest die Lippen zusammengepreßt und sich von oben bis unten bekleckert, so daß man es erneut hatte waschen müssen. Dank Choyins intensiver Pflege war bislang noch jedes Kind, das in das Haus Wu gebracht worden war, von der letzten Laus und dem letzten Wurm, den Überbleibseln ihres armseligen bisherigen Lebens, befreit und so aufgepäppelt worden, daß es seinen Dienst antreten konnte. Doch dieses Kind trotzte allen Bemühungen.

Sie gaben auf. Hin und wieder sahen sie nach ihm und warteten darauf, daß es starb. Einige Jahre zuvor war im selben Zimmer ein fünfjähriges Kind mit Hasenscharte gestorben, jedoch an einer Krankheit, nicht aus Trotz. Der Tod dieses Kindes wäre etwas anderes, denn es hätte ihn selbst herbeigeführt. Sein Körper war von einem Dämon befallen.

Jetzt erschien die Herrin. Choyin begleitete sie. Zusammen blickten sie hinab auf die kleine Gestalt, die zusammengerollt auf der Matratze lag, und sprachen in ernstem Ton miteinander.

»Viel Geld für ein Kind, das sich zu Tode hungert«, sagte Choyin, die, als sie der Mutter des Kindes den Umschlag überreichte, mit sachkundigen Fingern ertastet hatte, welche Summe er enthielt.

Schon nach dem ersten Tag, als das Kind ununterbrochen geweint hatte, war sie angewiesen worden, einen Boten zu der Mutter zu schicken und sie aufzufordern, das Kind zurückzunehmen. Der Bote kehrte mit betrüblichen Nachrichten zurück. Die Mutter hatte sich versteckt, sobald sie ihn erblickte. Dann, als er sie zum Herauskommen zwang, beschimpfte sie ihn mit schriller Stimme. Das Kind, so schrie sie, werde in ein paar Tagen wieder ganz normal sein. Schließlich brach sie weinend auf der Türschwelle zusammen, und ihr gewaltiger Bauch hob und senkte sich schwer. Mit dem Geld, das sie für das eine Kind erhalten habe, so sagte sie, wolle sie sich auf die Geburt des anderen vorbereiten.

»Ich halte es für wahrscheinlicher, daß sie alles beim Glücksspiel verloren hat«, sagte Choyin.

»Laß den Priester holen«, sagte die Herrin. »Er wird dem Kind den Dämon austreiben.«

Spuckgesicht wurde zum Tempel des Weißen Lichts geschickt, um den Geistlichen zu holen. Obwohl er zwei unterschiedlich lange Beine hatte, war er erstaunlich leichtfüßig, weshalb der Priester, überrascht über die Einladung, schon nach kurzer Zeit wieder im Hause Wu vorsprach. Erst am Morgen, nach dem rituellen Gebet vor dem Ahnenaltar der Familie, hatte er es verlassen.

Der Priester wandelte durch die Räume des Hauses mit der Ungezwungenheit eines gern gesehenen Gastes. Man verließ sich auf sein Urteil über die Reinheit der Opfergaben, so daß er sich bemüßigt fühlte, von Zeit zu Zeit ein verunreinigtes Stück Geflügel zurückzuweisen und durch ein junges, unverdorbenes Huhn ersetzen zu lassen.

Neben dem Ahnensaal hatte man ihm einen kleinen Raum reserviert. Dort saß er nach den Morgengebeten an einem Tisch und ließ sich das Frühstück servieren. Heute morgen hatte ihm Popo, das Mädchen, das für die Klopfmassage zuständig war, heißen Tee und dampfende Reisbrötchen, seine Lieblingsspeise, gebracht. »Euer Ehrwürden.« Sie begrüßte ihn ruhig, doch hinter dieser Ruhe verbarg sich eine wachsende Furcht, und ihr Hals und ihre Wangen begannen zu glühen, sobald sie an den Tisch trat, um Tee einzugießen. Der Geistliche drehte sich langsam auf seinem Stuhl, so daß er sie ganz sehen konnte.

Damit begann das zweite morgendliche Vergnügen des Mönches. Er starrte sie unverwandt an und weidete sich daran, daß er ihr die Schamröte ins Gesicht trieb. Das feiste Gesicht, der runde kahle Schädel, die Grübchen in den Wangen und im Kinn und die weichen Hände, die ihm das Aussehen eines überfütterten, feisten Kindes gaben, standen in einem merkwürdigen Gegensatz zu der Sinnlichkeit seiner feuchten roten Lippen und dem rohen Ausdruck seiner scharfen, tiefliegenden Augen, die er stets zusammenkniff und mit versengender Kraft auf Freund und Feind richtete. Die asketisch graue Mönchskutte, die Gebetsketten um seinen Hals, die brennenden Räucherstäbchen in seinen Händen und andere Attribute seines geistlichen Standes milderten den Gesamteindruck brutaler Macht in keinster Weise. Im Gegenteil, sie verliehen dieser Macht eine göttliche Legitimation und machten sie absolut.

Kein Dienstmädchen wagte es, in der Gegenwart des Geistlichen den Blick zu heben.

»Komm.«

Das Mädchen Popo setzte die Teekanne ab und trat, langsam und nervös, vor ihn hin. Er schob seine weiche Hand unter ihre Bluse, nicht wie ein Liebhaber, sondern wie ein gefräßiger Lüstling. Das Mädchen wechselte die Farbe und erbleichte vor Angst, als sich die Hand mit wachsender Begierde unter ihr enges Baumwolleibchen zwängte und die hinderlichen Knöpfe abriß. Während er sie streichelte, glitten seine Augen langsam und drohend über ihr Gesicht, hefteten sich auf die ihren und zwangen sie, zu ihm aufzusehen. Sie hob den Blick, senkte ihn aber sogleich wieder, verwirrt und verzweifelt. Er lächelte. Der Anblick ihres Leids war Teil des Vergnügens.

Das Vergnügen war damit noch nicht zu Ende; es trat in seine nächste Phase. Der Priester zog die Hand unter der Bluse hervor, spreizte die Beine und führte ihre kleine, kalte, zittrige Hand zu der großen Ausbeulung an seiner Kutte. Er lehnte sich zurück, schloß die Augen und seufzte tiefbefriedigt über dieses besondere Vergnügen.

Hier hörte er auf. Hier, an der sicheren Grenze einer sorgsam gezügelten Begierde, hörte er immer auf. Jenseits dieser Grenze lagen alle Risiken und Ungelegenheiten hysterischer Schwangerschaften, diesseits herrschte die Sicherheit eines diskreten Vergnügens, das keine verräterischen Spuren hinterließ. Er folgte einem wohldurchdachten Schlachtplan, der darauf abzielte, ein strategisches Gleichgewicht zwischen Begierde und geistlichem Stand herzustellen. Er hatte gelernt, innerhalb von Sekunden, sobald er Schritte vernahm und eine Tür aufging, von einer Rolle in die andere zu wechseln, die Hand des Mädchens von der Ausbeulung an seiner Kutte zu nehmen und sich mit beiläufiger Unbefangenheit wieder seinem Tee oder dem Ahnenaltar zuzuwenden und zu beten. Mit seinen vierzig Jahren begehrte er Mädchen, die nicht älter waren als vierzehn, und davon gab es reichlich in diesem großen Haushalt, in das er als angesehener Mönch aus dem Tempel des Weißen Lichts häufig gerufen wurde. Seit sechs Wochen vollzog er auf besonderen Wunsch der Herrin im Hause Wu das wöchentliche Ritual zu Ehren der Ahnen, und in dieser Zeit waren seine Hände, die fast so weich waren wie die einer Frau, über die Körper ebenso vieler Mädchen gewandert.

Der Priester stand in einer langen Tradition berühmter Heiliger, denen er hätte nacheifern können. Als wahre Asketen hatten sie allen fleischlichen Genüssen entsagt, gefastet und den ganzen Tag meditiert. Ihr Leib war eine bloße Hülle gewesen, die darauf wartete, daß die strahlende Seele sie abwarf und entschwebte. Manchmal blieb ihr Leib erhalten. Wie der eines alten Mönches, der im Alter von zweiundneunzig Jahren starb, danach monatelang aufgebahrt im Tempel lag, friedlich und frisch wie im Schlaf. Gläubige aus der ganzen Umgebung wurden angelockt, die in einem endlosen Strom an ihm vorüberzogen und das Wunder bestaunten, daß seine Haare, sein Bart und seine Finger- und Zehennägel weiterwuchsen. Jemand berichtete, daß seinem Leib ein Jasminduft entströme, und die Gläubigen berührten ihn mit weißen Taschentüchern, um den Wohlgeruch seiner Heiligkeit einzufangen. Der Leichnam eines anderen Mönchs wurde verbrannt, und als man die kleinen Knochenreste von der Asche säuberte, stellte man fest, daß sie glitzernde Kristalle enthielten, so daß die Gläubigen um die Erlaubnis baten, sie als Andenken mitzunehmen.

Die ehrwürdige Tradition wurde freilich auch durch einige Heuchler beschmutzt, die Rindfleisch aßen, Wein tranken und Frauen schwängerten. Ein frommer Bettelmönch war, wie sich herausstellte, alles andere als fromm. Hinter seiner Bettlerschale und seinem Büßergewand verbarg er nur die ungezügelte Fleischeslust, mit der er den Bauernmädchen im weiten Umkreis nachstellte. Ein anderer bandelte mit einer Nonne an und mußte aus dem Land flüchten.

Durch seine geschickte Strategie, seine heimlichen Abenteuer auf Dienstmädchen zu beschränken – die ihn im übrigen nie verraten oder, andernfalls, mit Ohrfeigen zum Schweigen gebracht werden würden –, betrieb der Priester eine erfolgreiche Politik, die es ihm erlaubte, denselben Respekt wie die erste Gruppe seiner Vorgänger zu genießen und der Ächtung der zweiten Gruppe zu entgehen. Er war ein sehr zufriedener Mann.

Mit der Glocke, den Räucherstäbchen und dem geweihten Wasser zur Austreibung böser Geister in den Händen, sah er hinab auf das kranke Mädchen, während die Herrin und Choyin neben ihm standen. Spuckgesicht lungerte an der Tür herum, reckte den Hals nach dem Kind und wimmerte ängstlich, bis ihn Choyin schließlich fortjagte. Das junge Dienstmädchen Popo hielt sich mit gesenktem Blick etwas abseits. Die Anwesenheit des Priesters ließ es erschaudern. Er drehte sich um, sah es streng an und machte, an die Herrin gerichtet, eine ungeduldige Geste. Sie verstand und schickte das Mädchen aus dem Zimmer. Unreines weibliches Blut machte jedes Reinigungsritual zunichte, und so mußten sich junge Frauen, damit man kein Risiko einging, unverzüglich entfernen. Einmal war eine Frau, obwohl sie gerade ihre Tage hatte, am Fest der Neun Kaiser-Götter gedankenlos in einen Tempel gegangen und getötet worden.

Das Mädchen Popo eilte hinaus, und die Herrin murmelte eine Entschuldigung in ihr Taschentuch. Der Geistliche warf der entschwindenden Gestalt einen mißbilligenden Blick nach. Er nutzte jede Gelegenheit, um sich zusätzlich abzusichern, indem er öffentlich demonstrierte, daß ihm die Opfer seines heimlichen Treibens vollkommen gleichgültig seien, oder, besser noch, indem er sie in strengster Weise tadelte. Wenn er ihre

Verwirrung sah, empfand er ein zutiefst befriedigendes Gefühl der Macht. Zudem verschaffte er sich auf diese Weise ein überzeugendes Argument, mit dem er jegliche Anschuldigung, die in der Zukunft gegen ihn erhoben werden könnte, entkräften konnte.

Nun, da das Mädchen fort war, konzentrierte er sich voll und ganz auf die Heilung des Kindes. Er befahl, das Kind in eine sitzende Position zu bringen und ihm einen Schluck geweihtes Wasser einzuflößen. Man öffnete dem Kind den Mund und goß ihm etwas Wasser in den Schlund. Ein Teil davon schoß in einem Schwall wieder hervor und machte den gesamten vorderen Teil der Bluse naß. Man legte sie auf die Matratze zurück und schob ihr die Bluse hoch, damit ihre Brust und ihr Bauch mit einem brennenden Räucherstäbchen behandelt werden konnten. Der Dämon hatte sich an vier verschiedenen Stellen im Körper eingenistet, und alle mußten ausgebrannt werden. In der einen Hand die Glocke schwingend, in der anderen das brennende Räucherstäbchen haltend, betete der Mönch, dann stieß er mehrmals zu, um den bösen Geist auszutreiben. Ein gellender Schrei des Kindes kündigte die Flucht des Dämons an. Ein Krampf schüttelte seinen Körper, dann würgte es, fuhr empor und erbrach sich. Der Anfall wollte kein Ende nehmen. Das Kind spuckte unter Qualen, und die anderen sahen schweigend zu. Später beschrieb Choyin den anderen Dienstmädchen das teuflische Aussehen des Erbrochenen, das sich über die gesamte Decke und den Boden ergoß und erkennen ließ, daß man es mit einem besonders boshaften Bewohner zu tun hatte.

»So etwas habe ich in meinem ganzen Leben noch nicht gesehen«, sagte sie. In allen anderen Fällen, die sie erlebt hatte, waren die Dämonen friedlich entwichen, ohne Schmutz zu hinterlassen.

Die Herrin unterrichtete ihren Gatten nur kurz und beschränkte sich aus Respekt vor seinem Wunsch, nicht mit

Frauenangelegenheiten belästigt zu werden, auf das Wichtigste. Doch auch sie sagte, von ehrfürchtiger Scheu ergriffen: »So etwas habe ich noch nie erlebt.«

Der Priester rüstete zum Aufbruch.

»Das Kind wird am Leben bleiben«, sagte er.

Dann gab er Anweisung, die Räucherstäbchen im Zimmer des Kindes brennen zu lassen und ihm vor dem nächsten Hahnenschrei noch einmal geweihtes Wasser einzuflößen. Das nächste Mal, wenn er zum Ahnenritual kam, würde er als Dank ein diskret plaziertes *ang pow* auf dem Altar vorfinden. In Anbetracht seiner ernsten Miene und seines gebieterischen Auftretens wäre es unschicklich gewesen, ihm einen roten Umschlag mit Geld in die Hand zu drücken, und so legte ihn die Herrin immer taktvoll unter eine Urne oder neben eine Blumenvase oder seine Teekanne.

Sie geleitete ihn, Dankesworte murmelnd, aus dem Zimmer.

»Das Kind wird nicht am Leben bleiben«, raunte das Dienstmädchen Popo dem Dienstmädchen Chu zu. Sie sprachen über den langen klagenden Schrei einer Eule, den sie in der Nacht gehört hatten. Chu meinte, er habe nicht dem Alten gegolten, der in seinem Leben viele Eulenschreie überlebt habe. Der Alte hatte immer darauf beharrt, daß er keinem anderen Ruf als dem seines Sarges folgen werde. Einige Jahre zuvor hatten sie den gleichen Schrei gehört, und am nächsten Morgen hatten sie das fünfjährige Kind mit der Hasenscharte tot auf seiner Matratze vorgefunden. Das ungebärdige, von einem Dämon besessene Kind lag auf derselben Matratze und trug zudem dieselben Kleider, denn die Kleider verstorbener Mädchen wurden, so bescheiden sie auch sein mochten, gründlich gewaschen und für den weiteren Gebrauch aufbewahrt. Es gab noch mehr Gemeinsamkeiten: Beide waren etwa im gleichen Alter, beide waren in den ersten Tagen nach ihrer Ankunft erkrankt. Ein Kind-Geist kam, um einen anderen zu holen. Choyin sagte, daß Eulen nicht nach Kindern riefen, und fügte hinzu: »Wenn es sterben muß, dann muß es eben sterben. Wir haben alles getan, was in unserer Macht steht.«

Der Raum, in dem das Kind Han auf seiner Matratze lag, war zu weit vom Zimmer des jungen Herrn Wu entfernt, als daß er irgendwelche Laute des nahen Todes hätte hören können. Er dachte an es und stellte unablässig Fragen, während er auf einem Rosenholzstuhl mit geschnitzten Drachenfüßen dem Kindermädchen Lan gegenübersaß, das ihn aus einer Schüssel mit Reisbrei fütterte. Auf diese Weise fütterte sie ihn jeden Tag und schob ihm behutsam den Löffel in den Mund, wobei sie bei jeder Mahlzeit nur die eine Sorge hatte, daß er den Teller oder die Schüssel auch bis auf den letzten Löffel aufaß. Denn gelegentlich rauschte unangemeldet seine Großmutter herein, und wenn sie einen halbvollen Teller sah, fragte sie nach dem Grund mit derselben Strategie, mit der sie Nachforschungen anstellte, wenn er einen Kratzer am Bein oder einen Mückenstich am Arm hatte. Das Mädchen trug den Jungen auch die zahlreichen Treppen im Haus hinauf und hinunter, und wenn er dagegen protestierte, erzählte sie ihm Großmutters Lieblingsgeschichte von dem kleinen Prinzen, dessen Füße bis zu seinem zehnten Lebensjahr niemals den Boden berührten, da er einhundert Diener hatte, die ihn umhertrugen.

Auf seinem Stuhl sitzend, erkundigte sich der Junge wieder nach dem kleinen Mädchen. Die Fragen sprudelten so schnell aus ihm hervor, daß sein Mund ständig offenstand und sie ihn bequem füttern konnte.

»Wird sie sterben?«

Die Fragen des Jungen hatten inzwischen einen Hang zum Makabren. Er malte sich aus, wie das kleine Mädchen tot auf dem Rücken lag und wie ein riesiges Insekt, das er einmal gesehen hatte, die steifen Gliedmaßen in die Luft streckte.

»Vielleicht, vielleicht auch nicht. Mach den Mund auf. Brav, braver Junge. Ich werde Großmutter sagen, was für ein braver Junge du gewesen bist.« Aus Respekt vor der Stellung des Jun-

gen überschüttete ihn das Mädchen für jedes kleine Entgegenkommen mit Lob.

Die Augen des Jungen starrten, intensiv und leuchtend, auf
etwas hinter ihr. Sie fuhr herum und erblickte das Kind Han.

Es stand reglos da, ein verlassenes kleines Ding, und seine
großen dunklen Augen und sein schmales, bleiches Gesicht
strahlten in einem seltsamen Glanz. Seine Haare waren verfilzt,
seine Kleider feucht, seine Glieder dünne Stecken. Das Kindermädchen stellte rasch die Schüssel mit dem Brei auf den Boden
und schlang die Arme um den Jungen. Nicht um ihn vor
einem Biß oder Tritt zu schützen, denn dazu schien das Mädchen nicht mehr fähig, sondern vor der größeren Gefahr, die
von seinen unnatürlich funkelnden, fest auf den Jungen gerich-
teten Augen ausging. Doch der Junge stand auf, entwand sich
ihr und trat vor, um die Besucherin in der Tür besser sehen zu
können. Er stand ihr gegenüber und erwiderte ihren Blick. Mit
kleinen, unsicheren Schritten kam sie auf ihn zu. Auf halbem
Wege taumelte sie vor Schwäche, fand aber ihr Gleichgewicht
wieder und setzte ihren Weg fort.

Sie blieb vor ihm stehen. Erst da gaben die Beine unter ihr
nach, und sie fiel auf den Hintern. Der Junge hockte sich ihr
gegenüber auf den Boden. Sie sahen einander an. Keiner der
beiden rührte sich oder gab einen Laut von sich. Das Kindermädchen bückte sich nach der Schüssel, fuhr eilends mit dem
Füttern des Jungen fort und versuchte so die ungewöhnliche
Störung durch die Rückkehr zum Gewohnten zu beenden.

Ohne den Blick von dem Kind Han zu wenden, bedeutete
ihr der Junge, ihm die Schüssel zu geben. Er ergriff sie mit
einer Hand, und mit der anderen tauchte er den Löffel in den
Brei und hielt ihn dem Kind hin. Es starrte ihn an. Er führte
den Löffel näher an seinen Mund, der Mund öffnete sich langsam und nahm die dargebotene Nahrung auf. Der Junge wartete, bis es geschluckt hatte, dann streckte er ihm einen zweiten
Löffel hin. Wieder öffnete es den Mund und nahm ihn auf. Er

gab ihm Löffel für Löffel, und es aß langsam und ruhig, bis die Schüssel leer war und er sie zurück auf den Boden stellte. Die ganze Zeit über ließ keines der Kinder den Blick von dem anderen.

Sie bemerkten nicht einmal die Frauen, die das erschrockene Kindermädchen herbeigerufen hatte und die nun in einer dichten Traube an der Tür standen und zusahen.

»Das Kind wird leben«, sagte die Herrin.

VI Die Kinder wollten Spuckgesicht, während er schlief, Ameisen in die Hose schmuggeln. Das Kind Han war auf die Idee gekommen, als Spuckgesicht den jungen Herrn Wu gerade auf seinem Rücken reiten ließ und es warten mußte, bis es an der Reihe war. Zuvor hatte er sie schon auf den Armen geschaukelt, einen Drachen von einem Ast heruntergeholt und für sie ein Ungeheuer gespielt, das sie mit dem Schwert erschlagen hatten. Dabei krabbelte ihm eine Ameise unter das Hemd. Obwohl der Mann regelmäßig gerufen wurde, wenn es galt, Kakerlaken oder rote Ratten zu beseitigen und ins Haus eingedrungene Leguane oder Schlangen zu töten, schrie und krümmte er sich nur wegen einer einzigen Ameise, möglicherweise allein den Kindern zuliebe. Sie lachten, und er lachte mit ihnen, denn er war gern in ihrer Gesellschaft und es machte ihm Spaß, sie zu unterhalten, insbesondere das kleine Mädchen. Irgendwo in seinem trüben Bewußtsein bewahrte er die Erinnerung an ein zauberhaftes Kind, das in sein Leben getreten war und es erhellte. Für dieses Kind würde er alles tun.

Der junge Herr Wu sprach sich für die großen schwarzen Ameisen aus, von denen die Äste des Rambutan-Baums hinter dem Haus nur so wimmelten. Das Kind Han für die kleineren, aber heimtückischeren roten, die ebenso zahlreich unter den feuchten Holzstämmen neben dem Schuppen zu finden waren.

Sie einigten sich auf die roten.

Ihr Plan erforderte sorgfältige Vorbereitungen, die es vor den neugierigen Augen der Erwachsenen zu verbergen galt. Der schwierigste Teil war, die Ameisen zu fangen und in einer Streichholzschachtel aufzubewahren. Diese Aufgabe fiel dem Kind Han zu, während der junge Herr Wu die Schachtel beschaffen sollte. Han verlangte eine besonders große, denn sie sollte mindestens zwanzig ausgewählten Kriegern Platz bieten, die die Schlacht in Spuckgesichts Hosen schlagen sollten. Die Arbeitsteilung war notwendig und beruhte auf einer nüchternen Einschätzung der Risiken, die mit dem Unternehmen verbunden waren. Sollte nämlich der junge Herr von einer roten Ameise gebissen werden, so würden das Kindermädchen Lan und die Herrin darüber in Zorn geraten und ihnen wahrscheinlich jede weitere gemeinsame Unternehmung verbieten, wohingegen es keine Rolle spielte, wenn das Kind Han gebissen wurde, und sei es auch von allen Ameisen auf der Welt.

Ebenso nüchterne Überlegungen hatten die Kinder bewogen, beim Spielen Rücksicht auf ihre jeweilige Stellung zu nehmen. Die merkwürdige Folge war, daß das sechsjährige Mädchen, obwohl zu klein für sein Alter und zierlich wie eine Puppe, auf Bäume kletterte, auf Holzstapeln balancierte, Frösche und Spinnen fing, Metallstücke schärfte, so daß sie als Messer benutzt werden konnten, Feuer machte und durch tiefe Abzugsgräben kroch, während der große, robuste und ein Jahr ältere Junge nur daneben stand und zusah, in die Hände klatschte und tunlichst darauf achtete, daß er sich nicht die Hände oder Schuhe schmutzig machte. Manchmal allerdings erlag der Junge der Versuchung, und dann kam er vom Spielen mit Kratzern und schmutzverkrusteten Schuhen nach Hause und mußte sich einer lästigen Reinigungsprozedur unterziehen, wobei ihm einmal sogar ein reinigender Kräutertrunk verabreicht wurde.

Seit der Genesung des Kindes Han vor zwei Jahren waren die beiden unzertrennlich, und daran vermochte auch das

Mißfallen der Erwachsenen nur wenig zu ändern. Gleich nach dem Aufwachen verlangte der Junge, nach unten zu Han gebracht zu werden, damit er mit ihr spielen konnte. Und sie flitzte, sobald sie ihre kleinen Pflichten im Haushalt erfüllt hatte, aus der Gesindestube und begab sich auf die Suche nach ihm.

Sie ließen ihrer Freude freien Lauf, jauchzten, klatschten in die Hände und hüpften auf und ab, und bald verschmolzen ihre Bewegungen zu einem naiven kindlichen Tanz.

Herr und Dienerin, kleiner Prinz und Bettlerin. Die Unbeschwertheit der Kindheit brachte alle Mauern zum Einsturz, ließ sie aufeinander zustürmen und sich im Tanz vereinen. Mauer um Mauer fiel: Der Junge setzte sich über die Beschränkungen einer einsamen, behüteten Kindheit in einem Haus voller fürsorglicher Frauen hinweg, das Mädchen über die zahllosen Ermahnungen der Erwachsenen, die es mit erhobenem Zeigefinger daran erinnerten, wer es war und auf welchem Platz.

Sie rannten fröhlich aufeinander zu.

Zuvor aber hatten sie der Welt der Erwachsenen ihren Tribut zu entrichten. Der Junge mußte sich ankleiden, kämmen und das Haar mit Brylcreme frisieren lassen, jeden Morgen seinen Vorfahren, lebenden wie toten, seinen Respekt erweisen und den Unterricht bei seinen Hauslehrern besuchen. Das Mädchen mußte Garnelen putzen, Körbe voller Erdnüsse schälen, haufenweise Sojabohnensprossen putzen und das gereinigte Nachtgeschirr auf die Zimmer tragen, damit es für die Nacht bereitstand. Vorläufig trug die Sechsjährige nur die leeren Bettpfannen, doch in ein paar Jahren konnte sie mit der Aufgabe betraut werden, die vollen herunterzuholen, in denen der Urin erwachsener Männer schwamm.

Die Kinder fühlten sich so stark zueinander hingezogen, daß ihnen alle anderen gleichgültig waren. Der Junge zeigte kein Interesse an den jungen Besucherinnen, die unter dem entzückten Gezwitscher ihrer Mütter und Kindermädchen ins Haus strömten. Und die Besucherinnen waren schockiert, wenn sie sahen, wie er sein hübsches, bereits von der Autorität seines privilegierten Standes geprägtes Gesicht gespannt der kleinen Magd in den derben Bauernkleidern zuwandte und sich ihr sofort freundschaftlich öffnete. Das Mädchen wiederum zeigte kein Interesse an den Kindern aus dem Dorf, die zuweilen mit ihren Müttern herkamen und im Haushalt halfen, und legte eine offene Verachtung für eine andere kleine Magd an den Tag, die als letzte ins Haus gebracht worden war, ein häßliches, trauriges Mädchen mit einer Rotznase. Das arme Ding, dem man den Spitznamen Schweinebrötchen gegeben hatte, folgte Han wie ein unterwürfiger Hund, wurde aber meist fortgescheucht, es sei denn, es trug ein Bonbon oder Spielzeug in seiner Tasche, das man ihr abschwatzen konnte.

Manchmal erinnerte sich das Mädchen Han verschwommen daran, wie es krank auf einer feuchten Matratze in einem Zimmer gelegen hatte, eingehüllt in die Rauchschwaden von Räucherstäbchen, aus denen zornige Erwachsenengesichter auftauchten. Aus den Gesichtern wurden Münder, die sie anschrien, Hände, die sie packten, Füße, die sie traten. Jemand drückte sie nieder, und jemand anderes flößte ihr gewaltsam eine Flüssigkeit ein, die gleich darauf wie eine Fontäne wieder nach oben schoß und alles mit sich riß, so daß sie sich völlig leer fühlte wie ein ausgeblasenes Ei. Sie entsann sich, daß sie quälenden Hunger gehabt hatte, und dann verstummte das Geschrei und alle blickten zu dem jungen Herrn Wu, der ins Zimmer getreten war. Er kam direkt auf sie zu und gab ihr etwas Warmes und Süßes zu essen. Ihr Magen füllte sich, und sie fühlte sich wieder gesund und stark, stand von der Matratze auf und folgte ihm aus dem Zimmer.

Das Mädchen sprach nie mit jemandem über diese Erinnerung.

Sie erinnerte sich auch noch an einen geliebten älteren Bruder, der sie auf den Schultern und auf dem Arm getragen und häufig zum Lachen gebracht hatte. Etwas von dieser alten Liebe war noch in ihrem treuen Herzen. Sie erweckte sie zu neuem Leben, übertrug sie auf den jungen Herrn und hegte sie beinahe fieberhaft. Ohne weiteres nahm sie zehn Kopfnüsse von Choyins harten Fingerknöcheln in Kauf oder ließ sich bereitwillig von dem Kindermädchen Lan zehnmal in den Schenkel kneifen, wenn sie nur mit ihm zusammensein konnte.

Es schicke sich nicht, sagte Choyin zu der Herrin, es schicke sich ganz und gar nicht, daß die beiden so miteinander spielten. So etwas habe es noch nie gegeben, und das Kind sei davon überheblich und widerspenstig geworden. Choyin beschrieb den trotzigen Blick, mit dem es Erwachsenen frech ins Gesicht sehe. Es habe eine höchst beunruhigende Art, einem Erwachsenen das Gesicht zuzuwenden: langsam und selbstbewußt, und wenn seine Augen schließlich auf einem ruhten, blinzele es nie.

»Sieh mich nicht so an! Ich reiße dir die Augen aus und schlucke sie mit meinem Tee hinunter!«

Erwachsene drohten damit, starrende Augen zu verschlingen, Lügnern die Zunge herauszureißen, Münder, aus denen unflätige Reden kamen, mit scharfen Reinigungsmitteln auszuwaschen. Nach einer schmerzhaften Ohrfeige starrten die Augen nur noch entschlossener, herausfordernder. Das Kindermädchen Lan klagte, daß der Junge sie vor anderen in demütigender Weise angeschrien habe. Das habe er nie zuvor getan. Daran sei nur der schlechte Einfluß des Kindes schuld. Sie habe dem Jungen alles gegeben, schluchzte sie, ihre Zeit, ihre Energie und, wie sie hätte hinzufügen können, ihre Brüste. Ein aufsässiges kleines Dienstmädchen, ein rüder junger Herr: Die alte Ordnung war erschüttert, und es lagen noch schlimmere Dinge in der Luft.

»Es sind doch nur Kinder«, murmelte die Herrin und verwies darauf, daß das kleine Mädchen zumindest in einer Hinsicht einen heilsamen Einfluß ausübe: Ihr Enkel habe jetzt weniger Wutanfälle und schlechte Träume und spreche überdies mehr mit ihr. Sie lächelte in Erinnerung an eine kleine Begebenheit, die die sympathische Veränderung ihres Enkels widerspiegelte. Das Mädchen Han war zu ihr gekommen und hatte sie gefragt, ob sie ihr den Rücken klopfen solle. Überrascht und amüsiert nickte sie und ließ sich von den entschlossenen, aber ungeübten Fäusten den Rücken klopfen. Dann spürte sie ein zweites Paar Fäuste, drehte sich um und erblickte ihren Enkel, der lachend mit dem Mädchen wetteiferte.

»Großmutter, ich werde dich von allen Schmerzen und Beschwerden befreien!«

Sie hatte vor Vergnügen laut gelacht und sich vorgenommen, Freunden und Verwandten von dieser Liebeserklärung zu erzählen.

So sorgten die Vorrechte der Kindheit und die Billigung der Herrin dafür, daß die Züchtigungen aufhörten, die Vorwürfe verstummten und die anderen Dienstmädchen murrend hinnahmen, daß ein Kind armer Leute, noch unbedeutender als sie und zwei Jahre zuvor vom Tode errettet, sich unermeßlich weit über seinesgleichen erhob.

Doch es war nur eine Galgenfrist. Irgendwann hatte die Kindheit ein Ende, und mit ihr alle Privilegien. Wenn das Kind elf, zwölf, dreizehn wurde, wenn ihm Brüste sprossen, die in ein züchtiges Leibchen gezwängt werden mußten, wenn die ersten Tropfen ankündigten, daß es zur Frau wurde, dann würde es in seine Welt zurückkehren müssen und dürfte nie wieder in Gegenwart des jungen Herrn die Augen aufschlagen.

Die Animositäten prallten an dem Kind ab, wenn es flink wie ein Tier durch die Zimmer und den Garten des Anwesens huschte. Es lebte in einer einfachen Welt, in der alles um das eine Bedürfnis kreiste, mit dem jungen Herrn zusammenzusein. An diesem Mittelpunkt richtete sich alles andere aus. So mußte auf den Großvater und die Großmutter Rücksicht genommen werden, denn auch der Junge nahm auf sie Rücksicht. Die Dienstmädchen hingegen konnten allesamt ignoriert werden, denn auch der Junge ignorierte sie. Dazwischen standen diejenigen, denen der Junge entweder begrenztes Wohlwollen oder unverhohlene Verachtung entgegenbrachte; das Mädchen paßte sein Verhalten genauestens dem seinem an. Manchmal spielte der Junge gern mit Spuckgesicht und gab ihm ein Stück Melone, Ananas oder Reiskuchen, das er nur halb aufgegessen hatte. Aber er hegte einen heftigen Widerwillen gegen das arme rotznäsige Schweinebrötchen, das sich immer in seiner Nähe herumdrückte und schüchtern einen nackten Fuß an dem anderen rieb. Entsprechend ließ das Kind Han Spuckgesicht mitspielen, während es Schweinebrötchen wegstieß und zum Weinen brachte.

Das Kind hatte schon früh erkannt, daß der Standesunterschied zwischen ihnen sich nicht nur im Verhalten der Umgebung niederschlug, sondern auch in ihrer unterschiedlichen Unterbringung, Ernährung und Kleidung. Das Zimmer des Jungen war doppelt so groß wie ihres, das sie sich mit vier anderen Mädchen teilte. Zudem schliefen sie alle auf dem Boden auf Matten, die tagsüber zusammengerollt an der Wand lehnten. Der Junge war bekannt dafür, daß er beim Essen sehr wählerisch war und Hühnerfleisch und Leber ausspuckte, die am Gesindetisch als Leckerbissen galten. Sein Kindermädchen Lan hatte das geschmeidigste Haar und die makelloseste Haut, was man dem Umstand zuschrieb, daß auf dem Teller oder in der Schale des Jungen häufig Essensreste zurückblieben. Das Kind erinnerte sich schwach an ein köstliches Ei in dampfendem Reisbrei, und manchmal sah es zu, wie nicht nur eines, sondern gleich zwei unter die feinen Nudeln gemischt wurden, die der Junge zum Frühstück bekam. Die Knöpfe an den Kleidern des Jungen waren stets aus Elfenbein, Knochen oder Seide, die an den Kleidern des Kindes nur aus Stoff.

Diese Erkenntnis bremste den Elan des Mädchens: Es bat

nie um die Erlaubnis, von den Süßigkeiten oder Früchten in den zahllosen Gläsern im Zimmer des Jungen zu kosten oder mit seinen teuren Spielsachen zu spielen. Es sprang jedesmal auf und rannte aus dem Raum, wenn der Großvater eintrat.

»Hier«, sagte der alte Mann einmal mit freundlicher Stimme und hielt ihm ein Stück Mondkuchen hin, doch es zögerte, fummelte an einem Zipfel seiner Bluse herum und blickte zur Herrin, die in der Nähe stand.

»Nur zu, nimm es ruhig«, sagte sie, doch das Kind zögerte noch immer.

Der Junge wiederum bot ihm, um den alten Glauben an die sozialen Schranken zu untermauern, niemals von den Süßigkeiten und Spielsachen an, die er seiner privilegierten Stellung verdankte, auch wenn er zuweilen in einem Anflug von Großzügigkeit ein halbes Stück Kuchen in die Tasche schob und später dem Mädchen zusteckte.

Er war sich seiner Stellung bewußt, und zuweilen brachte er das auch energisch zum Ausdruck. »Ich bin der Herr, und du bist nur die Dienerin. Tu es.«

Han tat es mit zitternden Lippen, denn seine Niedertracht kränkte sie. Sie weinte nie, wenn sie getadelt wurde, außer von ihm. In gewisser Weise wurde das Gleichgewicht später wiederhergestellt, wenn der Junge Angst hatte, einen Frosch aus einem Loch zu holen, und sie furchtlos hineingriff und ihn herauszog, oder wenn er vor einem betrunkenen Arbeiter wegrannte, der gegen das Eisentor torkelte, und sie beherzt vor ihn hintrat und schrie, er solle verschwinden.

»Tu es.«

Wieder zitterten die Lippen des Mädchens, doch der Junge stand vor ihm mit demselben gebieterischen Hochmut, den seine Großmutter an den Tag legte, wenn sie in ihrem großen Stuhl mit der perlmuttverzierten Lehne über eine nachlässige Dienerin zu Gericht saß. Das kleine Mädchen hob seine Bluse und zog seine Hosen herunter. Der Junge war enttäuscht. Er erinnerte sich an feste Hügel unter enger Unterwäsche, die sich angenehm weich anfühlten, doch was er jetzt sah, war nur flach, mehr nicht. Das Mädchen zog die Bluse wieder herunter und die Hosen hinauf.

Eines Morgens bekam er ein letztes Mal die Brüste einer Frau zu Gesicht: Er rannte in ein Zimmer, in dem die alte Keo-Kia-Frau saß, und machte sofort auf dem Absatz kehrt, so entsetzt war er über den Anblick ihrer welken, schlaffen Brüste. Nach dem Vergnügen, das ihm die Brüste des Kindermädchens Lan bereitet hatten, und der enttäuschenden Erfahrung mit dem Kind Han verwirrte ihn der Ekel vor der alten Keo-Kia-Frau zutiefst und kurierte ihn nachhaltig von seiner Neugier auf diesen Teil der weiblichen Anatomie.

Doch die kindliche Triebhaftigkeit fand andere Wege, sich auszuleben: Er und das Kind Han planten, Spuckgesicht mindestens zwanzig rote Ameisen in die Hosen zu schmuggeln, um ihn dazu zu bringen, sich nackt auszuziehen und schreiend herumzurennen.

Atemlos vor Erregung, zeigte ihm das Mädchen die sechs roten Ameisen, die es bereits ausgegraben hatte, und versprach ihm, die fehlenden noch zu fangen, sobald es die Sojabohnensprossen geputzt hatte.

Es saß auf einem kleinen Holzschemel in der Küche, einen Bambuskorb mit den Sojasprossen zwischen den Beinen, und zwickte sorgfältig die dünnen braunen Wurzeln ab, eine nach der anderen. Bei dieser Arbeit wurde es immer schläfrig. Es sackte über dem großen Haufen zusammen, doch bei dem Gedanken an das bevorstehende Abenteuer fuhr es mit einem Ruck wieder hoch. Der Haufen war schrecklich groß. Es vergewisserte sich, daß niemand in der Nähe war, dann packte es eine Handvoll und schob sie unter den Haufen, den es bereits geputzt hatte. Es zwickte weiter die verhaßten braunen Wurzeln ab, doch mit den Gedanken war es nur noch bei den roten Ameisen. Erneut blickte es sich um, und da noch immer niemand zu sehen war, griff es noch einmal in den Haufen und stopfte die Sprossen in den Abfalleimer.

Ein Mann ging am Küchenfenster vorbei und sah herein. Möglicherweise hatte er es beobachtet, und so hielt das Mädchen es für das Beste, einfach so zu tun, als habe es ihn nicht bemerkt, und fuhr ruhig und gewissenhaft in seiner Arbeit fort. Er hüstelte, und es schaute auf und grüßte ihn so respektvoll, wie es die Herrin verlangte: »Euer Gnaden.«

Der Priester hatte auf dem Weg in den Ahnensaal einen flüchtigen Blick von dem Mädchen in der Küche erhascht und war näher getreten, um es sich genauer anzusehen. Er musterte es mit dem Besitzanspruch des Retters auf die Gerettete und gelangte zu dem Ergebnis, daß es, obwohl zu mager und viel zu klein für sein Alter, eine Schönheit zu werden versprach. Der lebhafte Blick seiner großen Augen hatte etwas Unwiderstehliches. Der lüsterne Geistliche pflegte seine Beute schon im voraus auszuwählen, so daß die kleinen Mägde von sieben, zehn oder zwölf Jahren zusammen mit den Fünfzehn-, Sechzehn- und Zwanzigjährigen ein lückenloses, sich nie erschöpfendes Kontinuum des Vergnügens bildeten. Mit seinen feinen Zügen war das Kind Han vielversprechend; das andere Kind mit der Triefnase und dem nichtssagenden, einfältigen Gesicht war uninteressant.

Der Geistliche speicherte ein weiteres Bild in seinem Gedächtnis, um später darauf zurückzugreifen, und ging weiter. Das Kind seufzte erleichtert. Es mochte ihn nicht.

Wieder kam ein Mann am Fenster vorbei und spähte herein. Diesmal hatte das Kind kein bißchen Angst. Gebieterisch rief es: »Verschwinde!« Spuckgesicht grinste breit, streckte die Arme durch das Fenster und schüttelte ein Geschenk in den hohlen Händen.

Das Kind trug den Schemel zum Fenster, stieg hinauf und zog, neugierig auf das Geschenk, Spuckgesichts Hände auseinander. Es war nur eine Perlenschnur mit ein paar zerbrochenen

Perlen daran, und das Kind rümpfte verächtlich die Nase. Jeden Tag durchwühlte Spuckgesicht die großen Müllhalden in der Stadt und brachte dem Kind kleine Geschenke wie Kämme, Bleistifte, Spiegel, Portemonnaies, bunte Schnüre und Pappschachteln mit, einmal sogar einen unversehrten Affen aus Porzellan. Die meisten Geschenke lehnte das Kind ab, doch immer wieder erlag es der Schmeichelei seiner hohlen Hände.

»Verschwinde«, sagte das Kind erneut engherzig, kletterte von dem Schemel und kehrte zu seinen Sprossen zurück.

Er sperrte den Mund auf und sah ihm tieftraurig nach. Ein gutmütiges Tier auf der Suche nach der sanften Schönen, der es die ganze Liebe seines schmachtenden Herzens schenken konnte: In diesem kleinen eigenwilligen Mädchen, das ihn bei ihrer ersten Begegnung gebissen hatte, hatte er sie gefunden.

Er wandte sich zum Gehen, da kam Han eine Idee, und sie rief ihn zurück.

»Spuckgesicht, warte!«

Sie winkte ihn herein.

Unter Freudengeschrei eilte er zu ihr. Mit jedem Tag, den er in der heißen Sonne über die Müllkippen und Marktplätze der Stadt streifte, wurden die wirren Haarbüschel auf seinem Kopf wirrer, seine abstoßende Haut abstoßender. Als Säugling im Müll ausgesetzt, hatte er ihn niemals verlassen und trug alle Anzeichen des körperlichen und geistigen Verfalls mit sich herum.

Seine Mutter war in ihrem früheren Leben böse gewesen, und er war in seinem früheren Leben böse gewesen. Seine Mutter hatte zu viele Hühner geschlachtet, als sie mit ihm schwanger war. Sie hatte den Kopf eines Ziegenbocks angeschrien, der am Metzgerstand an einem Eisenhaken hing und sie boshaft angrinste, deshalb hatte er die Augen eines Ziegenbocks. Schmutz, Entbehrung, Häßlichkeit – der Himmelsgott hatte den Spaß noch weiter getrieben. Er hatte ihm obendrein ein liebendes Herz gegeben, und das verurteilte ihn dazu, ein Leben lang einsam zu bleiben, denn nie würde jemand seine Liebe erwidern.

»Spuckgesicht, komm her.«

Dann sagte das Kind »Tu es« und deutete auf den Haufen Sojabohnensprossen, die es noch nicht geputzt hatte. Spuckgesicht machte sich eifrig an die Arbeit und wartete darauf, daß es ihm das gemeinsame Spiel genauer erklärte, was ihn überglücklich machen würde. Doch das Mädchen war bereits im Begriff zu verschwinden. Nur das plötzliche Erscheinen Choyins machte alle Hoffnungen zunichte, und so nahm es Spuckgesicht wortlos den Korb mit den Sprossen aus der Hand und setzte sich wieder hin.

»Du bist eine ganz Gerissene«, sagte Choyin in Erinnerung an die zahlreichen Gelegenheiten, bei denen das Kind versucht hatte, seine Arbeit dem schwachsinnigen Spuckgesicht und dem ebenso dummen Schweinebrötchen aufzuhalsen.

Das Kind beugte sich über den Korb, hörte gar nicht auf die nörgelnde Stimme und dachte nur an das bevorstehende Vergnügen.

Dann war es endlich soweit. Sie blieben in einiger Entfernung vom Schuppen stehen, und Han öffnete langsam die Streichholzschachtel, die Wu aus dem Zimmer eines Mannes im Obergeschoß stibitzt hatte. Wu wollte die Ameisen sehen, bevor sie freigelassen wurden, um ihre Arbeit zu tun. Han hatte sie mit Hilfe kleiner Zweige und Blätter aus ihrem Versteck unter den Baumstämmen hervorgeholt und in die Schachtel bugsiert. Sie war nur dreimal gebissen worden und zeigte Wu stolz die Schwellungen an ihrem Unterarm und Fuß. Sie behauptete, die Übeltäter zu kennen, und erbot sich, sie ihm zu zeigen.

»He, sie versuchen zu entwischen. Mach die Schachtel zu.«

»Siehst du die ganz großen? Die haben mich gebissen.«

»Ich habe gesagt, du sollst die Schachtel zumachen! Sie versuchen zu entwischen!«

»Schon gut. Aber siehst du die großen? Stell dir vor, wie zwanzig davon an Spuckgesichts Ding hängen!«

In ihrer Erregung vollführten die Kinder wieder ihren primitiven Hopstanz. Die Schachtel fiel zu Boden, wurde aber sogleich geborgen. Wu wollte sie eine Weile halten. Er hielt sie dicht ans Ohr, schüttelte sie und lauschte auf ein Geräusch aus dem Innern.

»Hör auf damit! Davon wird ihnen schwindelig. Dann können sie Spuckgesicht nicht mehr beißen!«

Zu ihrer Freude schlief Spuckgesicht. Und zu ihrer noch viel größeren Freude schlief er im Sitzen. Er lehnte an der Wand des Schuppens und hatte entgegenkommenderweise die Beine angezogen und die Knie gebeugt, so daß seine weiten Shorts abstanden und einen bequemen Zugang boten. Überdies trug er keine Unterhosen, und ein Hoden war deutlich zu sehen. Das Kind Han machte Wu darauf aufmerksam, und beide hielten sich kichernd die Hand vor den Mund.

Das Einfangen der Ameisen war in Hans Augen der gefährlichste Teil des Unternehmens gewesen, und so hielt sie es nur für gerecht, daß sie auch den vergnüglichsten übernahm. Sie wollte gerade mit der Streichholzschachtel zu Spuckgesicht hinüberkriechen, als Wu plötzlich selbst Anspruch auf das Vergnügen erhob. Die Kinder gerieten darüber in Streit, bis sie mit Schrecken bemerkten, daß Spuckgesicht sich bewegte. Sie erzielten rasch eine Einigung und beschlossen eine weitere Arbeitsteilung: Wu sollte die Ameisen aus der Schachtel in die abstehende Hose schütteln, und Han sollte aufpassen und jede Ameise, die sich davonmachen wollte, wieder zurückschubsen, damit die kleine Armee vollzählig zum Einsatz kam.

Zitternd vor Aufregung näherten sich die Kinder dem Schläfer. Er hatte ein Bein gesenkt, so daß es nun ausgestreckt auf dem Boden lag, doch das andere war immer noch zuvorkommend angewinkelt. Wu schlich mit übertriebener Heimlichkeit zu ihm, öffnete die Streichholzschachtel und schüttelte den gesamten Inhalt in das offene Hosenbein. Wie erwartet, kamen ein paar Ameisen herausgekrabbelt, doch Han hob geschickt den Saum der Hose und schüttelte sie wieder hinein. Dann krochen sie und Wu zurück, erneut unter großem verschwörerischem Getue, wobei sie die Finger auf die Lippen legten, versteckten sich hinter einem großen leeren Ölfaß und warteten ab.

Spuckgesicht schlief ungestört weiter. Er zuckte ein- oder zweimal, und die Kinder stupsten einander schon erwartungsvoll. Doch nichts passierte. Sie wollten gerade gehen, weil sie glaubten, daß den Ameisen doch noch die Flucht gelungen sei, da sprang Spuckgesicht plötzlich auf und stieß ein lautes Brüllen aus. Er sah sich entgeistert um und griff sich an verschiedene Körperteile, um die Ursache für seine Schmerzen herauszufinden. Eine bestimmte Stelle an der linken Hinterbacke erregte seine Aufmerksamkeit, und er schlug kräftig dagegen. Dann klopfte er auch gegen seine rechte Backe, bis er auf die Idee kam, sich hinzusetzen und mit komischen kreisförmigen Bewegungen über den Boden zu rutschen. Wieder stieß er einen lauten Schrei aus, und diesmal griff er sich an die Genitalien, ein untrügliches Zeichen, daß die Ameisen ihre Attacke verschärften. Allmählich dämmerte ihm, was ihn peinigte. Er schob die Hand in die Hose und tastete umher, zog sie schreiend wieder heraus und starrte auf die drei großen Ameisen, die an ihr hingen. Nun begann er, herumzuhüpfen, wobei er die Hände abwechselnd schüttelte und kräftig auf sein armes, bedrängtes Glied drückte. Sein Gehopse war in seiner Art so einmalig, daß selbst das ernsteste Kind vor Vergnügen laut gelacht hätte. Es nahm jeden Körperteil und jeden Gesichtszug in Anspruch und trieb ihn zu unglaublichen Verrenkungen und Zuckungen, mit denen der wildeste Kriegstanz nicht hätte konkurrieren können. Han und Wu gaben alle

Heimlichtuerei auf, krochen aus ihrem Versteck hinter dem Ölfaß hervor und wälzten sich unter lautem Gelächter auf dem Boden.

Han wischte sich die Augen.

»Glaubst du, daß er noch pinkeln kann?« fragte sie.

VII

Die Kinder wollten herausfinden, wieviel Macht der Sarg des Alten besaß.

Sie taten so, als ob sie am Karpfenteich spielen wollten, dann rannten sie in einem unbeobachteten Moment an mehreren Schuppen vorbei zum hinteren Teil des Hauses, in dem sich das Zimmer des Alten befand. Es war ein großes Zimmer, das bis auf den Sarg, der dort seit über zwanzig Jahren unberührt in einer Ecke stand, wenig einladend war.

Die Kinder spähten durch das Fenster und sahen, wie das Dienstmädchen Chu dem Alten gerade den Bart stutzte. Er saß, gegen einen Berg Kissen gelehnt und ein Handtuch um den Hals, gehorsam auf seinem Bett. Sie stutzte gekonnt mit einer Schere, und als sie fertig war, nahm sie eine kleinere zur Hand und schnitt ihm die Fingernägel, dann die Zehennägel.

Hin und wieder sah der Alte seine Pflegerin an, legte die Stirn in Falten und versuchte, sich an etwas zu erinnern. Aus seinen verblaßten Erinnerungen stachen einige Frauen strahlend wie ein Schwarm farbenprächtiger Vögel hervor, die Varietémädchen in ihren schreiend bunten Sarongs, und ein oder zwei Dienstmädchen mit der besonderen Gabe, jeden Wunsch zu erfüllen. Die Pflegerin Chu war für ihn schwer einzuordnen, doch fühlte er sich durch sie vage an ein Gesicht oder eine Stimme erinnert, und so sah er sie fragend an.

»Was glotzt du mich so an?« fragte sie, und der alte Mann sah weg wie ein verlegenes Kind.

Die einstige Autorität des früheren Patriarchen des Hauses

Wu und seine jetzige Hilflosigkeit und Senilität, die Unterwürfigkeit, die der Pflegerin abverlangt wurde, und die tatsächliche Macht, die sie in ihrer Position besaß – dies alles hob sich gegenseitig auf und führte dazu, daß Chu unter den Bediensteten eine Sonderstellung einnahm. Sie diente ihrem Herrn zwar ergeben, konnte ihn aber auch ungestraft schelten.

»Hör auf zu zappeln.«

»Wenn du deinen Brei nicht aufißt, setzt es Prügel.«

Sie umsorgte ihn und achtete darauf, daß er immer sauber und gepflegt aussah. Sein Bettgeschirr war stets geleert und gereinigt, auf seinen Kleidern nie ein Essens- oder Urinfleck, unter seinen Nägeln niemals Schmutz. Wenn er einen lichten Moment hatte, schlurfte er zu seinem Sarg mit dem gesteppten Sargtuch darauf, dessen Rot im Lauf der Jahre verblaßt war, und erzählte unglaubliche Geschichten. Manchmal verließ er auch das Zimmer, wie um einem Vergnügen nachzugehen, an das er sich vage erinnerte, wurde aber schnell von dem Dienstmädchen zurückgeholt. Er und die *Keo-Kia*-Frau waren die ältesten Hausbewohner, doch sie begegneten einander nie. Er war an sein Zimmer gefesselt, und sie wagte sich nicht aus dem Flügel des Hauses, in dem man sie untergebracht hatte. Sie war mittlerweile zu alt, um für die Kinder Besänftigungsrituale durchzuführen, hatte in diesem großzügigen Haus aber freie Kost und ein Bett. Bei Vollmond, wenn das Geheul der Hunde und das Wimmern von Kindern und wahnsinnigen Frauen zum Himmel emporstiegen, verschmolzen das Stöhnen des Alten und das Jammern der *Keo-Kia*-Frau irgendwo in den dunklen Fluren des großen Hauses zu einem Klagelied.

Die alte Frau sollte bald sterben und in das armselige Dorf, aus dem sie stammte, zurückkehren, und hohes steifes Gras sollte ihr Grab überwuchern und alle Spuren ihres irdischen Daseins auslöschen. Der Alte hingegen sollte noch einige Zeit leben, und sein Begräbnis sollte das größte und prachtvollste des ganzen Jahres werden. Man beerdigte ihn mit Pomp und

Prunk in seinem Sarg und errichtete auf seinem Grab einen Stein aus Marmor, der seinen berühmten Namen und seinen Geburts- und Todestag trug. Er nahm seinen Platz bei den Vorfahren im Ahnensaal ein und erhielt einen eigenen Altar, und seine Nachkommen hielten sein Andenken mit Tafeln und Räucherstäbchen, mit Kerzen und Blumen in Ehren. Beim Fest der Hungrigen Geister mußte er niemals darben, denn sein Altar quoll über von den erlesensten Speisen, Nudeln, Süßigkeiten und Weinen. Da er als Geist-Gottheit noch großzügiger war als früher, füllte er mit dem, was er zuviel hatte, die leere Schüssel der *Keo-Kia*-Frau, die niemanden hatte, der ihrer an Festtagen gedachte.

Doch vorläufig lag er noch in seinem Bett oder strich um den Sarg herum, der noch immer die Macht besaß, Gedanken des Alten zu konzentrieren und ihn entweder freundlich oder zornig zu stimmen: Je nachdem, ob er an die Hilfsbereitschaft dachte, mit der seine Kinder den Sarg beschafft hatten, oder an den Eifer, mit dem sie ihn für immer hineinlegen wollten. Der Zorn herrschte vor, und zusammen mit der Verdrießlichkeit der Pflegerin, die von den anderen ferngehalten, für ihre totale Hingabe angeblich jedoch mit Geld und Goldschmuck belohnt wurde, erzeugte er in diesem Raum eine beklemmende Atmosphäre der Boshaftigkeit.

Das Leben in dem großen Haus ging an dem Alten vorüber. Nur zweimal im Jahr wurde er mit einbezogen: an seinem Geburtstag, wenn seine Nachkommen hereinströmten, um ihm ihren Respekt zu erweisen. Und am ersten Tag im neuen Jahr, wenn er, frisch gebadet und mit einem feinen Seidengewand bekleidet, in den Ahnensaal geführt wurde, um dort zu beten und im Rahmen eines Zeremoniells von Kindern und Verwandten Tee entgegenzunehmen. Er besaß noch immer seine langen Zähne. Sie waren eine bange Erinnerung daran, daß er möglicherweise den Tod seines Enkels und dessen Frau, beide in der Blüte ihrer Jahre, verschuldet hatte. Vielleicht war dies der Grund, warum seine Anwesenheit im Haus noch immer böse Ahnungen weckte.

Nun, da sein Bart gestutzt und seine Nägel geschnitten waren, wurde er ins Bett gelegt, um seinen Mittagsschlaf zu halten. Das Dienstmädchen Chu setzte sich auf ihren Stuhl und arbeitete an ihrer Flickendecke. Eine lag zusammengefaltet am Fußende des Bettes des Alten, eine von vielen, die sie in den endlosen Stunden des Wachens und Wartens gefertigt hatte. Nach einer Weile sank ihr der Kopf auf die Brust, sie ließ die Nadel fallen und schlief über ihrer Handarbeit ein.

»Los jetzt.«

Die Kinder huschten ins Haus, schlichen auf Zehenspitzen zum Sarg, hoben das schwere rote Tuch und stellten zur ihrer Enttäuschung fest, daß er fest verschlossen war. Es war unmöglich, den schweren Deckel beiseite zu schieben. Eigentlich hatten sie beabsichtigt, in den Sarg zu klettern und sich hineinzulegen, denn sie hatten gehört, daß es der Gesundheit förderlich war, wenn man sich in einen Sarg legte. Der Alte hatte viele Male darin gelegen, und es hatte sein Leben verlängert. Sie überlegten, was sie nun tun sollten. Ihr Interesse wandte sich einer anderen Eigenschaft zu, die der Volksglaube den Särgen zuschrieb.

»Los, du klopfst dagegen«, sagte Han. »Du mußt es so machen.« Sie ballte eine Faust und schlug mit den Knöcheln kräftig gegen die andere Hand.

»Nein, du tust es«, sagte Wu.

»Nein, du.«

»Nein, du.«

»Na gut, ich fürchte mich nicht.« Das Kind Han holte aus. Die Faust landete auf dem Sarg, aber kraftlos, denn das Kind verlor allmählich den Mut.

»Du fürchtest dich ja!«

Das Kind nahm sich zusammen und klopfte zweimal laut. Plötzlich bekamen sie Angst vor der eigenen Courage, drehten sich um und rannten hinaus. Eine Weile standen sie keuchend da und spähten hinein, um zu sehen, was passierte.

»Er lebt noch«, flüsterte Han und starrte den Alten an, der auf dem Bett schlief.

»Woher willst du das wissen? Er bewegt sich nicht. Vielleicht ist er ja schon tot.«

»Er schnarcht. Hörst du? Das beweist, daß er nicht tot ist.«

Die Kinder beobachteten den Alten weiter. Eine Fliege schwirrte an seiner Nase vorbei. Er seufzte und drehte leicht den Kopf auf dem Kissen. Damit waren alle Zweifel über seinen Zustand beseitigt.

Die Kinder waren enttäuscht. Klopfgeräusche aus einem Sarg kündigten angeblich das Ende seines Besitzers an. Die Kinder zogen den Schluß, daß dieser Glaube falsch sei. Sie hatten gehofft, daß der Alte sich sterbend auf seinem Bett krümmte, so wie sie einmal eine fette Ratte auf dem Boden in der Küche hatten verenden sehen, eine von mehreren, die die Küchenmägde vergiftet hatten. Sie war unter Todesqualen aus ihrem Versteck hervorgekrochen und vor den Augen der Kinder gestorben. Han war losgerannt und hatte Wu geholt, und zusammen hatten sie fasziniert die letzten Zuckungen beobachtet.

Jetzt passierte nichts. Vielleicht hatten sie nicht laut genug gegen den Sarg geklopft. Vielleicht sollten sie es noch einmal probieren.

»Diesmal tue ich es«, sagte Wu, der nach der Enttäuschung neuen Mut faßte.

»Nein, ich tue es.«

»Ich kann lauter klopfen als du. Meine Knöchel sind größer. Jungen haben größere Knöchel als Mädchen. Siehst du?« Als Beleg reckte Wu die Faust in die Höhe.

»Ich kann lauter klopfen. Du wirst schon sehen«, sagte Han unbeirrbar.

»Ich hab's! Wir klopfen zusammen. Wenn ich ›Los!‹ sage, beginnen wir zusammen zu klopfen. Dreimal.«

»Nein, sechsmal. Sechsmal ganz fest.«

»Einverstanden.«

Die Kinder standen Seite an Seite vor dem Sarg, den Ausdruck gespannter Erwartung auf den Gesichtern.

»Los!«

Sie klopften begeistert und energisch. Ihre Knöchel prallten an dem harten Holz ab und taten weh, doch der Schmerz war Teil der Herausforderung. Sie klopften mehr als sechsmal, wetteiferten darum, wer stärker war, und hielten erst inne, als eine grimmige Gestalt über sie herfiel und zornig ihre Hände vom Sarg fegte.

»Was soll das? Seht ihr denn nicht, daß Urgroßvater schläft?« zischte Chu, gab Han eine Ohrfeige und hielt mit der anderen Hand Wu fest.

»So etwas tut man nicht«, schalt sie den Jungen. »Wenn Sie das noch einmal tun, muß ich es Ihrer Großmutter sagen.«

Zwar wußte jeder, daß die Herrin den Jungen verhätschelte, doch es war Verlaß darauf, daß sie ihn für ernste Vergehen tadelte. Die Pflegerin fuhr herum und wollte Han noch eine Ohrfeige geben, doch das Kind entwand sich geschickt ihrem Griff und rannte, gefolgt von Wu, aus dem Zimmer.

Draußen, in dem sicheren Versteck, das sich die Kinder in einem alten Lagerraum eingerichtet hatten, kauerten sie sich auf den Boden und sprachen über das gescheiterte Abenteuer.

»Wir haben gut geklopft«, sagte Wu bedauernd. »Chu hat alles verdorben.«

»Vielleicht ist der Alte schon gestorben, und sie ist deshalb so böse«, meinte Han. Sie überlegten, ob sie zurückgehen und nachsehen sollten, verwarfen den Gedanken jedoch. Sie besprachen ihre Verwunderung darüber, daß der Besitzer des Sarges noch lebte, obwohl ihr Klopfen nicht zu überhören gewesen war. »Aber irgend jemand im Haus wird sterben«, überlegte Han. »So heißt es in allen Geschichten.«

In diesem Moment riß Wu, von panischer Angst gepackt,

die Augen auf und ließ die Kinnlade fallen. Für einen Augenblick war er wie erstarrt, und alle Farbe wich aus seinem Gesicht. Dann sprang er entsetzt auf und stürzte aus dem Raum. Dasselbe tat Han, deren Miene aus einem Mitgefühl, das reiner Seelenfreundschaft entsprang, jede Veränderung in seinem Gesicht mitgemacht hatte. Wu rannte, einem unwiderstehlichen Drang folgend, über den Hof, durch die Küche und zwei Räume, dann eine Treppe hinauf und zwei lange Korridore entlang, ehe er schließlich, atemlos und mit rotem Kopf, in das Zimmer seines Großvaters platzte.

»Nicht so stürmisch, Enkel! Gib acht!« rief der Patriarch erstaunt, als der Junge auf ihn zurannte, ihm beide Arme fest um die Taille schlang und dabei fast die Pinsel und Tuscheschalen auf dem Tisch umwarf. Er schob eine soeben fertiggestellte Schriftrolle beiseite und wandte seine Aufmerksamkeit dem Jungen zu. Das Kind Han wagte es nicht einzutreten und blieb, weinend und mit rotem Kopf, in der Tür stehen.

»Was ist denn los, Enkel?« fragte der Patriarch und legte dem Jungen beide Hände auf den Kopf. Der Speichel des schluchzenden Jungen hinterließ feuchte Flecken auf seinem feinen grauen Anzug aus Seide.

»Du bist … du bist … nicht tot!« stieß der Junge aus, ihn noch immer umklammernd.

»Selbstverständlich bin ich nicht tot«, sagte der alte Mann. Er hob sanft den Kopf des Jungen. »Wie kommst du denn auf eine solche Idee, Enkel?« Mit tränenüberströmtem Gesicht sah der Junge zu seinem Großvater auf. »Ich klopfe nie wieder an einen Sarg, Großvater! Ich verspreche es!« wimmerte er reumütig und brach in lautes Geheul aus.

»Na, na, kleiner Enkel, ist ja gut«, sagte der Patriarch und nahm den Jungen liebevoll in den Arm, während das Kind Han, das von der Tür aus alles beobachtete und sich noch immer nicht ins Zimmer wagte, in das Wehklagen des jungen Herrn Wu einstimmte.

VIII Der Junge Wu bekam auch Schläge mit dem Stock. Nicht vom Großvater oder von der Großmutter, die mit einem solchen Folterinstrument lieber sich selbst gezüchtigt hätten, als den geliebten Jungen damit zu traktieren. Und ganz gewiß nicht von einem der Dienstmädchen. Ein derart krasser Verstoß gegen die überkommenen Verhaltensregeln ließ sich nur mit einer plötzlichen dämonischen Besessenheit erklären wie vor einigen Jahren, als eine Dienerin, die ihren jungen Herrn auf dem Rücken trug, diesen unvermittelt in den Schlamm eines Reisfeldes warf und daraufhin vom Vater und den Onkeln des Jungen zu Tode geprügelt wurde.

Doch Stock und Rute wurden respektvoll in die Hände des Hauslehrers gelegt. An den *Sinseh,* ein Vorbild an Gelehrsamkeit und der Vermittler des Wissens, traten alle Väter, ob Bauer oder Kaiser, demütig einen Teil ihrer Macht ab: Schlagen Sie meinen Sohn, wenn es nötig ist, um ihn zum Lernen zu bewegen. Und der Hauslehrer des Jungen Wu machte von diesem Vorrecht weidlich Gebrauch. Für leichtere Vergehen zog er seinen Schüler an den Ohren oder klopfte ihm auf die Fingerknöchel, für schwerere schlug er ihm mit dem Stock auf die Handflächen. Unaufhörlich erzählte er Geschichten von einem jungen Studenten, der sich keinen Schlaf gönnte und statt dessen Nacht für Nacht beim Schein einer Petroleumlampe über den Büchern hockte, das Haar an einen Deckenbalken geknotet, so daß er jedesmal, wenn er einnickte, vom Schmerz jäh geweckt wurde.

Heute morgen war der Junge begriffsstutzig. Mit verkniffenem Gesicht und einem drohenden Unterton in der Stimme befahl ihm der Lehrer, den Vers aus den Klassikern noch einmal aufzusagen. Der Junge wiederholte ihn nun schon zum sechsten Mal und geriet abermals ins Stocken. Da griff der Lehrer zu dem Stock, einem dünnen, biegsamen Bambusrohr, befahl ihm, die Hand auszustrecken, und schlug, seinen ganzen Ärger in den Hieb legend, mit voller Kraft auf die Innenfläche. Der Junge zuckte zusammen, aber nur unmerklich.

»Und jetzt noch einmal von vorn.«

Dem Jungen traten Tränen in die Augen, aber er hob das Kinn, um sie zurückzuhalten. Sie drohten ihm über die Wangen zu laufen, und er schob das Kinn noch höher. Verschwommen nahm er das zornerbrannte Gesicht seines Peinigers wahr, und ein Hagel von Befehlen trommelte gegen seine Ohren.

»Die andere Hand! Steh gerade. Jetzt!«

Der Stock pfiff erneut durch die Luft und traf die Hand mehrmals im rechten Winkel. Der Junge behielt das zitternde Kinn oben, doch alle Anstrengung war vergebens. Tränen schossen hervor und liefen ihm über beide Wangen. Noch immer kniff er fest die Lippen zusammen und gab keinen Laut von sich.

»Du darfst erst gehen, wenn jedes Wort stimmt, mein Junge.«

Den Dienstmädchen zwang er stets seinen Willen auf, indem sie mit Fußtritten traktierte, doch der Lehrer duldete es nicht einmal, wenn er sich in der Achselbeuge kratzte oder seine Haltung auf dem Stuhl veränderte. Er hegte einen wachsenden Zorn gegen ihn. Manchmal, wenn der furchterregende Mensch aufsah, bemerkte er verwundert, daß ein Lächeln die Mundwinkel des Schülers umspielte, ohne jedoch zu ahnen, daß der Junge ihn soeben auf einen Haufen mit roten Ameisen geworfen, an den Hoden an den Rambutan-Baum gehängt oder geköpft und sein Haupt auf eine Servierplatte gelegt hatte, mit einer roten Rübe im Mund wie ein Spanferkel (die letzte Beseitigungsmethode hatte Han vorgeschlagen, der die Idee beim Fest der Hungrigen Geister gekommen war, als sie zusah, wie den Ahnen ein solches Opfer dargebracht wurde).

Über seine Bücher gebeugt, nahm der Junge am offenen Fenster ihm gegenüber eine Bewegung wahr. Er schaute kurz auf und erblickte das Kind Han, das etwas in der Hand hielt und damit winkte. Der Lehrer wirbelte herum, doch das Mädchen hatte sich bereits geduckt und war nicht mehr zu sehen. Der Junge fuhr in seinem Vortrag fort. Ab und zu schielte er sehnsüchtig zum Fenster. Das kleine Mädchen, das da draußen mit einem Gegenstand winkte – vielleicht mit einem seit langem versprochenen Bagger, oder einem Spielzeug, das Spuckgesicht ihm geschenkt hatte –, verkörperte für ihn eine Welt unbeschwerter Freude, die im Augenblick in unendlich weiter Ferne lag.

Ein Schmerzensschrei drang durch das Fenster, dann das Krächzen einer ärgerlichen Stimme. Der Lehrer beobachtete ihn, doch er versuchte, kein Anzeichen von Ablenkung erkennen zu lassen. Ein zweiter Schrei ertönte, dann verebbte der Lärm: Choyin hatte das Mädchen ertappt und schleppte es nun in schmählicher Weise, an den Ohren oder Zöpfen, in die Küche.

»Zurück an deine Nachttöpfe.«

»Zurück an deine Bücher.«

Mit ihren gleichzeitig ausgesprochenen Tadeln erinnerten der Lehrer und die Hausdame die Kinder wieder einmal an ihre unterschiedliche Bestimmung.

Das Kind Han ließ sich nicht entmutigen. Kaum hatte Choyin die Küche verlassen, schlüpfte es hinaus und kehrte zum Studierzimmer des Jungen zurück, das, wenn auch viel kleiner, dem Gelehrtenzimmer des Patriarchen mit seiner prachtvollen Sammlung von Büchern, Schriftrollen, Gemälden und Porträts berühmter Gelehrter nachempfunden war.

Der Junge stand jetzt allein im Raum und schmollte. Er schenkte dem Mädchen keine Beachtung, denn er litt noch unter der Demütigung durch den Stock und dem beißenden Spott, der ihm in den Ohren klang: Dein Großvater ist ein großer Gelehrter. Du wirst ihm nie das Wasser reichen können.

Die Beleidigung des Erwachsenen hatte den Siebenjährigen tief getroffen. Er war von heißem Zorn erfüllt, der bald in kalte Angst umschlug: Was, wenn er seinen Großvater enttäuschte und ihn für den Rest seines Lebens traurig machte? Was, wenn Großvater an gebrochenem Herzen starb?

Der Junge hob die Hand und wischte sich eine Träne ab.

»Weine nicht.«

Das Kind Han erinnerte sich nicht mehr daran, wie es mit zärtlichen Worten seinen rohen Vater besänftigt und seine ganze Familie gerettet hatte, doch die Gabe, Weinende zu trösten, hatte es sich bewahrt und zu einer Kunst weiterentwickelt, die es ausschließlich in den Dienst des geliebten jungen Herrn und Spielkameraden stellte.

»Weine nicht.«

Von aufrichtiger Liebe eingegeben, konnten die Worte ihre Wirkung nicht verfehlen, und bald trocknete sich der Junge die Tränen, vergaß den verhaßten Lehrer und fragte nach dem Inhalt der Zigarettenschachtel, mit der Han am Fenster gewedelt hatte und die nun unsichtbar in ihrer Tasche steckte.

»Gehen wir nach draußen.«

Der Raum, der noch die Gegenwart des Lehrers atmete, war nicht der geeignete Ort für den Austausch von Geheimnissen, und so schlüpften sie hinaus und gingen in ihr Lieblingsversteck in einem der Vorratsräume.

Es war weder ein Bagger noch ein Spielzeug, sondern eine junge Maus – nein, zwei Mäusejunge, die sich zu einer nackten rosa Kugel zusammengekuschelt hatten.

Das Kind Han hatte sie in Spuckgesichts Schuppen gefunden; die Mutter war nirgends zu sehen gewesen, und zwei weitere Junge hatte sie im Nest liegenlassen, da sie bereits tot und steif waren.

Sie starrten auf die beiden lebenden, die, noch immer zusammengekugelt, in Hans hohlen Händen lagen.

Sie wollten Spuckgesicht dazu überreden, sie zu verschlukken. Die Kinder hatten davon gehört, daß Menschen junge Mäuse verschluckten, doch gesehen hatten sie es noch nie. Schwache Männer wurden stark und starke noch stärker mit einem Nest lebender junger Mäuse im Magen. Der Krämer, der jede Woche vorbeikam und manchmal mit den Dienstmädchen einen Schwatz hielt, hatte einmal sechs Tiere verschlungen.

Er hatte sie rasch hintereinander in den Mund geschoben, ohne Mühe hinuntergeschluckt und dann mit einer Tasse heißem Reiswein nachgespült. Seitdem hatte er nie wieder eine Erkältung oder einen Husten bekommen. Ja, er behauptete sogar, daß die Pockennarben in seinem Gesicht zur Hälfte verschwunden seien.

Die Kinder, die nebeneinander auf dem Boden hockten, bedauerten, daß sie dieses ungewöhnliche Mahl verpaßt hatten. Hatten die Mäusejungen gepiept, als der Mann sie verschluckt hatte? Hatten sie in seinem Magen gezappelt? Waren sie mit der Scheiße des Mannes wieder herausgekommen, als er aufs Klo gegangen war?

Die Versuchung, diese Fragen mit Spuckgesichts Hilfe zu klären, war unwiderstehlich, und so überlegten sie, wie sie es anstellen sollten. Sie konnten ihm sagen, daß die kleinen Mäuse kandierte Erdnüsse oder Reiskuchen seien. Nein, darauf würde nicht einmal Spuckgesicht hereinfallen. Sie konnten ihm sagen, daß die häßlichen Haarbüschel auf seinen Wangen und an seinem Hals verschwinden würden, wenn er die Mäusejungen schluckte. Oder daß sein verkrüppeltes Bein länger werde, so daß er nie wieder zu humpeln brauche. Die Mäuse ...

Han heulte vor Schmerz auf, als sie von hinten an den Zöpfen gezogen und in die Höhe gerissen wurde. Die Zigarettenschachtel fiel zu Boden, und ihr Inhalt kullerte heraus.

»Was fällt dir ein, den jungen Herrn zu stören! Du bist mit deiner Arbeit noch nicht fertig...«

Choyins Stimme überschlug sich. Dann stieß sie einen leisen Schrei aus und zog gerade noch rechtzeitig den Fuß zurück, so daß er zitternd über den Mäusejungen schwebte, die jetzt getrennt nebeneinanderlagen.

»Was ist denn das? Was seid ihr nur für Kinder...«

Sie wandte sich dem jungen Herrn zu.

»Herr Wu, Sie müssen sich für Ihren Besuch fertigmachen. Er wird in einer halben Stunde dasein! Ihr Kindermädchen Lan sucht Sie schon überall...«

Wieder einmal wurden sie getrennt. Sie kamen fröhlich zusammen, wurden getrennt und kamen wieder zusammen. Weder Sturm noch Feuer konnten sie voneinander fernhalten.

Choyin, die den Kindern heimlich nachspionierte und ihre geheimen Verstecke aufspürte, kam später zurück und sah nach den Mäusejungen. Sie waren tot und steif. Eine Katze hatte mit ihnen gespielt und sie dann liegenlassen. Choyin hob sie mit einem Lumpen auf und warf sie in einen Mülleimer.

»Was für ein Kind haben wir da am Hals...«

Choyin hatte das Kind adoptieren wollen. Mit vierzig rückten Alter und Einsamkeit bedrohlich näher, und so hatte sie Anspruch auf dieses Kind erheben wollen, um sicherzustellen, daß sie wenigstens ein anständiges Begräbnis erhielt und ihr Andenken in Ehren gehalten wurde. Sie wollte nicht das Schicksal der *Keo-Kia*-Frau teilen, die niemanden hatte, der nach ihrem Tod einen Altar für sie errichten würde, und deshalb für immer ein gieriger Hungergeist würde bleiben müssen, darauf angewiesen, daß vom reich gedeckten Tisch der anderen Geister etwas für ihn abfiel. Die Pflicht der kindlichen Pietät, so schrieb es der Himmel vor, galt auch für Adoptivtöchter, und deshalb würde ihr das Schicksal der *Keo-Kia*-Frau erspart bleiben.

Nicht nur in der nächsten Welt, sondern auch in dieser.

Alte Dienstmädchen, die nicht mehr arbeiten konnten, erhielten ein eigenes Mädchen, das sich um sie kümmerte. Oder sie verschwanden im Armenhaus und starben einen jämmerlichen Tod. Da Choyin nicht wußte, ob ihr das Glück der ersten Möglichkeit beschieden sein würde, wollte sie der Tragik der zweiten unter allen Umständen vorbeugen. Und dabei sollte ihr das aufgeweckte, schlaue und auf seine Weise einnehmende Kind Han helfen.

Tatsächlich hatte sie das seltsame Mädchen in dieser Absicht lange beobachtet. Sie mochte das Kind nicht, weil es sich auf durchtriebene Weise das Vertrauen des jungen Herrn und darüber hinaus auch der Herrin und des Patriarchen erschlichen hatte, und doch sah sie in dieser Durchtriebenheit genau die Eigenschaft, die nötig war, um eine alte, hilflose Mutter vor der rauhen Welt außerhalb des Hauses Wu zu schützen.

»Das Kind ist klug und schnell von Begriff für ihr Alter«, sagte sie zu den anderen Hausmädchen, wobei sie die Augen zusammenkniff und sich mit dem Zeigefinger an die Stirn tippte. Und dann erzählte sie verschiedene Beispiele für die Klugheit des Kindes und ebenso viele Beispiele für die Dummheit des anderen Kindes, Schweinebrötchen. Einmal hatte das Kind Han entdeckt, daß der Reiskloß, den es bekommen hatte, keine Fleischfüllung enthielt, im Gegensatz zu dem von Schweinebrötchen. Innerhalb weniger Sekunden hatten die Klöße die Besitzer gewechselt, und Schweinebrötchen saß zufrieden vor dem Kloß ohne Füllung, überzeugt, er sei der bessere.

Im Alter von drei Jahren an das Haus Wu verkauft und langsam in die Position der Hausdame aufgestiegen, mit der ein kleines Monatsgehalt verbunden war, verfügte Choyin inzwischen über genügend Mittel, um selbst einen Kauf zu tätigen.

Vielleicht ließ sich das Mädchen Han dazu bewegen, auf eine Heirat zu verzichten und sich ganz der Adoptivmutter zu widmen, nach deren Tod sie eine bescheidene, im Lauf der Jahre zusammengesparte Geldsumme und etwas Schmuck erben würde, darunter ein Armreif aus Jade, zwei goldene Ringe, ein Paar goldene Ohrstecker und ein Silbergürtel.

Je länger sie über den Plan nachdachte, wenn sie allein in dem kleinen Zimmer saß, das nur der Hausdame zustand, um so verlockender erschien er ihr.

Sie hatte deswegen bei der Herrin vorgesprochen. Die Herrin hatte keine Einwände. Wohl aber das Kind. Eines der Dienstmädchen hatte es beim Zwiebelschälen beiläufig gefragt: »Wärst du gern Choyins Tochter?« Und das Kind hatte von dem Korb Zwiebeln aufgeschaut und kühl und bestimmt geantwortet: »Ich werde niemals Choyins Tochter. Choyin ist es nicht wert, meine Mutter zu sein.«

Diese Antwort wurde unverzüglich der Hausdame hinterbracht und versetzte ihr einen Schock. Die Worte eines Kindes hatten kein Gewicht und ließen sich als dummes Geplapper abtun. Doch sie konnten verletzen, und kaum war das Mädchen Lan in das Bügelzimmer getreten und hatte berichtet, was das Kind gesagt hatte, hielt Choyin im Bügeln inne und wurde still, ließ die Worte auf sich wirken und brach dann, von Wut entflammt, in Tränen aus. Ein Kind hatte sie vor den anderen gedemütigt; der Gesichtsverlust war nicht wiedergutzumachen. Wäre das Kind später zu ihr gekommen und hätte ihr einen Versöhnungstee angeboten – und tatsächlich war Lan sogleich in die Rolle der Vermittlerin geschlüpft und hatte Tee aufgebrüht –, dann hätte die Situation noch gerettet werden können. Doch das Kind besaß die Halsstarrigkeit eines Dämons. Es hatte die Tasse Tee weggeschoben.

Seit diesem Moment war die Feindseligkeit gegenüber dem sechsjährigen Mädchen eine belebende Kraft im streng geregelten, eintönigen Leben der vierzigjährigen Frau.

»Du bist es nicht wert, in ihrer Nähe zu sein. Also verschwinde.«

Choyin jagte das Kind Han von der Tür weg, wo es sich herumgedrückt hatte, um einen Blick von der Besucherin des jungen Herrn zu erhaschen.

»Verschwinde.«

Sie stieß das Kind weg und kehrte zu dem anderen kleinen Mädchen zurück, das ebenfalls sechs Jahre alt war, mit dem Bauernkind jedoch so wenig gemein hatte wie Gold mit Staub, wie Diamanten mit Schlamm.

Das verwöhnte Fräulein Li-Li aus dem Hause Chang, das dem jungen Herrn Wu auf einem Stuhl gegenübersaß und schüchtern die Hand seines Kindermädchens hielt, strahlte Wohlstand und Privilegiertheit aus.

Die Eltern hatten auf das Äußere der zierlichen Person viel Mühe verwendet und mit der Unterstützung von Zofen, Näherinnen, Friseuren und Juwelieren ein gewöhnliches kleines Mädchen in eine strahlende Kindgöttin verwandelt, so daß die Dienstmädchen ein erstauntes Gezwitscher anstimmten, als sie sich um sie drängten und alles in Augenschein nahmen: die perfekten Haarknoten, die sie seitlich am Kopf trug und um die jeweils ein hübscher rosa Blütenkranz geflochten war; den perfekt frisierten, seidig glänzenden Pony; das reich bestickte rosa Seidenkostüm mit kleinen Phönixen auf Kragen und Ärmeln; die kleinen Ohrringe, Halsbänder und Ringe; die Fußspange am linken Fußgelenk; alles zweifelsohne aus purem Gold.

Das kleine Mädchen sah sie schüchtern an, ohne die Hand ihrer Zofe loszulassen, und entlockte ihnen durch ihre Schamhaftigkeit weitere Ausrufe der Bewunderung. Ihr Kindermädchen Pin, die sich im Abglanz ihrer Pracht sonnte, drängte sie sanft, vorzutreten und mit dem jungen Herrn Wu zu spielen, der steif in einem Stuhl gegenübersaß und in ähnlicher Weise von seinem Kindermädchen Lan gestupst wurde.

Doch die Kinder rührten sich nicht von der Stelle und sahen einander nur scheu und verlegen an.

Kuchen, Süßigkeiten und Spielsachen würden das Eis bald brechen, wie immer bei solchen arrangierten Treffen zwischen Kindern. Doch noch war es nicht soweit, und die Kindermädchen aus den beiden vornehmen Häusern, die hier zusammentrafen, konnten der Versuchung nicht widerstehen, durch zarte Hinweise und Anspielungen zu demonstrieren, wem ihre Loyalität gehörte. So schlug das Kindermädchen Lan vor, mit den Kindern zum Karpfenteich zu gehen und sich die neuen Karpfen anzusehen; der Großvater des jungen Herrn, so sagte sie, habe unlängst für seinen Enkel sechs neue Exemplare ausgesetzt, die allerbesten aus China. Das Kindermädchen Pin willigte ein, entgegnete aber trocken, daß Fräulein Li-Li einen Goldfischteich mit ganz besonderen, eigens aus Taiwan eingeführten Goldfischen besitze, neben denen gewöhnliche Karpfen nicht besonders ansehnlich wirkten.

Damit war das Feuer eröffnet. Jede Seite bezog sofort Stellung, und es entbrannte ein Wortgefecht, bei dem schamlos der Wohlstand beider Häuser ins Feld geführt wurde. Karpfen wurden mit Goldfischen verglichen, Kleider der besten Schneider Hongkongs mit denen der Hofschneider keines Geringeren als des Sultans von Johore und seiner Familie, der feinste Ginseng mit den reinsten Vogelnestern.

Und nicht nur der gegenwärtige Wohlstand wurde verglichen, sondern auch das künftige Lebensglück, das die Götter den Kindern ins Gesicht geschrieben hatten: der glückbringende Leberfleck auf Fräulein Li-Lis Oberlippe mit den langen, großen Ohrläppchen des jungen Herrn Wu, die ein langes Leben verhießen. Auf ihre eigene Herkunft konnten die Kindermädchen nicht stolz sein – Lan war von ihrer Mutter zu einem Verwandten gegeben worden, der sie wiederum an das Haus Wu verkauft hatte; Pin stammte aus noch ärmeren Verhältnissen und war zusammen mit zwei zerlumpten Geschwistern in der Nähe eines Tempels ausgesetzt worden – und so suchten sie Trost in ihrer gegenwärtigen Stellung. In späteren Jahren, wenn ihre Ehemänner sie schlugen oder schikanierten, konnten sie verächtlich zu ihnen sagen: »Ich habe im Hause Soundso gearbeitet… Und du?«

So trieben sich die Kindermädchen, berauscht und verblendet von ihrer Rivalität, gegenseitig zu immer neuen Prahlereien. Ihre Stimmen wurden schriller, ihre Mienen lebhafter.

Dann, mit einem Mal, hielten sie inne und schämten sich für ihr unschickliches Benehmen. Ihre Herrschaften hätten einen solchen Mangel an Taktgefühl mißbilligt. Prahlerei überließ man den Flegeln, und folglich beschwichtigte nun eine Seite die andere durch ebenso übertriebene Anwandlungen von Bescheidenheit.

»Mein Fräulein Li-Li ist nicht so gescheit wie euer Herr Wu…«

»Nein, nein, sie ist viel gescheiter. Mein junger Herr Wu tut sich mit dem Lernen nicht so leicht wie Fräulein Li-Li…«

»Aber nein…«

Nun, da das Gleichgewicht wiederhergestellt war, wandten sich die Kindermädchen wieder ihren Schützlingen zu und fragten sie nach ihren Wünschen.

Fräulein Li-Li kaute verlegen an einem Finger; ihre großen Augen waren auf den Jungen gerichtet und verrieten, daß sie gern mit ihm gespielt hätte, doch ihre kleine Gestalt sträubte sich gegen jedes Drängen. Der junge Herr schaute mittlerweile äußerst gelangweilt drein, zupfte am Kragen seines neuen Anzugs und rutschte auf seinem Stuhl hin und her. Nun beging das Kindermädchen Pin einen schweren Fehler. Sie führte Fräulein Li-Li zu ihm und stellte sie vor ihn hin. Den Finger noch immer im Mund, stand sie verschämt und unsicher da, ein rosa Praliné. Er drehte sich ruckartig auf seinem Stuhl herum, kehrte ihr den Rücken zu und beobachtete eine Eidechse, die an der Wand ein Insekt verschlang. Das kleine Mädchen verharrte auf seinem Platz, schob den Finger noch tiefer in den Mund und sah ihn unverwandt an. Er drehte sich wieder herum; die anderen folgten seinem Blick und sahen zu ihrer Bestürzung das Kind Han in der Tür stehen. Die Langeweile im Gesicht des Jungen verschwand, und seine Augen leuchteten auf.

Die Kindermädchen forderten Choyin mit Blicken dazu auf, den Störenfried zu vertreiben. Sie sagte streng zu dem Kind: »Scher dich zurück zu deinen Zwiebeln.« Das Kind hatte vom Zwiebelschälen schmutzige Finger, und offensichtlich hatte es sich ins Gesicht gefaßt, denn unter seiner Nase klebte ein feuchtes Stück Schale. Neben den beiden herausgeputzten Kindern wirkte es wie eine Bettlerin aus der Gosse. Es hatte hier nichts verloren.

»Habe ich dir nicht verboten, hierherzukommen?«

Das Kind Han beachtete sie nicht und wedelte dem Jungen mit zwei leeren Konservenbüchsen zu, die mit einer langen Schnur verbunden waren. Die Aussicht auf ein aufregendes Spiel nach einem unerträglichen Vormittag mit dem Lehrer und später mit der Besucherin ließ den Jungen vom Stuhl klettern und zu dem Kind Han rennen.

»Ich will draußen spielen«, rief er hochnäsig und befreite damit auch die Besucherin von ihrer Schüchternheit, so daß sie, die seit ihrer Ankunft noch kein Wort gesagt hatte, mit der Forderung herausplatzte: »Ich will auch spielen!«

Jetzt waren sie nicht mehr zu halten. Das Kind Han wandte sich zum Gehen, und die beiden anderen folgten ihr. Der junge Herr beschleunigte nun seine Schritte, und die gezierte Besucherin legte alle Geziertheit ab, schlug grob die Hand ihrer Zofe weg und schnitt ihr ein Gesicht.

Wieder wanderten die besorgten Blicke der Kindermädchen zu Choyin und forderten sie auf, die Krise beizulegen.

»Ihr dürft nur am Karpfenteich spielen«, sagte sie bestimmt und bedeutete den Kindermädchen, die Kinder zu begleiten und aufzupassen, daß der Wildfang nicht noch mehr Unruhe stiftete.

Unter einem Baum nahe dem Karpfenteich wurden Kuchen und Süßigkeiten aufgebaut. Sie waren ausschließlich für die Besucherin und den jungen Herrn bestimmt, und so sagte das Mädchen Lan spitz zu dem Bauernkind: »Das ist nicht für dich.« Doch das Kind hörte gar nicht hin und zeigte den anderen beiden, wie man mit den Konservenbüchsen telefonierte. Abwechselnd hielten sie sich die Büchsen ans Ohr und bellten hinein.

So weit, so gut. Die Kindermädchen sahen eine Weile zu, dann beschlossen sie, sich mit einer Tasse Tee zu stärken, und kehrten ins Haus zurück.

Bald klagte Fräulein Li-Li über den Gestank der Büchsen und setzte sich allein auf eine Schaukel, wobei sie ihre zierlichen Füße anzog, damit sie nicht mit Schmutz in Berührung kamen. Sie musterte Han kühl, wunderte sich über ihre häßlichen Kleider und fühlte sich an ein Bettelkind erinnert, das sie einmal gesehen hatte. Es hatte mit seiner Mutter unter den Stufen eines Tempels geschlafen, und der Schorf an seinen Beinen hatte einen Schwarm Fliegen angelockt. Sie fragte Han, ob sie und ihre Mutter jemals unter Tempelstufen geschlafen hätten. Plötzlich rief das Kind Han: »Da hinten ist ein Vogelnest mit Jungen« und deutete mit dem Arm in die Richtung. »Sie sind ganz weiß. Wenn sie schwarz werden, frißt die Mutter sie auf.«

Diese ungeheuerliche Mitteilung mußte erst einmal verdaut werden. Fräulein Li-Li machte große Augen und sperrte den Mund auf.

»Ich möchte sie sehen«, sagte sie. »Zeig sie mir!«

»Wir müssen sehr vorsichtig sein. Wenn die Mutter uns entdeckt, fliegt sie fort.«

»Ich möchte sie sehen!« Ihre Vorfreude auf das sadistische Vergnügen wollte gar nicht zu dem zarten Puppengesicht und den kessen Grübchen passen, die eben noch so bewundert worden waren. Fräulein Li-Li hüpfte von der Schaukel.

»Die Vogelmutter hat Zähne, sehr scharfe Zähne, mit denen sie den Jungen den Kopf abbeißen kann.« Der junge Herr Wu griff Hans Flunkerei auf und überbot sie an schaurigen Details. Genüßlich malte er das Bild eines Ungeheuers, das auf die grausamste Weise seine Jungen fraß, indem es ihnen zuerst den Kopf abbiß und dann den Bauch aufschlitzte, so daß die Eingeweide herausquollen, der leckerste Teil der Mahlzeit.

Fräulein Li-Li zitterte vor Erregung über das bevorstehende Spektakel.

»Gehen wir!« schrie sie gebieterisch. Sie stürzten davon. Sie rannten durch das hintere Gartentor hinaus auf einen breiten Streifen Brachland. Li-Li keuchte hinter ihnen her, und ihre kleinen Füße in den Samtschuhen umkurvten Pfützen, Erdhügel und dürre Grasbüschel.

»Wartet auf mich! So wartet doch.«

Sie rannten immer weiter.

»Beeil dich, sonst kommen wir zu spät«, riefen sie zurück.

Sie kämpfte sich tapfer voran. Ihr verängstigtes Gesicht war den Tränen nahe.

»Wartet auf mich! Der Weg ist so holperig und steinig.«

Sie lockten sie in eine große Schlammlache. Sie rutschte aus und fiel hin. Sie schrie, versuchte aufzustehen und fiel erneut hin. Dann gab sie auf, blieb im Schlamm sitzen und brüllte hysterisch nach ihrem Kindermädchen.

Sie beobachteten sie aus ihrem Versteck hinter einem Gebüsch und lachten. Sie äfften ihr Geschrei nach und lachten wieder. Dann rannten sie davon und spielten alleine.

IX Der Hagel von Kopfnüssen und Ohrfeigen und das Zwicken in Schenkel und Arme konnten das Kind Han nicht erschüttern. Es stand reglos da, wie ein Fels in der tosenden Brandung, und als der Hagel schließlich aufhörte, war es überraschenderweise die Peinigerin, die laut weinte. Choyin weinte halb aus Wut, halb aus Erregung und sagte unter heftigem Kopfschütteln, daß sie in ihrem früheren Leben etwas Böses getan haben müsse, wenn der Himmelsgott sie mit einem so boshaften Kind strafe.

Die kleine Besucherin war schließlich zum Haus zurückgebracht worden, schreiend und mit Schlamm bedeckt. Spuckgesicht hatte sie entdeckt, doch als er versuchte, ihr aufzuhelfen, brüllte sie nur noch lauter, und so war er zurückgelaufen und hatte Hilfe geholt. Ihr Kindermädchen Pin bekam einen hysterischen Anfall und mußte sich zur Beruhigung Stirn und Brust mit Tigerbalsam einreiben. Eilends zog man dem schreienden Kind die schmutzigen Kleider aus, bereitete ihm ein warmes Bad, gab ihm einen Beruhigungstee und rieb ihm mit einem wohltuenden Öl die Brust ein. Seine Zofe Pin heulte und rang die Hände. Es war schockierend – ein Gast aus dem Haus Chang so gedemütigt.

Das Haus Wu tat alles, um die Wogen zu glätten. Die Herrin fuhr mehrmals persönlich zum Hause Chang, drückte der Familie ihr aufrichtiges Bedauern aus, überhäufte das kleine Mädchen mit Geschenken und, was am wichtigsten war, versicherte den Eltern, daß die Schuldige bereits streng bestraft worden sei. Um hervorzuheben, daß es sich bei dem Vorfall um ein ungeheuerliches Vergehen handele, das ihr Haus ebenso schockiert habe wie Außenstehende, vertraute sie ihnen an, daß das Kind Han ein sonderbares Wesen habe, das möglicherweise dämonischen Ursprungs sei. In aller Ausführlichkeit erzählte sie von seiner Attacke auf Spuckgesicht und der anschließenden Erkrankung und Geistaustreibung.

»Warum lassen Sie zu, daß dieses dämonische Kind weiter unter Ihrem Dach lebt?« fragte Fräulein Li-Lis Großmutter reserviert.

Die Herrin konnte ihr nicht sagen, daß ihr Enkel dem Kind sehr zugetan war und vor Kummer krank werden würde, wenn sie es wegschickte. Also seufzte sie nur, sagte: »Was soll ich tun? Die Mutter will es nicht zurücknehmen« und versicherte noch einmal, daß das Kind die verdiente Strafe erhalten habe.

In Wahrheit hatte sie nur den Kopf geschüttelt, einen lauten Seufzer ausgestoßen und zu Choyin gesagt: »Tue, was du für angemessen hältst. Ich bin es leid, mir über dieses Kind den Kopf zu zerbrechen.«

Und dies hatte Choyin genügt, um ihre ganze Wut an dem Kind auszulassen und es nicht nur für die jüngste Unverfrorenheit zu bestrafen, sondern auch für alle früheren Verfehlungen.

Über die Rolle, die der Junge Wu bei dem Vorfall gespielt hatte, verlor niemand ein Wort.

Sobald Choyin gegangen war, rannte das Kind, laut schniefend und mit seinem Schicksal hadernd, die Treppe hinauf in das Zimmer, das es sich mit vier anderen Mädchen teilte, entrollte seine Schlafmatte und kugelte sich darauf zusammen. Es vergrub das Gesicht in dem Kissen und weinte sich die Seele aus dem Leib, nicht weil es von der vorausgegangenen Züchtigung, von der es später Fieber bekam, noch Schmerzen hatte, sondern weil es wußte, daß man ihm nie wieder gestatten würde, mit dem jungen Herrn Wu zu spielen. Es weinte lange, ehe es erschöpft in einen unruhigen Schlaf sank.

Es stimmte – der junge Herr wurde fortan daran gehindert, herauszukommen und mit Han zu spielen. Die Leere, die er in ihrem Leben hinterließ, hallte wider von bangen Fragen, die sie mit Angst erfüllten: Angenommen, er erinnerte sich nicht mehr an sie, wenn sie einander wieder begegneten? Angenommen – und hier spürte sie, wie sich ihr Magen verkrampfte –, sie hatten ihn ihr weggenommen und zu dem verhaßten Mädchen mit den rosafarbenen Blumen und Samtschuhen gebracht? Der Gedanke lag nahe, denn auch Lan, sein Kindermädchen, war nicht mehr zu sehen.

Am vierten Tag sah sie Fräulein Li-Li mit ihrer Zofe Pin, den jungen Herrn Wu mit seiner Zofe Lan und einen großen dikken Jungen, der elf oder zwölf Jahre sein mochte und den sie nicht kannte, zusammen ins Wohnzimmer gehen und in dem kleineren Raum nebenan verschwinden.

Sie putzte gerade eine Vase für den Ahnensaal und erschrak bei ihrem Anblick so sehr, daß sie die Vase, die glücklicherweise aus Messing war, fallen ließ. Die Vase kullerte klirrend über den Boden. Sie erstarrte und lauschte. Ein Glück, niemand hatte es gehört, oder wenn doch, so machte sich der Betreffende nicht die Mühe, nachzusehen. Rasch hob sie die Vase auf, stellte sie auf den Tisch zurück und eilte fort, um einen Blick auf den jungen Herrn zu erhaschen. Doch die Tür war zu. Sie wollte sie öffnen, da schlug ihr jemand auf die Finger.

»Keine Dummheiten mehr, sonst ...« Choyins Warnung war um so ernster zu nehmen, als sie unausgesprochen blieb. Sie konnte alles beinhalten, eine Verdoppelung der bisher verabreichten Schläge ebenso wie die Einweisung in ein Waisenhaus, wo junge Menschen, wie sie gehört hatte, jeden Tag die Nachttöpfe alter Leute leeren mußten, voll mit Scheiße, Erbrochenem und Blut.

Das Kind wußte, daß man durch ein Fenster in das Zimmer sehen konnte. Es rannte nach draußen, trug zwei Blumentöpfe unter das Fenster, stellte sie aufeinander, kletterte hinauf und spähte in das Zimmer.

Die drei Kinder saßen auf dem Boden und spielten unter Aufsicht der Zofen mit einer Modelleisenbahn, deren prachtvolle Geleise sich über die ganze Länge des Zimmers erstreckten. Han hatte sie nie zuvor gesehen; offenbar war sie eigens zu diesem Anlaß gekauft worden. Schöne Spielsachen, reichlich zu essen auf dem Tisch – Han hatte noch nie einen solchen Festschmaus gesehen. Die Kinder wurden von den Zofen verwöhnt. Pin wedelte Fräulein Li-Li mit einem Papierfächer Luft zu, und Lan tupfte dem jungen Herrn Wu mit einem weißen Handtuch ab und zu den Schweiß von der Stirn. Die Demütigung beim ersten Besuch wurde durch die außergewöhnliche Großzügigkeit beim zweiten vergessen gemacht.

Fräulein Li-Li, festlich in einem anderen Rosaton gekleidet, lächelte und deutete aufgeregt auf die fahrenden Züge, während der große dicke Junge, wahrscheinlich ein Bruder oder Cousin, Wu wichtigtuerisch und beredt die Besonderheiten des teuren Spielzeugs erklärte. Einmal rückten sie eng zusammen und feuerten zwei um die Wette fahrende Züge an, und das Kind verspürte beim Anblick der drei lachenden Kinder im Glanz ihres Reichtums einen dumpfen Schmerz in der Brust und kam sich so einsam vor wie noch nie. Sie versuchte, den Blick des Jungen aufzufangen, schwenkte eine große Zigarettenschachtel (die diesmal nichts enthielt) und duckte sich jedesmal, wenn jemand in ihre Richtung blickte. Die Zigarettenschachtel kam gegen die Eisenbahn nicht an. Die Augen des Jungen hingen an dem Spielzeug und schauten kein einziges Mal auf.

Doch es bestand noch Hoffnung. Auch das herrlichste Spielzeug wurde irgendwann langweilig. Das Zimmer des Jungen quoll über von Autos, Kutschen, Tieren aus Holz und Gummi, Soldaten, Akrobaten, dicken Männern auf Nachttöpfen, pummeligen Clowns mit Affen. Das meiste hatte er sich kaum angesehen, nur kurz in die Hand genommen und dann wieder weggelegt.

Das Kind wollte warten, bis die augenblickliche Begeisterung des Jungen abflaute, und ihm dann wieder ein Zeichen geben.

Sie sah, wie die Kindermädchen die Schienen abbauten und die Eisenbahn wegräumten, um Platz zu schaffen, und hörte, wie Fräulein Li-Li und der große dicke Junge aufgeregt miteinander tuschelten, als warteten sie auf den zweiten Teil des Nachmittagvergnügens. Dann flog die Tür auf – das Kind Han hielt den Atem an –, und herein trat ein dunkelhaariger bärtiger Mann mit einem silbernen Turban, der mehrere Käfige trug, in denen farbenprächtige Vögel zwitscherten. Han kannte ihn. Er war ein Gaukler, der häufig in der Gegend auftauchte. Er sagte mit Hilfe seiner Vögel Hausfrauen und Mägden manchmal die Zukunft voraus und brachte mit Kunststücken Kinder zum Lachen.

Der Wert eines Vergnügens hing für das Kind einzig davon ab, ob der Junge Wu bei ihm war, und so sah es jetzt teilnahmslos zu, wie der Bärtige mit seinen Vogelkäfigen hantierte und dabei Witze riß, um die Kinder zu unterhalten. Es wandte keinen Blick von dem jungen Herrn und lauerte auf den Moment, da er in seine Richtung sah und es ihm zuwinken konnte.

Der Vogelmann plapperte unentwegt und trieb mit seinen Vögeln allerhand Unsinn, der die Kinder zum Lachen brachte. Er ließ sich von ihnen in Ohren und Nase zwicken und schrie dann, als tue es ihm weh. Er ärgerte einen großen schwarzen Vogel, beugte den Kopf zu seinem Bürzel, gab ein lautes furzendes Geräusch von sich, um anzudeuten, daß der gereizte Vogel sich auf diese Weise revanchiere, und fluchte dann über den vermeintlichen Gestank. Die Kinder brüllten vor Lachen. Dann ließ der Mann die Kinder mit den Vögeln spielen, forderte jedes einzelne auf, vorzutreten und einen Arm und eine

Schulter hinzuhalten, damit ein Vogel hineinpicken konnte. Fräulein Li-Li quietschte vor Vergnügen, als ihr ein gelb-grüner Sittich auf die Schulter hüpfte und am Ohr knabberte. Der große dicke Junge hielt stolz zwei schwarze Vögel mit gelben Hauben auf dem Arm, und der Junge Wu ging mit dem Gesicht nahe an einen grünen Papageien heran und begann zu pfeifen. Es war ein fröhliches Fest. Das Kind Han war bestürzt, denn der Junge Wu war zu beschäftigt, um zu ihm herüberzusehen.

Schließlich tat er es. Er trug gerade den grünen Papageien auf dem Arm und tappte vorsichtig umher, als er Han erblickte. Ihr Herz pochte wie wild, sie winkte ihm. Er starrte sie nur an, als sei er außerstande, ihre Anwesenheit und das momentane Vergnügen miteinander in Einklang zu bringen. Verzweifelt zog sie die Zigarettenschachtel hervor und formte mit den Lippen ein paar Worte, um anzudeuten, daß sie etwas Wunderbares enthielt, doch er hatte ihr bereits wieder den Rücken zugedreht und war zu seinen Freunden zurückgekehrt.

Han erbleichte. So etwas hatte er noch nie getan, und nun, da er es zum erstenmal tat, versetzte es ihr einen Schock. Aus dem dumpfen Schmerz wurde eine lodernde Flamme des Zorns. Zum erstenmal verbanden sich andere Gefühle – Eifersucht, Enttäuschung, der nagende Kummer über den Verlust – mit ihrer Sehnsucht und machten sich mit aller Macht Luft. Sie warf sich nach vorn, trommelte mit beiden Fäusten gegen die Scheibe, schrie und heulte und forderte Einlaß. Alle im Raum fuhren herum. Hätte der junge Herr jetzt ein freundliches Wort zu ihr gesagt und sie in ihrem rasenden Schmerz beruhigt, so hätte sie geduldig draußen gewartet, bis die Besucher gegangen waren und er wieder zu ihr kam. Doch er glotzte sie nur an wie die beiden anderen, während die Kindermädchen empört und schimpfend vorpreschten, um für Ordnung zu sorgen. Im nächsten Augenblick wandte sich der Junge ab.

Die beiden anderen folgten seinem Beispiel, und der Mann fuhr mit seinen Possen fort.

Dies war die endgültige Zurückweisung, und die ganze restliche Wut brach aus ihr hervor. Sie schrie hemmungslos, stürzte von den Blumentöpfen und blieb wimmernd am Boden liegen. Choyin riß sie in die Höhe.

»Du schon wieder! Jetzt habe ich aber genug!«

Choyin schleppte sie in die Küche, drückte sie auf einen Stuhl und band sie mit Handtüchern fest.

»Hier bleibst du. Rühr dich nicht von der Stelle. Wenn der Besuch fort ist, überlege ich mir, was wir mit dir anstellen.«

Das Kind saß still auf dem Stuhl. Es war so entmutigt, daß es gar nicht erst versuchte, sich aus den Handtüchern zu winden. Eine Weile schien es, als sei sein Kampfgeist völlig erlahmt. Es rührte sich nicht und gab keinen Laut von sich. Nur zwei Personen schauten vorbei und sahen nach ihm. Chu kam mit einer Flasche in die Küche, um heißes Wasser zu holen, schüttelte den Kopf, sagte aber nichts und verschwand wieder. Dann schlüpfte Spuckgesicht herein, schlich blöde um es herum und jammerte leise, unschlüssig, was er tun sollte. Han tat so, als habe sie ihn nicht bemerkt. Er trat vor sie hin und richtete seinen treuen, schwermütigen Blick auf sie, doch sie drehte abrupt den Kopf zur Seite. Der arme Mann ließ sich nicht entmutigen und versuchte weiter, ihren Blick aufzufangen. Schließlich schrie sie »Verschwinde!«, spuckte kräftig nach ihm, und er machte sich davon.

Es dauerte lange, bis Choyin sich wieder sehen ließ. Als sie endlich kam, schritt sie geradewegs auf das Kind zu, band es los und sagte: »Du hast nicht nur einen, sondern mehrere Dämonen im Leib. Wie kannst du uns so etwas antun, wo wir dich doch all die Jahre genährt und gekleidet haben? Ich werde dich nicht mehr schlagen. Mit Schlägen erreicht man bei dir nichts.«

Doch ihre Hand war bereits erhoben und schlug in das trotzige Gesicht, sobald das letzte Handtuch gelöst war. Das Kind wollte fortrennen, doch Choyin hielt es fest. Ein Handgemenge entbrannte. Schließlich riß das Kind sich los und rannte aus der Küche. Auf dem Hof angekommen, schien es unschlüssig, wohin es sich wenden sollte. Es lief kopflos im Kreis wie ein gehetztes Tier, dann blieb es in der Nähe des Tores, das auf die Straße hinausführte, unter einem Baum stehen.

»Na schön! Bleib dort! Niemand will dich! Bleib, solange du willst.«

Ich bleibe hier, dachte das Kind. Ich gehe nicht ins Haus zurück. Ich werde nichts mehr essen und nichts mehr trinken. Ich werde hier sterben. Sie werden kommen und mich tot vorfinden. Das wird ihnen eine Lehre sein.

Lange Zeit stand Han trotzig und aufrecht da, das Gesicht vom Haus abgewandt. Wenn sie nicht einmal unter dem Hagel von Schlägen gezuckt hatte, so konnte sie auch jetzt völlig reglos bleiben, gleich was ihr als nächstes drohte. Ein Blatt fiel ihr auf die Nase, ein Insekt krabbelte ihr über die Füße. Aus dem Haus drangen schwache Geräusche: der Knall eines platzenden Ballons, ein spitzer Schrei von Fräulein Li-Li, das Geklapper von Töpfen. Irgendwo draußen ertönten das klägliche Miauen einer Katze, das Bellen eines Hundes, die Glocke eines Rikscha-Fahrers.

Die Geräusche vermischten sich und verwirrten sie. Eine Stimme hob sich von ihnen ab und sagte: »Han.« Sie fuhr herum.

Eine Frau stand am Tor, hager, blaß und verhärmt, und umklammerte mit beiden Händen die Eisenstäbe, die verzweifeltste aller verzweifelten Gefangenen. Sie betrachtete das Kind, dann schob sie eine Hand herein und wiederholte: »Han, meine kleine Tochter.«

Zwei Jahre hatten die Erinnerung an dieses Gesicht nahezu ausgelöscht. Das verblaßte Bild, das ihr manchmal des Nachts im Traum erschien, war das einer strengen Frau mit einem riesigen harten Bauch, die ein weinendes Kind schalt, es von sich stieß und davonrannte. Es paßte nicht zu der schmächtigen, elenden Gestalt am Tor. Doch die Stimme der Frau klang wie die Stimme im Traum. Das Kind Han war verwirrt und sah sie mißmutig an.

»Han, meine kleine Tochter. Erkennst du mich nicht?«

Die unglückliche Frau begann zu weinen. Dann hielt sie inne. Einer plötzlichen Eingebung folgend, deutete sie aufgeregt auf ein Stoffarmband an ihrem rechten Handgelenk, mit einem kleinen Jadestein, der den Himmelsgott darstellte, und dann auf das Armband an Hans Handgelenk, um auf die Ähnlichkeit hinzuweisen, die unbestreitbar belegte, daß sie früher einander nahegestanden hatten. Das Kind betrachtete das Armband, das ihm nie viel bedeutet hatte, dann wieder die Frau. Die Entdeckung hatte die Mutter erregt, doch das Kind blieb ungerührt. Es hatte nur den einen Wunsch, wieder mit dem jungen Herrn Wu zusammenzusein, und was diesem Ziel nicht förderlich war, bedeutete ihm nichts, auch nicht der Besuch einer Fremden, einerlei was sie behauptete.

Das fröhliche Gelächter, das jetzt vom Haus herüberwehte, gab ihr einen Stich und verlieh ihrem Wunsch eine verzweifelte Dringlichkeit, so daß ihr die Störung durch diese Fremde nur lästig sein konnte. Noch mehr erboste sie die Behauptung der Frau, sie sei ihre Mutter, denn sie erinnerte sie an Choyin, und so schnitt sie der Fremden am Tor ein Gesicht und kehrte ihr den Rücken zu. Die Frau brach in lautes Schluchzen aus.

»Ich wollte dich nur sehen. Ich will dich nicht zurückholen. Du hast es bei diesen Leuten viel besser. Deine Mutter ist nur eine Bettlerin...«

Das Jammern wurde leiser, und als Han sich umdrehte, war die Frau verschwunden.

Sie fühlte sich sehr müde und hockte sich hin. Sie sah Ameisen aus einem Loch krabbeln und spielte halbherzig mit ihnen, indem sie sie mit einem Blatt auseinandertrieb. Sie warf einen verstohlenen Blick zum Haus. Niemand stand in der Tür oder an einem der Fenster und sah herüber. Falls Choyin sie jetzt beobachtete, sollte sie einen Triumph und keine Kapitulation sehen, und so stand sie auf und bot ihr den geraden Rücken dar. Doch die Müdigkeit kehrte zurück. Sie hockte sich wieder hin, rollte sich auf dem Boden zusammen und schlief sofort ein.

Sie mußte lange geschlafen haben, denn als sie erwachte, wurde es bereits dunkel und in den Fenstern brannten die ersten Lichter. Sie war todmüde und hungrig. Ein kühler Wind kam auf.

»Steh jetzt auf. Geh ins Haus zurück.«

Es war Choyin.

Es war nicht der junge Herr Wu. Das wäre etwas anderes gewesen.

Das Kind wandte das Gesicht ab.

»Steh auf, sage ich. Warum bist du nur so? Willst du nichts zu essen? Alle anderen haben schon gegessen.«

Das Kind nahm immer noch keine Notiz von ihr.

»Mach, was du willst. Wenn du unbedingt die ganze Nacht hier draußen bleiben willst, bitte, niemand wird dich davon abhalten.«

Choyin kehrte ins Haus zurück.

Das Kind gewann seine eiserne Entschlossenheit zurück. Es stand auf und reckte sich stolz. Der Wind blies ihm einzelne Haarsträhnen über das Gesicht, die sich aus seinen Zöpfen gelöst hatten. Ein dicker Wassertropfen klatschte ihm auf die Nase, weitere folgten. Dann setzte heftiger Regen ein.

Ich werde im Regen sterben, dachte es, sollen sie nur kommen und mich tot im Regen finden. Der Regen prasselte erbarmungslos auf es nieder. Bald klebten ihm die Kleider am Leib, und es begann zu zittern. Mit einem grimmigen Gefühl des Triumphs sah es, wie sich mehrere Gestalten, die sich dunkel gegen das Licht abhoben, besorgt in der Tür drängten.

»Komm herein! Komm aus dem Regen!«

Die schrille Stimme verriet das Entsetzen, das die Erwachsenen beim Anblick des Kindes befallen hatte, das, von Wind und Regen gepeitscht, allein in der Dunkelheit stand.

Dann kam Bewegung in die Gruppe an der Tür. Jemand sagte: »Nimm das hier«, und Han fragte sich, wer da mit einem großen schwarzen Schirm in der Hand durch die Pfützen auf sie zueilte.

Es war Spuckgesicht. Er faßte nach ihrem Arm, sie zog ihn zurück. Er hielt den Regenschirm über sie, sie schlug ihn weg. Er lief traurig um sie herum und stieß eigentümliche Grunzlaute aus, streckte mehrmals die Hand nach ihr aus und ließ sie jedesmal wieder resigniert fallen. Er unternahm einen letzten Versuch, sie an der Taille zu packen. Sie wirbelte herum und schlug ihm so kräftig auf die Hand, daß er den Schirm fallen ließ. Während er zum Haus floh, kullerte der Schirm im Wind davon.

Immer mehr Köpfe erschienen in der Tür. Das seltsame Kind benahm sich genauso merkwürdig wie vor zwei Jahren. Wie lange konnte es bei dem Unwetter draußen ausharren? Was sollten sie jetzt tun?

Und dann, als sie schon meinten, das Kind würde klein beigeben – kein Mensch und kein Hund hielt es bei dem Wetter lange draußen aus –, sahen sie, wie es aufstand, wie das seltsame Kind, dem die Haare und Kleider am Leib klebten, mit frischer Kraft vom aufgeweichten Boden aufstand, die Arme ausstreckte und im strömenden Regen den Körper drehte. Das besessene Kind tanzte ausgelassen im Sturm und sang dazu ein Lied. Zunächst gingen die Worte im Tosen des Windes unter und waren nicht zu verstehen, doch dann sang das Kind aus voller Kehle, übertönte den Wind, und seine Worte drangen herausfordernd und anklagend an ihr Ohr:

Der Vogel sucht
die Biene schmachtet
die Ameisen lechzen
nach Choyins Blume
nach Choyins stinkender Blume ...

Dann erfolgte ein Großangriff, und das Kind erging sich in Schmähungen gegen Choyins stinkenden Arsch, stinkende Brüste und Fotze, die der Sturm für jedermann hörbar herübertrug. Es war schockierend und bestürzend, und die Köpfe in der Tür rückten noch enger zusammen.

»Bringt sie zum Schweigen. Jemand soll sie zum Schweigen bringen, sage ich ...« Doch Choyins Protest war zu schwach, um der Attacke der gepeinigten kindlichen Seele standzuhalten:

Chus stinkende Scheiße
Lans dreckige Fotze
Pins Fotze, schlimmer
als verfaulter Pökelfisch ...

Der gesamte Vorrat an Schimpfworten, die das Kind im Lauf der Zeit aus Gesprächen und Kabbeleien der Erwachsenen aufgeschnappt hatte, wurde nun in den Wind entleert und in alle Richtungen getragen. Ein Blitz erleuchtete die kleine tanzende Gestalt, deren Silhouette unwirklich weiß und hart wirkte, und ein krachender Donner ließ sie in ihrer Wut noch schneller herumwirbeln. Ein Kind, das die Erwachsenen beschimpfte, ein Bauernmädchen, das seine Herren verfluchte. Schmähung folgte auf Schmähung – ob der Himmelsgott, dessen Donnerschläge und Blitze jede Lästerung untermalten und die Geschmähte mit Angst erfüllten, mit dem Bettelkind im Bunde stand?

Wieder geriet die Gruppe an der Tür in Bewegung, und diesmal noch heftiger, denn jemand schrie und es entstand ein Handgemenge.

»O nein! Haltet ihn auf. Jemand muß ihn aufhalten!«

Doch es war zu spät. Der junge Herr Wu hatte die Hände, die ihn festhalten wollten, abgeschüttelt und rannte durch den prasselnden Regen zu dem verrückten Kind.

»Oh, haltet ihn auf, schnell!«

Er rannte furchtlos weiter und blieb vor Han stehen. Das Wasser lief ihm in Strömen über das Gesicht, doch er machte keine Anstalten, es wegzuwischen, und stand nur schweigend vor ihr. Sie hatte ihren wilden Tanz unterbrochen, stand wie er reglos da und starrte ihn an. Ihre Zähne klapperten laut, und in ihren Augen brannte ein übernatürliches Feuer.

Er ist gekommen, sagten diese Augen und richteten sich auf ihn mit einer Intensität, die zudem sagte: Er ist gekommen, jetzt werden sie uns nie wieder trennen. Das Glücksgefühl spülte den Kummer aus ihrem kleinen Herzen, so sicher, wie der Regen an diesem Abend jedes Staubkorn von den Dächern gewaschen hatte.

Choyins dreckiger Arsch
Lans widerliche, stinkende Fotze...

Der Junge schrie lauter als das Mädchen. Sie standen sich gegenüber, hielten sich bei den Händen und hüpften vor Freude auf und ab, während der Sturm um sie herum mit unverminderter Heftigkeit tobte.

Sinsehs stinkende Eier
Sinsehs verfaulter Penis
Sinsehs Gesicht, voller Scheiße...

Der Ausbruch hatte ein neues Opfer gefunden, und die angestaute Wut brach noch ungezügelter hervor. Nun war es der Lehrer, dessen Verderbtheit dem Wind anvertraut wurde.

Sinsehs Gesicht, voller Scheiße
Sinsehs Mund stinkt wie seine Scheiße...

Der Junge und das Mädchen hielten einander noch immer an den Händen und tanzten weiter, ohne daß ihre Kraft oder ihre Leidenschaft nachließen.

Ich bin so glücklich, dachte das Mädchen, als von neuem ein Donner krachte, sie einander in die Arme fielen und dann schreiend und lachend zu Boden sackten.

Frau

I Das Hausmädchen Han erwachte in der Stille vor Tagesanbruch und blieb, wie es ihre Gewohnheit war, auf ihrer
Matratze am Boden liegen und lauschte auf die leisen Geräusche um sie herum.

Von draußen drang der einsame Schrei eines Vogels herein,
dem das traurige Winseln eines Hundes antwortete, drinnen
war der gleichmäßige Atem der anderen Mädchen zu hören,
die tief und fest auf ihren Matratzen schliefen. Eine drehte sich
um und streckte den Arm aus, und das Rascheln durchbrach
die Stille des Schlafes wie ein Plätschern, das die glatte Oberfläche eines Sees kräuselt: ein Stöhnen ertönte wie von einem
beladenen Herzen, dann ein Zähneknirschen, ein paar zornige,
aber unverständliche Worte, die jäh in die Stille geworfen wurden und ebenso jäh wieder erstarben. Sie lag reglos da wie eine
Tote; die anderen wälzten sich im tiefen Schlaf wie unruhige
Kinder, rollten sich in ihren warmen Decken zusammen,
atmeten wieder ruhig und ergatterten noch etwas Schlaf in
den kostbaren Momenten, bevor der Arbeitstag begann.

Für Han war die Zeit zwischen Nacht und Morgengrauen so
kostbar, weil sie ausschließlich den Verliebten gehörte. Sie
konnte sie zu Hunderten sehen, nicht nur auf dem Friedhof,
wo sie für ein Stelldichein aus ihren Gräbern gestiegen waren,
sondern überall – in Häusern, Tempeln, an Straßenrändern
und versiegten Brunnen, an den Ufern verlassener Teiche,
unter Bäumen, ja selbst in Küchen, wo man bald die ersten
Lichter anknipsen und die Arbeit eines neuen Tages aufneh-

men würde – überall dort, wo sie von dem Hahnenschrei, der sie zurückrief, erreicht werden konnten.

Als Kind hatten ihr die Geschichten von diesen verliebten Geistern angst gemacht, doch inzwischen dachte sie ohne Furcht an sie, und sollte sie eines Tages zufällig einem begegnen, so würde sie ihn unerschrocken ansehen.

Der Tod vereinte verliebte Geister im Himmel oder in der Hölle. Da sie sich aber nach Plätzen auf der Erde sehnten, an die sie liebe Erinnerungen knüpften, wurde ihnen die Rückkehr gestattet, und so kamen sie, zitternd vor Freude, an Orten zusammen, die durch ein letztes Stelldichein oder ein feierliches Versprechen geheiligt waren. Am besten gefiel Han eine Geschichte, die sie als Kind gehört hatte. Sie handelte von einem jungen Liebespaar, dem die Eltern die Heirat verboten hatten. Die beiden nahmen sich gemeinsam das Leben, indem sie sich die Handgelenke zusammenbanden und in einen tiefen See wateten, und später beanspruchten sie diese Stelle für sich und wurden dort von Menschen gesehen, die zum Zeitpunkt ihres Todes noch gar nicht geboren waren.

Geister aus dem Himmel kamen einmal im Jahr mit Geistern aus der Hölle zusammen, mit der ausdrücklichen Erlaubnis des verständnisvollen Himmelsgottes, der nicht der Ansicht war, daß unterschiedliche Schicksale im ewigen Leben wahrer Liebe im Wege stehen sollten. Geister aus Himmel und Hölle trafen das ganze Jahr über ihre noch lebenden Geliebten auf der Erde, und manchmal zeugten sie sogar Geisterkinder. In einer Geschichte gebar eine junge Frau ein Kind, das keinen Schatten warf, und in einer anderen bekam eine junge Frau ein Kind, das zwar einen Schatten warf, aber Geisterfüße besaß, die niemals den Boden berührten.

Eine Frau, deren Tochter im Säuglingsalter gestorben war, träumte sechzehn Jahre später von dem Mädchen, das, inzwischen eine schöne Geistfrau, der Mutter mitteilte, daß es einsam sei und sich nach einem Liebhaber sehne. Die Frau ging sofort auf die Suche und fand eine andere Frau, deren Sohn etwa um dieselbe Zeit gestorben war und jetzt etwa neunzehn oder zwanzig Jahre alt sei. So trat der seltene Fall ein, daß die Lebenden sich für die Toten als Ehestifter betätigten. Die beiden glücklichen Mütter taten sich zusammen und richteten für ihre Kinder eine Hochzeit aus: Zusammen mit einem dicken Bündel Geistergeld wurden zeremoniell zwei große Papierfiguren verbrannt. Seitdem erschien das Paar jedes Jahr an seinem Hochzeitstag kurz vor Tagesanbruch am Ort der Vermählung und bekundete den Eltern seine Freude und Dankbarkeit.

Himmel, Erde und Hölle entließen ihre Verliebten, und die Paare schütteten einander das Herz aus und vereinten sich mit heißem Verlangen in den kurzen Stunden vor dem Hahnenschrei.

Sobald der Schrei erscholl und mit unnachgiebiger Autorität die kühle Morgenluft durchschnitt, stöhnten die verliebten Geister, jammerten, trommelten sich mit den Fäusten gegen Kopf oder Brust, rauften sich die Haare, gelobten einander Treue und flohen. Ein oder zwei mochten den Befehl törichterweise mißachten und wurden dafür für alle Ewigkeit von der Erde verbannt, doch im allgemeinen hörten alle auf den Hahn, wenn er sich erhob, den Kopf zum Himmel reckte und seinen herzzerreißenden Schrei ausstieß. Von den verliebten Geistern gleichermaßen gehaßt wie geliebt, nahm er eine besondere Stellung neben den übrigen zwölf Tieren im Tierzyklus ein, die mit der weniger bedeutsamen Aufgabe betraut waren, Glück und männliche Nachkommen unter den Menschen zu verteilen.

Han erinnerte sich an eine Zeit, als ihr beim Hahnenschrei ein Schauder über den Rücken gelaufen war. Sie kroch dann zu Lans oder PoPos Schlafmatte und suchte den vermeintlichen Schutz, den die Berührung eines menschlichen Körpers bot, selbst wenn sie ihm nicht willkommen war. Als ihr das verboten wurde, klammerte sie sich an eine Flickenpuppe, die ihr

Spuckgesicht besorgt hatte. Eines Nachts, als sie schlecht träumte, hatte sie ihr in panischer Angst ein Ohr abgebissen. Und sie erinnerte sich, wenn auch nur mit Mühe, an eine andere, weit zurückliegende Zeit, in der sie sich auf einem großen Holzbett in einem Haufen warmer Leiber vergraben und ganz still dagelegen hatte, wenn der Schrei des Hahnes – oder war es der einer Eule? – erscholl.

Das Mädchen Schweinebrötchen, das mit den Zähnen knirschte, suchte denselben Trost. Han sah im Dunkeln, wie die Gestalt der Schlafenden näher rückte und sich schließlich wie ein nervöses Kind, das den Kontakt mit dem warmen Körper der Mutter sucht, an ihren Rücken schmiegte. Schweinebrötchen hatte ihre kindliche Furcht nie verloren. Im Gegenteil, die Geistergeschichten, die unter dem Gesinde in dem großen Haus kursierten, hatten sie noch verstärkt. Die Mädchen erzählten sie beim Kochen und Bügeln, wenn sie die großen Betonöfen beheizten, Nachttöpfe reinigten oder Geflügel rupften. Sie verfügten über einen großen Vorrat an Geschichten, die sie teils nacherzählten, teils selbst erfanden und aus einer fruchtbaren Phantasie schöpften, die wie fremdartige bunte Blumen aus dem Grau ihres Lebens hervorsprossen.

Jemand hatte berichtet, er habe den Geist der alten *Keo-Kia*-Frau gesehen. Schweinebrötchen erbleichte vor Furcht, denn sie erinnerte sich an die alte Frau, die kurz vor ihrem Tod begonnen hatte, allein die Orte aufzusuchen, an denen sie für kranke Kinder *Keo-Kia*-Zeremonien durchgeführt hatte, um mit imaginären Scheren, Kerzen und Räucherstäbchen die alten Besänftigungsrituale zu wiederholen. Einmal ging sie bei Regen ins Freie und stellte sich auf einen kleinen grasbewachsenen Erdhügel unter einem Baum, bis man sie schließlich fand und, durchnäßt und bibbernd, ins Haus zurückbrachte. Dieser letzte Augenblick unmittelbar vor ihrem Tod, als ihr die grauen aufgelösten Haare an dem kleinen, runzligen Schädel klebten und der fragende, verletzte Ausdruck eines zu

Unrecht bestraften Kindes auf ihrem Gesicht lag, wurde für die Ewigkeit festgehalten, denn genau diese Erscheinung nahm ihr Geist hinterher an, bis hin zu dem Regenwasser, das über das alte leidgeprüfte Gesicht rann.

Schweinebrötchen suchte im Schlaf die beruhigende Nähe eines Körpers. Wenn Han sich auf der Matte bewegte, bewegte sie sich ebenfalls; sie war schon zufrieden, wenn sie Han mit den Fingerspitzen berührte. Und wenn ihr selbst das untersagt wurde, kugelte sie sich zusammen, wimmerte leise und hielt sich die Ohren zu, um das Heulen des aufziehenden Sturms nicht zu hören. Ihr Zähneknirschen war auf ihre allgemeine Nervosität zurückzuführen. Es erfüllte die Luft und weckte sogar gesunde Schläfer, so daß sie unduldsam schrien: »Hör auf damit!«

Han blieb reglos im Dunkeln liegen, als das Mädchen sich so vertrauensvoll an sie preßte. Obwohl beide achtzehn waren, sahen sie aus wie zwei Kinder, die sich zusammenkuschelten. In ihrer Kindheit hatte Han das garstige Mädchen mit der Triefnase herumgestoßen und angeschrien. Inzwischen war ihre Abneigung einer Toleranz gewichen. Sie hatte Mitleid mit dem armen Geschöpf, dessen früherer Spitzname ›Schweinebrötchen‹ durch ›Wind-im-Kopf‹ ersetzt worden war. Ein Name, der dem Ruf noch abträglicher war und die Welt schonungslos auf eine weitere Schwäche des Mädchens hinwies: seine Dummheit.

Ebenso plötzlich, wie sie nach dem Zähneknirschen wieder in tiefen Schlaf gesunken war, schreckte sie jetzt hoch und setzte sich auf. Sie keuchte und sog einen verirrten Faden Spucke ein. Sie sah sich nur einen Moment um, dann kam ihr die Erinnerung. Sie rappelte sich auf, rollte ihre Matte zusammen, lehnte sie an die Wand und schlüpfte aus dem Zimmer.

Der Arbeitstag der Hausmädchen begann beim ersten Hahnenschrei, doch Wind-im-Kopf stand regelmäßig viel früher auf und verließ das Zimmer mit unbekanntem Ziel. Sie hatte es in der letzten halben Stunde vor dem Hahnenschrei so eilig, daß man meinen konnte, sie gehe zu einem Stelldichein mit einem verliebten Geist. Doch verliebte Geister waren zärtlich und flößten keine Furcht ein. So deuteten die verhaltenen, ängstlichen Seufzer des Mädchens eher darauf hin, daß sie auf dem Weg zu einem irdischen Liebhaber war, der in einem der Zimmer an den langen, dunklen Fluren bequem in seinem Bett lag und ungeduldig darauf wartete, seine männlichen Wünsche zu befriedigen. Warum kommst du wieder zu spät? Habe ich dir nicht gesagt, daß du vor dem Hahnenschrei hier sein sollst? Willst du, daß alle es erfahren?

Aber Dummheit konnte ignoriert werden in Anbetracht des Vergnügens, das ein willfähriger, weicher Körper bereitete, auch wenn er sonst häßlich war.

Han blickte der Gestalt nach und dachte: »Ich werde niemals so wie Wind-im-Kopf.« Sie faßte den Gedanken rasch in ein Gebet, bevor die ersten Räucherstäbchen des Tages entzündet wurden: »Himmelsgott, segne mich und erspare mir das Los von Wind-im-Kopf.« Dabei konnte sie es nicht bewenden lassen, und so fügte sie noch eine etwas deutlichere Bitte an: »Himmelsgott, gib mir, was mein Herz begehrt.«

Sie führte ihr Begehren nicht näher aus, im Glauben, daß selbst eine allwissende Gottheit mit List dazu bewegt werden konnte, eine unbescheidene Bitte zu erfüllen, wenn die Unbescheidenheit hinter allgemeinen Worten verborgen war.

Andererseits war der Gott für seine Begriffsstutzigkeit bekannt, so daß eine bittende Frau ihm die göttlichen Augen und Ohren öffnen mußte.

»Himmelsgott, gib mir, was mein Herz begehrt. Bring ihn sicher wieder nach Hause.«

Sie hatten davon gehört, daß Schiffe im Sturm untergingen, daß Passagiere nicht mehr nach Hause kamen, selbst wenn ihre Schiffe zurückkehrten, weil sie unterwegs an unbekannten Krankheiten starben und auf See bestattet wurden. Sie hatte geträumt, daß er einem heimtückischen Fieber erlag, daß er unter Fremden starb, in einen Sack eingenäht und ins Meer geworfen wurde, während das Schiff die Heimfahrt fortsetzte. Der Fluch eines Todes ohne Sarg, dem der Alte erfolgreich entgangen war, hatte sich an dem Urenkel erfüllt, der in der Blüte seiner Jahre stand. Han schreckte aus dem Traum auf, keuchend vor Angst, das Gesicht tränennaß, und dachte: Fluch über dich, Alter, wenn du ihm das antust.

Der Traum war wie ein böses Omen, und den ganzen Tag ging sie wie benommen umher und dachte: »Wenn er stirbt, will ich nicht mehr leben.« Sie würde sich an einem Baum erhängen oder in einen Brunnen springen und dann an jedem Tag der Ewigkeit nach ihm suchen, wenn nötig, in jeder Stunde, die ihr vor dem Hahnenschrei gewährt wurde.

Eine liebende Frau leidet, wenn der Mann bei ihr ist und wenn er fort ist. Beides bereitet ihr unerträgliche Schmerzen.

Die unbeschwerten Jahre, in denen sie miteinander spielten, waren schnell zu Ende.

Eines Morgens trug sie einen vollen Nachttopf die Treppe hinunter – sie muß ungefähr neun Jahre alt gewesen sein. Der Nachttopf stammte aus dem Zimmer eines Cousins, den alle Hausmädchen mit »Vierter Älterer Bruder« anredeten, heimlich aber »offener Morgenmantel« nannten, weil auf dem Kalender, der über seinem Bett hing, eine Frau abgebildet war, die sich in ebendiesem halbentkleideten Zustand befand und eine große weiße Brust entblößte.

Der Nachttopf war fast bis zum Überlaufen voll, und das war ihr ein Greuel, denn wenn sie damit die Treppe hinabstieg, schwappte der Urin des Mannes unweigerlich bis zu ihren Fingern, mit denen sie den Rand umklammerte. Sie mußte ganz langsam gehen und vorsichtig Stufe um Stufe nehmen.

Sie war halb unten, da erblickte sie den Jungen. Er rannte irgendwohin. Es war ungewöhnlich, daß sie ihn so früh am Morgen in diesem Teil des Hauses antraf.

Der Atem stockte ihr. Ihr Herz flatterte wie ein kleiner Vogel im Käfig. Sie lebten unter einem Dach, sie sah ihn mehrmals am Tag, und jedesmal empfand sie eine quälende Sehnsucht, denn sie wußte, daß er sich immer weiter von ihr entfernte.

Der Nachttopf entglitt ihren Fingern und polterte die Treppe hinunter. Es war furchtbar. Das Mädchen schrie auf, sank, mit Urin besudelt, auf die Treppe und weinte hilflos. Sie sah noch, wie der Junge sich umdrehte, kurz zu ihr herschaute und dann weiterrannte.

Choyin und zwei andere Hausmädchen eilten aufgeregt herbei und sahen mit Bestürzung, daß die Treppe von oben bis unten bespritzt war und gründlich gereinigt werden mußte.

»Du schon wieder!« kreischte Choyin, sprang die Stufen herauf, zog das zitternde Mädchen am Ohr und schleppte es nach unten. Sie schickte es fort, damit es sich wusch und umzog, und machte sich mit einem Eimer Wasser und Lappen persönlich daran, die Treppe zu reinigen.

»Ich weiß nicht, was ich mit diesem Kind machen soll«, stieß sie hervor.

Sie wußte durchaus, was sie mit dem Kind machen sollte: Sie zwickte ihm in die Schenkel, gab ihm Ohrfeigen, und wenn dem verstockten Ding dann noch immer keine Tränen in den Augen standen, schlug sie ihm mit dem Schürhaken auf den Kopf. Schließlich weinte Han, vor Schmerz und auch vor Scham, weil der Junge gesehen hatte, wie sie sich mit Urin bespritzt hatte, und nun möglicherweise für immer von ihr angewidert war.

Vielleicht hatte er nicht das ganze Ausmaß ihrer Schmach mitbekommen, denn als er wenig später im Garten Fahrrad fuhr und sie mit rotem Papier und Bambusstäben auf ihn zutrat, um zusammen mit ihm eine Papierlaterne zu basteln, hielt er an, stieg vom Rad und kam auf sie zu. Er hatte genug vom Radfahren, eine Abwechslung war willkommen.

Sie arbeiteten zusammen an der Papierlaterne. Ein- oder

zweimal sah sie ihn zaghaft an, doch weder lachte er, noch sagte er: »Du riechst nach Urin.«

Nach einer Weile wurde es ihm langweilig. Er legte die halbfertige Laterne weg und kehrte zu seinem Fahrrad zurück.

Sie machte die Laterne alleine fertig. Sie sollte eigentlich einen Hahn mit prachtvollem Kamm und Schwanz darstellen, doch die Wirklichkeit blieb weit hinter ihrer Erwartung zurück. Mit verächtlichem Schnauben warf sie die mißratene Arbeit aus Bambusstäben und aufgeklebtem Papier in den Mülleimer.

Spuckgesicht beobachtete sie, und dabei kam ihm die Idee für ein Geschenk, das sie ausnahmsweise einmal nicht zurückweisen würde. Er ging in einen Laden in der Stadt, in dem wegen des bevorstehenden Laternen- und Mondkuchenfestes unzählige Laternen von den Balken an der Decke baumelten, wandte sich an den Besitzer und deutete auf einen besonders schönen, einen grün-roten Drachen. Da Spuckgesicht die Lebensmittel oder Spielsachen, auf die er zeigte, nicht bezahlen konnte, wurde er manchmal fortgeschickt, allerdings nicht zu barsch, denn die ganze Stadt hatte mittlerweile gelernt, die mißgestaltete Kreatur, die arglos wie ein Kind in den Geschäften und Eßlokalen ein und aus ging, wenn auch nicht freundlich, so doch mit Nachsicht zu behandeln. Gelegentlich kam es zwar noch vor, daß ein unfolgsamer Hund nach ihm schnappte oder ein ungezogenes Kind nach ihm spuckte, doch mit einem Klaps oder einer Ohrfeige wurde der Toleranz Geltung verschafft.

»Willst du sie jemandem schenken? Einer Freundin, hä?« fragte der Eigentümer des Ladens, holte eine Stange und fischte den grün-roten Drachen herunter. Später ließ er Spuckgesicht dafür einen kleinen Stapel Brennholz hacken.

Spuckgesicht überreichte die Laterne mit einem Freudenschrei dem Mädchen Han. Sie riß sie ihm begierig und ebenso energisch aus der Hand, wie sie manchmal unwillkommene

Geschenke zurückwies. Ich werde sie ihm bringen, dachte sie zitternd vor Freude. Sie ist sehr schön und wird ihm gefallen.

Spuckgesicht hoffte auf ein Wort des Dankes, ein Lächeln oder gar eine Berührung, doch er wurde enttäuscht. Kaum hatte Han die Laterne in der Hand, rannte sie aufgeregt fort und versteckte sie, um sie dem jungen Herrn bei ihrer nächsten Begegnung zu schenken. Sie sah ihn erst am Abend des Laternen- und Mondkuchenfestes wieder, doch vier Cousins, die zu Besuch waren, standen zwischen ihm und ihr. Die Jungen hatten sich im Garten vor dem Haus versammelt und trugen an Bambusstöcken befestigte Drachen, Hähne und Pferde aus Papier. Wegen des anhaltenden Windes hatten sie Mühe, die Kerzen in den Laternen anzuzünden, doch das erhöhte nur ihre Erregung. Sie lachten, schrien und wetteiferten miteinander, schlugen Hilfsangebote der Erwachsenen aus und befahlen den Mädchen, mehr Streichhölzer zu bringen. Nach dem Laternenfest sollten sie ins Haus zum Mondkuchenfest gehen.

Das Mädchen Han näherte sich dem hellerleuchteten Kreis der Laternenträger. Sie hielt schüchtern den Drachen in der Hand, den sie von Spuckgesicht bekommen hatte und nun dem Jungen schenken wollte, vorausgesetzt, er blickte endlich in ihre Richtung, kam zu ihr und ließ sich dazu überreden, ihn anzunehmen.

Im Moment war er damit beschäftigt, ein Feuer zu ersticken, denn die Kerze eines Pferdes war aus ihrer Halterung gefallen und hatte das dünne Papier in Brand gesetzt. Er trat wiederholt in die Flammen und verscheuchte gebieterisch die Diener, die besorgt herbeigeeilt waren. Brennende Laternen zu löschen machte entschieden mehr Spaß, als sie in einer albernen Prozession herumzutragen, und so beteiligten sich die Cousins an dem primitiven Vergnügen, traten ausgelassen auf die züngelnden Flammen und erstickten sie.

Einer von ihnen sah, daß das Mädchen sie beobachtete. Sie hielt eine Laterne in der Hand, aber sie war nur ein Dienstmädchen, also rannte er zu ihr hinüber, entriß ihr die Laterne, hielt eine brennende Kerze daran, warf sie auf den Boden und lud die anderen dazu ein, darauf herumzutrampeln. Begeistert sprangen sie herbei; sie hatten nur eine Sekunde Zeit, um die brennende Laterne mit dem Mädchen in Verbindung zu bringen, das etwas abseits im Schatten stand, bevor sie sich ins Vergnügen stürzten. Zwei Minuten später war von dem Drachen nur noch ein Haufen verkohlter Stäbe übrig.

Das Mädchen Han schrie erschrocken auf und rannte nach vorn, prallte aber vor dem hämischen Gelächter zurück. Wu erblickte sie, sah die Verzweiflung in ihrem Gesicht und empfand Mitleid. Durch sein freundliches Wesen unterschied er sich von der Rohheit der anderen, und so sagte er in aller Aufrichtigkeit zu ihr:

»Mach dir nichts draus. Du bekommst später von mir eine andere.«

Das Wiedergutmachungsangebot, das er in die Dunkelheit rief und das der Wind forttrug, erfüllte die Gruppe mit einem Gefühl tiefen Unbehagens und brachte das Gelächter und Geplapper jäh zum Verstummen.

»Warum sagst du das? Sie ist doch nur ein Dienstmädchen.«

Der Laternendieb, mit seinen dreizehn Jahren der älteste und daher besonders dazu aufgerufen, die geheiligte Tradition zu schützen, brachte seinen Tadel in aller Schärfe vor. Die anderen traten verlegen von einem Fuß auf den anderen und beobachteten den Jungen Wu aus den Augenwinkeln.

Nur ein Dienstmädchen. Daß sie ein Mädchen und obendrein eine Dienerin war, machte das Wiedergutmachungsangebot des Jungen Wu in den Augen des jungen eifrigen Hüters männlicher Vorrechte doppelt erniedrigend und verwerflich. Er bekundete offen sein Mißfallen, indem er noch lauter rief: »*Siau!*« Der Fluch brach das Schweigen. Die drei anderen Cousins griffen ihn auf und skandierten »*Siau! Siau!*«, denn nur Tollheit konnte einen der Ihren dazu verleiten, einem

Mädchen wie ihr ein so schändliches Zugeständnis zu machen. Die vier umringten ihn, beschimpften ihn mit schrillen Stimmen und schwenkten drohend ihre Laternen.

Der Junge erbleichte vor Wut und Scham. Er spürte, wie ihm heiße Tränen in die Augen traten und wie sein Gesicht und sein Hals zu glühen begannen. Erneut bedrängten ihn die Cousins, die sich durch Blut, Wohlstand und Macht unzertrennbar miteinander verbunden fühlten. An ihnen konnte er seine Wut nicht auslassen, und so schlüpfte er aus dem Kreis, trat zu dem verängstigten Mädchen, das immer noch etwas abseits im Halbdunkel stand, und schrie: »Verschwinde!«

Sie zögerte, da schrie er noch lauter: »Du sollst verschwinden, habe ich gesagt. Du bist nur ein Dienstmädchen!« Damit war sein Ansehen wiederhergestellt, und er kehrte zu den anderen zurück.

Er sprach nie wieder mit ihr.

Er ging ihr geflissentlich aus dem Weg. Wenn einer der Cousins auf Besuch kam, beachtete er sie überhaupt nicht mehr. Sie war für ihn nur noch Luft.

Sie bemühte sich verzweifelt um ihn. Wenn es schon nicht möglich war, die engen Bande der Kindheit neu zu knüpfen, so wollte sie wenigstens wieder von ihm beachtet werden wie damals, als er vom Rad gestiegen war und mit ihr an der Laterne gebastelt hatte. Und so wartete sie Abend für Abend darauf, daß er sein Fahrrad hinausschob und im Hof seine Runden drehte, wie er es gelegentlich zu tun pflegte: Sie lungerte dann in seiner Nähe herum und hoffte, seinen Blick aufzufangen, damit sie ihm das Geschenk zeigen konnte, das sie in der Hand hielt. Als kleine Kinder hatten sie mit Begeisterung heimlich Geschenke ausgetauscht. Nun sah er weg, sobald er sie erblickte, riß sein Fahrrad herum und radelte eilends davon. Oder er tat einfach so, als bemerke er sie nicht, und fuhr mit dem fort, was er gerade tat. Wenn die Cousins nicht da waren, sagte er keine unfreundlichen Worte mehr zu ihr. Ja, er konnte richtig nett sein. Einmal ließ er ein Stück Kuchen für sie liegen, so daß sie es finden mußte, doch sie warf es weg. Ihre Gefühle waren verletzt worden, und da waren ihr Geschenke kein Trost.

Sie war ungefähr elf Jahre alt, als sie eines Morgens in Spuckgesichts Schuppen ging, weil ihr eingefallen war, daß er einen Käfig mit einem Vogel darin hatte. Der Vogel war noch da, aber tot, eine kleine schmutzige Kugel, aus der zwei dünne steife Beine ragten. Sie nahm den Käfig mitsamt dem toten Vogel und schlich aus dem Schuppen.

Am Abend desselben Tages saß der Junge auf einer Bank am alten Karpfenteich und las in seinen Comic-Heften. Er fühlte sie von hinten nahen, und sofort verkrampfte sich sein Rükken. Han kam langsam näher, in der Hand den Käfig. Zweifel am Wert ihres Geschenks stiegen in ihr auf: Der Käfig war schmutzig und rostig, der Vogel bereits tot. Doch sie erinnerte sich an eine Zeit in ihrer Kindheit, als sie tagelang nichts anderes getan hatten, als tote Insekten, Vögel und andere Tiere zu untersuchen und hinterher zu begraben oder zu verbrennen.

»Würde er jetzt zu mir kommen, mit mir reden und mit mir zusammen den Vogel begraben, wie glücklich wäre ich!« dachte sie, doch gleichzeitig erinnerte sie sich mit sinkendem Mut daran, daß er seit jenen glücklichen Tagen nie wieder ein Geschenk von ihr angenommen hatte.

Er spürte ihr flehentliches Bitten und rutschte unruhig auf der Bank hin und her. Sie machte alles noch schlimmer, indem sie sich wie eines der kleinen Mädchen benahm, die er gelegentlich mit seiner Großmutter besuchte oder die ins Haus gebracht wurden, um mit ihm zu spielen: Er konnte es nicht ausstehen, wenn sie mit kleinen Schritten näher schlichen und dabei schüchtern den Zeigefinger in den Mund schoben. Am liebsten würde er ihnen jedesmal den Finger herauszerren und sie wegstoßen. Jetzt, als Han genau in der gleichen Weise auf ihn zukam, verbannte er sie ein für allemal in die Gruppe dieser Quälgeister; er war immer froh, wenn er von seinen Cousins vor ihnen gerettet wurde.

»Der Vogel ist schon tot. In seinen Augen krabbeln Ameisen.«

Er blickte stur in das Comic-Heft, doch sie versuchte unverzagt, seine Neugier zu wecken. Selbst ein leichtes Zucken hätte ihr neuen Mut gegeben, doch der Junge las weiter, auch wenn seine rot anlaufenden Ohren zeigten, daß sein Unbehagen wuchs. Eine Weile stand sie traurig da, dann sprang der Junge von der Bank auf und lief weg.

Sie warf den Vogel und den Käfig fort.

Ein Rest von dem Schmerz, den sie empfunden hatte, als sie sich an ihre fliehende Mutter klammerte und in der Dunkelheit nach ihrem heißgeliebten Bruder rief, verschmolz mit dem gegenwärtigen Gefühl des Verlustes: Am Abend weinte sie sich in den Schlaf, und im Morgengrauen warf sie sich, von schlechten Träumen geplagt, auf ihrer Matte hin und her.

Von nun an war sie nur noch Luft für ihn. Nichts schmerzt eine liebende Frau mehr, als wenn der geliebte Mann sie nicht beachtet.

»Belästigt dich dieses Dienstmädchen?«

Ein wachsamer Onkel hatte einmal bemerkt, wie der Junge plötzlich unruhig wurde. Er drehte sich um, um den Grund herauszufinden, und sah gerade noch, wie zwei Zöpfe um die Ecke verschwanden.

»Warum verprügelst du sie nicht? Dann wird sie dich nie wieder belästigen!«

Der Junge hatte sie nie wieder angebrüllt, geschweige denn würde er sie je schlagen. Die Erinnerung an ihre gemeinsame Kindheit bot keine Gewähr für die Fortsetzung ihrer innigen Beziehung, doch sie schützte sie wenigstens vor der Brutalität eines Erwachsenen. Und so lehnte der Junge ab, als der Onkel sich erbot, das aufdringliche Mädchen zu bestrafen.

»Warum läßt du den jungen Herren nicht in Ruhe, wo er doch nicht mehr mit dir spielen will?«

Nun, da die Kindheit vorüber war und mit ihr das Privileg, zu dem jungen Herrn eine Beziehung zu unterhalten, geriet sie zunehmend in Isolation. Sie wurde das Opfer einer Verschwörung, deren Ziel es war, sie für die Ungehörigkeit dieser Beziehung büßen zu lassen.

Kleines Fräulein, jetzt bist du dort, wo du hingehörst. Jetzt kannst du uns zeigen, was dich von deinesgleichen unterscheidet.

Der Hohn stand Choyin jedesmal deutlich ins Gesicht geschrieben, wenn sie sich mit verkniffener Miene dem Mädchen zuwandte.

Möglicherweise hätte sie sich gemäßigt, wenn das Mädchen dem Drängen der anderen nachgegeben und sie gebeten hätte, sie zu adoptieren, wenn sie die – nie vergessene, geschweige vergebene – Sünde von damals wiedergutgemacht hätte, als sie mit lauter Stimme, so daß alle es hören konnten, gerufen hatte: »Choyin ist es nicht wert, meine Mutter zu sein.« Doch das Mädchen tat nichts dergleichen und würde es auch nie tun. Es wahrte den anderen gegenüber eine Unnahbarkeit, die seiner Stellung ganz gewiß nicht entsprach.

»Spuckgesicht, du darfst Fräulein Han nicht belästigen. Fräulein Han mag so etwas nämlich nicht.«

Choyins Zornausbrüche waren beißendem Spott, ihre Beschimpfungen bedrohlich sanften Tönen gewichen. Sie ließ keine Gelegenheit aus, das Kind, das sie um ihre Seelenruhe gebracht hatte, zu quälen. Doch statt sie wie früher zu ohrfeigen, zu zwicken und mit den Knöcheln zu traktieren, verlegte sie sich nun auf Sticheleien, die darauf abzielten, das Kind zum Weinen zu bringen.

Choyin hatte gewonnen. Der junge Herr wies das Mädchen zurück, wie jeder sehen konnte, während sie, als Hausdame, die einzige war, mit der er bisweilen zu sprechen geruhte. Es war ihr eine große Genugtuung, daß sie in die Küche kommen und, ohne sich an jemand Bestimmtes zu wenden, verkünden konnte: »Der junge Herr hat zu mir gesagt... Der junge Herr Wu hat mir erzählt...« Wie eine Lieblingskonkubine protzte sie mit ihrer bevorzugten Stellung.

Sie beobachtete Han aus den Augenwinkeln, um sich an ihrem Schmerz zu weiden. Doch ihre Sticheleien prallten wirkungslos an der kühlen Gleichgültigkeit der anderen ab. Choyin wollte sich mit nicht weniger als der vollen Genugtuung zufriedengeben, und so zwang sie das unbeugsame Mädchen zu einer Antwort. Der junge Herr habe dies und jenes zu ihr gesagt. Sei das nicht ungewöhnlich? Was halte Han davon?

Doch noch immer erhielt sie keine Genugtuung, denn das stolze Mädchen sah nur kurz auf, sagte ruhig: »Ach, tatsächlich?« und widmete sich wieder seiner Arbeit, schnitt Gemüse, wusch Reis unter dem Wasserhahn oder wischte den Altar des Küchengotts, auf dem Asche von Räucherstäbchen lag.

Als sie zwölf Jahre alt war, erwachte sie eines Morgens mit einem feuchten Fleck an der Hose. Im Halbdunkel erkannte sie, daß es Blut war. Das Blut war durch die Hose in die Matratze getropft. Sie holte einen Lappen, machte ihn naß und entfernte damit den Fleck auf der Matratze. Danach trat sie an eine große Pappschachtel. Sie enthielt einen Stapel in Streifen zerrissener Tücher, die für den allgemeinen Gebrauch aller jungen Dienstmädchen im Haus bestimmt waren.

»Sie sind wie Hähne auf dem Hühnerhof. Sie können das erste Blut riechen.«

Diese Bemerkung der Herrin, die sie lächelnd im Gespräch mit Gästen hatte fallenlassen, war ihr im Ohr geblieben und veranlaßte sie, jedesmal, wenn sie einen Nachttopf oder heißen Tee nach oben trug, ihre knospenden Brüste einzuziehen und vor den forschenden Blicken der Männer zu verbergen. Nun würden sie mit ihren langen, gierigen Nasen auch ihr erstes Blut riechen. Vierter Älterer Bruder, über dessen Bett das Bild der halbnackten Frau hing, hatte bereits begonnen, sie genauer in Augenschein zu nehmen. Sie hatte sich vorgenommen, die Nachttöpfe künftig noch flinker auf die viereckigen Untersetzer zu stellen oder den Tee noch schneller einzugießen und danach sofort zu fliehen. Vor dem Jungen würde sie niemals fliehen. Er war es, der vor ihr floh.

»Bleib in der Küche und sieh zu, daß du mit den Sojabohnensprossen fertig wirst.«

Das Putzen der verhaßten Sprossen, von denen sie schon als Kind unzählige Körbe voll geputzt hatte, gehörte nach wie vor zu ihren Pflichten. Aber an diesem Morgen benutzte Choyin die Sprossen nur als Vorwand. Sie wollte ihr jede Möglichkeit nehmen, ein letztes Mal den jungen Herrn zu sehen.

Er verließ sie. Er reiste in ein fernes Land.

Am Tag seiner Abreise dachte sie, sie würde vor Kummer sterben. Sie war völlig ahnungslos gewesen. Dabei hatte es zahlreiche kleine Hinweise gegeben, die sie eigentlich hätten warnen sollen – von irgendwoher wurden zwei riesige Schrankkoffer herbeigeschafft, abgestaubt und vor dem Zimmer im Flur aufgestellt. Sein Großvater sprach mit einem Besucher über eine berühmte Bildungsanstalt in einem fernen Land. Seine Großmutter äußerte die Sorge, daß er möglicherweise das Klima oder das Essen dort nicht vertrage. Choyin legte aufgeregt Stapel von neuen Hemden, Jacketts und Socken zurecht und schwieg jedesmal gehässig, wenn sie schüchtern fragte: »Was ist los? Geht der junge Herr fort?« Sie hatte sich auch an die anderen gewandt – die scharfsinnige Chu, die noch immer den Alten pflegte und der nichts entging, Lan, die ohne Zweifel Bescheid wußte, da sie als langjährige Zofe des Jungen ein besonderes Anrecht darauf hatte – doch sie folgten Choyins Beispiel und verweigerten ihr jede Auskunft.

»Das geht dich nichts an«, sagten sie und ließen sie stehen.

»Wohin geht der junge Herr? Weißt du es?«

In ihrer Verzweiflung hatte sie sogar Spuckgesicht gefragt.

Selbst Schwachsinnige mochten in ein Geheimnis eingeweiht sein, das man ihr verschwieg, und vielleicht konnten ihr ein oder zwei verständliche Worte, die der arme Narr mühsam hervorbrachte, Aufschluß geben. Aber natürlich konnte ihr Spuckgesicht nichts sagen. Er verstand zwar die kompliziertesten Anweisungen für Botengänge, doch er war nicht imstande, eine einfache Frage zu beantworten. Er strahlte vor Freude, als er sie kommen sah. Er sprang von seinem Klappbett im Schuppen auf und stand in gespannter Erwartung vor ihr, aufgeregt wie ein kleines Kind, dem man eine Freude machen will. Seine Haarbüschel waren schütter und grau geworden, doch er sah das Kind noch immer aus vertrauensvollen und wehmütigen Augen an, keineswegs entmutigt durch ihre Zurückweisung. Er trat näher, da drehte sie sich um und ging weg.

Eine Kette unstillbarer Sehnsucht: Das Tier sehnte sich nach dem Mädchen, das Mädchen sehnte sich nach dem Prinzen, und der Prinz floh erschreckt in sein goldenes Gemach. Der launenhafte Himmelsgott hätte die Kette an beiden Enden noch verlängern können: Räudige Köter schmachteten nach dem Idioten, der sie mit einem Tritt aus dem Weg beförderte, der Prinz schmachtete nach der Göttin, die ihn für seine Dreistigkeit schalt und aus dem Himmel ausschloß.

Sie hatte gesehen, wie die beiden großen Koffer zugeschnallt vor das Haus getragen wurden und wie dann langsam ein schwarzer Wagen vorfuhr und parkte. Der Patriarch kam aus seinen Gemächern herunter, ein seltenes Ereignis. Alle fieberten vor Aufregung, und alle schienen entschlossen, sie von allem fernzuhalten.

Sie schob den Korb mit den Sojabohnensprossen beiseite und stahl sich hinaus. Da sie wußte, daß man sie unverzüglich in die Küche zurückschicken würde, wenn man sie entdeckte, hielt sie sich verborgen, versteckte sich zuerst hinter einer Säule, dann hinter einer Wäscheleine mit flatternden Bettlaken, kauerte sich nieder und tat so, als nestele sie an ihren Schuhen.

Er war nicht in seinem Zimmer. Sie hatte die letzte Gelegenheit verpaßt, ihn zu sehen. Er würde viele Jahre fortbleiben. Möglicherweise kam er niemals zurück, und wenn doch, dann war sie vielleicht schon tot. Sie wurde bleich wie ein Gespenst und spürte einen bohrenden Schmerz im Magen. Sie ging die Treppe hinunter. Sie ging langsam und schwerfällig, niedergedrückt von einer unsäglichen Traurigkeit. Jemand kam die Treppe herauf. Sie blieb wie versteinert stehen, denn er war es. Zwei Stufen auf einmal nehmend, eilte er in sein Zimmer zurück, um etwas zu holen.

Er rannte an ihr vorüber, dann blieb er stehen und drehte sich nach ihr um. Irgend etwas mußte ihn berührt haben, denn er kam auf sie zu. Vielleicht die Tränen, die ihr in die Augen traten.

Männer schnupperten begehrlich, doch sie konnten auch Mitleid mit einer weinenden Frau empfinden, wenn die Tränen ihretwegen vergossen wurden. Selbst ein Junge, der an der Schwelle zum Mannesalter stand und sich in Gegenwart von Mädchen unbehaglich fühlte, konnte sein Unbehagen vergessen und über Mädchentränen gerührt sein.

Sie sah ihn an und wünschte, sie hätte für ihn ein Abschiedsgeschenk. Doch ihre Hände waren leer.

Die Erinnerung an die vielen Geschenke, die er ihr vor langer Zeit, in ihrer gemeinsamen Kindheit, gemacht hatte, und an ihre Freudensausbrüche darüber mußten in ihm den Wunsch geweckt haben, dem schmerzerfüllten Gesicht vor ihm etwas von dieser Freude zurückzugeben. Denn der Junge hatte ein gutes Herz und den Wunsch, ihr Schmerzen zu ersparen. Er durchsuchte seine Taschen und fand etwas. Es war ein kleines Taschenmesser. Als Geschenk war es ebenso unpassend wie das Geld, das er ihr damals gegeben hatte, als sie traurig und besudelt auf dem Boden gesessen hatte, einsam und entsetzt darüber, verlassen worden zu sein, doch es war immerhin ein Geschenk. Linkisch und verlegen streckte er es ihr hin. Er wollte ihr noch sagen: »Weine nicht«, doch er brachte kein Wort über die Lippen.

Ich bin doch nicht nur Luft für ihn, dachte sie voller Freude. Es war eine besondere Freude, der sie nur dadurch Ausdruck verleihen konnte, daß sie in heftiges Schluchzen ausbrach und in Tränen zerfloß. Erschrocken rannte der Junge an ihr vorbei und verschwand.

Solange er, wenn auch unnahbar, in diesem Haus gelebt hatte, war sie zufrieden gewesen. Nun aber, da er fortging, verlor ihr Leben allen Sinn, und zurück blieb eine schreiende Leere. Sie wurde krank vor Kummer. Nach seiner Abreise lag sie tagelang blaß auf ihrer Matratze und verzehrte sich vor Gram. Sie verschmähte den heißen Reisbrei, den ihr die besorgte Wind-im-Kopf brachte, und sogar einen stärkenden Trunk, den ihr Chu aus Kräutern gebraut hatte, die ausschließlich für den Alten reserviert waren.

Nach einer Woche stand sie auf und kehrte zu ihren häuslichen Pflichten zurück. Nur ein Gedanke hielt sie am Leben: Er kommt zurück. Wie lange er auch fortbleiben mag, eines Tages kommt er zurück.

Frauen warten auf ihre Männer, bis ihr Haar ergraut. Eine Frau, deren Verlobter eine Arbeit im Ausland annahm, wartete dreißig Jahre, und als er schließlich wiederkam, blieb er, gerührt über ihre Treue, bei ihr bis zu ihrem Tod.

Aus Gesprächsfetzen, die sie im Lauf der Jahre aufschnappte, wußte sie, daß er in dem fernen Land glücklich war und daß es ihm gutging und daß er seinem Großvater regelmäßig schrieb und seiner Großmutter gelegentlich Geschenke schickte. Wie gern hätte sie den Schal gesehen, über den die Großmutter in ihrem Beisein stolz zu Besuchern gesagt hatte: »So helle Farben sind doch nur etwas für junge Leute! Mein Enkel hat seine alte Großmutter nicht vergessen, aber er hat vergessen, wie alt sie ist!« Die Herrin, mittlerweile dick und träge geworden und schlecht zu Fuß, blühte sichtlich auf, wenn sie über ihren Enkel sprach.

Einmal träumte sie, einer seiner Briefe sei an sie gerichtet. Jemand überreichte ihn ihr mit den Worten: »Hier, der ist für dich.« Obwohl sie nicht lesen konnte, verstand sie jedes Wort. Sie hörte die geliebte Stimme sagen: »Danke für die Laterne, die du mir geschenkt hast. Ich hoffe, daß dir mein Geschenk ebenfalls gefällt.« Er meinte damit nicht das kleine Taschenmesser, das sie jetzt an einer Schnur an ihrem Herzen trug, sondern einen wunderschönen Seidenschal in leuchtenden Farben, der zusammen mit dem Brief angekommen war.

Solche Träume stimmten sie immer traurig.

Zufällig fiel ihr ein Brief von ihm in die Hände, als sie das Zimmer des Patriarchen putzte. Einen Moment lang spielte sie mit dem Gedanken, ihn zu stehlen und zu jemandem zu bringen, der ihn ihr vorlesen konnte. Sie wollte wissen, ob er sie irgendwo auf den acht Seiten erwähnte, und sei es auch nur ganz beiläufig. Davon hätte sie bis zu seiner Rückkehr zehren können. Doch natürlich war es töricht von ihr, diese Möglichkeit auch nur in Betracht zu ziehen. Erwartete sie etwa, daß er, der Erbe des Hauses Wu, in einem Brief an den Patriarchen schrieb: »Sag ihr, daß ich manchmal an sie denke«?

Sie ließ den Brief liegen.

Die Hoffnung auf seine Rückkehr, die Erinnerung an den flüchtigen Moment auf der Treppe fünf Jahre zuvor, als er kehrtgemacht, sie angesehen und ihr das Taschenmesser geschenkt hatte – dies hielt sie während seiner Abwesenheit aufrecht. Sie schöpfte unablässig aus der Zukunft und der Vergangenheit, um die Leere der Gegenwart zu füllen.

Der Himmelsgott hatte eine Schwäche für Verliebte. Er erlaubte, daß sie einander in anderen Dimensionen von Raum und Zeit begegneten.

»Lauft«, sagte er. »Sie verfolgen euch. Ich kann nicht viel für euch tun. Lauft.«

Sie rannten durch einen großen verwilderten Garten, es war dunkel, und unablässig stolperte sie über einen der vielen grasbewachsenen Erdhügel und fiel hin.

»Du hättest nicht die Pantoffeln anziehen sollen«, sagte er. »Sie sind dir zu groß. Damit fällst du hin.«

»Sie sind von meiner Mutter«, erwiderte sie. »Ich habe kein anderes Paar.«

Sie gelangten auf einen großen Friedhof. Der Himmelsgott schüttelte den Kopf.

»Ich habe gesagt, ihr sollt laufen«, sagte er. »Ich habe euch gesagt, daß ich euch nicht viel Hilfe versprechen kann.«

Sie wollten etwas erwidern, doch der Himmelsgott blieb hinter einer dichten Wolke aus Weihrauch verborgen. Sie erhaschten nur flüchtige Blicke von seinem prächtigen schwarzen Bart und dem goldenen Sonnenrad aus Speeren hinter seinem Rücken.

»Das ist meine Mutter«, raunte sie ihm zu.

Sie erblickten eine Frau, die, obwohl sie mager und abgearbeitet aussah, einen dicken Bauch hatte. Mit Räucherstäbchen in beiden Händen warf sie sich vor dem Himmelsgott zu Boden.

»Ich hoffe, daß der Himmelsgott ihre Gebete nicht erhört«, fuhr sie gehässig fort, »den sie hat mich verlassen. Sie hat mich dem Priester verkauft, der mich vergewaltigt hat. Ich mußte jeden Morgen vor dem Hahnenschrei zu ihm ins Bett kommen, damit niemand etwas erfuhr, und er tat unaussprechliche Dinge mit mir.«

Es regnete in Strömen. Es war dunkel, und sie weinte: »Wo bist du?« Dann begriff sie, daß sie mit dem Priester raufte. Sie warf ihn zu Boden. Er schrie. »Ich glaube, ich habe den Schuft. Ich werde ihm eine Lektion erteilen.«

Sie sahen auf den Priester, der tot in einem Sarg lag. Er war schrecklich aufgebläht, auf das Doppelte seiner normalen Größe, und er war ohne Zweifel tot, denn große schwarze Ameisen krabbelten in seinen Augen und seinem Mund. Er konnte niemandem mehr etwas zuleide tun. Doch der Himmelsgott drängte sie, weiterzulaufen.

»Ich habe dich lieber als sie«, sagte er und zog sie durch das offene Fenster, an dem sie weinend gekauert und ihn beobachtet hatte.

»Dann sag es ihnen«, erwiderte sie. »Ich will, daß du es ihnen sagst.«

Er nahm sie an der Hand und trat mit ihr vor sie alle hin – Li-Li, den bärtigen Vogelmann, Choyin, Chu, Lan, Pin und den *Sinseh*.

»Ich habe sie von allen am liebsten«, erklärte er und scheute sich nicht, ihre Hand zu halten.

»Das wollen wir doch mal sehen!« schrie der *Sinseh*, rot vor Zorn, und sprang auf sie zu, den Bambusstock in der erhobenen Hand.

Er entriß dem *Sinseh* den Stock und schlug ihm damit ins Gesicht.

»Was fällt dir ein!« brüllte der *Sinseh*, doch sie hatten keine Angst vor ihm. Wie freche Kinder streckten sie ihm die Zungen heraus und brüllten zurück: »Friß deine stinkende Scheiße. Friß deine stinkenden Eier.«

»Ihr dürft nicht so respektlos sein«, sagte die alte *Keo-Kia*-Frau sanftmütig. Sie troff wie gewöhnlich vor Nässe, und Regenwasser lief ihr über das Gesicht. »Wer das Alter nicht respektiert, den bestraft der Himmelsgott, indem er unentwegt Blitze nach ihm schleudert.«

Sie bemerkte, daß die Füße der alten *Keo-Kia*-Frau nicht den Boden berührten. Sie wollte sie bitten, Wind-im-Kopf zu beschützen, die offenbar in großer Not war, doch die alte Frau war bereits verschwunden.

Er auch. Panik überkam sie. Sie rief nach ihm in der Dunkelheit, doch sie erhielt keine Antwort. Schreiend taumelte sie vorwärts. Jemand stieß sie und gab ihr eine Ohrfeige, jemand anders schlug ihr auf den Kopf. Sie hörte ihre Stimmen, konnte sie aber nicht sehen.

Sie schrie, er solle zurückkommen, doch er war fort.

»Himmelsgott, bitte mach, daß er zurückkommt«, flehte sie, und sie berührte ehrfürchtig ein Bild auf dem Jadestein an ihrem Handgelenk, so wie Mönche oder Nonnen ihre Gebetsperlen berührten.

»Was gibst du mir dafür?« fragte der Himmelsgott.

»Alles. Alles, was du verlangst«, antwortete sie. »Wenn du ihn nur zurückbringst.«

»Ich kann mir jetzt nichts ausdenken«, sagte der Himmelsgott. »Aber gut, ich bringe ihn zurück.«

Sie saßen in einer kleinen Hütte und hörten draußen den Regen prasseln. Spuckgesicht klopfte gegen die Tür und bat um Einlaß. Es gab nur ein kleines Fenster, zu klein für ihn, als daß er sich hindurchzwängen konnte. Er blickte herein, öffnete den Mund und stieß einen entsetzten Schrei aus.

»Noch nicht«, sagte sie und scheuchte ihn mit der Hand fort. »Bitte geh jetzt und stör uns nicht.« Dann wandte sie sich wieder dem Geliebten zu und sagte: »Du bist zurückgekommen.«

»Ich ging nur fort, um dir das zu holen«, sagte er. »Du mußt sehr hungrig sein.« Und er fütterte sie mit einer Schüssel Reisbrei. Der Brei wärmte sie und gab ihr neue Kraft.

Sie lehnte sich an ihn, und seine Berührung beruhigte sie.

»Als du fortgingst«, sagte sie, »war ich tagelang krank. Ich dachte, ich müßte sterben.«

Sie schmiegte sich noch enger an ihn und wußte, daß sie nie wieder so glücklich sein würde.

Die alte *Keo-Kia*-Frau sagte: »Habt ihr den Hahn nicht gehört? Ihr müßt fort, beide. Die anderen sind schon gegangen. Schnell, macht, daß ihr fortkommt.«

»Aber er darf mich nicht verlassen«, flehte sie. »Er ist doch gerade erst zurückgekommen.«

»Sagt nachher nicht, ich hätte euch nicht gewarnt«, erwiderte die *Keo-Kia*-Frau. »Dem Hahn muß man gehorchen, das wißt ihr.«

Doch sie wollten noch immer nicht gehen.

»Der Schrei des Hahns erreicht uns hier nicht«, sagte er lächelnd. »Sie steckten mich in einen Sack und warfen mich ins Meer. Ich bekam ein schreckliches Fieber, und an Bord gab es keine Medizin für mich. Aber jetzt bin ich bei dir und glücklich.«

Sie spürte die warmen, sanften Wellen des Meeres über sie hinweggehen. Irgendwo in der Ferne ertönte der einsame Schrei eines Seevogels. Seltsam, dachte sie. Die Leute sagen, daß das Meer der schlimmste Ort zum Sterben sei, weil man keinen Sarg hat. Doch ich fühle mich geborgen und geliebt.

Der anhaltende Schrei des Hahns drang bis in die Tiefe vor und gelangte schließlich an ihr Ohr, schwach zwar, aber bestimmt.

»Vielleicht sollte ich besser gehen«, sagte er.

»Verläßt du mich wieder?« fragte sie bekümmert.

»Nur für eine Weile«, antwortete er.

II Spuckgesicht war auf den Markt geschickt worden, um einen Schweineschwanz zu holen. Einen einzelnen hätte er umsonst bekommen, doch der Händler verstand ihn falsch und wickelte mehrere in eine alte Zeitung ein, weil er annahm, sie seien für eine Suppe.

Als Spuckgesicht in die Küche zurückkehrte und Choyin das blutbefleckte Päckchen gab, brach sie in heftiges Lachen aus und rief die anderen herbei.

»Such dir deinen Ringelschwanz aus«, sagte sie zu Han, die man dazu ausersehen hatte, die kleine Heilzeremonie durchzuführen. Han zog den längsten aus dem blutigen Haufen.

»Aus den übrigen kochen wir Spuckgesicht eine Suppe«, sagte Choyin großzügig. »Er soll den Nutzen von seinem Fehler haben.«

Der ausgewählte Schweineschwanz wurde heimlich in den Schlafsaal gebracht, so daß ihn Wind-im-Kopf, an der die Zeremonie vorgenommen werden sollte, nicht zu Gesicht bekam. Han lag wach auf ihrer Matratze und wartete im Dunkeln darauf, daß das Zähneknirschen einsetzte. Sie brauchte nicht lange zu warten. Es war ein seltsames, mahlendes Geräusch, das schwer zu beschreiben war und das die Betroffene auf Wunsch nicht hervorbringen konnte, denn es war allein dem Schlaf vorbehalten und verstummte, sobald sie erwachte. Wind-im-Kopfs Knirschen klang wie ein lautes Sägen, das einem durch Mark und Bein ging. Je mehr man sie gescholten hatte, um so schlimmer war es geworden, bis man schließlich zu dem Schluß gelangt war, daß nur noch die Behandlung mit dem Schweineschwanz Abhilfe schaffen könne.

Die Prozedur war einfach. Han und Lan, die freundlicherweise aufblieb, um ihr zu helfen, behielten die Kiefer im Auge, bis sie kräftig zu mahlen begannen, dann schlugen sie ein paarmal mit dem Schweineschwanz zu. Schon beim ersten Schlag fuhr Wind-im-Kopf erschreckt aus dem Schlaf empor, wurde aber niedergedrückt, bis die Operation beendet war und jeder Kiefer drei Schläge erhalten hatte.

Mit sieben Jahren wurde Wind-im-Kopf von einem streunenden Hund verfolgt und bekam nach dem Schockerlebnis hohes Fieber. Spuckgesicht erhielt den Auftrag, das Tier aufzuspüren und ihm ein paar Haare auszureißen. Diese Haare schob man Wind-im-Kopf hinter das Ohr, und sie wurde wieder gesund. Mit zehn erkrankte sie an Mumps. Man bestrich den geschwollenen Hals mit einer dicken Schicht Indigo, vermischt mit Essig, dann bat man den Mann der Waschfrau, der im Jahr des Tigers geboren war, mit dem Finger das Schriftzeichen für ›Tiger‹ in die feuchte blaue Farbe zu malen; das mächtige Tier bekämpfte die Schwellung und besiegte sie rasch. Im Haus lebten zwei Männer, die im Jahr des Tigers geboren waren, doch es wäre der Gipfel der Unverschämtheit gewesen, einen von ihnen darum zu bitten, die kleine Magd zu heilen. Spuckgesichts Tierzeichen war unbekannt, und so war nur der Mann der Waschfrau übriggeblieben. Daß Wind-im-Kopf nur mit Hilfe der Tierwelt von ihren diversen Krankheiten und Leiden kuriert werden konnte, war ihr offenbar vorbestimmt.

Am nächsten und übernächsten Morgen konnten die neben ihr schlafenden Han, Lan und Popo berichten, daß sie nicht mehr mit den Zähnen knirschte.

III Es war nur eine halbvolle Schale rote Bohnensuppe, doch sie enthielt Lotossamen und Longane. Sie dampfte noch, und so deckte sie Han mit einem Teller zu und trug sie eilends zu Chu.

Chu wohnte mit dem Alten am anderen Ende des Hauses und hatte deshalb selten Gelegenheit, von den guten Sachen zu kosten, die in der Küche zuweilen auf den Tisch kamen. Die Herrin bestand darauf, daß die Speisekammern stets gut gefüllt waren, damit im Fall eines Krieges ihre Lieblingsspeisen nicht knapp wurden, und so öffneten die Küchenmägde, wenn ihnen danach war, Packungen mit getrockneten Bohnen und Körnern oder Gläser mit eingemachten Früchten und aromatischen Pilzen und gönnten sich üppige Nachspeisen.

»Das ist nett von dir.«

Dasselbe hatte auch Han einmal gesagt, als ihr etwas zu essen gebracht worden war. Krank vor Kummer über ihren Verlust hatte sie damals auf ihrer Matratze gelegen, sich aufgesetzt und, mit schwacher Stimme Dankesworte murmelnd, die Schüssel mit kräftigendem Kräutersud entgegengenommen, die ihr Chu freundlicherweise gebracht hatte.

Kleine Gesten, ob freundlich oder unfreundlich gemeint, blieben in Erinnerung und wurden bewußt erwidert, mit erstaunlichen Folgen: In steter Regelmäßigkeit wurden Geschenke und Gemeinheiten ausgetauscht, so daß unter der ruhigen Oberfläche der täglichen Zusammenarbeit in diesem großen Haushalt ein kompliziertes Geflecht aus dauerhaften

Bündnissen und Feindschaften entstand. Han war, soweit sie zurückdenken konnte, stets eine Verbündete Chus gegen Choyin gewesen, und umgekehrt hatte sich Choyin mit Lan und Popo gegen sie verbündet. Selbst nachdem Lan das Haus verlassen und geheiratet hatte, blieb die Feindschaft bestehen, und bei ihren Besuchen ergriff sie mit spitzen Bemerkungen Choyins Partei. Die geistig Beschränkten standen dazwischen und sahen mit fassungslosem Staunen von einem verkniffenen Gesicht zum anderen: Wind-im-Kopf verstand nur wenig von dem, was da vorging, und Spuckgesicht überhaupt nichts.

Chu bedankte sich erneut in der für sie typischen barschen und herrischen Art, mit der sie Choyin gegen sich aufbrachte.

Für wen hält die sich eigentlich...

Die Dienstmädchen in diesem großen Haus trachteten danach, andere herabzusetzen, die es wagten, sich über ihresgleichen zu erheben.

Doch es stimmte: Als Pflegerin des Alten hatte Chu mehr Einfluß als die Hausdame selbst. Selbst die Herrin behandelte sie rücksichtsvoll, denn sie lebte in der ständigen Furcht, Chu könnte der Familie den Rücken kehren und den Alten im Stich lassen.

»Seit vierundzwanzig Jahren kümmert sie sich gut um ihn, und er hat sich an sie gewöhnt. Was soll ich tun?«

Dienstmädchen konnten ihre reichen Herrinnen erpressen, wenn sie alte Männer und kleine Kinder als Geiseln benutzten. Ein unerfreulicher Fall dieser Art hatte sich im Hause Chang zugetragen: Ein alter Patriarch schrie jede Nacht wie ein untröstliches Kind nach seiner Pflegerin, der man gestattet hatte, das Haus zu verlassen und zu heiraten, bis der geschäftstüchtige Ehemann ihr schließlich die Rückkehr erlaubte, wobei er aus dem Kummer des Greises und der Güte der jungen Frau kräftig Kapital schlug.

Chu pflegte den Alten gewissenhaft, doch weniger aus Güte als vielmehr aus finanziellen Gründen, denn die Herrin gab ihr, wie Choyin herausgefunden hatte, am Neujahrstag stets das üppigste *ang pow*.

»Warum kaufst du dir nicht selber welche? Du kannst es dir doch leisten, dir beide Arme damit vollzuhängen!« hatte Choyin einmal grinsend bemerkt, als Chu den goldenen Armreif der Waschfrau bewunderte. Chu hatte zurückgegrinst, jedoch nichts erwidert. Mit derselben Gelassenheit, mit der sie ein Taschentuch oder einen Schlüssel in die Tasche ihrer tadellos gestärkten Bluse zu stecken pflegte, verstaute sie die kleine Gehässigkeit in ihrem Gedächtnis, um sie bei Gelegenheit wieder hervorzuholen und sich zu revanchieren.

Chu wollte den Alten heute baden, anstatt ihn wie sonst nur mit einem feuchten Tuch abzureiben, und dazu brauchte sie Hilfe. Insofern kam ihr Han gerade recht. Doch zuvor wollte sie die Bohnensuppe essen, um die Freundlichkeit gebührend zu würdigen, und sich die Zeit für einen Plausch nehmen, denn die vierzigjährige, zynische, einsame und scharfzüngige Frau genoß in zunehmendem Maß die Gesellschaft des ernsthaften achtzehnjährigen Mädchen, dessen Schönheit auch schon den Männern im Haus aufgefallen war. Außerdem hetzte sie die jüngeren Mädchen gern gegen Choyin auf. Und sie erinnerte Han gern daran, daß sie als kleines Kind Choyins Angebot, sie zu adoptieren, abgelehnt und sie damit so gedemütigt hatte, daß sie vor Wut geweint hatte.

»Du hast sie wirklich zum Weinen gebracht. Ich habe sie nie zuvor so weinen sehen.«

Sie hatte sich diebisch über den Vorfall gefreut, ihn aber nicht überstürzt für ihre Zwecke ausgenutzt. Sie hatte aus ihm ein schwaches Gift gewonnen und es der Hausdame, über einen angemessenen Zeitraum verteilt, in mindestens zehn kleinen Dosen verabreicht, um ihre Fehde am Leben zu erhalten.

»Als kleines Mädchen warst du sehr ungezogen. Eines Tages habe ich dich und den jungen Herrn dabei erwischt, wie ihr am Sarg des Alten herumgespielt und Lärm gemacht habt. Ich habe euch fortgejagt.«

Han duldete es, daß die Schläge und Ohrfeigen aus der Erinnerung getilgt wurden. Sie begriff, daß Chu den Vorfall zur Sprache brachte, um eventuell noch bestehende Animositäten, die ihr neues Bündnis trüben könnten, ein für allemal auszuräumen. Was sie anging, so verzieh sie der älteren Frau, daß sie sich eine Zeitlang aktiv an der mitleidlosen Hetze gegen ein kleines Kind beteiligt hatte, das nach dem Urteil eines Mönches von Dämonen besessen war. Und so sagte sie brav und respektvoll: »Ich erinnere mich. Ich war ein ungezogenes Kind. Du warst gut zu mir.« So versicherte sie sich der Freundschaft dieser sonderbaren, mächtigen Frau mit dem gefürchteten Mundwerk.

»Die Bohnensuppe schmeckt sehr gut.«

Normalerweise war Chu nicht redselig und zu beschäftigt für einen Plausch. Doch heute kam sie, angeregt durch die gute Suppe und die Gesellschaft, ins Schwatzen.

»Ich will dir etwas zeigen«, sagte sie und ging zu einem kleinen Tisch. Sie zog die Schublade auf und nahm eine Fotografie heraus. Sie zeigte zwei junge Mädchen, die dicht nebeneinanderstanden und den gleichen Samfoo trugen.

»Rate mal, welche ich bin«, sagte Chu. An den hohen, kräftigen Wangenknochen war sie in jedem Alter zu erkennen.

»Meine Schwester Wan, zwei Jahre älter als ich«, sagte Chu. Sie hielt die Fotografie hoch und betrachtete sie. Die Schwester, die kleiner war und ein hübscheres Gesicht hatte, blickte mit einem Ausdruck sanfter Melancholie in die Welt.

Chus harte Gesichtszüge und ihre harte Stimme wurden weicher, als sie von der geliebten Schwester sprach, die schon seit vielen Jahren tot war.

»Sie hat sehr gelitten.« Chu konnte nicht weitersprechen, zog ein Taschentuch hervor und preßte es sich auf den Mund. Kaum hatte sie das Foto in die Schublade zurückgelegt, nahmen ihre Züge und ihre Stimme wieder die gewohnte Härte an. Sie schüttelte heftig den Kopf, wie um das Unbehagen abzuschütteln, das ihr die Preisgabe des Geheimnisses bereitet hatte, und sagte in völlig verändertem Ton: »Unterhalten wir uns ein bißchen. Das Bad des Alten kann warten.« Die Unterhaltung bestand in einem Dutzend schlüpfriger Geschichten, die Chu über die früheren Liebschaften des Alten gehört hatte. Stets spielten Varietémädchen unterschiedlichster Herkunft darin die Hauptrolle. Thailänderinnen, Burmesinnen, Inderinnen, Malaiinnen – er begehrte sie alle, denn mit Frauen, so pflegte er zu sagen, verhalte es sich wie mit dem Essen, das stets abwechslungsreich, üppig und scharf gewürzt sein müsse. Einmal war er so betrunken, daß er in einen Kanal fiel. Ein paar Mädchen zogen ihn lachend heraus und trugen ihn in das Nachtlokal zurück. Ein andermal tanzte er gleichzeitig mit vier Mädchen, hüpfte von einer zur anderen und stopfte ihnen bündelweise Geldscheine in die Blusen und unter die Sarongs.

»Sieh ihn dir jetzt an«, sagte Chu. »Hältst du es für möglich, daß dieser alte Narr, der sich nicht einmal selber den Arsch abwischen kann, das alles getan hat?«

Er lag auf dem Bett und beobachtete sie wie ein verängstigtes Kind, das erwachsenen Peinigern ausgeliefert ist und zitternd darauf wartet, weitergequält zu werden. Ein fünfundneunzigjähriger Greis, der entgegen allen Erwartungen stur am Leben blieb, unverwüstlich wie sein Sarg, allerdings nur, was seine Entschlossenheit anging, nicht aber seine Gesundheit. Sein Körper war eine bloße Hülle und sein Kopf praktisch nur noch ein Schädel, auf dem sich ein paar flaumige Büschel wellten. Die guten Zähne, die solchen Anstoß erregt hatten, waren fast alle ausgefallen. Chu sagte, sie habe sie schon seit langer Zeit nicht mehr gebürstet und reibe die verbliebenen nur noch gelegentlich mit einem feuchten Tuch ab.

Im vergangenen Jahr hatte er sehr abgebaut. Davor war er

noch in der Lage gewesen, umherzuwandern und verständlich zu sprechen. Eines Nachts war er aufgestanden und hatte sich fortgestohlen. Wie ein ausbüchsendes Kind hatte er gewartet, bis Chu eingeschlafen war, und sich dann davongemacht. Zum Glück wachte sie kurz darauf auf, sah das leere Bett und machte sich auf die Suche nach ihm. Sie sah an den Stellen nach, für die er eine Vorliebe hatte. Etwa das lauschige Plätzchen am alten Karpfenteich, wo sie ihn einmal, friedlich auf einer Bank sitzend, gefunden hatte. Doch er war weder im Haus noch im Garten. Sie suchte draußen vor den Toren. Er war nirgends zu sehen. Was, wenn er in einen Monsungraben gefallen und von der Strömung fortgerissen worden war? Oder wenn er unter einen Ochsenkarren geraten und von den großen Holzrädern überrollt worden war? Sie zwang sich zur Ruhe. Sie war überzeugt, daß sie ihn lebend finden würde, denn seine Zeit war noch nicht gekommen. Daher beschloß sie, abzuwarten und die Herrin nicht zu alarmieren.

Und tatsächlich, als sie durch die dunkle Straße spähte, sah sie, wie ein Rikschafahrer heraufgeradelt kam, vor dem Tor anhielt und dem Alten aussteigen half. Der Alte war hilflos in der Nähe des alten Lok-Kum-Tong-Tempels herumgeirrt. Ohne Schuhe. Der Rikschafahrer hatte ihn sofort erkannt und sich seiner angenommen. Doch der Alte wollte unbedingt bleiben. Er sagte, er sei mit einer gewissen Ah Paik verabredet. Durch gutes Zureden schließlich zum Einsteigen bewegt, fing er wieder an, nach Ah Paik zu rufen, heulte wie ein Kind und jammerte, daß Ah Paik gewiß sehr böse auf ihn sein werde und ihn nie wiedersehen wolle.

»Ah Paik«, wiederholte der Rikschafahrer mit vielsagendem Lächeln, denn er wußte von den Liebschaften des Alten – wer in der Stadt wußte nicht davon? Er wartete auf eine Belohnung, kam ins Schwatzen und hätte wohl unverschämte Mutmaßungen über diese Ah Paik angestellt, wenn Chu ihm nicht etwas Geld in die Hand gedrückt und ihn fortgeschickt hätte.

Sie hatte sofort eine Abneigung gegen ihn gefaßt, denn sie war überzeugt, daß er fortan mit seiner Rikscha in der Nähe des Hauses herumlungern würde, in der Hoffnung, aus dem schwachsinnigen Greis mit der bewegten Vergangenheit noch mehr Geld herauszuholen.

Sie wischte dem Alten den Schlamm von den Füßen, gab ihm etwas Warmes zu trinken, rieb ihm die Brust mit einem Öl ein und brachte ihn zu Bett. Wieder geriet er in Erregung und stammelte einen Namen, nicht den Ah Paiks, sondern den der alten *Keo-Kia*-Frau, so daß sie sich fragte, ob er ihren Geist gesehen habe und ihm aus dem Haus gefolgt sei.

»So etwas darfst du nie wieder tun, hörst du? Du hättest mich beinahe in Schwierigkeiten gebracht.«

Sie ergriff das alte Holzlineal, das sie in dem Zimmer aufbewahrte und mit dem sie häufiger drohte als strafte, und fuchtelte damit vor seinem Gesicht herum, um klarzustellen, daß ihre Drohung ernst gemeint war.

Er hatte sich nie wieder fortgestohlen.

Chu sagte, daß der Alte zu seiner Zeit mehr Frauen gehabt habe als jeder andere Patriarch. Ah Paik war wahrscheinlich eine von ihnen gewesen. Sie war ihm länger als die anderen in Erinnerung geblieben, weil er mit ihr durch einen besonderen Akt der Freundlichkeit verbunden war: Selbst reiche und mächtige Männer hatten Anwandlungen von Schwäche, denen sie unter Tränen nachgaben, wenn eine Geliebte oder Konkubine zur Stelle war, sie zu trösten.

Frauen waren immer seine Schwäche gewesen. Er holte Varietémädchen, Tänzerinnen und Mägde in sein Schlafzimmer und schlüpfte zu Geliebten anderer Männer ins Bett, bis er einmal erwischt und schwer bestraft wurde.

»Hast du nie davon gehört?« kreischte Chu. »Jeder kennt die Geschichte. Die Frau war die Geliebte eines sehr reichen und mächtigen Mannes. Eine außergewöhnlich schöne Frau. Sie ermutigte ihn, er ging in ihr Zimmer, doch ein Diener beobachtete sie und unterrichtete den Herrn. Er wurde fürchterlich verprügelt und gezwungen, eine sehr große Summe als Entschädigung zu zahlen. Ich will dir was zeigen.«

Sie trat vor den alten Mann hin und stemmte schelmisch die Hände in die Hüften. »Du weißt, wovon wir reden, Alter«, sagte sie. »Was glotzt du mich so an? Ich werde dir die Augen herausreißen und sie verschlingen!« Sie tat so, als wollte sie ihm in die Augen stechen, und als er blinzelte, lachte sie und sagte: »Keine Sorge, Alter. Wir wissen, daß du noch lange leben willst. Dein Sarg ruft noch nicht.«

Sie winkte Han ans Bett.

»Komm, ich muß dir etwas zeigen.«

Sie drehte den Kopf des Greises leicht auf dem Kissen, drückte ihn nach vorn und deutete auf eine Narbe, eine dünne weißliche Linie, die hinter dem rechten Ohr begann und bis zum Hals reichte.

»Da haben sie ihn verletzt«, sagte sie. »Sie haben ihn gepackt, ihm mit einem langen Messer die Haut aufgeschlitzt und ihn dann blutend auf dem Boden liegenlassen.«

Sie ließ den Kopf des Alten los, und er sah sie ängstlich an.

»Du warst ungezogen«, schalt sie ihn, und er sah sie an wie ein beunruhigtes Kind. »Du hast für deine Ungezogenheit bezahlt. Gut, schlaf jetzt wieder, Alter. Wir wecken dich, wenn es Zeit für dein Bad ist. Ein schönes Bad.«

Auch Spuckgesicht ging ihr heute zur Hand. Wie sich herausstellte, kam er oft in das Zimmer, leerte Nachttöpfe, rückte Möbel, spürte toten Ratten und Eidechsen auf und entfernte sie und erhielt dafür immer etwas zu essen oder ein paar Geldstücke.

»Sieh dir den armen Teufel an«, sagte Chu, als sie und Han beobachteten, wie Spuckgesicht dem Alten half, sich aufzusetzen. Sie war in der Stimmung, hämische Urteile abzugeben, und nahm sich einen armen Teufel nach dem anderen vor. »Hast du gewußt, daß seine Mutter ihn in einer Papiertüte im

Müll aussetzte und daß ein Müllmann ihn schreien hörte und mitnahm?«

Die Preisgabe von Geheimnissen – von Geheimnissen anderer Leute, denn die eigenen verschloß sie in ihrem Herzen – versetzte sie in freudige Erregung, und sie enthüllte weitere, noch erschreckendere Details. Der Müllmann habe das Kind wegen seines merkwürdigen Aussehens zuerst für einen Affen gehalten, und er sei gerade rechtzeitig gekommen, um es vor einem Hund zu retten, der auf Futtersuche frisches Blut gewittert und nach der Tüte geschnappt habe.

Spuckgesicht spürte, daß über ihn geredet wurde. Er nickte freundlich und grinste. Jener Teil seines Verstands, der ihn befähigte, Kontakt mit der Welt zu halten, deutete jede wahrgenommene Äußerung als Freundlichkeit. Außer natürlich, sie wurde von einem Schlag oder Tritt begleitet, worauf er sofort eine flehentliche Grimasse schnitt und vor der Faust oder dem Fuß zurückwich. Und so grinste er fröhlich, als Chu sein bitteres Los schilderte und sich über die Sünden ausließ, die er in einem früheren Leben begangen haben mußte. Es machte ihn glücklich, daß er mit Han im selben Zimmer war.

Wir alle sind bedauernswerte Narren, dachte Han, und eine tiefe Traurigkeit überkam sie. Zwei Hausmädchen, ein Idiot, ein seniler Greis – jeder war auf seine Weise ein Krüppel.

Drei Hausmädchen, denn gleich darauf rauschte Popo aufgeregt herein, ihr Kind auf dem Arm. Sie war kein Hausmädchen mehr: Sie war eine glückliche junge Mutter mit kecker Dauerwelle und einem feisten, geschniegelten Baby.

Soviel Fröhlichkeit hellte die düstere Stimmung auf, und die Aufmerksamkeit, die bisher dem Alten gegolten hatte, wandte sich nun ganz den Besuchern zu. Selbst der Alte beobachtete Mutter und Kind mit neugierigem Interesse und ließ sie keinen Moment aus den Augen.

Zur großen Enttäuschung der Herrin hatte die Rückenklopferin Popo das Haus verlassen und geheiratet. Im Auftrag einer

Freundin, die für ihren einzigen Sohn eine Frau gesucht hatte, war eine der Waschfrauen an die Herrin herangetreten und hatte sie um ihre Zustimmung zur Heirat gebeten. Die Herrin gab sie, so wie sie gütigerweise kurz zuvor Lan freigegeben hatte, und innerhalb eines Monats zog Popo in ein anderes Haus.

Die Großmut der Herrin riß eine schmerzliche Lücke in ihr annehmliches Leben, doch die Lücke wurde bald durch die Großmut anderer gefüllt, denn ihr gutes Beispiel machte Schule: Das Haus Chang schickte sein Mädchen Peipei herüber, das zufällig Popos jüngere Schwester war. Es war ein guter Brauch unter den großen Häusern, daß man sich bei einem Notfall gegenseitig half, indem man Bedienstete auslieh, für so lange, wie sie gebraucht wurden.

Die Freude der Herrin währte jedoch nicht lange, denn Peipei war keine so geschickte Rückenklopferin wie ihre Schwester und vermochte die Schmerzen nicht zu lindern, die ihren breiten, weichen Rücken täglich plagten. Keine fünf Minuten, nachdem Popo mit ihrem Baby zu Besuch gekommen war, hatte ihr die Herrin gesagt – und dies erzählte sie nun mit großer Genugtuung Chu und Han –, daß sie schmerzlich vermißt werde. Und ihre Genugtuung war um so größer, als die Herrin mitten in ihrer Klage dem Kind ein *ang pow* in die Jackentasche geschoben hatte.

»Mein Rücken schmerzt mehr als jemals zuvor, und du bist nicht da, um den Schmerz zu lindern!«

Popo hatte das richtige getan, nämlich die Herrin gebeten, ihrer nichtsnutzigen Schwester zu vergeben. Kurz darauf betrat das nichtsnutzige Mädchen selbst den Raum, und Popo hielt ihr eine Standpauke und erging sich in Ermahnungen und Ratschlägen, deren Kern in dem einen Satz bestand: Du kannst dich glücklich schätzen, daß du im Hause Wu bist, und du solltest dich dieses Glückes weniger unwürdig erweisen. Das arme Mädchen hatte verwirrt die Augen niedergeschlagen und war errötet.

Sie hatten Popo niemals so glücklich gesehen. Mit ihrer Dauerwelle und ihrer hellen Kleidung demonstrierte sie selbstbewußt, daß sie die Vergangenheit hinter sich gelassen hatte. Doch der Hauptgrund ihrer Freude war der gesunde, hübsche Junge in ihren Armen. Ihm allein verdankte sie ihr Glück und Wohlergehen. Seine Geburt hatte den Großeltern endlich Gelegenheit gegeben, einen Enkel im Arm zu halten, und eine ganze Reihe kleiner unglücklicher Cousinen in Vergessenheit geraten lassen. Der Mutter erwuchsen daraus viele Vorteile, denn sie wurde fortan von einem Großteil der Hausarbeit befreit und erhielt überdies stärkende Kräutertees, die ihr die übermächtige Schwiegermutter persönlich zubereitete, damit sie in bester gesundheitlicher Verfassung für die Ernährung des heißgeliebten Enkels war.

So viele Segnungen flossen aus einem einzigen Jungen: Er schützte sie vor der Schande, falls sie künftig nur noch Mädchen gebären sollte, und er machte das nutzlose Leben vergessen, das sie früher geführt hatte.

Popo, die Rückenklopferin, über deren Körper regelmäßig die Hände des brutalen Priesters gewandert waren, war kein Krüppel mehr.

Sie ließ sich schwer auf einen Stuhl fallen, schob ihre Bluse nach oben und gab ihrem Kind eine große, volle Brust. Der Junge begann sofort, gierig zu saugen, während Chu und Han lautstark seine runden, frischen Wangen bewunderten und seine strammen Beine betasteten, mit denen er beim Trinken behäbig gegen die Mutter trat und die silbernen Glöckchen an seinen Knöcheln zum Bimmeln brachte.

Die Hausmädchen hatten gewußt, daß der Priester Popo regelmäßig heimlich mißbraucht hatte, darüber aber Stillschweigen bewahrt und sich gesagt: Auf diese Weise schützen wir uns selbst. Denn wer konnte wissen, wie sich eine so hochgestellte Persönlichkeit rächen würde, wenn ihr Zorn erst einmal geweckt war? Chu, deren eintöniges, streng geregeltes

Leben sich von den dunklen Geheimnissen anderer Menschen nährte, wollte wissen, wie weit der Priester gegangen war.

»Männer sind zügellos und wissen nicht, wann sie aufhören müssen«, sagte sie und hätte damit auch ihre eigene maßlose Neugier beschreiben können, mit der sie versuchte, einer Frau ihres Standes, die sich dank einer glücklichen Heirat und der segensreichen Geburt eines Sohnes unermeßlich weit von ihr entfernt hatte, ein Geheimnis zu entlocken.

Sie deutete mit der Hand auf den Alten, der auf seinem Bett lag, dann auf Spuckgesicht, der neben ihm auf einem Stuhl saß, und sagte: »Um die brauchst du dich nicht zu kümmern. Sie verstehen kein Wort von dem, was wir reden.«

Spuckgesicht starrte mit offenem Mund auf die weiße weiche Brust, die über dem Kopf des Kindes zu sehen war.

»Was glotzt du so? Hast du noch nie die Brust einer Frau gesehen?«

Der Alte wandte ihr den Blick zu, und sofort ergoß sich ihr Spott über ihn: »Das gilt auch für dich, Alter. Hast du noch nie eine nackte Frau gesehen?«

Sobald ein Hausmädchen etwas Macht in Händen hatte, ließ sie es schwache Männer rücksichtslos spüren.

Nein, vertraute ihnen Popo an. Der Priester habe sie nur angefaßt, mehr habe er nicht von ihr gewollt.

»Dann hat er dich geschont«, sagte Chu. »Wenn dein Mann in der Hochzeitsnacht festgestellt hätte, daß du...«

Sie ließ das Schreckliche unausgesprochen. Ein Ehemann konnte seine Frau schlagen und vor allen Verwandten bloßstellen, wenn die weißen Laken des Hochzeitsbetts im Licht des Morgens keinen Fleck aufwiesen; zumindest konnte er sie in Schande zu ihren Angehörigen zurückjagen oder ihrer Familie seine Verachtung ausdrücken, indem er ihr ein Spanferkel mit abgehacktem Rüssel schickte. Popo hatte Glück gehabt. Der Priester hatte ihr erlaubt, unberührt in die Ehe zu gehen.

Zunächst als Wüstling beschimpft, dann als Wohltäter anerkannt, schwankte der Mönch stark in der Achtung der beiden Frauen, und dann wandten sich beide an die schöne, achtzehnjährige Han, die aller Voraussicht nach sein nächstes Opfer war: War sie schon aufgefordert worden, ihm nach den Morgengebeten im Ahnensaal den Tee zu bringen?

Mich bekommen sie nicht, dachte sie. Weder der Priester noch Offener-Morgenmantel. Ich bin nicht wie Wind-im-Kopf. »Nun, was ist mit dir? Du sagst ja gar nichts. Er muß dich doch schon gestreichelt haben!«

Chu, deren Innenleben an diesem Nachmittag wie dicker, übelriechender Eiter hervorbrach, trieb die Lust an schlüpfrigen Einzelheiten in schockierender Weise auf die Spitze. Sie wollte von den jungen Frauen hören, wie der Geistliche ihren weichen Körper gegen die Beule unter seiner Robe gedrückt habe. Für eine fünfundvierzigjährige Frau ein erstaunlicher Rückfall ins heiratsfähige Alter. Junge Hausmädchen sprachen untereinander manchmal errötend und kichernd darüber, was Männer mit Frauen machten, und fragte die älteren, erfahreneren, die ihnen entweder ausweichende Antworten gaben: »Das werdet ihr schon noch früh genug erfahren«, oder sie, sofern sie zur Leichtfertigkeit neigten, mit derben Beschreibungen zum Lachen brachten.

Chus Wißbegier hatte den Beigeschmack einer bitteren Komödie, die niemanden zum Lachen brachte. Die beiden jüngeren Frauen tauschten kurze, verlegene Blicke aus und brachen den Bann, indem sie sich wieder den fälligen Pflichten zuwandten. Popo legte sich das Baby an die andere Brust, und Han stand auf und sagte: »Wir sollten den Alten jetzt baden, bevor es kalt wird«, womit sie das heiße Wasser meinte, das Spuckgesicht in einem großen Kessel hereingetragen hatte.

Sie führten den Alten ins Badezimmer, setzten ihn auf einen Holzschemel, gossen ihm große Eimer warmes Wasser über den Kopf, seiften ihn ein und schütteten wieder Wasser über ihn. Mit einem kleinen Lappen wusch ihm Chu die Ohren, die Nase, die Zehen, jede Falte und Spalte des alten Fleisches. Sie hob seine Hoden, weiche schlaffe Säcke, und wusch sie, dann den Penis, noch weicher und schlaffer, und wusch ihn ebenfalls.

Für solch eine gründliche Wäsche mußte es einen besonderen Grund geben. Chu sprach es schließlich aus, und Han verriet durch kein Zucken oder Blinzeln ihre Erregung.

»Halt still, Alter. Oder willst du nicht sauber, hübsch und frisch sein, wenn dein Urenkel nach Hause kommt?«

Ihre Stimme konnte barsch oder sanft sein. Jetzt sprach sie im schmeichelnden Ton eines Erwachsenen, der sich der vollen Mitarbeit eines Kindes versichern will.

Wichtige Neuigkeiten teilte man in diesem Haus immer nur in quälend kleinen Portionen mit und versetzte den Zuhörer so in einen Zustand der Hilflosigkeit und Abhängigkeit, in dem er gleichsam wie ein Welpe oder ein Kätzchen halb wahnsinnig hinter einer zuckenden Schnur herjagte. Chu lockte weiter mit der Schnur. »Dein Urenkel ist ein Gelehrter geworden. Er ist so groß und sieht so blendend aus, daß man ihn kaum wiedererkennt. Er kommt bald nach Hause.«

Der alte Mann sah sie aus großen traurigen Augen an. Han blieb ruhig.

»Wann?« fragte Popo, und Chu antwortete lächelnd: »Ich weiß es nicht«, doch ihr Lächeln verriet, daß sie es wußte, aber nicht sagen wollte.

Wissen, ob man es mit anderen teilte oder für sich behielt, gab einem das berauschende Gefühl der Macht über Freund und Feind.

Ich würde es dir verraten, wenn ich könnte, schienen die Augen des Alten zu sagen, die sich nun traurig auf Han richteten, während sie ihm beim Ankleiden half, und dies erweckte in ihr ein zartes Mitgefühl, das auch Spuckgesicht einschloß, der gerade versuchte, einen Arm in einen Ärmel zu schieben.

Bisher hatte sie ihr Herz nur einem einzigen Menschen in diesem großen Haus geöffnet und alle anderen ausgesperrt, doch nun konnte sie damit beginnen, es zu entriegeln und auch jene hereinzulassen, mit denen sie Mitleid empfand. Zudem hatten diese beiden aufgrund ihrer Beziehung zu dem Geliebten ein gewisses Anrecht auf ihre Achtung, der alte Mann, weil er sein Urgroßvater war, der Idiot, weil er gelegentlich mit ihm gespielt hatte. Eine kleine, von einem wilden Haarbüschel verdeckte Narbe an Spuckgesichts Stirn erinnerte noch an diese Rolle. Wenn man ihn nach ihr fragte, konnte er einem zeigen, wie er den Jungen auf dem Rücken getragen hatte und dabei gegen einen Baum geprallt war.

»Was tust du heute nachmittag?« fragte Choyin am nächsten Tag, denn sie brauchte ihre Hilfe, um die Zimmer des jungen Herrn zu putzen und vorzubereiten. Dasselbe Gefühl der Macht, das jemand empfand, der etwas Wichtiges wußte, versiegelte auch ihr die Lippen, während sie darüber wachte, wie Han den Boden schrubbte, abstaubte, die Bilder an der Wand wischte. Aus den Augenwinkeln lauerte sie auf irgendein Anzeichen von Neugier oder Interesse bei dem Mädchen, das sie zum Anlaß nehmen konnte, ihre Macht noch nachdrücklicher zu demonstrieren.

Doch Han stellte keine Fragen.

Alle außer mir wissen Bescheid, dachte das Mädchen, während es ruhig seiner Arbeit nachging. Wie soll ich nachts schlafen, wenn ich nicht weiß, an welchem Tag er nach Hause kommt?

Die Herrin saß allein in ihrem Zimmer und fächelte sich Luft zu. Han sah, daß niemand in der Nähe war, und schlüpfte hinein.

»Das Wetter wird kälter, da müssen sich Ihre Schmerzen verschlimmern«, sagte sie ruhig. »Darf ich«, und sie begann, ihr den Rücken zu klopfen. Obwohl überrascht, war die Herrin dem Angebot nicht abgeneigt und drehte ihren Rücken den erhobenen Fäusten des Mädchens zu. Han war zwar nicht so geschickt wie Popo, jedoch mit Sicherheit geschickter als Peipei, und so schloß die Herrin schon nach kurzer Zeit wehmütig-zufrieden die Augen und gab sich ganz dem Wohlgefühl hin, auf das sie lange hatte verzichten müssen.

Völlig entspannt, begann die Herrin zu reden. Eine Rückenmassage hatte auf sie dieselbe Wirkung wie Alkohol auf andere: Sie löste ihr die Zunge und brachte sie in Plauderstimmung. Sie sprach über alle im Haus, auch über die unfähige Peipei.

»Du warst ein seltsames Kind. Du hast uns viel Verdruß bereitet, besonders Choyin. Aber du hast dich sehr gemausert.«

Sie drehte sich um und betrachtete das Mädchen wohlwollend, und in der kurzen Pause, bevor die Massage weiterging, fügte sie hinzu: »Du bist doch schon achtzehn, nicht wahr?« Womit sie sagen wollte, daß es bald an der Zeit war, über ihr weiteres Schicksal zu entscheiden.

Ein Holzschuhmacher, der auf dem Marktplatz einen Stand besaß, hatte über eine Mittelsperson um Hans Hand angehalten und sich dann, als sein Antrag abgelehnt worden war, bereit erklärt, mit Wind-im-Kopf vorliebzunehmen.

»Du siehst nicht schlecht aus«, sagte die Herrin mit freundlicher Stimme und sah das Mädchen abermals an. Damit wollte sie andeuten, daß sie es zur Konkubine oder Zweitfrau eines reichen Mannes bringen konnte. Sie plapperte weiter, und als sie endlich auf den Alten zu sprechen kam, wußte Han, daß sie nicht mehr lange zu warten brauchte.

»Wie glücklich wird er sein, seinen Urenkel wiederzusehen. Wir danken dem Himmelsgott, daß er das noch erleben darf.«

Wieder lauschte sie ohne das geringste Anzeichen von Erregung.

Er sollte schon in zwei Tagen nach Hause kommen.

IV Han konnte nicht schlafen und streifte kurz vor Tagesanbruch durch die langen kühlen Korridore des Hauses,
als sie aus einem der Zimmer ein Keuchen hörte. Sie blieb stehen und lauschte. Die Tür stand einen Spalt offen. Sie spähte
hinein und erblickte die massige Gestalt von Vierter Älterer
Bruder, die sich, halbnackt, in wilder Aufregung hob und
senkte, und Wind-im-Kopf splitternackt unter ihm auf dem
Bett. Ihre Kleider lagen auf einem Haufen am Boden, oben-
auf der Gürtel, zusammengeringelt wie eine Schlange. Vierter
Älterer Bruder stieß, drängte und grunzte wie ein gefräßiger
Eber, während der weiße Körper unter ihm sich gefügig im
Rhythmus der Stöße bewegte und ein anderer weißer Körper
in einem offenen Morgenmantel, unendlich viel verlockender,
aber unerreichbar, in schwüler Sinnlichkeit über ihm schwebte.

Der Mann mußte seinen Hunger stillen. Im schwachen
Schein der Nachttischlampe sah Han die grimmige Entschlossenheit auf dem roten, pockennarbigen Gesicht, diesen Körper
in Besitz zu nehmen, vom Hals über die Brüste bis hinunter zu
der weichen Stelle zwischen den Beinen, und sich schließlich
das Vergnügen zu verschaffen, das selbst der Körper des häß-
lichsten Bauernmädchens bereiten konnte. Der Hunger des
Mannes war gestillt: Mit einem wollüstigen Seufzer brach er
über dem kleinen, geschändeten Körper zusammen, der nun
reglos unter ihm lag, rollte sich keuchend zur Seite und blieb
dann seinerseits reglos liegen, einen Arm über den Augen, um
das Wohlgefühl voll auszukosten und auch um das häßliche

Mädchen nicht zu sehen, das sich entfernen mußte, bevor die anderen erwachten. Sie begann, sich anzuziehen. Han rannte weg.

Möglicherweise hatte Wind-im-Kopf sie fortlaufen sehen, denn kurze Zeit später, als Han in der Küche den Herd heizte, kam das Mädchen in heller Aufregung herein und bedeutete ihr, daß sie mit ihr reden müsse. Sie schlüpften in eine Ecke hinter zwei großen Küchenregalen. Wind-im-Kopf, deren Sprache so sanft wie ihr Äußeres derb war, brachte es nicht über sich, ihren Zustand zu beschreiben. Sie weinte wie ein Kind und antwortete auf Hans Fragen nur mit einem Kopfschütteln oder Nicken. Seit Jahr und Tag hatten sich die Mädchen in diesem großen Haus einander anvertraut und schwesterlich Angst und Schande geteilt. Wind-im-Kopf trug die Schande seit drei Monaten im Leib; nicht mehr lange, und das schreckliche Geheimnis würde ans Licht kommen. In einem nahe gelegenen Dorf lebte eine ältere Frau, die sich darauf verstand, solche Geheimnisse gegen Bezahlung aus der Welt zu schaffen. Allerdings hatte sie trotz ihres Geschicks nicht verhindern können, daß ein oder zwei Mädchen dem Schock und den Schmerzen erlegen und verblutet waren. Die Herrin arrangierte die Behandlung und bezahlte dafür mit derselben Selbstverständlichkeit, mit der sie die Männer regelmäßig mit Hähnen verglich.

»Bitte, sag niemandem etwas«, flehte das Mädchen, denn sie fürchtete, die Herrin könnte sie scharf zurechtweisen oder zur Strafe gar in die Schenkel kneifen, wozu die alte Dame, wenn sie entsprechend gereizt wurde, durchaus noch in der Lage war.

Sie begann zu würgen, rannte zu einer kleinen Abflußrinne in der Küche, hockte sich hin und beugte sich darüber. Han kauerte sich neben ihr hin und rieb ihr den Rücken. Es nützte nichts. Wind-im-Kopf würgte weiter mit offenem Mund und schmerzverzerrtem Gesicht. Sie wimmerte und blickte sich ängstlich um, um nachzusehen, ob jemand in die Küche kam.

Es bestand keine Gefahr. Choyin, die normalerweise um diese Zeit erschien, war nirgends zu sehen.

Wind-im-Kopf blieb eine Weile keuchend neben der Rinne hocken, dann schoß es in einem Schwall aus ihr hervor. Han rieb ihr weiter den Rücken. Erleichtert stand das Mädchen auf, wischte sich mit dem Handrücken den Mund ab und sagte, daß sie sich jetzt viel besser fühle. Han holte einen Eimer Wasser und spülte das Erbrochene die Rinne hinunter, die draußen vor dem Haus in die Gosse mündete. Choyin witterte Unheil aus einem Kilometer Entfernung. Han gab Wind-im-Kopf eine Tasse heißes Wasser und schickte sie auf ihr Zimmer, damit sie sich ausruhte. Aus Mitleid und Anteilnahme ging sie einige Zeit später nach oben und sah nach dem Mädchen. Es lag reglos auf der Matratze und starrte an die Decke, und Han erbot sich, ihm die Schläfen und die Brust mit Tigerbalsam einzureiben.

Aus Mitleid und Anteilnahme hatte sie ihre eigenen Bedürfnisse vernachlässigt. Tränen traten ihr in die Augen, und sie ballte wütend die Fäuste, als sie später erfuhr, daß der junge Herr bereits eingetroffen war und jetzt auf seinem Zimmer weilte. Sie hatte ihn nur um eine halbe Stunde verpaßt. Und daran war allein Wind-im-Kopf schuld.

So groß. So gutaussehend. Kaum wiederzuerkennen. Choyin plapperte ununterbrochen und feierte einen weiteren Triumph, denn sie hatte zu denen gehört, die ihn begrüßt hatten, und er hatte ihren Gruß erwidert. Er hatte ihr gesagt, daß er sich an sie erinnere.

V Sie wußte, daß sie rechtzeitig gekommen war.

Der Alte lag auf dem Bett, frisch rasiert, die weißen Haarbüschel auf seinem Schädel sauber glattgestrichen. Er trug einen neuen Pyjama. Auch das Zimmer war frisch geputzt. Selbst der Sarg in der Ecke war gründlich abgestaubt worden.

Chu war nicht da. Wahrscheinlich holte sie gerade warmes Wasser.

Sie betrachtete den Alten, und er erwiderte ihren Blick wie immer aus großen wehmütigen Augen. Sie sah eine halb aufgegessene Schüssel Reisbrei auf dem Tisch stehen, da kam ihr die Idee, den eigentlichen Grund ihres plötzlichen Besuchs hinter einer Geste der Hilfsbereitschaft zu verbergen: Ich habe mir gedacht, daß du heute morgen sehr viel zu tun hast, und so bin ich herübergekommen, um dir zu helfen, den Alten zu füttern.

Der Vorwand würde Chus zynischem Blick nicht standhalten, doch das war ihr gleichgültig. Sie verging fast vor Sehnsucht nach ihm, und dies war ihre einzige Chance, ihn zu sehen.

Sie ergriff die Schüssel, tauchte den Löffel in den Reis und zog ihn wieder heraus. Sie hielt abrupt inne. Der Löffel hatte etwas aufgerührt und ans Licht gebracht, das sie zutiefst irritierte, denn es gehörte nicht in ein Essen oder auch nur in die Nähe eines Essens. Dreck. Insektendreck. Sie sah genauer hin. Kot von Küchenschaben. Kein Zweifel. Und er war mit voller Absicht tief in dem weißen Brei versteckt und nicht etwa von einem krabbelnden Insekt auf der Oberfläche zurückgelassen worden. Sie stellte die Schale auf den Tisch zurück, und dabei machte sie eine zweite schockierende Entdeckung: Halb verdeckt durch eine große Flasche, stand dort ein Glas Wasser, in dem deutlich erkennbar ein Klumpen menschlicher Spucke schwamm. Ihr Blick wanderte von dem Glas und der Schüssel zu dem Opfer des hinterhältigen Anschlags, und der Alte erwiderte ihn mit den vertrauensvollen Augen eines Kindes.

Sie vernahm Schritte, und innerhalb von Sekunden gewann sie ihre Fassung zurück, trat ans Bett und sagte mit ruhiger Stimme zu Chu: »Ich habe mir gedacht, daß du heute morgen sehr viel zu tun hast, und so bin ich herübergekommen, um zu sehen, ob du Hilfe brauchst.«

Natürlich durchschaute die Frau den Betrug sofort, als sie ihre funkelnden Augen fest auf Han richtete. Sie lächelte verkniffen, als wollte sie sagen: »Ich habe schon verstanden. Warum machst du mir etwas vor?« Doch sie genoß jeden Besuch des Mädchens in ihrem Reich. »Sie werden gleich hier sein«, sagte sie. Wieder einmal wurde ihre Vormachtstellung bestätigt: Als einzige unter den Bediensteten brauchte sie nicht darum zu balgen, wer den jungen Herrn zuerst zu Gesicht bekam. Kühl und geschickt verwandelte sie den Besuch des jungen Herrn bei seinem Urgroßvater in einen persönlichen Triumph.

Er war jetzt im Zimmer. Er war in Begleitung des Patriarchen und der Herrin gekommen. Han stand am Tisch und putzte einen Wasserkrug, der ohnehin schon blitzsauber war. Sie sah nur einmal auf, und mit diesem einen Blick nahm sie jede Einzelheit seiner Erscheinung in sich auf. Erst später, wenn sie allein und ungestört auf ihrer Matratze lag, würde sie das Bild dieses heißgeliebten Mannes wieder hervorholen, sorgfältig vor sich ausbreiten und jedes Detail, vom Haar über die Augen bis zu dem Bogen eines Handgelenks oder Knöchels, langsam und liebevoll betrachten. Dann würde sie es neben das Bild des heißgeliebten Jungen stellen, der vor fünf Jahren fortgegangen war, und die beiden ebenso langsam und liebevoll miteinander vergleichen.

Jetzt war sie für eine solch gemächliche Betrachtung innerlich zu aufgewühlt. Jede Faser ihres Herzens zitterte, während sie äußerlich gefaßt und mit gesenktem Blick dastand und gespannt auf jedes Wort, jede Silbe lauschte, die er von sich gab, auf jedes Geräusch, das er verursachte, bis zu dem leisesten Schlurfen seiner Füße auf dem Boden.

Er sprach wenig. Er saß auf einem Stuhl neben seinem Urgroßvater und hielt dem alten Mann die Hand. »*Chor Kong Kong,* ich bin wieder da. Ich bin heute morgen angekommen«, hörte sie ihn mit leiser, ruhiger Stimme sagen. Dann hörte sie den Patriarchen und die Herrin etwas sagen, und schließlich versiegte die Unterhaltung, denn der alte Mann konnte nicht mehr sprechen. Durch sein Schweigen isoliert, betrachtete er die Besucher mit einem Ausdruck sanfter Melancholie. Er begann, leicht zu husten. Chu holte eine Tasse heißes Wasser, und der junge Mann nahm sie ihr ab und führte sie behutsam an die Lippen seines Urgroßvaters. Eine Geste kindlicher Zärtlichkeit, die alle berührte.

Einer verliebten Frau wachsen Augen am Hinterkopf, so daß sie auch in einem überfüllten Raum jede Bewegung des geliebten Mannes sieht, selbst dann, wenn sie ihm den Rücken zukehrt. Vor Sehnsucht wachsen ihr zusätzliche Ohren, so daß ihr trotz des Lärms von hundert Personen kein Wort von ihm entgeht. Der Mann ahnt nicht, wie sehr sie leidet, wenn er schließlich, ohne von ihr Notiz genommen zu haben, den Raum verläßt.

Er saß neben dem alten Mann, mit dem Gesicht zum Bett, und sah keinmal zu ihr herüber. Sollte sie es wagen, ihre dunkle Ecke zu verlassen und in sein Gesichtsfeld zu treten, damit er den Blick zu ihr heben und sie ansehen konnte, damit sie aus diesem einen Blick lesen konnte, ob er sich ihrer erinnerte?

Die Gelegenheit dazu ergab sich schon im nächsten Moment, und sie packte sie beim Schopfe: Chu suchte nach einem Spucknapf, und so flitzte sie mit einem nach vorn.

»Hier«, sagte sie und machte sich so auch stimmlich bemerkbar.

Er sprach gerade mit der Herrin und drehte sich nicht um. Chu nahm ihr den Spucknapf ab, und die Gelegenheit war vorüber. Sie zog sich wieder zurück, selbst ein Spucknapf, eine Thermosflasche, ein Stuhl, ein Tisch, ein Teil des Mobiliars, der nicht mehr Beachtung verdiente als alle anderen in diesem großen Haus.

Kaum waren sie gegangen, sagte Chu mit betonter Langsamkeit: »Wie groß und attraktiv er geworden ist. Ich habe ihn kaum wiedererkannt. Ist dir das auch aufgefallen?«

Vielleicht hatte sie zuviel erwartet, als sie hoffte, er würde sich im Beisein anderer nach ihr umdrehen und sie ansehen. Im nachhinein schraubte sie ihre Erwartungen zurück: Hatte er sich auf seinem Stuhl bewegt, als sie mit dem Spucknapf vorgetreten war, wenigstens ein bißchen? Hatte ein Muskel in seinem Gesicht gezuckt, hatte seine Stimme leicht ihren Tonfall verändert? Sie hätte ein solches Zeichen mit Freude aufgenommen. Es hätte ihr am ersten Tag nach seiner Rückkehr wieder genügend Hoffnung gegeben, ein schwacher, aber kostbarer Lichtstrahl nach den langen dunklen Jahren des Wartens.

Aber da war nichts gewesen. Das war ein schlechtes Zeichen. Er war nach Hause gekommen. Sie lebten wieder unter einem Dach. Darauf mußte sie ihre ganze Hoffnung setzen. Und so unterdrückte sie ihren Schmerz, doch er würde wiederkommen und sie quälen, so wie Wind-im-Kopfs heimliche Schande am Morgen.

Sie hörte ein scharfes Geräusch: Es war Chu, die energisch den Reisbrei aus der Schüssel in den Spucknapf scharrte, dann das Glas Wasser dazuschüttete.

VI Der Himmelsgott selbst, so hieß es, sei nicht boshaft. Wohl aber seine Stellvertreter, denen die Bestrafung der Sterblichen für kleinere Sünden oblag, denn sie verwandelten solche Bestrafungen nur zu ihrem eigenen Vergnügen in Spektakel.

Ein Mann, der wahnsinnigen Durst hatte, wurde immer noch durstiger, weil der Becher mit frischem perlendem Wasser, der ihm gebracht wurde, jedesmal zu Boden fiel, sobald er ihn an die Lippen setzte. Ein anderer halbverhungerter Mann hatte eine Schüssel mit dampfendem Reis vor sich stehen, doch jedesmal, wenn er seine Stäbchen in die Speise tauchte, zog er nur Kotklumpen hervor.

Seit dreißig Jahren wartete eine Frau jeden Tag darauf, ihren Geist-Liebhaber zu sehen. Er durfte erst im Augenblick des Hahnenschreis hinaus, so daß er, sobald sie ihn erblickte und zu ihm eilte, vom Ruf des Hahns fortgerissen wurde, den Mund weit aufgesperrt vor stummem Entsetzen.

Nach langen Jahren war er wieder zu Hause. Er war kein Geist, sondern ein Prinz, der dieses große Haus mit seiner Gegenwart erfüllte, an der alle anderen ihr Leben ausrichteten, als rührendes Zeichen ihrer Treue und Hochachtung. Sie war der Geist, dazu verdammt, für immer unsichtbar zu bleiben, zu sehen, aber nicht gesehen zu werden. Seine Gegenwart brachte, wie der Besuch eines himmlischen Geistes, Heiterkeit und Freude in das müde, eintönige Leben in diesem großen Haus: Mit einemmal sah jeder die Welt mit anderen Augen.

Der Patriarch, der selten lächelte, hörte gar nicht mehr auf zu lächeln, da er unablässig von seinem Enkel sprach. Und wie ein Fluß, der sich durch verdorrte Felder wand und über die Ufer trat, beglückte die Herrin jedermann mit ihrer überbordenden Freude: Ein Altersheim, das der Tempel des Weißen Lichts unterhielt, bekam nun vier Säcke Reis anstatt zwei wie bisher, und nachlässige Dienstmädchen wurden für ihre Unachtsamkeit nicht mehr gescholten oder gar in die Schenkel gezwickt.

Aus dem bedrückenden Dunkel ihrer eigenen Welt sah sie ihn im Glanz der seinen wandeln und sehnte sich danach, daß er ihr einen einzigen Blick zuwarf, den Kopf in ihre Richtung drehte, daß er die Strafe der Unsichtbarkeit aufhob. Manchmal, wenn sie mit Thermosflaschen heißen Morgentees über die Galerie im Obergeschoß eilte, sah sie ihn unten im Hof mit langsamen gebieterischen Bewegungen seine Tai-chi-Übungen machen, ein Gott in Menschengestalt, der mit Armen und Beinen die Luft zerschnitt. Dann blieb sie stehen, sah ihm zu und verglich diese schönen männlichen Bewegungen mit dem Bild des kleinen Jungen in ihrer Erinnerung, der mit energischen Schritten den höchsten Berg der Welt bestieg, ein feindliches Schiff im Meer versenkte oder, was ihr am besten gefiel, mit einem kleinen Mädchen im strömenden Regen einen Freudentanz aufführte.

Wenn sie durch das Knarren einer Tür und das leise, anzügliche Glucksen des Vierten Älteren Bruders aus ihren Träumen gerissen wurde, eilte sie mit ihrem Tee weiter.

Sie sah ihn in Gesellschaft zahlreicher junger Leute und Verwandter, die zu Besuch kamen, aßen, tranken und lachten, dann mit ihm ausritten oder eine Spritztour im Auto machten.

Die Herrin bedachte alle seine Freunde mit ihrer Großzügigkeit. Kocht, befahl sie den Mädchen. Bringt das beste Essen auf den Tisch. Besorgt die zartesten Abalonen und die seltenen Pilze, die mein Enkel so mag.

Eßt, forderte sie die Gäste auf. Eßt. Bitte, fühlt euch wie zu Hause.

Sie beobachtete die Herrin in ihrem neuen Glück, beobachtete alle Gäste. In einigen erkannte sie die Cousins wieder, die in jener für sie schmerzlichen Nacht vor so vielen Jahren zum Laternen- und Mondkuchenfest gekommen waren.

Und sie erkannte auch einen weiblichen Gast wieder, den stets eine Anstandsdame begleitete: das Mädchen Li-Li aus dem Hause Chang, das inzwischen zu einer großen, schönen Frau herangewachsen war. In ihren rosa Seidenkleidern – anscheinend mochte sie keine andere Farbe –, mit den Pantoffeln aus Seide, dem zierlichen Fächer, dem exquisiten Schmuck, den sorgfältig frisierten, in die Stirn fallenden Locken, der hochmütigen Stupsnase und dem aparten Leberfleck rechts über der Oberlippe wirkte sie stets wie eine Königin, wenn sie gelegentlich zu Besuch kam, Geschenke mitbrachte und entgegennahm. Sie war die einzige aus der fröhlichen, ausgelassenen Gruppe junger Leute, die ihr einen kurzen Blick zuwarf oder sich sogar umdrehte, um sich mit einem zweiten Blick zu vergewissern, und damit deutlich machte, daß Dienstmädchen keineswegs unsichtbar waren. Doch ihr Blick war nicht freundlich. »Du«, schien er zu sagen, »ich habe es nicht vergessen. Du warst das böse Kind, das mich in das Schlammloch gelockt und ausgelacht hat. Du.«

Ich sehe ihn jeden Tag. Wir leben unter einem Dach.

Frauen verhöhnen einander vergeblich.

Natürlich waren Hans Ansprüche kindisch. So unsinnig wie die Prahlerei eines Steuerbeamten, der behauptete, er sei reich, weil viel Geld durch seine Hände ging.

Sie sah ihn jeden Tag, doch sie erhaschte nur verstohlene Blicke von ihm, wenn er im Hof seine Frühgymnastik machte, mit seinen Freunden und Cousins kameradschaftlich lachend das Haus verließ oder auf dem Grundstück hinter dem Haus einsame Spaziergänge unternahm. Einmal sah sie ihn am

Karpfenteich sitzen und in einem Buch lesen, so wie damals, vor seiner Abreise, als sie ihm schüchtern ein Geschenk gebracht hatte.

Wenn nur, dachte sie, von Sehnsucht verzehrt. Wenn sie doch nur den Auftrag bekäme, ihm den Morgentee hinaufzubringen, sein Nachtgeschirr zu leeren oder sein Zimmer zu putzen. Dann könnte sie aus der verhaßten Unsichtbarkeit ausbrechen. Sie müßte nur eine Tasse zerbrechen oder eine Flasche heißen Wassers verschütten. Ein Stöhnen oder ein leiser Schrei, und er würde herumfahren und sie bemerken, und dabei würde er ihr, wenn schon nicht mit dem Mund, so doch mit den Augen sagen: Ich erinnere mich.

Doch Choyin hatte schon am ersten Tag nach seiner Rückkehr alle Aufgaben an sich gerissen, die eine direkte Bedienung seiner Person mit sich brachten. Wie ein tyrannisches Kind, das die schönsten Spielsachen in Beschlag nimmt und andere Kinder wegstößt, steckte sie in diesem Haus die Grenzen ihres Reiches ab und hielt die anderen Mädchen vom Allerbesten fern.

»Als ich dem jungen Herrn Wu den Tee brachte, sagte er zu mir ...«

Sie verwandelte kleine höfliche Gesten des Mannes in Dornen, mit denen sie eine andere Frau stach.

Manchmal nahm er seine Mahlzeiten mit den Großeltern in einem besonderen Eßzimmer ein. Wenn nur. Wenn sie doch nur neben ihm stehen könnte, während er aß, und die erste sein könnte, die ihm die Schale wieder füllte, ihm den Reiswein nachschenkte. Aber Choyin hatte Peipei damit betraut, ihn bei Tisch zu bedienen.

Die vielen Wenn und Aber waren wie Haken, an denen sie ihre unerfüllten Wünsche aufhängen konnte. Jeden Morgen erwachte sie in fieberhafter Erwartung eines besseren Tages, und jeden Abend ging sie mit einer mageren Ausbeute zu Bett – ein Blick von ihm hier, ein zufällig aufgeschnapptes

Lachen dort, und an gewissen Tagen nicht einmal das, so daß sie sich, von einem kalten Schrecken gepackt, fragte, ob er wieder abgereist sei.

Sie mußte sich mit dem wenigen begnügen. Da sie ihn bei Tisch nicht bedienen durfte, verwendete sie um so mehr Sorgfalt auf das Geflügel, das sie für sein Abendessen rupfte, auf die Gewürze, die sie zwischen Steinen mahlte, damit die Speisen den Geschmack bekamen, den er nach Auskunft seiner Großmutter in dem fernen Land so vermißt hatte.

In Abwesenheit des Mannes hält sich die liebende Frau an die Gegenstände, die noch seine Gegenwart atmen. Sie berührte einen Stuhl, auf dem er eben noch gesessen hatte. Sie ging eine kurze Strecke des Weges, den seine Füße gerade berührt hatten. Sie betrachtete sein Hemd, das an der Wäscheleine hing, und erkannte es als dasjenige, das er am ersten Tag nach seiner Rückkehr beim Besuch des Alten getragen hatte. Sie hatte gesehen, wie Choyin es gestärkt und gebügelt hatte. Choyins Reich erstreckte sich auch auf seine Hemden und seine Unterwäsche.

Die Hausdame hatte Wind-im-Kopf angeschrien, weil sie es gewagt hatte, ihre Hosen neben dem Hemd aufzuhängen. Noch unverzeihlicher wäre es gewesen, wenn sie sie in demselben Zuber gewaschen hätte. Frauenkleider rochen nach Frauen, verunreinigten Männer, brachten ihnen Unglück und mußten daher separat gewaschen werden. Schreckensbleich hatte Wind-im-Kopf ihre Hose von der Leine genommen und sich vielmals entschuldigt.

Doch es war nicht nur der Anblick oder die Berührung der Dinge, die dadurch geweiht waren, daß er sie aß oder benutzte. Allein schon der Klang seines Namens weckte in ihr eine Sehnsucht, die sie erzittern ließ, wenn sie, äußerlich gelassen, mit gesenktem Blick und ruhiger, sicherer Hand dem Patriarchen und der Herrin Tee einschenkte und sie stolz über ihn reden hörte. Mein Enkel. Mein Enkel, der Gelehrte.

Unermeßlich weit von seiner realen Person entfernt, mußte sie sich mit den von ihr zurückbleibenden Schatten und Gerüchen begnügen. Einmal sah sie ihn lächelnd mit Spuckgesicht reden. Sie hätte selbst mit einer einfachen Pflanze getauscht, wenn er sie jeden Tag liebevoll gegossen hätte.

»Bitte störe mich nicht. Ich habe zu tun.«

Als Kind hatte sie Spuckgesicht stets angeschrien und fortgejagt, doch jetzt sprach sie ruhig mit ihm, fühlte manchmal Mitleid mit ihm und nahm sogar seine Geschenke an.

Er störte sie nicht. Er hatte ein Geschenk für sie, das er auf dieselbe verlockende Weise wie in jenen Jahren der Kindheit mit beiden Händen umschloß. Denn in der Art und Weise, wie er Geschenke überreichte und empfing, war er ein Kind geblieben. Er brachte ihr immer noch kleine Geschenke, die er aus Müllkippen geborgen hatte, und hüpfte vor Freude, wenn er von ihr einen Reiskloß, ein Taschentuch oder eine Schachtel Streichhölzer erhielt. Sie war die Göttin, er das treue Tier, der Sklave, für den selbst ihr Speichel ein Geschenk gewesen wäre. Jedes Jahr, beim Großputz vor dem Neujahrsfest, warf die Göttin einen großen Haufen nutzloser irdischer Gaben weg, jedoch nicht auf Spuckgesichts bevorzugten Müllplätzen, um zu verhindern, daß er sie dort auflas und ihr erneut überreichte und der lästige Kreislauf von Schenken, Empfangen und Ablehnen von vorne begann.

»Ich habe viel zu tun.«

Sie deutete auf die Thermosflaschen, die sie gerade mit Morgentee füllte, um sie dann in die Zimmer im Obergeschoß zu tragen. Sie sah, wie Choyin auf dem Weg in das Zimmer des jungen Herrn den Hof überquerte, in der Hand ein Tablett mit einer großen grünen Flasche, einem Becher und einem zusammengelegten Gesichtshandtuch darauf. Daß diese Gegenstände bald mit seinem Gesicht, seinen Lippen in Berührung kommen sollten, verlieh ihnen eine weihevolle Würde. Spuckgesicht öffnete seine Hände, und etwas sprang unter wildem

Geflatter heraus, wurde aber sofort wieder eingefangen und in die hohlen Hände gesperrt.

Es war ein kleiner schwarzer Vogel, den er offensichtlich soeben irgendwo gefunden oder gefangen hatte. Im Vertrauen darauf, daß jedes Geschenk gefiel, gleich ob es sich um einen Vogel, ein Insekt oder einen Kinderlutscher handelte, sah er Han ins Gesicht, nickte eifrig und gab erregte Laute von sich.

»So etwas darfst du nie wieder tun, Spuckgesicht«, sagte Han streng. »Du hast mich erschreckt.«

Der Vogel beruhigte sich in dem dunklen Grab der Hände.

»Spuckgesicht, geh und zeige ihn Choyin«, sagte Han und deutete auf sie. »Schnell.«

Sie sah, wie Spuckgesicht, der freudig jeden Befehl befolgte, hinauseilte und hinter Choyin herrannte.

Es kam wie erwartet. Choyin kreischte beim Anblick der aufgeregt flatternden Flügel und ließ das Tablett zu Boden fallen.

»Du, du!« schrie sie und schlug mit beiden Händen auf Spuckgesicht ein. Der Mann starrte sie verständnislos an und gab den Vogel frei, der zu Boden fiel und sich mit einem abgespreizten Flügel dahinschleppte. Han trat hinzu und sagte ruhig: »Ich bringe dem Herrn den Tee«, und eine Sekunde später war sie fort.

Jetzt stand sie mit dem Morgentee vor seinem Zimmer. Da war eine kleine Nische mit einem Tisch, auf den das Tablett mit der Thermosflasche, dem Becher und dem Handtuch gestellt werden sollte. Einige Herren zogen dieses Arrangement dem direkten Kontakt mit dem Mädchen vor, um den gebotenen Abstand zu wahren. Sie sahen nach, ob das Mädchen gegangen war, bevor sie herauskamen.

Doch sie hatte nicht die Absicht zu gehen. Sie blieb, denn sie wußte, daß dies ihre einzige Chance war, ihn von Angesicht zu Angesicht zu sehen.

Er kam heraus und zuckte zusammen. Offensichtlich hatte

er erwartet, allein zu sein, und so erschrak er – und ärgerte sich –, als er bemerkte, daß die Dienerin noch da war. Genau das war sie – eine Dienerin mit dem Morgentee.

Eigentlich erwartete sie, daß er in seinem Ärger gleich wieder ins Zimmer zurückschlüpfen würde. Doch er tat es nicht. Er blieb. Er machte eine Geste, die soviel bedeutete wie: »Ich will meinen Tee jetzt. Schenk ein, und dann geh.«

Wenn er sich ihrer schon nicht erinnerte, so doch gewiß der Geschenke, die er ihr gemacht hatte. Das Taschenmesser baumelte deutlich sichtbar an einer Kette um ihren Hals. Ein Geschenk wie eine Last, verkörperte es die Ängste in den langen Jahren des Wartens und die Hoffnungen, die durch einen Akt spontaner Freundlichkeit geweckt worden waren, als der Junge das weinende Mädchen erblickt und ihr gerührt etwas geschenkt hatte. Normalerweise verbarg sie das Messer unter ihrer Bluse vor neugierigen Blicken, doch heute morgen hatte sie es hervorgeholt und trug es nun offen auf der bangen Brust.

Sie beugte sich hinunter und goß den Tee in den Becher. Das Taschenmesser schlug seitlich gegen die Flasche. Er bemerkte es nicht. Oder er bemerkte es und erinnerte sich nicht. Oder er erinnerte sich und wollte es nicht zeigen. Er trank hastig seinen Tee, dann kehrte er ins Zimmer zurück.

Es war mißlungen.

Noch am selben Nachmittag besuchte sie Spuckgesicht in seinem Schuppen und brachte ihm reumütig ein Geschenk, einen Haufen kleiner Reisklöße. Er war nicht in der Lage, die Gabe mit dem vorausgegangenen Vorfall, bei dem er ihretwegen von Choyin Schläge bekommen hatte, in Verbindung zu bringen. So war er überwältigt von der Großherzigkeit der Göttin, die mit kostbaren Geschenken in die bescheidene Behausung ihres Tieres und Sklaven kam, wobei ihre Gegenwart für ihn das kostbarste Geschenk von allen war. Atemlos vor Entzücken, war er bereit, sich vor ihr in den Staub zu werfen.

Er wollte nicht, daß sie wieder ging. Er wollte sie bei sich haben, ganz für sich allein, so lange wie möglich. Wie ein fröhliches Kind riß er die Türen des kleinen kaputten Schranks neben dem Klappbett auf, der seine Schätze barg, und wählte als Geschenk für sie ein Paar Holzschuhe aus, die er irgendwo gefunden oder gestohlen haben mußte. Sie schüttelte den Kopf. Sie verließ ihn mit der traurigen Erkenntnis, daß Geschenke, ob sie nun aus Liebe oder aus Mitleid gemacht wurden, niemals ihren Zweck erfüllten.

»Da ist ein Mann, der dich sprechen will.«

Wie unvernünftig von ihr, daß sie sich hoffnungsvoll an den kleinsten Strohhalm klammerte! Natürlich würde man sie niemals mit diesen Worten zu ihm rufen, natürlich würde niemals der Sohn der Waschfrau die Nachricht überbringen. Der kleine Junge war hinter ihr hergerannt, als sie die Treppe hinaufstieg. »Da ist ein Mann, der dich sprechen will. Er ist in der Küche«, wiederholte er und lief fort.

Der Mann wartete also in der Küche. An diesem Punkt hätte sie eigentlich alle Hoffnung fahrenlassen müssen, doch törichterweise tat sie es nicht: Was, wenn der junge Herr aus einer Laune heraus diesen Treffpunkt gewählt hatte?

Sie stürzte atemlos in die Küche, und ein großer, hagerer Mann mit schlechten Zähnen, den sie nie zuvor gesehen hatte, stand von einem Stuhl auf und grüßte sie.

»Ich bin Ältester Bruder«, sagte er.

Sie starrte ihn an und sagte nichts. Sie starrte ihn an, um festzustellen, ob sein Aussehen, seine Stimme oder seine Art eine Saite in ihrem Herzen anschlugen.

»Ich bin Ältester Bruder«, wiederholte er mit einem verlegenen Lächeln, wagte aber nicht zu fragen, ob sie sich an ihn erinnere. Die vielen Jahre, die inzwischen verstrichen waren, hatten gewiß jede Erinnerung ausgelöscht.

Hatte sie ihre Mutter noch zurückgewiesen, als diese vor zwölf Jahren plötzlich am Tor aufgetaucht war und sie gerufen hatte, so war ihr der Besuch des Bruders weit weniger unangenehm, denn sie wußte noch, daß sie ihn von allen Geschwistern am meisten geliebt hatte. Sie sprachen miteinander, langsam und vorsichtig, und sahen einander forschend an. Erst als sie, dank ihres guten Willens, den einen oder anderen vertrauten Zug am anderen entdeckten und sich, wenn auch nicht im Detail, so doch in groben Umrissen an das eine oder andere gemeinsame Kindheitserlebnis erinnerten, wurden sie entspannter und lächelten, und ihre Zurückhaltung wich aufrichtiger Freude über das Wiedersehen.

»Erinnerst du dich an das alte Bett, in dem wir alle schliefen…«

»Erinnerst du dich an den Süßwarenladen…«

Erinnerungen an den gewalttätigen Vater und die leidgeprüfte Mutter vermieden sie.

Ältester Bruder erkannte in ihr die kleine Lieblingsschwester, die ihm als Vierjährige in einer viel zu großen Jacke aus der Ferne zum Abschied gewinkt hatte, und sie erkannte in ihm den heißgeliebten Bruder, der sie auf dem Rücken getragen und nach dem sie in ihrer finstersten Stunde gerufen hatte, und nicht nach der Mutter.

Er sah schrecklich aus, mager und bleich, die Zähne verfaulte Stümpfe, und er stank nach Alkohol und Schmutz. Eine Frau mit stark gepudertem weißem Gesicht und Rouge auf den Wangen wartete draußen vor der Küche an einer Nebenpforte, fächelte sich Luft zu und spähte ab und zu schmollend herein. Han bat ihn, sie hereinzurufen, doch er lachte nur und sagte, das sei nicht nötig, er bleibe ohnehin nicht lange. Er sei aus einem ganz bestimmten Grund hergekommen.

Ihre Mutter lag im Sterben und wünschte sie zu sehen. Er hatte sie erst am Vortag besucht. Es ging ihr sehr schlecht. Sie lag in einem kleinen dunklen Zimmer in einem Armenhaus und hatte ausdrücklich nach ihr verlangt.

Bruder und Schwester standen schweigend da und sannen über ihr zerstörtes Leben nach.

Seit Jahren getrennt, sollte die Familie ein letztes Mal für eine Stunde an einem Sterbebett zusammenkommen. Diese letzte kindliche Pflicht mußte erfüllt werden.

Han hatte sich selten aus dem großen Haus gewagt. Einmal war sie anläßlich eines religiösen Festes im Tempel des Weißen Lichts gewesen, ein andermal im Haus Chang, als für eine wichtige Feier zusätzliche Hilfe gebraucht wurde und die Herrin zuvorkommenderweise Choyin und sie hinüberschickte. Die anderen Mädchen waren ganz begeistert von den gelegentlichen Opernaufführungen auf dem Marktplatz und durften sie auch besuchen, doch sie machte sich gar nichts daraus. Jetzt ging sie an der Seite ihres Bruders, den sie seit vierzehn Jahren nicht gesehen hatte, durch ein ihr unbekanntes Viertel der Stadt, in dem sich alte baufällige Häuser aneinanderlehnten und alte Männer und Frauen in den Eingängen saßen und Besucher mit funkelnden Augen musterten. Sie erklommen eine finstere schmale Treppe, die unter ihrem Gewicht knarrte, und betraten einen Raum, in dem es bis auf einen Lichtstrahl, der durch einen schadhaften Fensterladen fiel, dunkel war und muffig nach Tod und Alter roch. Han erblickte eine sehr alte Frau, die, nur noch Haut und Knochen, in einer Ecke auf einer schmutzigen Matratze lag und leise wimmerte, und wollte schon auf sie zugehen, doch Ältester Bruder führte sie in eine andere Ecke, wo auf einer alten Holzpritsche mit dünner Baumwollmatratze eine zweite Frau lag, weniger alt, aber ebenso ausgezehrt. Der Nachttisch war übersät mit Bechern, Untertassen und Schüsseln, und in der Mitte standen eine nagelneue Thermoskanne und eine ungeöffnete Flasche Tigeröl, Zeugnisse der jüngsten Großzügigkeit des Sohnes.

Ihre Mutter lag reglos da, die Augen geschlossen, ein gefaltetes weißes Tuch auf der Stirn, und hatte überhaupt keine Ähnlichkeit mit der Mutter in Hans Erinnerung. Ältester Bruder sprach sie leise an und schüttelte sie sanft an der Schulter, um sie zu wecken. Schließlich öffnete sie die Augen und sah sie an, ohne sie jedoch zu erkennen.

»Das ist Han. Sie ist gekommen. Du wolltest sie sehen.«

Die sterbende Frau blieb nur wenige Minuten bei klarem Verstand, und in dieser Zeit vergoß sie viele Tränen der Reue. Sie erinnerte sich daran, wie sie vierzehn Jahre zuvor ihre Tochter herzlos weggegeben hatte, für Geld, das sie innerhalb weniger Tage am Spieltisch verloren hatte. Wie sie das vertrauensvolle Kind belogen, wie sie den kleinen, sich an sie klammernden Leib abgeschüttelt hatte, so wie man ein lästiges Insekt abschüttelte und zertrat. Sie bedeutete ihrer Tochter, daß sie ihre Hand halten wolle. Han setzte sich ans Bett, ergriff folgsam die Hand der Mutter und ließ ihren Tränen freien Lauf.

»Der Himmelsgott hat mich seitdem unaufhörlich bestraft«, sagte die unglückliche Frau. Seit jenem Tag hatte sie einen unaufhaltsamen Abstieg erlebt, der sie aus den Spielhöllen schließlich in dieses heruntergekommene Armenhaus geführt hatte. Ältester Bruder hatte gehört, daß sie einmal sogar von Kredithaien brutal zusammengeschlagen worden war. Sie hatten sie hinter einem Schrank hervorgezogen und, obwohl sie versprach, ihre Schulden binnen einer Woche zu begleichen, so lange auf sie eingeprügelt, bis sie die Besinnung verloren hatte.

»Himmelsgott, vergib mir.«

Mit dem Stoßgebet endeten ihre lichten Momente, und dann folgte eine halbstündige, ermüdende Schimpfkanonade gegen die Nachbarn, gegen den toten Ehemann, ja, den Himmelsgott selbst. Die geistig umnachtete Frau sprang von einem Ereignis zum anderen, die zehn, zwanzig oder dreißig Jahre auseinanderlagen.

»Bei ihm hätte ich ein gutes Leben gehabt. Ich habe sie gesehen, über und über mit Schmuck behängt, und dabei war sie nicht halb so schön wie ich. Es war mein Schicksal, den anderen zu heiraten – ihn! Der Reistopf war immer leer, aber für Bier oder seine Weiber hätte er sein letztes Geld ausgegeben.«

Am Ende eines Lebens sollten sich eigentlich auch einige schöne Erinnerungen in die Bitternis mischen: Doch sie empfand nur Verbitterung, die ihr die letzte Stunde zu vergällen drohte. Sie erhob die Stimme zu einem dünnen Kreischen. Die andere Sterbende folgte ihrem Beispiel, richtete sich ihrerseits auf der Matratze auf, winkte müde mit dem Arm, wobei sie einen kleinen Spucknapf umwarf, und versuchte, etwas zu sagen.

Ältester Bruder und Han schenkten ihr keine Beachtung und sagten zu ihrer Mutter: »Laß es gut sein. Ruh dich jetzt aus.« Sie breiteten eine Decke über den ausgezehrten Körper und empfanden nichts als Mitleid mit dieser armen Frau, die ihre Mutter war.

Han bemerkte, daß sie das Stoffarmband mit dem kleinen Jadekopf des Himmelsgotts nicht mehr am Handgelenk trug. Vielleicht hatte sie es für eine Mahlzeit oder ein Lotterielos verkauft, vielleicht hatten es ihr die Kredithaie abgerissen. Ihres war noch unbeschädigt. Sie hatte es all die Jahre getragen, doch es bedeutete ihr nichts, und so löste sie es von ihrem Handgelenk und band es der Mutter um.

Die sterbende Mutter hatte eine letzte Bitte, und merkwürdigerweise betraf sie die Zimmergenossin in der Ecke. Es ging um die Rückerstattung eines kleinen Geldbetrags und die Erwiderung eines Geschenkes, bestehend aus einem Regenschirm und Keksen. Wahrscheinlich wollte sie einen alten Streit beilegen. Bei dem einstündigen Besuch am Sterbebett wurde alles getan, was in einer solchen Situation getan werden mußte – man verzieh einander, versöhnte sich, bedauerte und bereute, ermahnte und äußerte eine letzte Bitte.

Die Mutter sollte noch am selben Abend sterben, und wie jeder andere Insasse des Hauses sollte sie von der wohltätigen Einrichtung einen Sarg aus vier zusammengenagelten Brettern erhalten, in dem ihr Leichnam fortgebracht und in einem Gemeinschaftsgrab beerdigt wurde.

Plötzlich erschien die stark geschminkte Begleiterin und verlangte die nagelneue Thermoskanne, das Tigeröl und, nachdem sie Ältestem Bruder ein paar Worte zugeraunt hatte, auch das Armband der toten Frau.

»Ich würde ein anständiges Begräbnis für sie ausrichten, wenn ich könnte, aber wie du siehst, muß ich mir mühsam meinen Lebensunterhalt verdienen«, sagte Ältester Bruder, erwähnte aber nicht, womit er ihn verdiente. Seine Begleiterin, die keine zwei Worte mit Han gewechselt hatte, drängte mit einer ungeduldigen Geste zum Aufbruch.

»Ich kann keine Beerdigung ausrichten. Ich bin nur ein Dienstmädchen.«

Sie sprach es nicht aus, sie dachte es nur. Doch Ältester Bruder war noch immer der fürsorgliche Bruder, an den sie sich erinnerte, und so fragte er sie besorgt: »Geht es dir gut? Du bist schmal und blaß. Kann ich dir helfen?«

Er war sicherlich nicht in der Lage, ihr zu helfen, und hätte sie ihn darum gebeten, so hätte er wahrscheinlich wie früher herumgekaspert und sich in umständliche Ausreden geflüchtet, die mit seinem Existenzkampf oder seiner sonderbaren Begleiterin zu tun hatten. Aber er war freundlich, und das genügte ihr. Wieder füllten sich ihre Augen mit Tränen. Der Grund war jener andere Kummer, doch sie brachte es nicht über sich, ihm davon zu erzählen.

»Behandeln sie dich gut?« fragte er ernst und im großspurigen Ton eines Jungen, der seine kleine Schwester gegen einen Rüpel aus der Nachbarschaft verteidigt.

Sie tat die Frage mit einem kurzen Lachen ab, dann ergriff die Begleiterin den Arm des Bruders, und das Treffen war zu Ende. Er ging dorthin zurück, wo er hergekommen war, und sie kehrte in das große Haus der Familie Wu zurück.

Und zu einem größeren, tieferen Kummer.

»Der Herr will dich sprechen.«

Ihr Herz pochte wild, und es brauste in ihren Ohren. Diesmal war es bestimmt kein Irrtum. Choyin selbst hatte die Nachricht überbracht. Da war kein verhaltenes boshaftes Grinsen, das auf einen grausamen Scherz hingedeutet hätte. Vielmehr schien der strenge Zug um ihre Augen und ihren Mund zu sagen: »Was könnte der Herr von dir wollen?« Und dies war der beste Beweis, daß kein Irrtum vorlag.

»Wo?« fragte sie ruhig.

»Im Besuchersalon«, antwortete die andere schroff und entfernte sich.

Der Herr wünschte sie zu sehen. Und das bedeutete, daß er sich ihrer erinnerte. Endlich hatte er sich erinnert. Sie hatte in diesem großen Haus gelernt, die stärkste innere Erregung hinter einem ruhigen Auftreten zu verbergen, und so trat sie mit kleinen, bedächtigen Schritten und ruhigem, gesenktem Blick unter die Tür des großen Salons, der den wichtigsten Besuchern vorbehalten war. Die schrille Stimme einer Frau rief sie gebieterisch herein.

»Was habe ich euch gesagt? Es ist dieselbe Person!« sagte Fräulein Li-Li zu den beiden anderen im Raum, dem jungen Herrn Wu, der auf einem Stuhl am Tisch saß, und einem dikken jungen Mann, in dem sie den Cousin des Fräuleins wiedererkannte und der sich, eine Zigarre rauchend, an eine Anrichte lehnte.

Es war also nicht der Herr, der nach ihr geschickt hatte, sondern Fräulein Li-Li.

Sie stand ruhig da, nur wenige Schritte von ihnen entfernt, und wartete ab, was Fräulein Li-Li von ihr wollte.

»Ich erinnere mich an den seltsamen Ausdruck in diesen Augen. Wie könnte ich ihn vergessen?« fuhr die junge Frau fort, die ein langes, elegantes Kleid in ihrer Lieblingsfarbe Rosa trug und eine Hand graziös in die Hüfte stemmte. Sie standen einander im selben Raum gegenüber, und doch hätte man meinen können, sie mache eine Person verächtlich, die gar nicht anwesend war. »Wir waren in dem Zimmer und amüsierten uns bei der Vorführung des Vogelmanns – erinnert ihr euch? Ich spielte gerade mit zwei kleinen gelben Vögeln, und du, Wu, mit einem großen grünen, als dieser entsetzliche Radau begann. Wir blickten zum Fenster und sahen, wie ein seltsames Kind mit beiden Fäusten gegen die Scheibe trommelte und aus vollem Hals schrie. Zum Glück konnte Choyin sie wegziehen und das Fenster schließen.« Es war offensichtlich, daß sie sich an den Triumph jenes Nachmittags nur erinnerte, um den demütigenden Sturz in die Schlammlache vergessen zu machen. Eine Bedienstete, die es gewagt hatte, ein Mitglied des Hauses Chang zu beleidigen, sollte für ihre Verfehlung büßen, wenn nötig, bis ins hohe Alter.

»Du warst doch das Mädchen, das sich an jenem Tag so merkwürdig verhalten hat?« fragte Li-Li. Han bejahte, und Li-Li sah sie prüfend an, grinste und ließ sie ihre tiefe, in all den Jahren angestaute Verachtung spüren, bevor sie sich an die beiden anderen wandte und triumphierend rief: »Was habe ich euch gesagt? Ich vergesse nie einen ungewöhnlichen oder komischen Vorfall. Und der war beides! Das Mädchen fiel zwischen ein paar Blumentöpfe, schlug sich das Bein auf und wurde von Choyin gepackt. Choyin erzählte mir später, daß sie sie in der Küche an einen Stuhl fesseln mußte, damit sie uns nicht mehr stören konnte!«

Die gelassene Miene des Mädchens machte sie rasend. Am liebsten hätte sie ihr nachträglich eine Ohrfeige gegeben, doch sie beherrschte sich.

Li-Li verteilte regelmäßig mit Begeisterung Reis, Kleidung und Geld an die Armen im Tempel, und mit derselben Begeisterung bestrafte sie jene, die es wagten, sich aus der Armseligkeit ihres Lebens zu erheben und ihre Wohltäter zu verspotten. Und dieses Mädchen war nicht nur spöttisch, sie war gefährlich, denn sie hatte es gewagt, sich mit dem jungen Herrn Wu zu verbünden, um sich über die anderen Dienstmädchen zu erheben. Jetzt war der junge Herr heimgekehrt, und bestimmt unternahm sie wieder den dreisten Versuch, ihn für sich zu gewinnen.

»Sie ist schlau und gerissen«, hatte Choyin gesagt. »Man darf sie nie unterschätzen.«

Ein Verstoß gegen die Regeln des Anstands war unerträglich, und wenn im Hause Wu niemand etwas unternahm, dann mußte eben das Haus Chang die notwendigen Maßnahmen ergreifen. Und daher fiel ihr, Li-Li, die Aufgabe zu, auf Abwege geratene Dienstmädchen ein für allemal auf ihren Platz zu verweisen. In Anbetracht der voraussichtlichen Verbindung der beiden Häuser, war es schlicht eine Unverschämtheit dieses Mädchens, sich als Nebenbuhlerin aufzuspielen.

Fräulein Li-Li spitzte die schönen, sorgfältig geschminkten Lippen und erging sich in Schmähungen.

»Wie ich höre, war sie von einem Dämon besessen. Sie lief herum und biß und trat jeden. Sie verletzte diesen armen, mißgebildeten Idioten, der in eurem Schuppen wohnt. Sie benahm sich Choyin gegenüber sehr respektlos.«

Sie. Sie.

Das Mädchen stand nur da, die Geschmähte, über die man nur in der dritten Person sprach, da ihre Anwesenheit nicht zählte.

Der Cousin, darum bemüht, zu gefallen, sagte lachend, er erinnere sich auch noch sehr genau, und steuerte selbst ein oder zwei Anekdoten bei: Einmal habe das Kind einen Mönch aus dem Tempel des Weißen Lichts angespuckt, ein andermal sei es in ein Laternenfest geplatzt und habe die Laternen zerstört.

Fräulein Li-Li, berauscht von dem Gefühl des endgültigen Triumphs über dieses impertinente Mädchen, mit dem sich zu befassen eigentlich unter ihrer Würde war, brach in ein schrilles, höhnisches Lachen aus. Das Lachen bedeutete auch:

Warte, bis ich das Sagen habe. Dann kannst du was erleben. Der Cousin stimmte mit ein, und ihr Gelächter erfüllte den Salon, während Han wütend und angewidert an ihrem Platz verharrte und nicht recht wußte, ob sie bleiben oder sich umdrehen und weggehen sollte. Da bemerkte sie, wie das Gelächter verebbte und von einer Stimme übertönt wurde, die so anders klang, daß das Gelächter schließlich verstummte und betretenem Schweigen wich.

Der junge Herr Wu erklärte ihnen, daß auch er sich erinnere: Er erinnere sich an ein Kind, das von seiner Mutter verlassen worden sei und dennoch nichts von seiner Lebensfreude verloren habe. Gewiß, es sei bisweilen ungezogen gewesen, aber sei nicht jedes Kind ungezogen?

Aus Respekt vor den Gästen fiel die Verteidigung maßvoll aus, und der Standpunkt, den er vertrat, konnte nur der des Mitgefühls sein, der seit jeher das Verhältnis des Hauses Wu zu den Armen und Unglücklichen prägte. Aus Mitgefühl nahm er das seltsame Verhalten des Kindes gegen den Vorwurf der Widernatürlichkeit in Schutz und erklärte es für durchaus normal: Welche Vierjährige, von der Mutter verlassen und bei Fremden gelassen, würde sich nicht so verhalten?

Irgendwann, während er weitersprach, trat echtes Vergnügen an die Stelle des Mitgefühls, und der junge Herr erzählte mit wachsender Wärme von der Zeit, als er und das lebenslustige kleine Mädchen Spuckgesicht rote Ameisen in die Hosen geschmuggelt und, um Chu zu erschrecken, an den Sarg des Alten geklopft hatten. Er lächelte beim Sprechen, dann bemerkte er, daß er zu weit gegangen war, und hielt sofort inne. Fräulein Li-Li warf ihm einen erbosten Blick zu, und der Cousin, der spürte, daß etwas schiefgegangen war, jedoch nicht wußte, was, spielte mit einer Vase, pfiff eine alberne Melodie und wartete auf einen Wink, der ihm weiterhalf. »Du kannst jetzt gehen«, sagte der Herr zu Han, ohne sie anzusehen.

Sie hob den Kopf und schaute ihn an, so intensiv, daß er

nicht umhin konnte, ihren Blick zu erwidern, und zum erstenmal seit seiner Heimkehr sah er ihr direkt in die Augen. Sein Blick konnte bedeuten: »Geh jetzt. Diesmal habe ich dich gerettet. Aber verlasse dich beim nächstenmal nicht darauf.« Ebensogut konnte er aber auch bedeuten: »Ich erinnere mich, siehst du? Und du hast geglaubt, ich würde mich nicht erinnern. Ich erinnere mich an alles, was zwischen uns war.«

Sie wußte es nicht, und das machte sie rasend.

Die Eindrücke dieses Nachmittags konnten nicht alle auf einmal verarbeitet werden. Wie das Bild, das sie am ersten Tag von ihm gewonnen hatte, mußten sie behutsam zerlegt, überdacht und dann langsam, Stück für Stück, ihrem Denken und Fühlen einverleibt werden. Hatte sie seit seiner Rückkehr bisher nur herzlich wenig in Erfahrung gebracht, so hatte sie an diesem einen Nachmittag eine reiche Ernte eingefahren, deren Sichtung und Prüfung viel Zeit erforderte.

Am leichtesten ließ sich der Teil aussondern, der Li-Lis Gefühle ihr gegenüber betraf. Li-Lis Eifersucht – denn nichts anderes war es – erfüllte sie mit großer Genugtuung. Es beglückte sie, daß das scharfsichtige und scharfzüngige Fräulein Li-Li aus dem Hause Chang sie haßte und fürchtete: Was hatte sie so verbittert? Hatte der junge Herr Wu, bewußt oder unbewußt, etwas über seine Gefühle für sie verraten?

Er liebte sie also, auch wenn er sich ihr gegenüber ganz anders benahm. Daher konnten Li-Lis Anfeindungen, einerlei wie heftig sie bei ihren Besuchen ausfielen oder wie eifrig sie von Choyin im Alltag nachgeahmt wurden, für sie nur ein Grund zur Freude sein.

Die Logik des Herzens versetzte sie in freudige Erregung. Sie genoß ihren Triumph wie der Süchtige den Zug an der Pfeife, wie das Kind, das ein Spielzeug von dem Rüpel zurückerhält.

Und dann wich die Hochstimmung einer ernüchternden Erkenntnis: Er hatte es aus Gefälligkeit getan, nicht aus Liebe. Der Mann war zu keinem bösen Wort fähig, er konnte niemandem ein Leid zufügen. Die anderen hatten sie geschlagen und dem Tod überlassen, er hatte sie aus seiner Schüssel gefüttert. Die anderen hatten sie draußen in Regen und Sturm gelassen, er war zu ihr geeilt und hatte ihr gezeigt, daß sie kein Abschaum war. Sie hatten sie ausgelacht, verhöhnt und behauptet, sie sei von einem Dämon besessen, doch er hatte Mitleid mit ihr gefühlt und versucht, ihr Gelächter zu unterbinden.

Und doch hatte er es nur aus Gefälligkeit getan. So wie er Lan, seinem früheren Kindermädchen, eine Gefälligkeit erwiesen hatte. Sie war in ihrer Ehe von Anfang an unglücklich gewesen, denn ihr Mann schlug sie und gab ihr kein Geld. Bei einem Besuch in dem großen Haus zeigte sich unter Tränen eine Narbe, die eine Haarsträhne verbarg, und sie brachte ein Kind mit, das sie mit Zuckerwasser füttern mußte statt mit Milch. Ihre traurige Geschichte war ihm offensichtlich zu Ohren gekommen, denn bei ihrem nächsten Besuch ließ er ihr durch Choyin eine stattliche Geldsumme aushändigen.

Frauen fragen Männer: »Warum bist du so unfreundlich zu mir?«, und sie behaupten, daß bei einem Mann Freundlichkeit alles sei. Ihr war das nicht genug. Weder sah er sie so an, wie er Fräulein Li-Li ansah, noch war er ihr so nahe. Sein Verhalten ihr gegenüber war nicht das eines Mannes, der eine Frau liebte und begehrte. Wenn sie nicht von der Liebe eines Mannes leben konnte, welchen Sinn hatte es dann, von dem Haß einer anderen Frau zu leben?

Der Konflikt tobte in ihrem Herzen und verfolgte sie auch im Traum.

Sie trat in den Besuchersalon, prallte aber erschreckt zurück, als sie beide dicht nebeneinander auf der Couch sitzen sah. Er hatte die Hand auf ihrem Schenkel und beugte gerade den Kopf zu ihr hinüber, um sie zu küssen. Bei ihrem Anblick fuhren sie auseinander. Li-Li kam auf sie zugerannt und schrie: »Du schon wieder! Haben wir denn nie Ruhe vor dir!«

Plötzlich erschien der Cousin, und zu dritt packten sie sie, warfen sie aus dem Fenster, verriegelten es hinter ihr und lachten, als sie sahen, wie sie zwischen ein paar Blumentöpfe fiel und sich die Beine aufschlug.

Jemand zog sie hoch. Es war nicht Choyin, denn die Person berührte sie sanft und sprach freundlich mit ihr.

»Warum bist du immer nur freundlich zu mir, wenn andere unfreundlich zu mir sind?« fragte sie.

»Fliehen wir«, sagte er, »bevor sie uns kriegen. Der Himmelsgott hat versprochen, Blitze zu schleudern und sie damit aufzuhalten. Doch es werden nur kleine Blitze sein, die wie Knallfrösche an Neujahr unter ihren Hintern explodieren.« Er war in fröhlicher Stimmung.

Sie waren in seinem Zimmer, das sehr weiß und sauber war. Er goß ihr eine Tasse heißen Tee ein, um sie zu beruhigen. Lächelnd sagte er: »Ich erinnere mich. Ich erinnere mich an alles, was zwischen uns war.«

»Jetzt erinnerst du dich und bist freundlich zu mir. Aber das genügt mir nicht. Ich will noch etwas anderes.«

»Auch das sollst du bekommen«, sagte er.

Sie lagen in seinem Bett. Er hatte seine Hand auf ihrem Schenkel, dann auf ihrer Brust.

VII Der kleine Sohn der Waschfrau – anscheinend hatte er sich selbst zu ihrem Botenjungen ernannt – kam zu ihr, als sie gerade Bügelwäsche besprenkelte, und rief atemlos: »Sie haben ihn gefesselt.« Weitere Einzelheiten folgten. Schwarze Tusche im Gesicht. Der Affengott auf dem Tisch. Brennende Räucherstäbchen. Eine Banane, die man ihm gewaltsam in den Mund geschoben hatte.

Es dauerte einige Zeit, bis sich die Informationen des aufgeregten Jungen zu einem klaren Bild zusammenfügten. Etwas Schlimmes war geschehen: Spuckgesicht war in Schwierigkeiten. Eine Bande von Rowdys hatte ihn irgendwo an einen Stuhl gebunden und quälte ihn.

Der kleine Junge hatte alles mit eigenen Augen gesehen und war fortgerannt, um Hilfe zu holen. »Laß ihn doch, er gerät ständig in Schwierigkeiten«, hatte Choyin zu ihm gesagt, obwohl er ihr beteuert hatte, daß es diesmal wirklich ernst sei, und sogar geweint hatte. Danach hatte er sich an Han gewandt, und als er mit seinem Bericht fertig war, blieb er stehen, rieb die nackten Füße aneinander und wartete auf die Belohnung, die er immer erhielt, wenn er eine Nachricht überbrachte. Han trat an eine große Büchse auf dem Regal, nahm zwei Kekse heraus und gab sie ihm. Der Junge steckte sie in die Tasche und wartete weiter, denn er wollte Han zum Tatort führen und zusehen, wie sie den mißhandelten Spuckgesicht befreite.

Sie krempelte sich die Ärmel hinunter, ergriff einen schwarzen Schirm und verließ das Haus.

Der Tatort war nur eine Straße von dem Armenhaus entfernt, aus dem man unter ihren Augen den Sarg ihrer Mutter getragen hatte. Es handelte sich um den vorderen Teil eines ehemaligen Ladens, der inzwischen als Warenlager genutzt wurde. In einer Ecke stapelten sich gebündelte Gummimatten bis zur Decke, in einer anderen prall gefüllte Säcke, die wahrscheinlich Holzkohle enthielten. Von der Decke hingen große Pakete mit Räucherstäbchen, daneben reihenweise Papierschirme.

Mitten in dem Durcheinander standen ein Tisch und ein Stuhl. Auf dem Stuhl saß Spuckgesicht, in schändlicher Weise mit zwei langen schmutzigen Handtüchern gefesselt, genau wie der Junge berichtet hatte. Auch die Sache mit der Banane stimmte: Sie lag, schwarz und aufgeweicht, in seinem Schoß. Spuckgesicht sah völlig verängstigt aus und wimmerte wie ein Kind. Er war nicht allein im Raum. Zwei junge Männer – offensichtlich der Rest der Bande, die ihn mißhandelt hatte – standen grinsend daneben, und an der Tür lungerten drei Gassenkinder herum, die ebenfalls grinsten und sich gegenseitig stupsten.

Han trat ein. Spuckgesichts Miene hellte sich auf, sobald er sie erblickte, und er zerrte an den schmutzigen Handtüchern. Han band ihn los, wohl wissend, daß die Rowdys ihr neugierig und forschend dabei zusahen. Mit einem schnellen Blick hatte sie die Situation erfaßt und die Gegenstände registriert, die über den Tisch verstreut waren – ein Bildnis des Affengotts, Räucherstäbchen, zerrissenes Gebetspapier und Erdnüsse, ein Glas Wasser, eine Kerze. Die Rowdys hatten den Affengott angerufen, und nach der Unordnung auf dem Tisch und Boden zu urteilen, war die Zeremonie erfolgreich verlaufen: Das Medium muß dabei vollständig und überzeugend die Gestalt des Gottes annehmen, um den man dann in wilder Ausgelassenheit herumtanzt und dabei Papier und Erdnüsse verstreut. Ob es der Bande gelungen war, die Gewinnzahlen der Lotterie in Erfahrung zu bringen, war ungewiß. Wahrscheinlich nicht, und so war das Ritual in einen derben Spaß ausgeartet, für den der sabbernde und häßliche Spuckgesicht, der im richtigen Moment vorbeigekommen war, das ideale Opfer abgegeben hatte. Offensichtlich hatten sie viel Spaß mit ihm gehabt, denn sein Gesicht war grob mit den äffischen Zügen des schelmischen Gottes bemalt.

»Laß uns nach Hause gehen«, sagte Han, und der noch immer wimmernde Spuckgesicht folgte ihr. Der Anblick der kühlen Schönen an der Seite dieser plumpen Mißgestalt nahm die Rowdys so gefangen, daß sie gar nicht daran dachten, sie aufzuhalten, und erst als Han, Spuckgesicht und der Sohn der Waschfrau glücklich aus dem Haus waren und die Straße hinaufgingen, schob einer von ihnen die Finger in den Mund, stieß einen gellenden Pfiff aus und rief: »Mein Fräulein, fickt der Affengott auch?«

Zu Hause angekommen, wusch Han ihm die Farbe aus dem Gesicht und bestrich eine kleine Wunde über seiner rechten Augenbraue mit einer Salbe. Mit strenger Stimme sagte sie: »Du gehst nie wieder dorthin, hast du verstanden?«

Spuckgesicht nickte unglücklich. Mit den spärlichen weißen Haarbüscheln, der harten ledernen Haut, den blutunterlaufenen Augen und dem zutiefst deprimierten Blick wirkte er plötzlich wie ein alter Mann. Die kindliche Fröhlichkeit war verschwunden, und selbst die neuen Streichholzschachteln, die sie ihm schenkte, vermochten ihn nicht aufzuheitern.

»Hast du gehört, was ich gesagt habe? Du sollst nie wieder dorthin gehen. Das sind böse Menschen. Sie tun dir weh.« Ihre Strenge wich langsam einem zarten Mitgefühl, und sie legte dem armen Mann die Hand auf die Schulter, sie, die vor vielen Jahren, als Kind, sogar seine Geschenke zurückgewiesen hatte.

Sie nahm die zerschlissene, übelriechende Decke weg und gab ihm dafür eine frische, dann stellte sie ihm einen kleinen Topf Tigerbalsam auf den Nachttisch und verließ den Schuppen.

Ich habe meine eigenen Probleme. Ich will mir nicht auch noch die anderer Leute aufhalsen.

Doch die anderen ließen ihr keine Ruhe. Sie ging gerade am Badezimmer vorbei, als sie ein Stöhnen hörte. Sie blieb stehen und legte das Ohr an die Holztür. Das Stöhnen ließ nach. Sie hörte, wie Wasser aus dem großen Betontank geschöpft wurde und auf den Boden klatschte, dann, rot und bedrohlich, unter der Tür hervor in die offene Abflußrinne floß, die draußen in den Rinnstein mündete. Es war das Blut einer Frau, und es war so viel, daß sein Anblick erschreckend war, selbst für eine Frau. Noch mehrmals wurde Wasser geschöpft und verspritzt; das Opfer versuchte verzweifelt, alle Spuren zu beseitigen. Dann wurde es still, und von neuem setzte das Stöhnen ein.

»Bist du in Ordnung?« flüsterte Han, und von der anderen Seite der Tür antwortete Wind-im-Kopf leise: »Ja.«

»Mach auf, damit ich dir helfen kann«, sagte Han, denn sie wußte, daß die Blutung noch nicht gestillt war.

Das Mädchen hatte alles ausprobiert und, unter anderem, eine unreife Ananas gegessen und zwei Flaschen Bier getrunken. Doch die Schande war geblieben. In ihrer Verzweiflung hatte sie daraufhin eine Rikscha genommen und war heimlich zu der Frau gefahren, die Abtreibungen vornahm und angeblich noch nie einen Mißerfolg erlebt hatte. Die Frau gab ihr eine Flasche mit einer Flüssigkeit zum Einnehmen. Wind-im-Kopf sagte, sie habe so bitter geschmeckt, daß sie geglaubt habe, sie werde sie nie ganz austrinken können, wie von der Frau streng verordnet.

Schließlich überwand sie sich und trank die Flasche bis zum letzten bitteren Tropfen, und eine Stunde später hatte sie stark zu bluten begonnen.

»Jetzt ist es vorbei, und es geht mir gut«, sagte das Mädchen und brach im nächsten Moment ohnmächtig zusammen.

VIII Wie friedlich es hier ist, dachte sie und nahm gierig die Ruhe der hohen Bäume in sich auf, das schläfrige Zirpen der im Dickicht verborgenen Insekten, den Anblick von ein oder zwei wilden Tauben, die an dem kleinen Fleck blauen Himmels, den das grüne Blätterdach nicht verdeckte, kreisten, die Stille des glitzernden Teichs neben ihr, die nur das leise Plumpsen eines vom Wind herbeigetragenen Samens durchbrach.

Ihre Stimmung, in letzter Zeit durch das Unglück des armen Spuckgesicht und der armen Wind-im-Kopf bedrückt, heiterte sich auf, und ihre Seele schwang sich empor in die Weite dieser wunderbaren, geheimnisvollen Welt, die sie für sich beanspruchte, seit sie sie vor Jahren entdeckt hatte.

Plätze, die sie an ihn erinnerten, empfahlen sich von selbst. Doch diese besondere Enklave im Grünen mit dem entzückenden Teich atmete nicht seine Gegenwart; selbst in den abenteuerlichsten Jahren ihrer Kindheit hätten sie sich nicht so weit vom Haus fortwagen können, ohne den Zorn der Erwachsenen zu erregen. Han hatte sie einige Zeit nach seiner Abreise entdeckt und in ihr Herz geschlossen, eine kleine Oase der Ruhe, wo sie Zuflucht fand vor dem aufwühlenden Leben in dem großen Haus.

Meist saß sie auf der harten Erde unter einem hohen Baum, blickte auf den Teich hinaus und sagte zu sich selbst »wenn, wenn«, was soviel bedeutete wie: »Wenn er jetzt käme, neben mir Platz nähme und mit mir spräche, hätte ich für den

Rest meines Lebens keinen Wunsch mehr an den Himmelsgott.«

Doch der Platz neben ihr blieb leer, und einsam lauschte sie den sanften Geräuschen in den Bäumen und draußen auf dem Wasser.

Der Himmelsgott erhörte Gebete, aber nur unvollständig. Er hatte Augen und Ohren, aber er öffnete sie nur halb. Er hatte ihn wohlbehalten zurückgebracht, doch er hatte dicke Mauern zwischen ihnen errichtet. Als Affe verkleidet, neckte und quälte sie der schelmische Gott, hüpfte umher und trat mit seinen Affenfüßen Löcher in die Mauern, nur um sie sogleich wieder zu verschließen, wenn sie hindurchspähte und die Hand nach ihm ausstreckte.

Sie stand wieder vor der Mauer seiner Gleichgültigkeit. Einmal hatte der Himmelsgott ihre Gebete erhört, und der junge Herr hatte auf seinen Befehl hin die Mauer durchbrochen und sie mit seiner Freundlichkeit rechtzeitig vor drohendem Unrecht beschützt. Doch nach getaner Pflicht hatte er sich wieder in seine Welt zurückgezogen und gesagt: »Du an deinem Platz, ich an meinem.«

Seit jenem Nachmittag im Besuchersalon lebte er wieder in der von fröhlichem Lachen erfüllten Welt seiner Freunde und Cousins. Li-Lis Lachen klang neuerdings heller und schriller, denn ihrer beider Verlobung stand unmittelbar bevor, und die hochmütigen Blicke, die sie bei jedem Besuch in ihre Richtung warf, drückten Triumph und Verachtung aus und sollten ihr eine Warnung sein: Er gehört mir. Laß die Finger von ihm. Was bildest du dir ein! Vergiß nicht, wer du bist.

Fräulein Li-Lis Triumph war perfekt und der ihr treu ergebenen Choyin höchst willkommen, so daß sie die beiden in Gedanken stets nur als Paar sah, das gemeinsam vor sie hintrat und sich höhnisch auf die Schenkel klopfte wie ungezogene Kinder.

Sie buhlte jetzt nicht mehr um seine Aufmerksamkeit, wie

sie es früher getan hatte. Dieser Teil ihrer Bemühungen, ihn zurückzugewinnen, gehörte der Vergangenheit an. Wie ein Kaufmann, der sich vorübergehend aus seinen hektischen Geschäften zurückzieht, um sich einen Überblick über seinen Besitz zu verschaffen, ihn zu sichern und zu mehren, statt ihn durch weitere unkluge Unternehmungen aufs Spiel zu setzen, machte sie in Ruhe eine Bestandsaufnahme.

Ihr Gewinn war beträchtlich: Sie hatte nur Gewißheit haben wollen, daß er sich ihrer erinnerte, und dann hatte sie den Beweis dafür bekommen, daß er sich nicht nur ihrer erinnerte, sondern sie in freundlicher Erinnerung behalten hatte. Keine liebende Frau nimmt gern den zweiten Platz im Herzen eines Mannes ein; sie braucht auch den Beweis, daß er sie liebt und daß er sie mehr liebt als jede andere. Eine liebende Frau will alles.

Diese Liebe mußte durch aufmerksames Beobachten und geduldiges Warten geschützt werden. Sie durfte sie nicht durch ungestümes und törichtes Handeln gefährden; daher wollte sie ihm nie wieder Ungelegenheiten bereiten, ihn nie wieder im Beisein anderer in Verlegenheit bringen. Ein Mann, der durch eine Frau in eine peinliche Situation gerät, liebt sie dafür um so weniger.

Der schönste Ring auf der Welt. Der größte Jadeanhänger. Eine Fußspange aus purem Gold. Ein Gürtel, in den Gold- und Silberfäden eingewoben waren.

Sie war in Hörweite, als Choyin atemlos den Schatz beschrieb, den Li-Li bei der Einheiratung in die Familie Wu erhalten würde. Er wurde von Generation zu Generation weitergegeben, und die Herrin, die mehr Schmuck besaß, als sie in ihrem Leben tragen konnte, würde ihn komplett der Schwiegertochter überlassen und damit eindrucksvoll die sprichwörtliche Großzügigkeit des Hauses Wu demonstrieren.

Was hältst du von Fräulein Li-Lis neuem Jadeanhänger und ihren neuen Ohrringen?

Choyins Bosheit gipfelte in einer Frage, und sie stellte sie nur, um eine Antwort zu erzwingen, die es ihr ermöglichte, den Faden der Bosheit weiterzuspinnen. Doch wie in der Vergangenheit sah das Mädchen Han ruhig und gleichgültig auf, als wollte sie sagen: »Tatsächlich? Ich wußte gar nicht, daß sie neu sind. Mir sind die alten gar nicht aufgefallen.«

Fräulein Li-Lis und Choyins Gehässigkeiten konnten ihr inzwischen nichts mehr anhaben, doch nach wie vor litt sie unter seiner Gleichgültigkeit. Er ignorierte sie, wenn sie einander auf dem Korridor begegneten oder in einer Tür fast zusammenstießen. Das tat ihr weh, und sie tröstete sich mit der Erinnerung an jenen herrlichen Tag, an dem er sich so freundlich an sie erinnert und sie gegen seine glanzvolle Welt in Schutz genommen hatte.

Jedes Kindheitserlebnis, das er erwähnt hatte, nahm nun einen festen Platz in ihrem Bewußtsein ein und überstrahlte alle anderen. Die Genugtuung, die sie empfand, machte die Kränkung durch seine kühle Reserviertheit am ersten Morgen nach seiner Heimkehr vergessen, als sie im Zimmer des Alten versucht hatte, seine Aufmerksamkeit auf sich zu ziehen. Ja, sie löschte sogar die Erinnerung an die weiter zurückliegende Kränkung, als er, in den Jahren vor seinem Weggang, ihre Geschenke zurückgewiesen und ihr den Rücken gekehrt hatte.

Sie hütete das Erreichte eifersüchtig wie einen Schatz und führte es sich immer wieder bedächtig und liebevoll vor Augen, wie ein Geizhals, der zärtlich in seinem Silber wühlt. Sie war gelassener als jemals zuvor. Um ihren kostbaren Schatz nicht aufs Spiel zu setzen, versagte sie sich weitere ungeduldige Gebete an den Himmelsgott, denn sie fürchtete, er könnte ungehalten werden und zu ihr sagen: »Was immer du jetzt besitzen magst, ich werde es dir wegnehmen. Das wird dich lehren, mich zu drängen.«

Sie wollte sich jeder Laune des Gottes beugen.

Götter sollten nicht zugunsten von Göttinnen übergangen

werden, doch sie sollten auch nicht gekränkt sein, wenn Gebete gelegentlich an ihre weiblichen Pendants gerichtet werden, die verständlicherweise kleinere Schreine und Tempel bewohnten. Neben dem Teich stand unter einem alten knorrigen Baum ein kleiner Schrein aus Stein, der eine kleine Göttin beherbergte, jedoch so lange vernachlässigt worden war, daß er und die Göttin in einem traurigen Zustand waren. Der Schrein war nur noch ein Haufen verwitterter Ziegel, und die Göttin ein unförmiger Steinblock ohne Augen und Ohren. Nur ein Fleck verblaßter roter Farbe erinnerte daran, daß sie einmal ein Gewand getragen hatte, und dort, wo ihre Brust gewesen sein mußte, war der Stein sanft gewölbt.

Die Göttin, so erzählte man sich, hatte es sich selbst zuzuschreiben, daß sie vernachlässigt worden war. Sie war eine vergeßliche Göttin. Immerzu schlief sie ein und hörte deshalb die Gebete der Gläubigen nicht, so daß ihr selbst die treuesten Anhänger nach einer Weile empört den Rücken kehrten. Möglicherweise hatte einer in einem Wutanfall die Statue gegen einen Stein geschmettert und so das Gesicht der Göttin verstümmelt. Es fanden sich nicht einmal eine verrostete Urne für Räucherstäbchen oder rußgeschwärzte Kerzenstummel, die davon gekündet hätten, daß sie einst geliebt und verehrt worden war. Eines Tages erwachte sie aus dem Schlaf, erinnerte sich an die Bitte eines liebeskranken Mädchens und erfüllte sie, doch da war es bereits zu spät.

Eine vernachlässigte Göttin, die danach trachtete, ihre einstige Macht wiederzuerlangen, konnte sich als wertvolle Verbündete erweisen, eher jedenfalls als ein Gott, der mit Huldigungen überhäuft wurde. Und so öffnete Han das Bündel, das sie mitgebracht hatte, entnahm ihm mehrere Räucherstäbchen, ein kleines Tongefäß, eine Schachtel Streichhölzer und eine Handvoll Blütenblätter, um mit der Wiederbelebung zu beginnen.

. Sie entzündete die Räucherstäbchen, steckte sie in das Gefäß und stellte sie ehrfürchtig vor die beschädigte Statue, dann streute sie ihr ebenso ehrfürchtig die Blütenblätter über den Kopf. Sie schlug die Augen nieder, faltete die Hände und bewegte sie unter inständigem Flehen anmutig auf und nieder.

»Vergeßliche Göttin, sei nicht mehr vergeßlich.«

Sie befand es nicht für nötig, der Göttin genau zu sagen, was sie nicht vergessen sollte, denn sie war überzeugt, daß sie es auch so wußte. Sie betete nur für ihn und für sich. Führe uns wieder zusammen. Laß nicht zu, daß wir jemals wieder getrennt werden.

Andere forderten lautstark von ihr, sie solle sie in ihr Gebet mit einschließen, doch sie wurden zurückgewiesen: Ältester Bruder, den es in die rauhe Welt der männlichen Begierden verschlagen hatte und der sich seinen Lebensunterhalt damit verdiente, daß er Geschlechtsgenossen junge, verängstigte Mädchen zuführte; ihre tote Mutter, die für ihre Sünden möglicherweise hinter dem Höllentor büßte und nicht einmal das Fest der Hungrigen Geister besuchen durfte; Wind-im-Kopf, die seit dem Tag, als sie im Badezimmer geblutet hatte, ein körperliches und viel mehr noch ein geistiges Wrack war und unter tausend Ängsten litt; Spuckgesicht, der Geringste unter den Geringen, dem nicht einmal die Götter helfen konnten, außer vielleicht eine gnädige Göttin, die selbst erfahren hatte, was es hieß, verlassen zu werden und der Verzweiflung anheimzufallen.

Sie alle bedrängten sie und riefen ihr ihre Wünsche zu: Bete für uns, auch wir brauchen Hilfe.

Sie blieb unnachgiebig. Um der Vergeßlichen Göttin die Aufgabe zu erleichtern, richtete sie nur Bitten an sie, die ihn und sie betrafen, denn die Göttin sollte nicht verwirrt werden und klagen: »Ihr seid so viele, und ich bin ganz allein.«

Ein Vogel flog in einem anmutigen Bogen über sie hinweg. Keine Eule oder Amsel, was ein schlechtes Omen gewesen wäre, sondern eine schneeweiße Taube. Sie verlor eine kleine

Feder. Han hob sie auf und betrachtete sie erleichtert und zufrieden.

Als Kinder hatten sie gelegentlich Vögel beobachtet, die auf dem rückwärtigen Teil des Daches oder auf den Wäscheleinen saßen, sie gefüttert oder mit Steinen beworfen, je nach Laune. Ganze Schwärme von Tauben ließen sich dort nieder, und da sie als Glücksbringer galten, wurden sie niemals verscheucht.

Chu beobachtete gerade ein paar, die über der kleinen Mauer des Gemüsegartens kreisten. Selbst aus der Entfernung war ihrem straffen Rücken anzusehen, daß sie etwas vorhatte und nicht nur hinausgegangen war, um glückbringende Vögel zu beobachten. Der Korb, den sie in der Hand hielt und an die Hüfte preßte, verstärkte diesen Eindruck. Han beobachtete sie, wie sie die Tauben beobachtete, sah, daß sie eine besonders ins Auge faßte, die sich aus dem Schwarm gelöst hatte, herabgeflogen war und nun auf der niedrigen Mauer hockte.

Ihre Absicht wurde deutlich, als sie die Taube ein paar Sekunden später verscheuchte und sich auf das stürzte, was das Tier zurückgelassen hatte. Sie zog hastig einen Löffel aus dem Korb, schaufelte ebenso hastig den feuchten, warmen Klecks auf und tauchte den Löffel in den Korb. Han meinte zu sehen, wie der Kot des Vogels in dem reinen Weiß frisch gekochten Reisbreis versank. Schabendreck, Taubendreck: Sollte der alte Mann am Ende gar an seinem eigenen Kot ersticken?

Han mußte sich unwillkürlich bewegt haben, denn Chu fuhr herum, entdeckte sie und erbleichte schuldbewußt.

Das Gefühl der Schuld hielt nur einen Moment an, dann wurde sie noch bleicher, doch jetzt vor Wut, und dieser Wut mußte sie Luft machen. »Komm her!« schrie sie. »Ich will dir etwas sagen. Lauf nicht weg!« Denn Han wandte sich zur Flucht, und ihre verkrampfte Haltung schien zu sagen: »Ich habe nichts gesehen. Das geht mich nichts an. Ich möchte mich nicht in fremde Angelegenheiten hineinziehen lassen.«

Chu sprang schnell vor, packte das Mädchen am Arm und schrie: »Du sollst mir zuhören. Komm!«

Chu ging mit ihr in das Zimmer des Alten, setzte den Korb mit dem widerlichen Inhalt ab und erzählte ihre Geschichte.

Zunächst sprudelten nur unzusammenhängende Worte aus ihr hervor, die keinen Sinn ergaben, und erschwerend kam hinzu, daß sie wiederholt von ihrem Platz aufsprang, vor den Alten hintrat und ihn beschimpfte, wobei sie eine Hand in die Hüfte stemmte und mit der anderen drohend vor seinem Gesicht herumfuchtelte, so daß er zurückzuckte und sie mit dem entsetzten Blick eines Kindes ansah.

Schwester. Unaussprechliche Dinge im Bett. Zehn Jahre. Zwanzig Jahre. Die schlimmste Grausamkeit, die man sich vorstellen kann. Der Himmelsgott völlig taub und blind.

Aus dem wirren Gekeife wurde eine zusammenhängende Geschichte, als Chu, am ganzen Leib zitternd, auf einen Stuhl sank und von der Tasse heißen Wassers nippte, die Han ihr gebracht hatte.

Es war eine Geschichte wie viele andere, die Hausmädchen im trüben Herbst ihres Lebens wohl immer wieder erzählen: ein junges Mädchen, das ein alter Lüstling mit Gewalt in sein Bett holte und zu Dingen zwang, die er von seinen Frauen und Konkubinen nicht verlangen wollte oder konnte, und das er dann, als er keine Verwendung mehr für es hatte, davonjagte und in einer unbarmherzigen Welt seinem Schicksal überließ.

Doch in einer Hinsicht war diese Geschichte anders. Sie war viel, viel grausamer.

Mit fünfzehn war Chu in das Haus gekommen. Sie sollte dem Alten dienen, der zu der Zeit der Wüstling genannt wurde, weil er unzählige jungfräuliche Körper schändete und hinterher immer damit prahlte, daß er sich wie neugeboren fühle.

Sie sollte ihre Schwester ersetzen – die geliebte Schwester, an die das vergilbte Foto in ihrer Schublade erinnerte. Auch die

Schwester war mit fünfzehn ins Haus gekommen. Mit zwanzig war ihr junger Körper von Krankheit verzehrt. Sie wurde ausrangiert und kehrte zum Sterben ins Elternhaus zurück.

»Sich selbst hielt er gesund, aber die jungen Mädchen richtete er körperlich zugrunde«, weinte Chu.

Sie pflegte die junge Schwester, die bald darauf starb, und die opiumsüchtigen Eltern, die dem reichen, mächtigen Mann hörig waren und Geld für Opium von ihm bekamen, lieferten ihm ihre jüngere Tochter aus. Chu hatte ihre Eltern nie erwähnt. Nun, da sie es zum erstenmal tat, tränkte sie ihre Namen mit blutigen Tränen.

»Das waren keine Eltern. Sie lieferten meine Schwester und mich bedenkenlos dem Mann aus, dessen Diener ihnen Geld und Opium brachten.«

Zehn Jahre lang war sie seine Liebessklavin.

»Du kannst dir nicht vorstellen, was er zu seinem Vergnügen mit mir gemacht hat. In den Stunden vor dem Einschlafen, oder auch mitten in der Nacht, fiel er lüstern über meinen jungen Körper her. Er weidete sich daran, wenn ich zitterte und schrie. Manchmal brachte er seine Varietémädchen mit, und sie lachten mich aus. Einmal betranken sie sich zusammen und wetteiferten darum, wer mich dazu bringen konnte, am lautesten zu schreien. Ein Jahr später wurde ich krank und nach Hause geschickt. Meine Mutter brachte mich zum Arzt, und der Arzt sagte, daß mein Körper ruiniert sei und daß ich niemals Kinder bekommen könnte. Als ich mich erholt hatte, schickte mich meine Mutter zurück. Eines Tages hielt ich es nicht mehr aus. Ich war ungefähr zwanzig Jahre alt. Ich floh nach Hause. Meine Mutter zwang mich, zurückzugehen. Mein Vater war zu schwach, um für mich einzutreten. Als Strafe dafür, daß ich weggelaufen war, quälte mich der Alte noch mehr. Ich hatte allen Mut verloren. Ich blieb noch weitere fünf Jahre, und dann, eines Tages, fand der Alte ein anderes junges Mädchen, nach dem er verrückt war, und schickte mich nach

Hause. Meine Eltern waren inzwischen gestorben, und so zog ich zu einer Tante.«

Die Schilderung solcher Grausamkeiten mußte von Beschimpfungen des Peinigers unterbrochen werden. Immer wieder sprang Chu auf, trat zu dem Alten und schrie so laut, daß die Adern an ihrem Hals bedrohlich anschwollen: »Du hast von uns genug gehabt und hast uns ausgespuckt wie ein Stück Dreck.«

Nun wurde seine letzte Schmähung, die sich ihr schmerzlich ins Gedächtnis eingebrannt hatte, ans Licht gezerrt und gegen ihn geschleudert.

»Du hast gesagt, ich sei zu nichts nütze und gehörte auf den Müll. Du warst siebzig Jahre alt, ein Großvater mit weißem Haar, und ich war zwanzig, ein junges Mädchen, das niemanden hatte auf der Welt, und du hast mich fortgejagt, genau wie meine Schwester zehn Jahre zuvor! Ich hoffe, du stirbst den grausamsten aller Tode.« Womit sie meinte: »Ich hoffe, daß dich ein Blitz des Himmelsgotts erschlägt und daß du dir beim Sterben auf die Zunge beißt.« Ein solcher Tod war noch schrecklicher als ein Tod ohne Sarg.

Der Alte hatte sie die ganze Schimpfkanonade über angestarrt, ohne zu blinzeln, und vielleicht waren ihre energischen Worte bis in die dunklen Tiefen seines Gedächtnisses vorgedrungen und hatten dort ein oder zwei reumütige Gedanken aufgerührt, denn mit einemmal begann er zu blinzeln, und im Winkel eines Auges erschien eine kleine Träne.

»Fünf Jahre lang lebte ich bei meiner Tante, die mein Leid noch verschlimmerte, denn sie sagte, daß Frauen wie mir, die im Jahr des Tigers geboren seien und Tränenmale hätten, in dieser Welt ein leidvolles Leben bestimmt sei. Dann, eines Tages, kam ein Bote aus dem Hause Wu und fragte mich, ob ich zurückkommen und den Alten pflegen wolle. Er hatte einen Schlaganfall erlitten und brauchte jemanden, der sich rund um die Uhr um ihn kümmerte. Sie boten mir viel Geld an, denn er war ein schwieriger Patient und machte allen das Leben schwer. Jemand hatte sich meiner erinnert, und als er von meinem elenden Leben bei der Tante erfuhr, muß er sich gedacht haben, daß ich mich vielleicht zu einer Rückkehr bewegen ließe. Er hatte recht, aber ich tat es nicht des Geldes wegen. Ich hätte ihnen das Geld ins Gesicht schleudern können, denn ich wollte es nicht mehr. Ich wollte etwas anderes. Als sie mich fragten: ›Willst du zurückkommen und den Alten pflegen?‹, antwortete ich: ›Gern‹, denn ich wußte, die Zeit der Rache war gekommen. Dieser Mann war mir vierundzwanzig Stunden am Tag ausgeliefert, und ich hoffte, er würde noch mindestens zwanzig Jahre leben, damit ich ihm alles heimzahlen konnte, was er mir und meiner Schwester angetan hatte.«

Niemand starb an dem Dreck von Küchenschaben, Eidechsen und Tauben oder an menschlichen Fäkalien, aber sie zogen den Peiniger auf eine Stufe herab, die noch unterhalb der des Tieres lag, denn selbst ein hungriger Köter fraß keinen Kot. Es lag in ihrer Macht, ihn unter die Stufe des Tieres zu drücken. Sie genoß diese Macht und holte ihm eilfertig jedes Glas Wasser und jede Schüssel Reisbrei.

Mit zittriger Hand öffnete sie die Schublade und zog die Fotografie ihrer Schwester hervor. Schluchzend sagte sie: »Heute bin ich glücklich. Ich werde nachher ein Räucherstäbchen für meine Schwester entzünden, und heute nacht, wenn sie mir im Traum erscheint, wird sie zum erstenmal lächeln.«

Sie zog noch etwas anderes aus der Schublade hervor. Es war sorgfältig in ein Tuch eingewickelt.

»Ich will dir etwas zeigen«, sagte Chu.

Ich will dir etwas zeigen. Hinter der Fassade ihres streng geregelten, abgeschotteten Lebens tat sich ein Abgrund der Bösartigkeit auf und gab düstere Geheimnisse preis. Sie legte das Tuch auf den Tisch und wickelte es auf. Es enthielt ein kleines, von Gummibändern zusammengehaltenes Bündel Geldscheine.

»Das habe ich für die Pflege des Alten bekommen«, sagte sie lachend. »Ich habe mehr Geld, als Choyin jemals besitzen wird.«

Han wußte nicht, was sie sagen sollte, aber sie wußte, was sie zu tun hatte. Sie nahm die Schüssel aus dem Korb und scharrte den Reisbrei in einen Spucknapf.

IX »Fräulein Li-Li will dich sprechen.«
Hätte Choyin sagen können: »Die junge Herrin will dich sprechen«, so wäre ihre Genugtuung noch größer gewesen, denn damit hätte sie das unbeugsame, impertinente Mädchen noch tiefer beschämt. Aber Choyin konnte bis zur Hochzeit warten und dann ihren Triumph über das Mädchen voll auskosten, das die Frechheit besaß, den jungen Herrn zu begehren. Bis dahin führte »Fräulein Li-Li« persönlich das ganze Prestige des Hauses Chang ins Feld, gegen das kein Hausmädchen, wie geschickt es auch zu Werke gehen mochte, ankam.

Choyin ging Han voran. Sie führte sie schnellen Schrittes zum Ort der Unterredung, einem kleineren, intimeren Zimmer neben dem Besuchersalon, und bezog sofort neben der gebieterischen jungen Dame Stellung, die in einem Stuhl saß und zu ihrem rosa Seidenkleid eine Fülle von kostbarem Schmuck trug, darunter neuerdings auch den Verlobungsring an ihrer zierlichen schönen Hand, die jetzt elegant auf ihrem Knie ruhte.

Beide sahen dem Mädchen ins Gesicht und gedachten, sie durch die geballte Kraft von höherem Rang und Reichtum einzuschüchtern, doch zu ihrem Verdruß mußten sie feststellen, daß sie noch aufsässiger war als sonst und ihnen, statt den Blick zu senken, kühl in die Augen schaute.

Seit wann bist du im Hause Wu? Wie alt bist du? Was sind deine Pläne für die Zukunft?

Die einstudierte Vorrede diente keinem bestimmten Zweck und wurde bald abgebrochen. Das Mädchen, das ihnen immer noch direkt in die Augen sah, gab keine oder nur unverbindliche Antworten, und Li-Li und Choyin verständigten sich mit einem kurzen Blick über ihr weiteres Vorgehen. Li-Li redete nicht länger um den heißen Brei herum und kam zum Kern des Problems, und ein Problem war es in der Tat, denn noch nie hatte sich ein großes Haus mit einer solchen Demütigung befassen müssen.

Li-Li hatte beabsichtigt, der Bediensteten mit überzeugenden Argumenten die Torheit ihres Vorhabens vor Augen zu führen, und sogar erwogen, ihr und ihrem Spitzbuben von Bruder Geld anzubieten, damit sie für immer die Stadt verließen und sich andernorts eine nützliche Beschäftigung suchten. Doch die Aufsässigkeit des Mädchens, die sich in dem kalten Funkeln ihrer Augen und dem harten Zug um ihren Mund widerspiegelte, belehrte sie eines anderen. Sie versuchte es nicht weiter mit gutem Zureden, sondern schlug einen barschen Ton an. Sie hörte, wie ihre Stimme schriller wurde, und fühlte, wie ihr Gesicht glühte, als sie das Mädchen mit zunehmender Wut als Bettlerin, Lügnerin, Betrügerin, Intrigantin beschimpfte.

»Was willst du mir antun? Glaubst du etwa, ich wüßte nicht, was du vorhast? Aber vergiß nicht, du bist nur ein Hausmädchen, ein Dienstbote. Wie kannst du es wagen? Der junge Herr des Hauses Wu wird niemals so tief sinken, daß er sich mit einem Hausmädchen abgibt!«

Frauen, die sich um einen Mann streiten, stellen sich in ihrer Wut mitunter selbst eine Falle.

»Wenn das so ist, dann haben Sie ja nichts zu befürchten.«

Die klassische Antwort, mit der eine Frau die Ängste der Rivalin aufdeckt.

So bloßgestellt, geriet Li-Li außer sich und begann zu schreien. Sie war wütend auf den Verlobten, der die Hauptschuld an dieser beklagenswerten Situation trug, doch sie konnte ihm öffentlich keinen Vorwurf machen, und so ließ sie ihre ganze Wut an dem Mädchen aus. Du Abschaum. Du Miststück. Du Schlampe. Du Bettlerin. Du bist noch weniger als eine Bettlerin.

Choyin sah mit grimmiger Billigung zu. Selbst nur ein Dienstbote und als Kind wie eine Sklavin verkauft, hatte sie sich durch ihre unbestrittene Loyalität von dem Makel befreit.

»Eine Prostituierte. Du bist nicht besser als eine Prostituierte. Dein Bruder ist ein Zuhälter, deine Mutter ist in einer Spielhölle gestorben. Glaub ja nicht, ich wüßte das nicht.«

Im Umgang mit widersetzlichen Dienstmädchen war es ganz natürlich, daß auf laute Beschimpfungen eine körperliche Züchtigung folgte, doch die kleinen zierlichen Fäuste blieben zitternd in ihrem Schoß liegen.

»Aus Angst vor ihm«, dachte Han, und dieser Gedanke beruhigte sie sehr. Seine Gefühle für sie mochten noch keine Liebe sein, aber sie reichten hin, um sie vor dem Angriff einer anderen Frau zu schützen.

Sie verharrte schweigend an ihrem Platz und ließ die wütenden verbalen Peitschenhiebe über sich ergehen, die höchst unerwartet damit endeten, daß die elegante junge Dame in Tränen ausbrach. Die aufwühlende Begegnung ging über ihre Kraft, und so stürzte sie, das Taschentuch an den Mund gepreßt, aus dem Zimmer, und Choyin folgte ihr.

Han empfand keine Triumphgefühle, nur große Müdigkeit. Sie war sehr erschöpft. Selbst eine liebende Frau ist manchmal versucht, den Kampf aufzugeben und sich zu sagen: »Der Preis ist zu hoch. Das ist er nicht wert.« Doch sie irrt. Natürlich ist er es wert, und gern nimmt sie den Kampf um ihn wieder auf.

In gewisser Weise kämpfte sie auch gegen Vierten Älteren Bruder. Er erkannte sie am Schritt, wenn sie über den Korridor ging, und erschien jedesmal sofort in der Tür, glotzte sie an und sprach mit anzüglich glucksender Stimme auf sie ein. Einmal schützte sie sich vor seinen unverschämten Blicken, indem sie sich ein Tablett mit Flaschen vor das Gesicht hielt, und ein andermal schlug sie mit einem hölzernen Kleiderbügel auf den Arm, der frech nach ihr grapschte. Ihr Widerstand entmutigte den Jäger keineswegs. Im Gegenteil, er machte das Wild noch verlockender und die Jagd noch aufregender. Vierter Älterer Bruder hatte nie zuvor in seinem Leben einen solchen Kitzel verspürt. Die Willfährigkeit des anderen Mädchens, der Dummen, die jeden Morgen folgsam in sein Bett kam, war zwar angenehm, doch andererseits hatte er es nicht bedauert, als sie wegen ihrer Krankheit wegblieb; ohnehin hatte er schon erwogen, die Sache zu beenden, denn bei ihren letzten Besuchen hatte sie einen schlampigen Eindruck gemacht und ein wenig gerochen. Das andere Mädchen war unendlich viel schöner und aufregender. Ihr Temperament machte sie ebenso begehrenswert wie die sinnliche Schönheit in dem offenen Morgenmantel über seinem Bett und zu einer höchst reizvollen Beute. Seit vielen Jahren führte Vierter Älterer Bruder in dem großen Haus ein behäbig-zufriedenes Leben, doch nun war er bereit, sich aufzuraffen und zielstrebig einer Jagd zu widmen, die ihn ganz in Anspruch nahm.

Er beobachtete das Mädchen, wenn es morgens heißen Tee heraufbrachte, und überlegte, ob er darum bitten sollte, künftig von ihr bedient zu werden. Er beobachtete sie, wenn sie den Korridor fegte, und verschlang sie mit den Augen, besonders jenen Teil ihres schönen Körpers, der sich unter der häßlichen Bauernbluse aus Baumwolle abzeichnete. Er beobachtete gern die Bewegung ihrer Beine und stellte sich das schöne Weiche dazwischen vor. Wenn ihm schon die andere mit den groben Gesichtszügen und der gedrungenen Figur Vergnügen bereitete, dann mußte er sich bei dieser wie im Paradies fühlen. Vierter Älterer Bruder freute sich schon jetzt auf den Tag, an dem der Patriarch sich endlich dazu bewegen ließ, eine passende Frau aus gutem Haus für ihn zu suchen, denn dann konnte er dieses Mädchen zu seiner Zweitfrau oder Konkubine machen. Je länger er sie beobachtete, desto größer wurde sein Wunsch, sie in seine Pläne für ein angenehmes und behagliches Leben mit einzubeziehen.

Selbst ein Dienstmädchen wollte zunächst umworben werden. Bei Wind-im-Kopf hatte er damit begonnen, daß er sich angelegentlich nach ihrem Husten erkundigte, dann hatte er ein paar freundliche Worte folgen lassen, bevor er auf solche Höflichkeiten gänzlich verzichtete und das Mädchen an der Hand zu seinem Bett zog, ihm befahl, sich auszuziehen, und dann auf sein Ziel lossteuerte. Bei dieser, der intelligenten und ernsten Schönheit, mußte das Vorspiel wohl um Komplimente, Schmeicheleien und Geschenke erweitert werden.

Han fegte gerade den Flur, als sie spürte, daß jemand hinter ihr war. Sie erstarrte und drehte sich um. Vierter Älterer Bruder lehnte im Pyjama am Geländer und lächelte sie an. Er begann mit der Bemerkung, daß sie heute morgen früher bei der Arbeit sei als erwartet und daß er sie am Tag zuvor nicht gesehen habe und darüber enttäuscht gewesen sei. Er lächelte sie weiter an und machte ihr ein Kompliment wegen ihrer hübschen Grübchen. In seinem Zimmer hänge das Bild einer schönen Frau, die ebenfalls hübsche Grübchen habe. Ob sie es sich ansehen wolle? Sie schüttelte den Kopf und lehnte ab, fegte den letzten Staub auf und ging.

Er blickte ihr nach, noch immer lächelnd.

Tags darauf rief er ihr vom anderen Ende des Flurs aus zu: »Ich habe Tee auf dem Boden verschüttet. Würdest du kommen und ihn aufwischen?« Sie stellte sich vor, wie er langsam den Inhalt des halb ausgetrunkenen Bechers auf den Boden geleert und dann den Becher in die Pfütze gelegt hatte. Sie bejahte, fuhr aber in ihrer Arbeit fort. Sie wartete, bis er aus irgendeinem Grund sein Zimmer verlassen mußte, dann flitzte sie mit einem Lappen hinein und war wieder draußen, bevor er zurückkam.

Bei ihrer nächsten Begegnung streckte er ihr eine Handvoll geröstete Kastanien hin und sagte: »Willst du mal kosten? Sie schmecken vorzüglich.« Und wieder lächelte er, als sie die Augen niederschlug, dankend ablehnte und davonging. Er knackte eine Kastanie zwischen den Zähnen, schob sich das Fruchtfleisch in den Mund und blickte, bedächtig kauend, der fliehenden Gestalt nach.

Der Jäger fieberte vor freudiger Erwartung.

Zwei Jäger, die hinter demselben Wild her waren, belauerten sich gegenseitig. Dem Priester, der in dem großen Haus noch immer den Pflichten nachging, die man ihm vor vielen Jahren übertragen hatte, genügte ein Blick aus den Augenwinkeln, und er wußte Bescheid. Er betete gerade vor dem Ahnenaltar und sah, wie Vierter Älterer Bruder unruhig wurde, als das Dienstmädchen Han den Raum betrat.

Begehrt ein Mann eine Frau, so kann dies das Verlangen eines anderen noch mehr erregen und beide zu erbitterten Rivalen machen. Der Priester fragte sich, warum das Mädchen mit den großen intensiven Augen und dem blassen hübschen Gesicht das einzige Mädchen im Haus war, das ihm nach den Morgengebeten noch nie seinen Tee und seine Reisbrötchen gebracht hatte. Seit nunmehr zehn Jahren ging er regelmäßig seinen Pflichten nach und hatte in dieser Zeit zahllose Mädchen beobachtet, berührt und den erregenden Reiz ihrer Berührung genossen, aber diese eine, die begehrenswerteste von allen, war ihm bislang vorenthalten worden.

Der Wunsch des Priesters ging wenig später in Erfüllung. Choyin hatte die Hausarbeit neu aufgeteilt, und Han bekam die Aufgabe, dem Mönch in dem Zimmer neben dem Ahnensaal das Frühstück zu servieren. Sie betrat es mit einer Kanne Tee und Reisbrötchen, seiner Lieblingsspeise, und er behielt seine Hände bei sich und begnügte sich damit, seine Augen wandern zu lassen. Sie glitten über das Gesicht des Mädchens, die schönen Augen, die Nase, den Mund, das Kinn und ruhten schließlich auf ihren Brüsten, die unter der Bluse und dem Leibchen verborgen, ohne Frage aber fest, rund und prachtvoll waren. Mit den Jahren hatten sich die Grübchen und Falten an seinen Wangen und seinem Hals tiefer in das weiche Fleisch gegraben, und seine Augen hatten sich zwischen den dicken Fettpolstern zu schmalen funkelnden Schlitzen verengt, was dem Priester jetzt das Aussehen eines überfütterten, brünstigen Ebers gab.

Er hatte gelernt, Frauen häufiger anzulächeln, und gelegentlich machte er ihnen sogar Komplimente, wenn er es für angebracht hielt. Nun betrachtete er mit aufrichtigem Wohlgefallen dieses hübsche Mädchen, dem er vor vierzehn Jahren einen Teufel ausgetrieben hatte. Eine Anspielung auf dieses bedeutsame Ereignis war ein passender Auftakt zu einem Gespräch, und so sagte er, während er zusah, wie sie ihm Tee eingoß: »Du bist tatsächlich erwachsen geworden. Das hätte man nicht für möglich gehalten.« Er hatte erwartet, daß sie neugierig aufschauen würde. Doch sie erwiderte nichts, hielt den Blick gesenkt und legte die Brötchen zurecht. Wenn sie damit fertig war, hatte sie ihre Aufgabe erfüllt, doch da er nicht wollte, daß sie gleich wieder ging, fragte er: »Weißt du noch, daß du vor vierzehn Jahren im Sterben gelegen hast und daß ich dir einen Teufel ausgetrieben habe?«

Sie sagte »Ja«, und obwohl sie noch etwas länger an ihrem Platz verharrte, war der Mönch, der sich viel auf seine Wirkung auf Frauen einbildete, durch ihre einsilbigen Antworten auf seine freundlichen Fragen und Bemerkungen ein wenig irritiert. Er wußte nicht, was er noch sagen sollte, und so schwieg er, und das Mädchen verließ den Raum. Wie Vierter Älterer Bruder war er nicht entmutigt, sondern der Auffassung, daß Zurückhaltung eine Frau nur noch anziehender machte. Während er herzhaft in ein Reisbrötchen biß, zog er dem Mädchen in seinen wollüstigen Gedanken die Bluse und das Leibchen aus, so daß sie mit ihren festen weißen Brüsten vor ihm stand, die er zuerst mit der Hand und dann, um das Vergnügen noch zu steigern, mit dem Mund erforschte.

Von weiblicher Bosheit und männlicher Begierde verfolgt, betete Han noch häufiger, allerdings nicht mehr zum Himmelsgott, sondern zu der Vergeßlichen Göttin ohne Augen und Ohren, was ebenso kühn wie riskant war, denn der Himmelsgott verzieh es nie, wenn man ihm einmal abgeschworen hatte. Doch sie war fest entschlossen, die Göttin allein durch die Kraft ihres Glaubens und ihre Beharrlichkeit aufzuwecken und ihr wieder zu ihrer früheren Macht zu verhelfen. Sie besuchte den geheimen Platz mit noch mehr Räucherstäbchen und einem weiteren Teller mit Blütenblättern.

Die Vergeßliche Göttin würde gewiß bald erwachen und ihr helfen.

Warum schreckten Vierter Älterer Bruder und der Priester trotz ihrer Macht davor zurück, ihr Gewalt anzutun? Bei den anderen Mädchen schreckten sie nicht zurück. Sie stellte sich die Frage, weil sie in der Antwort Trost fand: Sie hatten Angst vor dem jungen Herrn. Wie Fräulein Li-Li mußten sie gespürt haben, daß er besondere Gefühle für sie empfand, und diese Gefühle, die sie schon in ihrer Kindheit wie ein Schutzwall umgeben hatten, hielten sie in Schach. Er ignorierte sie, ging ihr aus dem Weg und tat ihr damit sehr weh, aber die ganze Zeit über beschützte er sie.

Tränen traten ihr in die Augen. Sie betete zu der Vergeßlichen Göttin: »Bitte, führe uns zusammen. Laß nicht zu, daß wir wieder getrennt werden.« An die bevorstehende Hochzeit, die sie zwangsläufig auseinanderbringen mußte, wagte sie gar nicht zu denken. Sie glaubte fest daran, daß die Vergeßliche Göttin ihr helfen würde. Wäre sie ihr sonst im Traum erschienen, vollständig mit Augen und Ohren, und hätte ihr gesagt, sie solle keine Angst haben?

Einstweilen mußte sie sich jedoch mit menschlichem Beistand begnügen.

Sie trat in das Zimmer der Herrin, nachdem sie sich vergewissert hatte, daß sie allein war, und erbot sich einmal mehr, ihr den Rücken zu klopfen. Peipei massierte nach der strengen Schelte ihrer Schwester Popo zwar etwas besser, aber bei weitem nicht gut genug, und an kalten Tagen waren ihre Bemühungen völlig nutzlos. Die Herrin stimmte ihr Klagelied über unfähige Rückenklopferinnen an und zeigte sich angenehm überrascht, daß Han, obwohl sie wenig Übung hatte, viel geschickter war. Sie hätte gute Lust, sagte sie, Choyin um eine Änderung der Arbeitspläne zu bitten, damit Han regelmäßig zu ihr kommen könne. Nur leider sei Peipei im Haushalt keine große Hilfe und es wäre unhöflich, sie ins Haus Chang zurückzuschicken, nachdem man sich dort so zuvorkommend gezeigt habe. Die Herrin wurde immer redseliger, je mehr sie die Rückenmassage genoß, und schließlich so freimütig, daß sie dem Mädchen ein Geheimnis aus dem Hause Chang anvertraute: Ob Han sich vorstellen könne, wieviel Schmuck Li-Li von ihrer Mutter zur Hochzeit bekomme, damit dem Haus Chang in Anbetracht des großzügigen Geschenks aus dem Hause Wu ein Gesichtsverlust erspart bleibe? Die Herrin gluckste vergnügt. Bei dem Thema Hochzeit und Mitgift wurde sie schelmisch, fast übermütig, und sie drehte sich um, sah Han an und lachte: »Auch du hast einen Heiratsantrag bekommen!«

Auf diese interessante Mitteilung mußte näher eingegangen werden, und so fragte Han lächelnd: »Einen Heiratsantrag, ich? Von wem?«

Von dem alten Bao. Der alte Bao hatte drei Frauen und suchte nach einer vierten.

»Er ist keine schlechte Partie«, sagte die Herrin. »Er hat Geld, und er behandelt alle seine Frauen gut.«

»Ich wußte gar nichts von dem Antrag«, erwiderte Han, und die Herrin fuhr fort: »Ich wollte es dir sagen, aber dann hat es sich erübrigt. Mein Enkel hat den Antrag des alten Bao abgelehnt.«

Es war das Vorrecht junger Herren, die Verheiratung eines Hausmädchens abzulehnen, aus welchen Gründen auch immer. Sie mußte den Grund erfahren. Wie immer in Augenblicken höchster Erregung schlug ihr Herz wie wild, und ein Brausen erfüllte ihre Ohren. Sie spürte, wie die Farbe aus ihren Lippen und Wangen wich, als sie so beiläufig wie möglich fragte: »Warum?«

»Ich weiß nicht«, antwortete die Herrin. »Er hat mir lediglich aufgetragen, den Antrag des alten Bao abzulehnen.« Die Beweggründe ihres Enkels interessierten sie offenbar nicht, sein Wunsch war ihr Befehl. Danach wurde sie abgelenkt, denn sie bemerkte, daß ihr ein Fingernagel abgebrochen war, und als sie auch noch eine verbogene Kralle an ihrer Krabbenhaarspange entdeckte, war nichts Brauchbares mehr von ihr zu erfahren.

In Hans Herzen keimte neue Hoffnung auf. Er konnte es nicht ertragen, daß sie ihn verließ. Das war der Grund. Er sollte in Kürze heiraten, wollte aber, daß sie auch künftig unter einem Dach lebten.

Zitternd vor Freude wertete sie die spärlichen Auskünfte der Herrin als Beweis dafür, daß sie einen überwältigenden Sieg errungen hatte. Sie lächelte in sich hinein und malte sich genüßlich seine verschiedenen Etappen aus: Wie Choyin und Li-Li die Sache ausgeheckt und dem alten Bao den Vorschlag unterbreitet hatten, wie er begierig darauf eingegangen war und die Herrin um ihre Zustimmung gebeten hatte, wie die Herrin den jungen Herrn unterrichtet und er schließlich den Verschwörern einen Strich durch die Rechnung gemacht hatte.

Der junge Herr hatte, wenn auch nicht mit Worten, so doch durch sein Eingreifen zu verstehen gegeben: Ich will, daß sie bleibt. Ich kann nicht ertragen, daß sie mich verläßt. Vielleicht liebe ich sie sogar – wer weiß?

Dies erklärte auch Fräulein Li-Lis verzweifelten Wutausbruch bei ihrer letzten Begegnung.

X Li-Li saß auf einem Stuhl, die Hände züchtig auf die Knie gelegt, Wu stand neben ihr, die Hände auf dem Rücken. Beide blickten aus dem verzierten Goldrahmen ihres Verlobungsfotos hervor und zeigten ein verhaltenes Lächeln, das als Kompromiß gedacht war zwischen dem Bedürfnis, ihre Freude über die Verlobung zu zeigen, und der Notwendigkeit, in der Öffentlichkeit Zurückhaltung zu wahren.

Sie trug ihren feinsten Staat, und wenn es auch nicht in der Macht der Kamera lag, das glückverheißende Rosa ihres Kleides einzufangen, so gab sie doch zumindest das Schimmern der kostbaren Seide und das Funkeln der Juwelen an ihren Ohren, ihrem Hals und ihrer Brust, ihren Handgelenken, Fingern und Fußknöcheln wieder. Ihr Kopf war leicht dem Mann an ihrer Seite zugeneigt, und diese Geste, mit der sie ihn ganz für sich beanspruchte, schien eigens an das Hausmädchen gerichtet, das beim Putzen und Staubwischen im Besuchersalon zwangsläufig auf die Fotografie stoßen und sie genau betrachten würde.

Han betrachtete sie in der Tat genau. Sie vergaß darüber ganz ihre Arbeit, ließ Besen und Lappen einfach liegen, hielt den schweren Rahmen in beiden Händen und starrte auf das Foto. Wind-im-Kopf, die von ihrer Krankheit inzwischen genesen war und am anderen Ende des Raums arbeitete, beobachtete sie.

Blas Trübsal, sagte die schöne Frau auf dem Foto und lächelte. Han spuckte aus: Der Klumpen ihrer Trübsal landete treffsicher auf dem Gesicht der Frau und deckte es zu, ließ aber den Mann an ihrer Seite verschont. Der Speichel troff langsam nach unten, und Han stellte das Foto zurück auf den Tisch und sah zu, wie er vom Gesicht zu der Brust und zu den Händen floß und dabei das Kleid und den Schmuck besudelte.

Wind-im-Kopf schrie erschreckt auf. Noch blasser, als sie seit der jüngsten Zerrüttung ihres Körpers ohnehin schon war, stürzte sie mit einem nassen Lappen herbei und wischte, ohne lange zu überlegen, den Speichel weg. Sie wollte die Freundin schützen. Die Folgen waren nicht auszudenken, wenn Choyin jetzt hereinkam, alles sah und der Herrin oder dem jungen Herrn davon berichtete.

Han hob gleichgültig ihren Staublappen auf und wischte ein großes Keramikpferd ab. Nur ein leichtes Stirnrunzeln und ein herber Zug um ihren Mund verrieten ihre innere Erregung. Jede Einzelheit der verhaßten Fotografie hatte sich ihr eingeprägt. Sie wollte nur das Gesicht des Geliebten sehen, doch es verschwand immer wieder hinter dem der verhaßten Frau. Er beugte sich leicht zu ihr hinüber, und wenn er damit auch nur die Anweisung des Fotografen im Atelier befolgt hatte, so tat es ihr doch weh. Die Nähe, die in der Verlobungspose zum Ausdruck kam, deutete die größere Nähe im Ehebett an, die noch schmerzlicher sein würde, wie jede Frau weiß, die ihren Mann an eine andere verloren hat. Die den Verlust noch verschlimmert, indem sie, von einem inneren Zwang getrieben, durch das Schlüsselloch späht und den Höhepunkt des Liebesakts beobachtet, der ihrer hätte sein können.

Der Trost, mit ihm unter einem Dach zu leben, wurde sehr bald durch Choyin zunichte gemacht, die jeden Tag davon sprach, daß das Paar nach der Vermählung ins Haus der Braut ziehen würde. Der größere Reichtum und das höhere Ansehen der Changs rechtfertigten ein solches Arrangement. Allerdings gab es da ein kleines Problem, wie Choyin im Flüsterton mitteilte: Der Patriarch wolle nicht, daß der geliebte Enkel das

Haus verlasse, doch es stehe zu erwarten, daß er sich den Forderungen des größeren Hauses beugen werde.

Nicht im Flüsterton, sondern laut und angelegentlich breitete sich Choyin über das geplante Hochzeitsfest aus, das alle bisherigen in den Schatten stellen werde. Schon habe man eine Gruppe von Näherinnen aus Shanghai kommen lassen, schon seien Aufträge an die besten Juweliere im Land ergangen.

Solche Einzelheiten über das bevorstehende Großereignis, die Choyin in ihrer neuen Rolle als Vertraute der Braut den anderen Mädchen ohne Unterlaß schilderte, gingen einher mit spöttischen Bemerkungen über die letzte Hoffnung einer Liebenden. Doch die Hoffnung blieb. Denn was sonst hätte den jungen Herrn dazu veranlassen können, mit seiner Gewohnheit zu brechen und die Heirat eines Hausmädchens zu verhindern, außer daß er sie heimlich liebte und für sich haben wollte? Der alte Bao war jedenfalls mit leeren Händen wieder fortgeschickt worden.

Aus der Hoffnung wurde ein Traum. Seine Frau brauchte er, um Gäste zu empfangen, Familienfotos aufzunehmen und Erben zu zeugen, ihr aber war ein ganz besonderer Platz in seinem anderen Leben bestimmt. Aus seinem Ehebett verbannt, lebte sie doch im tiefsten Winkel seines Herzens und zeigte ihm ihre glühendsten Gefühle, denn seit ihrer Kindheit hatten sie nie aufgehört, einander zu lieben.

Jetzt war sie es, die ihn für sich allein beanspruchte, und als sie erneut das Foto des Mannes betrachtete, der bald eine andere heiraten sollte, blieb sie gefaßt und deckte die andere nicht mehr mit Speichel ab, sondern mit einem nassen Lappen.

Ein Schrei gellte durch die Stille, und sie riß schuldbewußt den Lappen weg. Sie und Wind-im-Kopf stürzten aus dem Zimmer. Chu rannte, wie eine Besessene schreiend, den Korridor hinunter. Auf halbem Weg blieb sie stehen, drehte sich um und erblickte die beiden Mädchen, die auf sie zueilten. Sie wollte ihnen etwas sagen, aber vor Entsetzen versagte ihr die

Stimme. Schluchzend bedeutete sie ihnen, ihr zum Zimmer des Alten zu folgen.

Was Chu so entsetzt hatte, bot ein Bild vollkommener Ruhe. Der Alte lag friedlich in seinem Bett, die Augen geschlossen, die Hände entspannt auf seiner Brust gefaltet. Er war offensichtlich schon seit mehreren Stunden tot, ohne daß es jemand bemerkt hatte. Chu hatte angenommen, er schlafe, und als sie ihn wecken wollte, um ihn zu füttern, stellte sie fest, daß er kalt war und kein Lebenszeichen mehr von sich gab.

»Wieso habe ich nichts bemerkt? Ich war die ganze Zeit im Zimmer. Ich bin nur einmal kurz hinausgegangen.«

Chu hörte gar nicht mehr auf zu jammern, rang die Hände und schneuzte in ihr Taschentuch. »Ich habe nichts bemerkt. Wieso habe ich nichts bemerkt?«

Viele Jahre lang war ihr der alte Mann ausgeliefert gewesen, und nun fühlte sie sich um ihr Recht betrogen, auch im Moment seines Ablebens Macht über ihn auszuüben. Er hatte gewartet, bis sie für einen Moment in die Küche gegangen war, und sich dann davongeschlichen.

Zum Geist erhoben, verfügte er nun selbst über Macht, und eingedenk dieser Tatsache steckte Chu das Taschentuch zurück in ihre Bluse, kniete vor dem bleichen, starren Leichnam nieder und sagte demütig: »Was ich getan habe, mußte ich tun. Jetzt bist du tot. Alles ist vorüber.« Unterdessen rannten Han und Wind-im-Kopf davon, um die Herrin und die anderen Hausmädchen zu verständigen.

XI Der Freitod des Sohnes zwanzig Jahre zuvor hatte alle zutiefst erschüttert, und jeder, der damals auf das junge Gesicht im Sarg blickte, hatte das Gefühl, daß die Welt aus den Fugen geraten war.

Mit dem Tod des Alten verhielt es sich anders. Er lag in der Natur der Dinge und gab eher Anlaß für eine stille Feier als zum Trauern: Der alte Mann war fünfundneunzig Jahre alt geworden, hinterließ eine reiche Nachkommenschaft und hatte sogar noch erleben dürfen, wie sein Urenkel als angesehener Gelehrter aus der Fremde zurückgekehrt war. Wohlstand, Ansehen, Glück, erfolgreiche Nachkommen, ein friedlicher Tod im Schoß der Familie – keine Frage, der Himmelsgott hatte den Alten reichlich beschenkt.

So kam es, daß die zahlreichen Besucher, die aus allen Teilen des Landes herbeiströmten, um dem Alten die letzte Ehre zu erweisen, den Hinterbliebenen eher gratulierten als kondolierten und mit gebührender Wärme bemerkten: »Welch ein gesegnetes Leben! Ein Urenkel. Wie vielen ist eine solche Gnade zuteil geworden?«

Die Herrin antwortete darauf mit ebensoviel Wärme, bedankte sich überschwenglich und bedauerte es im stillen, daß die Hochzeit des Lieblingsenkels wegen der Trauerzeit verschoben werden mußte, und das um so mehr, als sie statt ihrer geliebten Haarnadeln aus Diamanten, Gold und Jade nun Trauerschmuck aus schlichtem Silber tragen mußte. Zuallererst mußte sie dem Gesetz der kindlichen Pietät Folge leisten und dafür sorgen, daß es dem Alten an nichts mangelte. So wie er bisher alle Annehmlichkeiten des Lebens genossen hatte, so sollte er nun die prächtigste Totenwache und Beerdigung erhalten, damit kein Verwandter oder Nachbar hinter vorgehaltener Hand sagen konnte: »Ich erinnere mich noch an die Beerdigung seines Vaters. Die war viel prunkvoller.« Oder: »Früher war er der Patriarch des Hauses Wu. Das haben sie anscheinend vergessen.«

Und so strömten Mönche aus dem Kloster des Weißen Lichts und Nonnen aus einem ebenso angesehenen Nonnenkloster herbei, beteten und hielten rund um die Uhr Zeremonien ab. Händler lieferten mit Fahrrädern und Karren gewaltige Mengen von Räucherstäbchen, Kerzen, Gebetspapier, Papier- und Schnittblumen, zeremoniellen Pampelmusen und Orangen an, derweil das Haus Chang eine Abordnung von Köchen und Dienerinnen sandte, die bei der Bedienung und Verköstigung des endlosen Stroms von Besuchern zur Hand gehen sollten. Aus den umliegenden Dörfern kamen Kinder zum Gaffen und nahmen Geschichten von der Pracht, die sie gesehen hatten, mit nach Hause, und schöne Dinge wie Pampelmusen oder Kerzenstummel, die sie aus den Abfallhaufen geborgen hatten.

Inmitten der Pracht lag, endlich mit seinem Sarg vereint, der alte Mann und sah so klein und verschrumpelt aus, daß man ihn mit einem der Papier- oder Wachsbildnisse im Ahnensaal hätte verwechseln können, den bald auch sein Porträt schmükken sollte.

Die Gefühle, die man am Sarg des Alten im Besuchersalon empfand, hatten nichts oder nur sehr entfernt mit ihm zu tun. Er hatte zu lange gelebt, als daß die Hinterbliebenen etwas anderes als Erleichterung hätten empfinden können.

So stellte der Patriarch, als er mit einem Überwurf aus Sackleinen auf dem Kopf dem Priester folgte, der langsam um den Sarg schritt und dabei eine kleine Trauerglocke schwang, mit

Schrecken fest, daß er nicht an seinen toten Vater dachte. Er war bei seinem zwanzig Jahre zuvor verstorbenen Sohn, dessen zugeteilten Jahre sich der eigensinnige Vorfahr mit den ungehörig langen, scharfen Zähnen angeeignet hatte. Und der Urenkel, der hinter dem Patriarchen ging und zum Zeichen der Trauer ebenfalls einen Überwurf trug, dachte an seine bevorstehende Heirat. Und mit einem gewissen Bedauern an die tiefgehenden Veränderungen, die sie für sein Leben bedeutete, denn er würde das geliebte Haus des Großvaters verlassen müssen.

Die Herrin, die ruhig auf einem Stuhl saß und die Zeremonie verfolgte, dachte besorgt an ihren Rücken, der sie mehr plagte denn je. Dann zerbrach sie sich darüber den Kopf, ob das *ang pow,* das sie dem Priester zu geben gedachte, eine angemessene Entlohnung für die aufwendigen Rituale war. Im Kopf überschlug sie die wohltätigen Spenden, die unmittelbar nach der Beerdigung verteilt werden sollten – ein großzügiger Geldbetrag für den Tempel des Weißen Lichts, kostenlose Mahlzeiten für die Tempelbettler, mehrere Säcke Reis für ein Armenhaus.

Die Trauergäste sorgten sich nicht um die Kosten der Beerdigung. Sie aßen und tranken reichlich und staunten über die Großzügigkeit des Hauses Wu. Weiter unten auf der sozialen Leiter gingen die Diener und Hausmädchen ruhig ihren Pflichten nach, ohne sich daran zu stören, daß es mehr zu tun gab als sonst, denn als Lohn winkte ihnen ein großzügiges *ang pow*. Und noch weiter unten freute sich Spuckgesicht, der nach der Mißhandlung als Affengott einen Teil seiner alten Fröhlichkeit zurückgewonnen hatte, über das neue Hemd und die neue Hose, die er erhalten hatte, und zusammen mit einem alten Bettler und einem verrückten Taubstummen, die als menschlicher Auswurf der Stadt instinktiv die Nähe des Idioten suchten, sprang er aufgeregt zwischen den Gästen umher und deutete ehrfürchtig auf die dichten Rauchschwaden, die von den unzähligen Räucherstäbchen und schwingenden Rauchfässern aufstiegen.

Die Gäste, die aus Respekt vor dem Verstorbenen in Trauerkleidung zusammengekommen waren, hatten den toten alten Mann vollkommen vergessen.

Nur eine schluchzte hemmungslos und mußte fortgebracht werden, weil sie nur eine Bedienstete war und ihre Trauer, die größer war als die der Angehörigen, von aufmerksamen Besuchern falsch aufgefaßt werden konnte. Die Herrin bedeutete Han mit einer ungeduldigen Geste, Chu außer Sichtweite zu bringen. Han führte die blasse und abgezehrte Frau in ihr Zimmer und setzte sie auf einen Stuhl. Chu bot einen schrecklichen Anblick. Ihr Gesicht war eine wunde, rote Masse, aus der schroff die weißen Wangenknochen ragten. Sie weinte unablässig und lehnte sogar die Tasse heißen Wassers ab, die ihr Han brachte.

Ihr ganzes Tun und Fühlen hatte um den alten Mann gekreist, und sein Tod hinterließ eine entsetzliche Leere, die sie völlig verwirrte. Sie ging mit irrem Blick und benommen umher und fand keinen Schlaf mehr. In ruhigeren Momenten sagte sie, sie habe bereits Pläne für die Zukunft gemacht: Sie werde nicht länger im Hause Wu bleiben und nach der Beerdigung zu einer Pflegeschwester in eine andere Stadt ziehen.

Ein Trauerhaus weckt zwangsläufig düstere Gedanken und Vorahnungen. Aber auch eine gesteigerte Lebenslust, die wie ein trotziges Aufbegehren gegen die eigene Sterblichkeit ist.

Der Priester, der täglich zu den Gebeten und Zeremonien kam, begrüßte es, daß er das Mädchen Han nun häufiger sehen konnte als sonst. Mit ihrer jugendlichen Schönheit und ihrem Temperament war sie für ihn das genaue Gegenteil der öden Spiritualität, der er, seiner Berufung zum Trotz, eher abgeneigt war. Ihre leuchtenden Augen, ihr glänzendes Haar und ihr festes Fleisch verkörperten alle Freuden des Lebens. Er beobachtete sie bei ihrer Arbeit, und wie bei früheren Gelegenheiten entkleidete er sie in Gedanken und machte sie sich gefügig. Niemand, der sah, wie der Mönch das Rauchfaß schwang, aus dem wohlriechender Rauch gen Himmel stieg, oder für den Toten ein Gebet aus einem heiligen Text sprach, wäre auf die Idee gekommen, daß er sich heimlich mit der schönen jungen Frau vergnügte.

Der Beobachter wurde seinerseits beobachtet. Vierter Älterer Bruder, der aus der träge machenden Bequemlichkeit seines Zimmers herabgestiegen war und an den verschiedenen Zeremonien teilnahm, verfolgte mit scharfen Augen das geheimnisvolle Treiben des Mönches, und bei einer Gelegenheit sah er, wie er dem Mädchen Gebetskerzen aus der Hand nahm, und zwar so übertrieben langsam, daß er ihr ins Gesicht blicken und ihre Finger berühren konnte. Allein in seinem Zimmer, schlug Vierter Älterer Bruder mit der Faust auf den Tisch und knurrte: »Der Schuft! Er glaubt, sie gehöre ihm. Wir werden ja sehen.«

Das Mädchen ging ihm nach wie vor aus dem Weg. Anfangs hatte ihn diese Sprödigkeit entzückt, doch allmählich wurde sie ihm lästig. Er konnte nicht seine ganze Zeit damit zubringen, einem Dienstmädchen nachzustellen. Er hegte den Verdacht, daß ihre Sorglosigkeit und Selbstsicherheit irgendwie mit dem jungen Herrn Wu zu tun hatten. Jedenfalls legte eine Bemerkung, die das Schwatzmaul Choyin ihm gegenüber einmal gemacht hatte, einen solchen Verdacht nahe. Er knurrte wieder, und diesmal richtete sich sein Unmut gegen das Mädchen, das offensichtlich eine allzu hohe Meinung von sich hatte und auf ihren Platz verwiesen werden mußte.

Der Beobachter wurde zum Beobachteten, der, sobald er sich umdrehte, selbst wieder zum Beobachter wurde, und so tauschten die beiden Männer in schwindelerregendem Tempo die Rollen und lieferten sich einen verbissenen Wettlauf. An sieben aufeinanderfolgenden Tagen, an denen der Mönch im Haus betete und Rituale vollzog, entging seinen scharfen

Augen und Ohren kein einziger Versuch von Viertem Älterem Bruder, die Aufmerksamkeit des Mädchens zu erregen. Egal, ob er unauffällig oder plump zu Werke ging wie einmal, als er im Beisein zahlreicher Gäste das Mädchen aufforderte, den Tisch, an dem er saß, abzuwischen, und sie dann, während sie putzte, unentwegt anstarrte. Der Mönch drohte dem Nebenbuhler nicht mit der Faust, doch er kniff die Augen zusammen, grinste und dachte: »Wir werden ja sehen.«

Doch dafür mußte in dem Trauerhaus ein passenderer Zeitpunkt abgewartet werden. Schließlich wurde der große, mit einem kostbaren Bahrtuch bedeckte Sarg des Alten von acht stämmigen Männern in einer langen Prozession, begleitet von dem Getöse zahlloser Gongs, Trommeln und Becken und dem Geschrei der einhundert gemieteten Klagefrauen, die das Wehklagen der Hinterbliebenen verstärken sollten, zum Friedhof getragen und in dem für die Reichen reservierten Teil in die Erde gesenkt. Bald sollte, flankiert von zwei Steinlöwen, ein prunkvoller Grabstein errichtet werden, versehen mit der passenden Inschrift für einen alten Mann, der in Anbetracht seines irdischen Glücks für sich behaupten konnte, er sei ein besonderer Günstling des Himmelsgotts gewesen.

Ein nicht weniger privilegiertes Leben erwartete ihn jenseits des Grabes: Zusammen mit einem großen Papierhaus, reich ausgestattet mit papierenen Dienern, Wagen, Möbeln und Kleidern, wurde ein dickes Bündel Geistergeld verbrannt und auf diese Weise für ihn in die andere Welt befördert, damit er auch im Tod das luxuriöse Leben führen konnte, das er in seinem irdischen Dasein gewohnt war. Am vierzigsten Tag wurde er zurückerwartet. Sein Zimmer wurde genauso hergerichtet, wie er es kannte. Und daß er zurückkehrte, war gewiß, denn man entdeckte nicht nur eine Mulde im Kopfkissen, wo sein Kopf gelegen haben mußte, sondern auch Fußabdrücke in der Asche, die man auf dem Boden verstreut hatte. Die Herrin inspizierte die Tasse Tee, die man neben das Bett gestellt hatte, und stellte fest, daß sie halb ausgetrunken war, was sie als weiteren Beweis für die Rückkehr des Alten wertete.

So war er nicht nur glücklich in der anderen Welt angelangt, sondern hielt auch liebevollen Kontakt zu seinen lebenden Nachkommen auf der Erde. Man würde ihn nie vergessen. Nach dem Gesetz der kindlichen Pietät würde man seiner im täglichen Gebet vor dem Ahnenaltar gedenken, ihm beim Fest der Hungrigen Geister reichlich von seinen Lieblingsspeisen aufs Grab stellen und nicht das kleinste Unkraut auf seinem Gedenkstein dulden.

Als der Wind die letzten Ascheflocken des verbrannten Papiergelds davongetragen hatte, als die letzten Kringel der Räucherstäbchen am Himmel entschwunden waren und das Leben in dem großen Haus in die gewohnten Bahnen zurückkehrte, nahmen der Priester und Vierter Älterer Bruder ihre Jagd auf das Mädchen wieder auf.

Seit zwanzig Jahren verfolgte der Mönch gegenüber den Dienstmädchen dieselbe Taktik. Und er hatte wenig Grund, sie zu ändern, denn er hatte es glänzend verstanden, die verschiedenen Anforderungen seines geistlichen Amtes mit seiner natürlichen Begierde zu vereinbaren. Die Erfolge, die er bei zahlreichen jungen Mädchen gefeiert hatte, gaben ihm ein Gefühl unfehlbarer Macht. Und nun stellte dieses Mädchen, das er von Dämonen erlöst hatte, diese Macht in Frage und wendete sie sogar gegen ihn. Er konnte nicht dulden, daß eine Frau, so schön und begehrenswert sie auch sein mochte, sich ihm widersetzte und hinter seinem Rücken über ihn lachte. Der Mönch sann über eine Änderung seiner Strategie nach und gelangte zu dem Schluß, daß er mit Komplimenten und Freundlichkeiten zu freigebig gewesen sei. Er beschloß, seiner Autorität fortan mit größerem Nachdruck Geltung zu verschaffen und das widerspenstige Mädchen an die Kandare zu nehmen. Überdies hatte er gehört, daß der alte Bao um ihre Hand angehalten hatte, und der Gedanke, daß sie für immer seinem Zugriff entzogen werden könnte, war ihm höchst zuwider.

So fuhr er sofort auf seinem Stuhl herum, als sie an diesem Morgen mit dem Tee und den Brötchen hereinkam, wandte sich ihr zu, starrte sie an und spreizte in unzweideutiger Absicht die Beine. Sie hielt den Blick stur gesenkt, stellte Tasse und Teller auf den Tisch und goß ihm Tee ein. Er streckte die Hand aus und spielte mit einem Zipfel ihres Ärmels, während er ihr unverwandt ins Gesicht starrte und ein brutales Grinsen seinen Mund umspielte. Sie fuhr unbekümmert in ihrer Arbeit fort, da packte der dicke Mönch ihre Hand und riß sie herum. Er hielt mit beiden Händen ihre Arme fest und zog sie zwischen seine Beine. Er grinste vor schierer Freude über die neue Stellung, die ihm, wie er mit einigem Vergnügen feststellte, sehr zusagte und die er sicherlich wieder ausprobieren würde.

Die kräftigen Beine unter der Seidenrobe wollten das Mädchen umschließen und hätten so eine äußerst prekäre Nähe hergestellt, doch plötzlich entwand sie sich seinem Griff und langte nach der Teekanne auf dem Tisch, hielt sie über ihn und ließ sie los. Der Deckel fiel klirrend zu Boden, und der heiße Tee ergoß sich über seine Schenkel. Der Priester fuhr mit einem Schrei empor und stierte das Mädchen an.

»Verzeihung, wie ungeschickt von mir«, sagte sie. »Ich hole frischen Tee.« Da wußte er, daß sie gewonnen hatte. Sie würde jemand anders mit frischem Tee und einem Putzlappen schikken – wahrscheinlich die alte Choyin oder diese häßliche Wind-im-Kopf – und sich in Zukunft mit allen möglichen Ausreden davor drücken, ihn ein zweites Mal zu bedienen.

Dem verbrühten Mönch war die Lust bis auf weiteres vergangen. Doch ein neues Gefühl stieg in ihm auf, ein Gefühl, das so stark war, daß er ihm irgendwie Luft machen mußte. Noch nie in seinem Leben war er so gedemütigt worden. Ein Dienstmädchen hatte ihn beleidigt. Am liebsten hätte er sie gepackt, auf die Knie gezwungen und geschlagen, doch sein Gefühl sagte ihm, daß dies eine große Torheit wäre und daß er damit seine Stellung als angesehener Geistlicher gefährden würde.

Zu seiner Überraschung kam das Mädchen selbst mit einer zweiten Kanne zurück. Seine gefaßte Haltung verriet, daß es neue Kraft gesammelt hatte, und so wagte er nicht, es noch einmal zu berühren. Er starrte es nur an.

Der Ausdruck seines Blicks hatte sich verändert. Etwas Bedrohliches lag jetzt in ihm. »Du kommst dir wohl sehr schlau vor, mein Fräulein«, sagte er langsam. »Aber du hast den Teufel im Leib. Ich dachte, ich hätte ihn ausgetrieben, aber wie ich sehe, hast du mehrere im Leib.« Das Mädchen ging, ohne einmal aufzuschauen, wortlos wieder hinaus.

Am Abend, als sie auf ihrer Matratze lag, betete sie zu der Vergeßlichen Göttin und rieb dabei andächtig die restlichen Blütenblätter, die sie an ihrem Schrein geweiht hatte. Sie dankte der Göttin für ihren Sieg über den Mönch und flehte um ihren Beistand beim nächsten Angriff, der, wie sie wußte, bald folgen würde. Denn erst am Abend war Vierter Älterer Bruder unter einem Vorwand in der Küche erschienen, hatte sie allein dort angetroffen und war ihr sehr nahe gekommen, bis er Schritte hörte und sich davonmachte.

In den beiden darauffolgenden Tagen sah sie ihn nicht. Dann, eines Morgens, als sie gerade den Flur fegte, schwang wie gewöhnlich seine Tür auf, und er trat heraus.

»Dein Ältester Bruder hat mir etwas für dich gegeben«, sagte er trocken. »Komm und hol es dir. Ich glaube, er ist in Schwierigkeiten.« Er kehrte in sein Zimmer zurück und ließ die Tür offen.

Sie sah erschreckt auf und wußte, daß er sein Ziel erreicht hatte. Sie ging zu seinem Zimmer und blieb an der Tür stehen.

»Komm rein«, sagte er beiläufig. »Ich weiß nicht, was es ist. Ich werde nicht schlau daraus, aber er sagte, daß ich es dir unverzüglich geben solle. Hier ist es.« Er hielt ein kleines Päckchen in der Hand, eingewickelt in rotes Papier.

Sie hatte in diesem Haus der Intrigen gelernt, schnell zu überlegen und schnell zu handeln. Sie konnte zwischen dem unersättlichen Appetit von Viertem Älterem Bruder und dem neuen Gewerbe ihres Bruders sofort eine Verbindung herstellen. Sie stellte sich vor, wie die beiden Männer langwierige Verhandlungen führten, während im Hintergrund ein ängstliches junges Mädchen wartete. Doch hier endete die Gemeinsamkeit. Sie lieferte keine Erklärung für das mysteriöse Päckchen.

Sie streckte die Hand danach aus, doch Vierter Älterer Bruder zog es sanft weg und sagte mit dem zufriedenen Blick eines Mannes, der wieder die Oberhand hat, noch herausfordernder zu ihr: »Ich wußte gar nicht, daß du einen Bruder hast. Du hast nie von ihm erzählt. Warum sagst du nichts? Er steckt in Schwierigkeiten. Ich glaube, ich kann ihm helfen.‹

Er winkte sie zu einem Stuhl neben dem Bett und stieß mit dem Fuß die Tür zu. Sie nahm nervös Platz und hielt sich am Stuhl fest.

»In was für Schwierigkeiten steckt er? Bitte, erzählen Sie.«

Die flehentliche Bitte der Frau, die erste, die sie jemals an ihn gerichtet hatte, entlockte ihm ein noch breiteres, selbstzufriedenes Grinsen, und er steuerte rasch auf sein Ziel zu.

»Aha, du willst es also wissen«, sagte er und genoß es sichtlich, sie hinzuhalten. Sie schaute auf und blickte ihn mit bangem Erstaunen an. Er sah, daß sie wirklich schön war, und zum wiederholten Male bewunderte er die Wölbung ihrer Brüste.

»Bitte, erzählen Sie«, sagte Han, und mit einemmal begriff sie, daß er ihr gar nichts sagen konnte, weil es nichts zu sagen gab, und stand auf.

»Sehen wir nach, was in dem Päckchen ist«, sagte Vierter Älterer Bruder und reichte es ihr.

»Los, mach es auf.«

Sie trat schnell zu ihm, nahm das Päckchen und wickelte es

aus. Es enthielt das Stoffarmband mit dem Bild des Himmelsgotts auf dem Jadestein. Das letzte Geschenk an eine tote Frau, das ihr von einer Fremden vom Handgelenk gerissen, dann ihrem Sohn zurückgegeben und schließlich an den Peiniger ihrer Tochter weitergereicht worden war, der es nun der Tochter aushändigte. Der Kreis hatte sich geschlossen, doch Han konnte sich nicht erklären, welche dunklen Mächte hier am Werk gewesen waren.

»Du bist überrascht«, sagte Vierter Älterer Bruder. »Bitte, erzähl mir von dem Armband.«

Han wandte sich zum Gehen, doch Vierter Älterer Bruder gab das Versteckspiel nun auf und zog sie an sich.

»Komm«, sagte er. »Hören wir auf, uns gegenseitig etwas vorzumachen. Ich will dich. Ich träume jede Nacht von dir. Komm.«

Er sah, wie sich das schöne junge Gesicht zu einer scheußlichen Grimasse verzerrte, und trat erschrocken einen Schritt zurück. Dann sah er, wie es sich abermals verzog, und im nächsten Moment flog ein dicker Klumpen Spucke heraus und traf ihn ins Auge.

»Was ... wie kannst du es wagen ...«, stammelte er, doch das Mädchen hatte schon die Tür geöffnet und rannte weg.

XII Außer den Räucherstäbchen und zwei Opferorangen brachte Han einen Putzlappen mit, denn manchmal liefen kleine Tiere aus dem Dschungel über die Göttin und besudelten sie mit ihrem Kot. Sie ging zum Ufer des Teiches und tauchte den Lappen ins Wasser, kehrte zurück und wischte die kleine Steinstatue sorgfältig ab; tatsächlich zog sich ein schwarzer Streifen quer über ihr Gesicht.

Dann war es Zeit, der Göttin die Augen und Ohren zu malen, die ihrem Gesicht so lange gefehlt hatten. Herrscher erweckten himmlische Drachen zum Leben, indem sie mit einem Pinsel Punkte in ihre Augen setzten, und so könnte auch diese schläfrige Göttin durch frisch gemalte Augen und Ohren aufgeweckt werden. Äußerst behutsam stellte sie die Statue auf den Platz, auf dem sie immer saß, tauchte einen kleinen Pinsel in schwarze Tusche und malte zuerst das linke Auge, dann das rechte, zwei ungleichmäßig geformte Mandeln mit zwei großen dunklen Pupillen. Dann versah sie das Gesicht mit Ohren, die, nicht besser als die Arbeit eines Kindes, wie Henkel einer Teekanne aussahen. Leider hatte sie keine rote Farbe, um ihr einen schönen Mund zu malen.

Sie stellte die Göttin, die nun wieder hören und sehen konnte, auf ihren Platz im Schrein zurück. Die Wiederbelebung der Göttin hatte auch auf Han eine belebende Wirkung. Sie fühlte sich erbaut und bekam Lust auf einen Plausch, und so setzte sie sich und sprach mit der Göttin wie mit einer verständnisvollen Mutter oder einer lieben Schwester.

»Hör zu, Göttin. Zwei Männer begehren mich und verlangen unablässig nach mir. Ich aber begehre einen Mann, der niemals nach mir verlangt. Nun, da du Augen und Ohren hast, könntest du die Angelegenheit doch in Ordnung bringen. Könntest du ihn nicht dazu bewegen, daß er mich rufen läßt und zu mir sagt: ›Ich habe nach dir geschickt, ich und kein anderer, denn ich begehre dich und liebe dich. Komm.‹?«

Traurig die Zeiten, in denen Götter und Göttinnen so nachlässig und gleichgültig geworden sind, daß man ihnen sogar die Worte in den Mund legen muß, mit denen eine Bitte gewährt wird. Aber es mußte sein.

XIII Ältester Bruder, den sie nicht in ihre Gebete an die Vergeßliche Göttin mit eingeschlossen hatte, war seit neuestem anscheinend ein Günstling der Götter. Denn er war offenbar nicht nur bei bester Gesundheit, sondern trug auch einen neuen teuren Anzug und zwei massive Goldringe.

Diesmal erwartete er sie nicht in der Küche, sondern draußen vor einer Nebenpforte. Er strahlte, als er sie erblickte, eilte ihr entgegen und überreichte ihr eine Dose Kekse als Geschenk. Er war allein. Die stark geschminkte Begleiterin war nirgends zu sehen.

Seinen letzten Besuch hatte der Tod überschattet. Der heutige atmete Leben und Hoffnung, denn er wollte sie dazu überreden, mit ihm zu kommen und ein Leben zu führen, in dem viel Geld zu verdienen war. Der teure Anzug, die Ringe und die Kekse lieferten den Beweis: Noch vor kurzem, so erzählte er ihr, sei er so arm gewesen, daß er sich nicht einmal etwas zu essen habe kaufen können. Die Bitte ihrer sterbenden Mutter um eine neue Thermoskanne und eine Flasche Tigeröl habe ihn in Verlegenheit gestürzt und gezwungen, seine Armbanduhr zu versetzen. In Zukunft, so scherzte er, werde er seine Goldzähne zum Pfandleiher bringen, denn er habe die Absicht, sich alle schlechten Zähne ziehen und durch pures Gold ersetzen zu lassen. Als endgültigen Beweis für seinen neuen Wohlstand zog er ein Bündel Geldscheine aus der Brusttasche seines Hemdes und versuchte, es ihr in die Hand zu drücken.

Kein Geld, sondern die Wahrheit: Sie zeigte auf das Armband an ihrem Handgelenk und fragte, wie Vierter Älterer Bruder in seinen Besitz gelangt sei. Woher habe er überhaupt gewußt, daß sie seine Schwester sei? Wie lange kannten sie sich schon? Was habe er ihm über sie erzählt? Und so weiter.

»Rede«, sagte sie. »Ich will es wissen.«

Die Großartigkeit von Ältestem Bruder wurde ein wenig erschüttert. Er trat unruhig von einem Fuß auf den anderen, kratzte sich am Hinterkopf und murmelte, daß Vierter Älterer Bruder einer seiner besten Kunden sei. Damit war das Thema für ihn erledigt, und er kam mit neuem Elan auf den Zweck seines Besuches zurück.

Ältester Bruder wollte, daß seine Schwester ihr Leben als Dienstmädchen aufgab und zu ihm zog. Er schilderte ihr begeistert sein neues Leben, überging alles, was auch nur im entferntesten anrüchig war, und strich besonders die guten Verdienstmöglichkeiten heraus. Für die ruhige, sanfte Schwester reinigte er das bunt schillernde Leben im Haus der Blumen, dem Etablissement, für das er arbeitete, von allen grellen Farben. Mit keinem Wort erwähnte er die fünfzehnjährigen Mädchen vom Land, die es dorthin verschlagen hatte oder die von ihren verzweifelten Müttern dort untergebracht worden waren; die Männer, die sich um sie stritten, sie schlugen, sich in sinnlos betrunkenem Zustand über ihnen erbrachen oder ihnen Geld in Blusen und Schlüpfer steckten; oder die zahlreichen Vermittler, darunter auch tätowierte Rowdys, die Preisnachlässe und Provisionen forderten. Ältester Bruder ließ die rauhe Wirklichkeit unerwähnt, als sei sie ohne Belang, und entwarf für die Schwester das Bild einer Welt, in der Sicherheit und Wohlstand herrschten. Denn, so sagte er, er werde ein besonderes Arrangement für sie treffen. Sie werde, getrennt von den anderen, ein eigenes Zimmer bewohnen und dort nur einen Kunden ihrer Wahl empfangen. Solche Arrangements seien zuvor schon getroffen worden und hätten sich bewährt. Der Kunde sei wahrscheinlich wohlhabend und großzügig, und vielleicht werde er nach einiger Zeit sogar erwägen, sie als Nebenfrau in sein Haus zu holen. Flüsternd erzählte er ihr von einer zwanzigjährigen Frau, der dieses Glück beschieden gewesen sei. Sie sei jetzt die dritte Frau eines Gummimagnaten und stehe im Rang über der ersten und zweiten Frau.

Von den glänzenden Aussichten im Haus der Blumen kam Ältester Bruder auf die trüben Aussichten im Hause Wu zu sprechen. Ob sie ihm sagen könne, wie vielen Dienstmädchen ein solches Glück widerfahren sei? Er wisse, daß sie Gemüsehändler, Fischer oder Verkäufer heirateten, die sie schlügen, daß sie die Konkubinen von Verschwendern und Herumtreibern würden, die sie schlecht behandelten, oder überhaupt nicht heirateten und im Armenhaus endeten.

Erst das offenkundige Desinteresse der Schwester, die ihn die ganze Zeit nur teilnahmslos ansah und mit den Bändern der Keksdose spielte, stoppte seinen Redefluß. »Kommst du jetzt mit, ja oder nein?« fragte er und entnahm ihrem anhaltenden Schweigen, daß ihr sein Vorschlag so wenig gefiel, daß sie ihn nicht einmal einer Antwort für wert befand.

Ältester Bruder, dessen Gutmütigkeit im Umgang mit widersetzlichen Mädchen und uneinsichtigen Freiern für das Haus der Blumen ein großer Gewinn war, wurde nun doch ein wenig ungehalten und bekam vor Ungeduld einen roten Kopf. »Aber sag nachher nicht, ich hätte nicht versucht, dir zu helfen«, sagte er beleidigt und wandte sich zum Gehen. Doch mit so harschen Worten konnte er seine Schwester nicht verlassen. In Erinnerung an ihre gemeinsame Kindheit sagte er sich: Sie ist die einzige, die ich noch habe. Alle anderen hatte er verloren. Deshalb war es seine Pflicht, über sie zu wachen und sie zu beschützen. Und so stopfte er ihr das Bündel Geldscheine in die Tasche, sagte ihr, daß sie es ihn wissen lassen solle, wenn sie mehr brauche, und ging.

Seine düstere Prognose über das Schicksal der Dienstmädchen schien sich zumindest in einem Fall nicht zu erfüllen:

Wind-im-Kopf sollte zwar einen Schuhmacher heiraten, der zwanzig Jahre älter war als sie, doch sie war glücklich und konnte es kaum erwarten, das Haus Wu zu verlassen. Sie hatte sich von ihrem Martyrium erholt, sah wieder viel besser aus und hatte zugenommen. Sie überbrachte Han selbst die freudige Nachricht. Sie sagte, der Schuhmacher sei sehr freundlich zu ihr gewesen und habe ihr Pakete mit stärkenden Kräutern geschickt. Han hatte den Mann nur einmal gesehen, als er mit einem Geschenk die Herrin besucht hatte, ein hagerer, verhutzelter Kerl, der häufig lächelte und dabei einen Mund voller Goldzähne entblößte. Was das anging, besaß er bereits das Vermögen, das Ältester Bruder bei aller Protzerei mit seinem Wohlstand erst noch erwerben mußte.

Eine leichte Röte glitt über Wind-im-Kopfs Züge und nahm ihnen ihre Unansehnlichkeit, als sie sagte: »Er nennt mich bei meinem richtigen Namen. Nach der Heirat, so sagt er, will er, daß jeder mich bei meinem richtigen Namen nennt.«

Goldener Farn. Dieser Name war das einzig Wertvolle, das die Eltern ihr mitgegeben hatten. Ihre herzlosen neuen Herren hatten ihn ihr weggenommen und durch verächtliche Namen ersetzt. Nun hatte ihn ein freundlicher, liebevoller Mann zurückgefordert, und die Liebe würde dafür sorgen, daß sie ihn nie wieder verlor. Sie würde nie wieder im Schlaf mit den Zähnen knirschen.

Wind-im-Kopf sagte, daß sie das Haus Wu in einer Woche für immer verlassen werde. Die Vorstellung, sie und Chu zu verlieren, verstärkte Hans Angst vor ihrer eigenen Zukunft: Was würde nun mit ihr geschehen?

Sie lag in tiefem Schlaf, als sie spürte, wie sie an der Schulter gerüttelt wurde.

»Wach auf«, sagte eine Stimme. »Ich muß dir etwas sagen.«

»Was ist los?« fragte sie. Die Hand blieb fest auf ihrer Schulter liegen. Sie versuchte, die Augen zu öffnen und nachzusehen, wer es war.

»O nein«, dachte sie. »Wie ist er ins Zimmer gekommen?«
Vierter Älterer Bruder beugte sich über sie.

»Glaube ja nicht, daß du mir entkommst, mein Fräulein«,
sagte er. »Du entkommst mir nicht.«

»Natürlich nicht«, sagte eine andere Stimme, und noch
bevor das Gesicht erschien, wußte sie, daß es der Priester war.
»Sie verbrüht uns und bespuckt uns. Sie hat sechs Teufel im
Leib. Wir müssen sie ihr austreiben.«

»Nimm das Geld«, sagte jemand, und wieder spürte sie ein
Rütteln an der Schulter. »Ich will, daß du das Geld bekommst.«

»Steck es ihr in die Tasche«, sagte Ältester Bruder, den sie
zwar hören, aber nicht sehen konnte. »Sie verstellt sich nur.
Sie will das Geld. Sie hat kein eigenes Geld, denn sie ist ja nur
ein Dienstmädchen.«

»Schläfst du mit mir, wenn ich dir Geld dafür gebe?« fragte
Vierter Älterer Bruder. »Ich begehre dich so sehr. Du mußt vor
dem Hahnenschrei zu mir ins Bett kommen.«

»Ich begehre dich auch«, sagte der Priester lüstern. »Ich will
dich zuerst.«

»Nein, ich. Sie kommt zuerst in mein Bett.«

»Was! Halten Sie meine Schwester für eine Prostituierte? Ich
bringe sie von hier fort.«

»Der Bruder will wohl der erste sein. Haha!«

Dann hörte sie Schreie und Flüche. Die drei Männer, die sie
als Schatten ausmachen konnte, verschmolzen nun zu einem
einzigen großen Schatten und drückten sie nieder.

Die Stimme drang durch den Lärm, und jemand schüttelte
sie ungeduldig an der Schulter: »Steh auf! Hier ist das Geld.
Nimm es.«

Mit äußerster Anstrengung öffnete sie die Augen und erblickte im Halbdunkel Chu, die sich über ihre Matratze beugte
und sie mit beiden Händen rüttelte. Sie setzte sich auf, müde
und benommen, und versuchte, den Schlaf abzuschütteln, so

wie sie versucht hatte, die Schatten abzuschütteln, die sie bedrängt hatten.

Chu drückte ihr etwas in die Hand. Han war inzwischen so wach, daß sie das Bündel Geldscheine erkannte, das Chu an jenem schrecklichen Nachmittag zusammen mit dem Foto ihrer Schwester aus ihrer Schublade genommen und ihr gezeigt hatte.

»Du sollst es haben«, sagte Chu, stand auf und verließ das Zimmer.

»Warte…«, rief sie, aber Chu war bereits fort.

Vor Müdigkeit fiel sie auf die Matratze zurück, und im nächsten Augenblick waren die Schatten wieder da. Sie bedrängten sie, schrien, redeten, flüsterten ihr ins Ohr.

»Bitte, laßt mich in Ruhe.«

Sie erkannte die alte *Keo-Kia*-Frau, deren Geist seit vielen Jahren durch das Haus und über das Anwesen streifte. Sie triefte noch immer vor Nässe: Das Regenwasser war Teil ihrer Ewigkeit. Bei ihrem Anblick wich der große Schatten zur Seite und verschwand.

»Folge mir«, sagte die *Keo-Kia*-Frau. »Sie ist in Schwierigkeiten, und wir müssen ihr helfen.«

»Wer?« fragte Han und rappelte sich auf. Sie spürte, als sie sich von der Matratze und der Decke löste, wie das Geldbündel zu Boden fiel.

»Bitte, beeil dich, sonst kommen wir zu spät«, sagte die *Keo-Kia*-Frau.

Han folgte ihr durch einen langen dunklen Korridor, der zum Zimmer des Alten führte. Sie hörte in der Ferne das Bellen eines Hundes, den Schrei einer Eule und sah die *Keo-Kia*-Frau um eine Ecke biegen.

»Warte…«, rief sie und dachte: »Seltsam. Ständig drängen mich Leute und laufen dann vor mir davon.«

Sie ging weiter und hielt nach der alten Frau Ausschau, doch sie war nirgends zu entdecken. Sie sah Licht im Zimmer des

Alten und ging schnell darauf zu. In der Tür blieb sie stehen und dachte: »Es ist Chu.« Sie betrachtete traurig die Tote, die, leicht hin und her schwankend, an einem Strick von der Decke hing und einen langen Schatten an die Wand warf. Sie ging auf sie zu, blieb unter ihr stehen und berührte sanft die nackten Füße, deren Zehen nach unten zeigten. Sie hatte Chu nie ohne Pantoffeln oder Schuhe gesehen.

»Eigentlich sollte die alte *Keo-Kia*-Frau hier bei mir sein, aber sie ist verschwunden«, sagte sie zu der Leiche. Erst da hörte sie einen gellenden Schrei. Sie fuhr herum, erblickte Pei-pei, die mit entsetzt aufgerissenen Augen dastand, und hörte, wie eine Flasche zu Boden fiel und zerbrach. Sie wandte sich der Toten wieder zu und spürte ganz deutlich, wie ihre Füße gegen ihr Gesicht schwangen. Jetzt erst erkannte sie, daß es kein Traum war. Chus Leiche, die vor ihr im Dunkeln hing, war so real wie das Geldbündel, das diese als Abschiedsgeschenk auf ihrer Matratze zurückgelassen hatte. Sie hörte sich leise Chus Namen sagen, und dann wurde es dunkel um sie.

XIV »Hier, nimm, es gehört dir.« Selbst Spuckgesicht begriff, daß etwas an diesem Geschenk ungewöhnlich war. Nicht allein weil die Spenderin mitten in der Nacht zu ihm gekommen war und ihn energisch wachgerüttelt hatte, sondern auch, weil sie geweint hatte und bleich wie ein Gespenst aussah.

»Nimm, sage ich, es gehört dir«, wiederholte Han und drückte Spuckgesicht das Bündel in die Hand. Der Knoten des Tuchs löste sich, und ein Teil des Geldes fiel heraus, saubere Banknotenrollen, die von Gummibändern zusammengehalten wurden.

»Kauf dir, was du gern essen magst«, sagte sie in Erinnerung an die Zeiten, als er vor den Garküchen gestanden und sehnsüchtig nach gedünsteten Hähnchen, glasierten Enten und glänzenden Nudeln geschielt hatte.

Sie nahm das Bündel, ging zu dem Holzschränkchen neben seinem Bett, öffnete es, schob das Geld in eine Ecke und versteckte es hinter den Gegenständen, die sie im Schrank verstreut fand – Zigarettendosen, leere Schachteln, Papiertüten, Kämme, Scheren, Spiegel, Räucherstäbchen.

»Siehst du?« fragte sie. »Niemand darf wissen, wo das Geld ist. Du nimmst immer nur eine kleine Summe auf einmal und kaufst dir, worauf du Appetit hast. Hast du verstanden?«

Spuckgesicht sah sie an und nickte eifrig. Sie eilte fort.

XV

Vierter Älterer Bruder ging ihr geflissentlich aus dem Weg. Sie war darüber froh, denn sonst hätte er Chus Selbstmord gewiß als Vorwand benutzt, um sie in ein Gespräch zu verwickeln. Obwohl es ihm völlig gleichgültig war, ob Dienstmädchen lebten oder starben, hätte er lebhaftes Interesse oder sogar Betroffenheit geheuchelt und den tragischen Tod der armen Frau mindestens ein halbes Dutzend Mal zur Erfüllung seiner geheimen Wünsche benutzt.

»So, du hast also die Leiche gesehen, erzähle mir davon«, hätte er grinsend gesagt und sie dabei mit den Augen verschlungen.

Er mied sie seit dem Tag, als sie ihn angespuckt hatte, und sie begrüßte jede Entwicklung, die sie von der Pflicht entband, in sein Zimmer zu gehen. Sie floh vor einem Mann und suchte die Nähe eines anderen, der wiederum vor ihr floh. Der Verfolger und der Verfolgte taten sich zusammen, und diese plötzliche Verschiebung in den Beziehungen der Männer in diesem großen Haus verwirrte sie zutiefst. Seit kurzem wich Vierter Älterer Bruder dem jungen Herrn kaum mehr von der Seite. Sie hatte sie früher nie miteinander reden sehen, doch jetzt schienen sie unzertrennlich. Der junge, gutaussehende Zwanzigjährige mit dem Gebaren eines Gelehrten und der dicke, pockennarbige Vierzigjährige, von dem Schweißgeruch und heimliche Begierden ausströmten, bildeten äußerlich ein ungleiches Paar.

Nur gelegentlich stießen die Freunde des jungen Herrn zu ihnen, lachten und waren vergnügt wie damals nach seiner

Heimkehr. Er hatte viel von seiner Fröhlichkeit verloren und neigte zum Trübsinn – alle Bediensteten bemerkten es und tuschelten untereinander darüber. Die lebenslustigen Freunde blieben weg und überließen ihn der Gesellschaft des dicken Cousins, der ständig in seiner Nähe weilte, fanden sich aber jederzeit zu einem üppigen Essen ein, sobald seine gedrückte Stimmung sich aufzuhellen schien.

Sie hätte ihn gern einmal alleine gesehen. Es war schwierig, das geliebte Gesicht aus den vielen anderen herauszufiltern, die geliebte Stimme aus dem Stimmengewirr herauszuhören. Sie hatte den Eindruck, daß er dieses Gesicht und diese Stimme absichtlich vor ihr verbarg, als fürchte er, sich zu verraten und weitere Beweise dafür zu liefern, daß er sich ihrer erinnerte und an sie dachte, obwohl er schon einer anderen Frau gehörte. Manchmal sah sie ihn aus der entgegengesetzten Richtung auf sie zukommen. Dann machte er kehrt und schlug einen anderen Weg ein.

Eine Frau fürchtet die Gleichgültigkeit eines Mannes, aber sie schöpft auch Hoffnung aus seiner Beklommenheit, denn sie bedeutet, daß am Ende immer noch etwas Erfreuliches für sie herauskommen kann. Und so harrte sie mit banger Hoffnung der Dinge, die da kommen sollten.

Sie fegte gerade vor der Tür des Besuchersalons, als sie Stimmen von drinnen hörte. Sie hielt inne und lauschte. Sie wußte von den langwierigen Verhandlungen über die Forderung der Brauteltern, daß die Eheleute auf ihrem Besitz wohnen sollten. Sie glaubte den Grund für diese Forderung zu kennen, und er hatte nichts damit zu tun, daß das wohlhabendere und bekanntere Haus Chang höhere Ansprüche stellte. Eine Bestätigung dieser Ansicht waren die bösen Blicke, die ihr Li-Li bei jedem Besuch zuwarf, und ein unfreiwilliges Eingeständnis Choyins, die einmal in einem Ton höchster Verärgerung gesagt hatte, daß manche Bettler tatsächlich die Macht besäßen, die Pläne von Königen zu durchkreuzen.

Heute morgen wurden die Verhandlungen noch lebhafter geführt als sonst. Sie hörte, wie der Patriarch Wu seine Stimme gegen den Patriarchen Chang erhob und dann einen Hustenanfall bekam, was ein untrügliches Zeichen für die Erregung des alten Mannes war. Dann sagte der junge Herr Wu etwas, das sie nicht verstehen konnte. Sie wäre näher getreten und hätte sogar kühn ihr Ohr an die Tür gelegt, doch in diesem Moment hörte sie Schritte nahen, und so entfernte sie sich rasch.

An diesem Abend ging der junge Herr in das Zimmer von Viertem Älterem Bruder, um Trost im Alkohol zu suchen. Am Morgen räumte Choyin zehn leere Bierflaschen und einen Weinkrug aus dem Zimmer.

Vierter Älterer Bruder tröstete ihn nicht nur mit Alkohol.

Hinter einem Wandschirm in seinem Zimmer verborgen, saß der junge Herr auf einem Stuhl und spähte durch einen schmalen Schlitz. Er sah, wie Vierter Älterer Bruder mit einem jungen Mädchen das dunkle Zimmer betrat und die Tür schloß. Auf dem Nachttisch brannte eine Lampe, und sie brannte nur für ihn, denn sie sollte verhindern, daß dem Schüler etwas von der Vorführung entging, die der Lehrer zu seiner Aufklärung gab. Entsprechend akribisch und methodisch ging Vierter Älterer Bruder bei der Verführung des Mädchens, das noch sehr jung aussah, stark geschminkt war und vermutlich dem Haus der Blumen angehörte, zu Werke. Der Nutzen für den Schüler hatte Vorrang vor den Wünschen des Verführers.

Vierter Älterer Bruder bugsierte das Mädchen so aufs Bett, daß der Zuschauer hinter dem Schirm sie voll im Blick hatte. Das Mädchen kicherte schüchtern und war sehr kooperativ. Dann arbeitete sich Vierter Älterer Bruder systematisch von ihren Ohrläppchen hinunter zu ihrem Hals, so daß sie sich wand und vor Erregung gluckste.

»Aufhören«, sagte das Mädchen mit angelernter Scheu, die das Gegenteil bedeutete und die Begierde des Mannes nur weiter anstachelte. Er knöpfte ihr die Bluse auf, zog ihr das Leibchen aus und richtete den Schein der Lampe auf ihre schönen Brüste, denn obwohl sie noch sehr jung war, hatte sie die üppigen Formen einer reifen Frau und war wohl aus diesem Grund der Kategorie zugeteilt worden, die den besonderen Kunden des Hauses der Blumen vorbehalten blieb. Vierter Älterer Bruder machte sich nun an eine langwierige Erforschung ihrer vollen, weichen Brüste, zuerst mit einer Hand, dann mit beiden, dann mit dem Mund, besabberte sie mit seinem Speichel, kniff, zwickte und biß, um dem Mädchen Seufzer und leise Schreie zu entlocken, die gewiß zum Vergnügen des Beobachters hinter dem Schirm beitrugen. Das Mädchen saß gegen einen Berg von Kissen gelehnt, und in ihrem halbnackten Zustand und mit ihrer gespielten Schüchternheit war sie der hinreißenden Sirene auf dem Kalenderfoto an der Wand darüber nicht unähnlich.

Vierter Älterer Bruder, noch immer ganz Lehrer und um eine perfekte Demonstration bemüht, zog ihr nun die seidene Hose aus, warf sie mit einem lauten Lachen weg und freute sich über das eifrige Entgegenkommen des Mädchens. Sie beobachtete ihn genau und kam sofort jedem kleinen Wunsch nach, so wie es im Haus der Blumen verlangt wurde; er hatte ihr die Hosen ausgezogen, aber offensichtlich wollte er zusehen, wie sie sich selbst ihres Schlüpfers entledigte. Also streifte sie ihn, ohne ein Auge von ihm zu lassen, langsam ab und warf ihn aufreizend beiseite. Vierter Älterer Bruder brach in ein genüßliches Lachen aus, das sie mit einem nervösen Kichern erwiderte.

Das war der krönende Moment. Vierter Älterer Bruder hatte keine Ahnung, ob der junge Cousin, der jahrelang im Ausland gelebt hatte und nun vor seiner Heirat stand, jemals die Blöße einer Frau gesehen hatte. Daher richtete er den Schein der Lampe nun auf diesen Teil ihrer Schönheit und verspürte ein besonderes Prickeln bei der Vorstellung, daß das Verlangen des jungen Mannes hinter dem Schirm nun selbst einen höchst angenehmen Grad erreicht haben mußte. Er selbst jedenfalls brannte jetzt vor Begierde. Er zog seine Hose aus, dann seine Unterwäsche und trat vor das Mädchen hin, fiebernd vor Lust und den unbestreitbaren Beweis seiner Manneskraft präsentierend. Glucksend kletterte er aufs Bett, warf sich auf sie und drang mit der ganzen Kraft seines unbezähmbaren Verlangens in sie ein. Er stieß, schob und keuchte. Er dachte jetzt nicht mehr an den Schützling hinter dem Schirm, sondern nur noch an sein eigenes Vergnügen, das er bis zum Höchstmaß steigern mußte, und so forderte er das Mädchen in gewissen Abständen auf, sich aufzusetzen oder auf die Seite zu legen, beide Beine anzuziehen oder sich auf den Boden zu knien, bis er sie schließlich wieder in die unterwürfige Rückenlage brachte und mit einem lauten Grunzen seinen männlichen Appetit stillte. Schwer keuchend brach er über ihr zusammen. Sie lag mit großen, wachsamen Augen unter ihm und wartete ab, was er als nächstes tun würde. Doch er wollte nichts mehr von ihr. Er stand eilends auf, befahl ihr, sich anzuziehen, gab ihr etwas Geld und schickte sie aus dem Zimmer.

Jetzt war es an der Zeit, sich ein Bild von den Ergebnissen des kleinen Experiments zu machen. Der junge Herr Wu trat hinter dem Schirm hervor, blaß und zitternd vor Erregung. Vierter Älterer Bruder klopfte ihm lachend auf die Schulter und sagte: »Du bekommst auch eine, junger Cousin. Geh jetzt in dein Zimmer. Nein, warte, laß uns vorher einen Schluck trinken.«

Das Dienstmädchen Han war überrascht, als Choyin sie weckte und ihr mitteilte, daß der junge Herr sie zu sehen wünsche. Beim Klang seines Namens sprang sie auf.

»Wo?« fragte sie.

»In seinem Zimmer«, antwortete Choyin mißmutig und gab damit zu verstehen, daß das, was da im Gange war und wovon sie nichts wußte, ihre Mißbilligung fand. Das Mädchen wusch sich eilends das Gesicht, kämmte sich und zog frische Sachen an. Ihr Herz raste vor freudiger Erwartung und schlug so heftig, daß sie fürchtete, sie würde es nie bis zu seinem Zimmer schaffen. Er begehrte sie, er liebte sie. Die heutige Nacht würde ganz im Zeichen der Entscheidung stehen, die er nun endlich, vor seiner Hochzeit, getroffen hatte, und morgen früh würde sie aufwachen und allen sagen können: »Er hat mich zu der Seinen gemacht. Seht ihr, er kann eine Trennung von mir nicht ertragen.«

Seine Tür stand offen. Sie trat zitternd ein. Sie sah ihn auf dem Bett sitzen, das Haar zerzaust, blaß, mit wildem Blick.

»Sie haben mich rufen lassen, hier bin ich.« Die Worte, die sie sich zurechtgelegt hatte, blieben ihr im Hals stecken. Statt dessen hörte sie sich sagen: »Sind Sie krank?«

»Komm herein«, sagte er, stand auf und wandte sich ihr zu. Zu seiner Überraschung erblickte er das Dienstmädchen Han, und für eine Weile überlagerte das Bild des jungen, aufreizenden und geschminkten Mädchens, das er erwartet hatte, das Bild des Mädchens, das vor ihm stand. Er schüttelte seine Verwirrung ab, als schüttelte er sich Wasser aus den Augen, und sah Han erneut an. Der Nebel des Alkohols lichtete sich soweit, daß er in ihr die Spielkameradin seiner Kindheit wiedererkannte, jenes Mädchen, das sein Mitleid erregt und das er vor der Gemeinheit seiner eigenen Leute in Schutz genommen hatte. Er bemerkte auch, daß sie ungewöhnlich schön war, und plötzlich überkam ihn ein heftiges Verlangen nach ihr. Torkelnd stürzte er ihr entgegen und zerrte an ihrer Bluse.

Die Bluse gab nicht nach, da hob er sie an, schob unbeholfen die Hand darunter und begann, ihren Körper zu erkunden. Seine Finger berührten die Wölbung einer Brust, und dies erregte ihn so, daß sein übriger Körper in fieberhafte Aktivität verfiel. Plötzlich war er überall, befummelte sie, drückte sie, keuchte. Er war kein verliebter junger Herr, er war der verhaßte Cousin, der widerliche Mönch. Sie schlug ihm auf die

Finger und sagte mit einem nervösen, heiseren Flüstern: »Was tun Sie?« Doch dies schürte seine Leidenschaft nur noch mehr und verlieh ihm zusätzliche Kraft. Er schlang die Arme um sie, drückte sie gegen die Wand und versuchte, mit dem Mund an ihre schönen Brüste zu kommen. Sie wehrte sich unter heftigem Schnaufen, wurde stärker und aufgeregter. Er konnte es nicht erwarten, ans Ziel seiner Wünsche zu kommen, kämpfte mit der Kordel an ihrer Hose und machte Anstalten, sie ihr herunterzureißen, das letzte Hindernis, das seinem rasenden Verlangen noch im Wege stand.

»Bitte«, rief sie mit schwacher Stimme. Sie rangen weiter miteinander, und dann stieß er einen leisen Schrei aus, taumelte rückwärts, fiel aufs Bett und starrte entsetzt auf die kleine rote Wunde an seinem linken Arm, aus der ein paar Blutstropfen quollen. Sie betrachtete ihn mit demselben Ausdruck des Entsetzens, in der Hand das kleine Taschenmesser, dessen scharfe Klinge ausgeklappt war. Sie starrten einander mit wildem Blick an, sprach- und fassungslos über die ungeheuerliche Tat. Sie unterbrach die Stille, indem sie, bleich wie eine Wand, das Messer wegwarf und zu ihm ans Bett trat. Sie setzte sich neben ihn, lehnte den Kopf an seine Schulter und weinte. »Kannst du mich nicht verstehen?« schluchzte sie. »Wenn ich mich von dir vergewaltigen lasse, wirst du mich niemals lieben.«

Sie hätte sich in die lange Schlange der namenlosen Hausmädchen eingereiht, die Männer in ihre Zimmer holten, Mädchen, die sie nicht kannten und nach denen sie nicht fragten, wenn sie nicht mehr erschienen, denn es gab andere, die sie ersetzten. Sie hätte zu den Mädchen gehört, die von Bett zu Bett weitergereicht wurden. Heute bin ich an der Reihe, morgen du.

Die Verbundenheit von Viertem Älterem Bruder mit dem jungen Herrn hätte eine neue Grundlage gefunden: Wir teilen uns dieselbe Frau.

»Ich liebe dich so sehr«, sagte sie. »Ich werde sterben, wenn du mich noch einmal verläßt.« Dieser einfache Satz beruhigte ihn, änderte aber nichts an seiner Verblüffung über den seltsamen Verlauf des Abends. Er starrte sie unverwandt an. Er beobachtete sie genau, während sie seine Wunde versorgte und mit einem nassen Handtuch reinigte, und registrierte jede Veränderung ihres Mienenspiels. Ihr tränenüberströmtes, aber ruhiges Gesicht wurde von anderen überlagert, die ihn nun wie schreckliche und wunderliche Trugbilder bedrängten: dem des dämonischen Kindes, das seine Zähne in das Fleisch eines Erwachsenen geschlagen hatte, dem des ungewöhnlichen kleinen Mädchens, das getanzt, gelacht und seine Kindheit beglückt hatte, das des ernsten Mädchens, das auf der Treppe geweint hatte, weil er fortging. Zum erstenmal wurde er sich ihrer voll bewußt, zum erstenmal rückte sie von den dunklen Randbezirken ins Zentrum seines Bewußtseins. Er konnte nicht sprechen, denn er brachte keinen verständlichen Laut hervor. Sein Schweigen war mit hundert verwirrenden Gedanken geladen, die er nicht in Worte zu fassen vermochte, doch einer ragte in aller Klarheit und Deutlichkeit heraus: Dieses Mädchen liebt mich wirklich, sie würde für mich sterben. Dieser Gedanke blieb nicht ohne Wirkung: Er war tief gerührt und senkte den Blick, um seine Gefühle zu verbergen.

Das lange anhaltende Schweigen wurde erst gebrochen, als sie, bevor sie das Zimmer verließ, zu ihm sagte: »Wenn du wissen willst, wie sehr, brauchst du mich nur am Teich der Vergeßlichen Göttin zu besuchen.«

XVI Der Mond ging langsam auf. Sie hatte nie zuvor einen so schönen Mond gesehen, aber vielleicht war es auch ihre bange Freude, die ihm diese Schönheit verlieh, als er die Wolken, die Bäume und den Teich mit seinem Silber übergoß.

Den häßlichen kleinen Schrein konnte das verklärende Licht des Mondes nicht erreichen, und erst recht nicht die Göttin, die in seinem Schatten stand. Doch es lag in Hans Macht, beide zu verschönern. Aus einem kleinen Korb zog sie ein paar rotseidene Bänder, mit denen sie den Schrein schmückte, dann eine kleine Vase mit künstlichen Blumen, die sie in seine Mitte stellte. Das Beste hatte sie sich für die Göttin aufgehoben. Sie nahm einen kleinen Teller mit roter Tusche zur Hand und begann, ihr einen Mund zu malen, einen lächelnden Mund, der ihr zusammen mit den Mandelaugen und der Perlenkette um ihren Hals ein sehr hübsches, leicht kokettes Aussehen gab. Dann zog sie die Räucherstäbchen hervor, ein ziemlich dickes Bündel diesmal, entzündete sie und begann, zu der Göttin zu beten. Sie betete inbrünstig, die Räucherstäbchen mit beiden Händen umklammernd, den Kopf gebeugt.

Auch ohne ein Rascheln im Gebüsch, ein Knacken von Zweigen oder ein leises Husten bemerkte sie sein Kommen. Sie fühlte, daß er bereits da war und sie beobachtete.

Nach einer Weile trat er zu ihr, und da beide spürten, daß dieser Abend in seiner gewaltigen Bedeutung beispiellos war und für immer beispiellos bleiben würde, bemühten sie sich, ruhig und gelassen zu bleiben, indem sie das Gespräch mit fast banalen Bemerkungen eröffneten: Hattest du Mühe, den Platz zu finden? Hast du schon zu Abend gegessen? Hast du lange hierher gebraucht? Sieh, der Mond.

Die eitle Göttin erregte seine Aufmerksamkeit. Er betrachtete die Statue, dann wandte er sich an Han und sagte: »Erzähl mir von der Vergeßlichen Göttin.« Und sie tat es, hielt die lächelnde Göttin vor ihn hin und erzählte ihm die Geschichten, die sie über sie gehört hatte. Einst, so hieß es, hatte die kleine Göttin den Himmelsgott verstimmt, denn sie hatte die Vermessenheit besessen, eine Bitte zu gewähren, die er abgelehnt hatte. Deshalb hatte er sie zur Strafe mit hundert Jahre währender Taubheit geschlagen, so daß sie keine Bitten mehr hören konnte.

»Du hast so inbrünstig zu ihr gebetet. Für wen hast du gebetet?«

Für die tote Mutter, Ältesten Bruder, Wind-im-Kopf, Wind-im-Kopfs Ehemann, den freundlichen Schuhmacher, Popo, Popos Kind – sie hatte sich selbst zu ihrer Fürsprecherin gemacht. Er hütete sich, den magischen Zauber des Abends zu lösen, indem er fragte: »Und was ist mit mir?«, so wie sie ihn nicht gefragt hatte, warum er gekommen war. Sie vermieden es so lange wie möglich, direkt über ihre Liebe zu sprechen, um die Vorfreude so lange wie möglich auszukosten.

Sie saßen zusammen auf dem Platz unter dem Baum, ohne einander zu berühren oder auch nur anzusehen, und demonstrierten damit die Zaghaftigkeit frisch Verliebter, wie um die Rohheit ihrer ersten Begegnung in seinem Zimmer vergessen zu machen. Sie sprachen leise über gemeinsame Kindheitserlebnisse, vermieden aber jede Anspielung auf eine Person oder ein Ereignis, welche die Reinheit ihrer Gefühle hätten trüben können. Spuckgesicht konnte erwähnt werden, ebenso der *Sinseh* und die alte *Keo-Kia*-Frau, nicht aber Choyin und schon gar nicht Li-Li. Sie plauderten und lachten völlig unbeschwert.

»Erinnerst du dich, wie wir Spuckgesicht dazu überreden wollten, junge Mäuse zu verschlingen?«

»Erinnerst du dich, wie wir im Regen tanzten? Ich wurde bestraft und mußte draußen vor dem Haus im Regen stehen. Dann kamst du, und wir tanzten zusammen.«

Erinnerst du dich? Erinnerst du dich?

Die Erinnerung ließ das Gespräch verstummen, und eine Weile blickten sie schweigend auf den Teich hinaus, dessen Wasser lieblich im Mondschein schimmerte. Der gemeinsame Neuanfang war geglückt, alles Leid der vergangenen Jahre wie weggeblasen. Der Zauber des Abends mußte nun in seine nächste Phase treten.

Die stets hilfreiche Göttin half auch jetzt. Vom Schrein, wo sie im Dunkeln stand, ertönte ein Flattern wie von einem gefangenen Vogel. Die kleinen glühenden Spitzen der Räucherstäbchen spendeten kein Licht und gaben keinen Aufschluß. Also standen sie auf und gingen hin, um nachzusehen. Und tatsächlich, mit kräftigen Flügelschlägen schoß ein kleiner Vogel hervor und ließ sie vor Überraschung und Freude zusammenzucken. Sie blieben lachend stehen, sahen sich an und fielen sich in die Arme. Sie begann zu schluchzen, denn es war zuviel geschehen, zuviel gedacht und gefühlt worden, als daß sie die Tränen noch länger hätte zurückhalten können.

»Ich werde nie wieder so glücklich sein«, dachte sie und hob ihm das Gesicht entgegen.

Und während er sie mit der ganzen Glut eines entflammten Herzens küßte, dachte er: »Ich liebe diese Frau und werde sie nie verlassen.«

Sie kehrten zu ihrem Platz auf der Erde zurück, von der Göttin, ihrer Mitverschwörerin, als Liebespaar entlassen, das sich soeben seine Liebe gestanden hatte. Sie sprachen nicht mehr, sondern saßen nur aneinandergekauert in der zunehmenden Dunkelheit und lauschten dem aufkommenden Wind, der zunächst leise wimmerte und bald laut in den Bäumen seufzte.

»Es wird kühl«, sagte er und zog sie noch fester an sich. »Willst du lieber zurückgehen?«

»Nein«, antwortete sie und legte den Kopf an seine Schulter. »Wir trotzen dem Sturm.«

Es begann, dicke Tropfen zu regnen, doch sie wich nicht von ihrem Platz neben ihm auf der Erde. Er sah sie besorgt an, doch sie blieb vollkommen ruhig und streckte den kalten Tropfen das Gesicht entgegen.

Plötzlich stand sie auf. Sie ging zum Ufer des Teiches und blieb dort reglos stehen. Ihre Gestalt hob sich dunkel vom schimmernden Wasser ab. Es regnete jetzt in Strömen, ein Blitzstrahl erhellte ihr Gesicht, und ein Donner erschütterte ihren Leib. Sie hob beide Arme in den prasselnden Regen und begann, sich genüßlich im Kreise zu drehen, immer und immer wieder. Er sah ihrem Freudentanz zu, erzitterte am ganzen Leib bei ihrem Anblick und rannte zu ihr. Langsam tanzten sie im Regen, dann wirbelten sie immer schneller im Rhythmus ihrer wachsenden Freude, schrien und lachten. Schließlich sanken sie, naß und rasend vor Glück und Verlangen, zu Boden, in den Schlamm, während das Unwetter weitertobte und der Regen gegen den Schrein der Göttin peitschte, die festlichen roten Bänder in nasse Lappen verwandelte, die schlaff zwischen den Steinen hingen, und der Göttin Augen und Ohren abwusch.

Göttin

I Der Besuch des blinden Wahrsagers war ein Ereignis und rechtfertigte besondere Vorbereitungen. So mußte man früher als sonst zu Abend essen, damit er pünktlich um acht Uhr empfangen werden konnte, und Longane-Tee für ihn kochen, denn er trank keinen anderen.

Keiner der fliegenden Händler, die regelmäßig das große Haus aufsuchten, genoß diese Vorzugsbehandlung: weder der *Kuey*-Verkäufer, der in zwei großen flachen Körben, die er an den beiden Enden einer Stange auf seinen schmalen Schultern trug, die köstlichsten Bohnen-, Yams- und Tapioka-Puddinge ausgebreitet hatte, noch der Hausierer, der auf dem Gepäckträger seines Fahrrads eine große Metallkiste voller Knöpfe, Nadeln, Broschen und Haarspangen beförderte. Und schon gar nicht der ordinäre Taubenmann, dem seine Tauben stets Verdruß bereiteten, weil sie die falschen Glückskarten zogen und sie obendrein mit ihrem Kot beschmutzten, auch wenn die Mädchen sagten, so hätten sie wenigstens etwas Spaß für ihr Geld.

Der blinde Wahrsager war anders. Seine Frau, die ihn auf seinen Runden begleitete und neben einer großen Laterne einen langen Stock bei sich trug, mit dem sie zudringliche Hunde wegscheuchte, sagte, daß er vor vielen Jahren vom Himmelsgott geträumt habe und erblindet aus dem seltsamen Traum erwacht sei. Der Gabe des Sehens beraubt, besaß er seitdem die weit edlere Gabe, in die Zukunft zu blicken. Seine blinden Augen sahen Todesfälle, Unfälle, Selbstmorde, ein

Kind, das tot in einem Wasserkübel lag, einen alten Mann, der an einem Baum baumelte, aber auch glückliche Ehen, Genesungen nach langer Krankheit, hohe Lotteriegewinne. Eine Zeitlang war er wie besessen und sagte jedermann die Zukunft voraus. Da er aber häufiger Katastrophen als Glücksfälle prophezeite, begannen die Menschen, ihn zu fürchten und zu meiden, und einmal schlugen sie ihn sogar, überzeugt, daß ihn ein böser Dämon gesandt habe, und nicht der Himmelsgott, wie er selbst behauptete.

Er trug schwere Verletzungen davon, und während seiner Genesungszeit half ihm seine Frau, sich zu zügeln und nur noch mit Bedacht von seiner Gabe Gebrauch zu machen: Fortan sagte er nur noch bestimmten, ausgewählten Menschen die Zukunft voraus, und er prophezeite nie wieder einen Todesfall oder den Verlust eines Familienbesitzes, sondern nur noch kleinere Mißgeschicke wie die Geburt einer weiteren Tochter oder einen Familienzwist, den ein noch unbekannter Unruhestifter entfachen würde. Und selbst solchen Mißgeschicken konnte vorgebeugt werden, wenn man gewisse Vorkehrungen traf, beispielsweise geweihtes Wasser trank oder spezielles Gebetspapier bei sich trug, zusammengerollt in einem kleinen Metallzylinder oder eingenäht in einem kleinen Stoffsack.

Die Frau des blinden Wahrsagers führte in einem Korb eine Vielzahl solcher Glücksbringer mit sich, die vor drohenden Gefahren schützten und für wenig Geld zu haben waren. Der Handel damit entwickelte sich zu einem einträglichen Geschäft. Darüber hinaus erzählte der Mann Geschichten, was weit weniger kostete, obwohl seine Geschichten zu den erstaunlichsten gehörten, die man je gehört hatte. Und er sagte Gewinnzahlen der Lotterie voraus, wofür die Frau kein Geld verlangte, sondern nur ein *ang pow,* wenn die Nummer gewann.

Einige Leute schüttelten den Kopf und sagten, die habgierige Frau habe eine göttliche Gabe zerstört, denn ohne Frage sei der Mann vom Himmelsgott dazu erkoren worden, auf Erden besondere Werke zu tun. Manchmal jedoch, so erzählten sie, entziehe er sich dem schlechten Einfluß der Frau, mache in aufsehenerregender Weise wieder von seiner Gabe Gebrauch und schreie, einen übernatürlichen Glanz in den blinden Augen, bei Blitz und Donner schreckliche Prophezeiungen heraus.

Die Mädchen hatten Longane-Tee aufgebrüht und in einer Kanne aus Ton warmgestellt und saßen nun auf Holzschemeln in der Küche, plauderten und kicherten und warteten auf das Eintreffen des Gastes. Goldener Farn, deren traurige Jahre als Wind-im-Kopf vorüber waren und deren richtiger Name ein Leben in Wohlstand und eine glückliche Ehe verhieß, war zu Besuch gekommen und hatte sich zu der begeisterten Kundschaft des berühmten Wahrsagers gesellt, um sich von ihm ihr Glück bestätigen zu lassen. Popo hatte ihre Schwester besucht und wollte die Gelegenheit dazu benutzen, um den erleuchteten Mann zu fragen, ob sie weitere Söhne bekommen würde und dazu ausersehen sei, ganz allein die Schmach ihrer drei Schwägerinnen wettzumachen, die zusammen nur fünf Töchter geboren hatten.

Choyin wollte, daß der Wahrsager auch einen Blick in die Vergangenheit warf: Was war mit dem Geld geschehen, das Chu, wie sie wußte, gespart hatte? Neuerdings, so sagte sie, erscheine ihr die tote Chu nämlich im Traum, ringe stets verzweifelt die Hände und bitte offensichtlich um Hilfe.

Punkt acht Uhr erschien der blinde Wahrsager mit seiner Frau, die eine brennende Laterne in der Hand trug. Beide waren mager, ja so spindeldürr, daß man meinen konnte, alles Fleisch müsse der verzehrenden Kraft seiner besonderen Gabe geopfert werden. Sie waren nur Haut und Knochen: Im Schein der Laterne wirkten die schroffen weißen Klippen ihrer Wangen und die tiefen dunklen Höhlen ihrer Augen erschreckend. Mit Laterne und Stock in der Hand sollten sie, ohne zu altern, noch in zwanzig, dreißig Jahren die Welt durchstreifen und alte Ängste und Hoffnungen aufrühren.

Es war einmal, sagte der alte Wahrsager, sobald ihn die Frau zu einem Stuhl geführt und ihm den Longane-Tee gereicht hatte. Er liebte es, den Abend mit einer Reihe spannender Geschichten zu eröffnen, die er mit volltönender, bebender Stimme vortrug. Die Hausmädchen scharten sich um ihn und lauschten begeistert.

Es war einmal ein alter Mann, der sich seinen Lebensunterhalt als Sänftenträger verdiente und beleibte, in Seide gehüllte Männer und deren Frauen bei glühender Hitze und bitterer Kälte über Brücken und Hügel schleppte. Eines Tages trugen er und sein Partner einen Mann, der gerade ein Geschäft abgeschlossen hatte und mit einer großen Geldsumme im Beutel auf dem Weg nach Hause war. Sein Partner raunte ihm zu: »Wir töten ihn, nehmen sein Geld und werfen seine Leiche in den Fluß.« Der Mann, der zeit seines Lebens ehrlich gewesen war, lehnte ab, und so schritt der Partner alleine zur Tat. Er erschlug den Geschäftsmann mit einem Stein, nahm das Geld und warf die Leiche in den Fluß.

»Das ist deine letzte Gelegenheit, das Geld zu teilen«, sagte er, doch der ehrliche Mann schüttelte nur den Kopf und lehnte ab.

Mit dem geraubten Geld gründete der Mörder ein Geschäft und wurde sehr reich. Bald war er einer der reichsten Männer im Dorf und lebte in einem großen Haus, während der ehrliche Mann arm blieb und mit seiner Familie weiterhin in einer schäbigen kleinen Hütte wohnte.

Jeden Tag wartete seine Frau beim Essen, bis er seine Schüssel Reis leer gegessen hatte, und fragte ihn dann, ob er eine zweite Portion wolle. Doch jedesmal schüttelte er traurig den Kopf und antwortete: »*Be to! Be to!*«, was »keine zweite Portion«, aber auch »kein Himmelsgott« bedeutete, denn viele Worte haben eine doppelte Bedeutung. So benutzte der Mann alle drei Mahlzeiten am Tag, um dem mächtigen Gott vorzuhalten, er habe keine Augen und Ohren und lasse es zu, daß es dem Schlechten gut und dem Guten schlecht gehe. Dann, eines Tages, hörte er, daß der reiche Mann mit seiner gesamten Familie bei einer Vergnügungsfahrt auf einem See ertrunken sei. Und bei der nächsten Mahlzeit bat er seine verdutzte Frau gleich mehrmals, seine Reisschüssel von neuem zu füllen. »Oo tee! Oo tee!« nickte er fröhlich. Denn endlich hatte der Himmelsgott Augen und Ohren aufgetan.

Eine böse Frau verwöhnte ihre leibliche Tochter, mißhandelte aber ihre Stieftochter. Eines Tages gab sie ihnen Maissamen, den sie auf ihrem Stück Land aussäen sollten, doch den Samen der Stieftochter hatte sie vorher gekocht, so daß er nie keimen würde. Als das Mädchen sah, daß seine Saat nicht aufging, starb es an gebrochenem Herzen.

Ein junger Bauer liebte seine Mutter so sehr, daß er jede Nacht sein Hemd auszog und die Stechmücken einlud, zu ihm zu kommen und ihn zu beißen, damit sie, satt wie sie waren, seine Mutter verschonten und in Ruhe schlafen ließen.

Eine schwangere Frau gelüstete es nach einer sehr seltenen Frucht, die im Garten des Kaisers wuchs. Eines Tages stahl sie eine und aß sie. Zur Strafe für den Frevel wurde sie getötet. Doch der Kaiser empfand tiefe Reue, als man später das Kind aus dem Leib der Toten zog, denn es lebte und knabberte an der Frucht.

Der blinde Wahrsager war ein wunderbarer Geschichtenerzähler und hätte wohl noch länger aus dem reichen Schatz der Überlieferung geschöpft, wenn ihn seine Frau nicht am Ärmel gezupft und an den eigentlichen Zweck des Abends erinnert hätte.

Die Hausmädchen merkten sich die Geschichten und erzählten sie später weiter, oft phantasievoll für ihre eigenen Zwecke ausgeschmückt, oder sie wählten aus der Vielfalt von Motiven einzelne aus, fügten sie neu zusammen und verwoben sie zu höchst originellen Geschichten über nachlässige Götter, sündige Menschen und unterdrückte Frauen.

Nach der Märchenstunde ging man zum ernsten Teil des Abends über und bat den blinden Wahrsager um seinen Rat. Was mußte man in der Gegenwart tun, um sich zu läutern und das zukünftige Leben zu versüßen? Das Neujahrsfest nahte, und der anstrengende einwöchige Frühjahrsputz, bei dem jedes Zimmer gründlich gelüftet und von allem Staub oder Ruß befreit wurde, mußte auch in den Kammern ihrer geheimen Wünsche und Ängste durchgeführt werden.

Der blinde Wahrsager kam ihrer Bitte nach, sprach aber beharrlich in schwer verständlichen Bildern, die so feierlich ernst klangen, daß die Mädchen sie nicht mit profanen Fragen zu entweihen wagten. Choyin, so sagte er, werde drei Gebirge und vier Gewässer überqueren. Popo müsse Wasser meiden, aber die Nähe von Holz und Feuer suchen.

Nur eine einzige Prophezeiung war unzweideutig, und sie betraf ausgerechnet jene Person, die über die Zukunft nichts zu wissen brauchte, weil sie gar keine hatte. Es war das Vorrecht eines göttlich Erleuchteten, wunderlich zu sein: Kaum war Spuckgesicht in die Küche getreten, hielt der blinde Wahrsager im Sprechen inne und wandte dem grinsenden Idioten das Gesicht zu.

»Du hast viel Geld bekommen«, sagte er. Die Enthüllung klang so unwahrscheinlich, daß man sie zunächst als Voraussage deutete. Da sie aber auch als solche noch unglaubhaft war, kam man endlich zu dem Schluß, daß es sich nur um einen freundlichen Fingerzeig handeln könne, sprich, daß Spuckgesicht als möglicher Vermittler der Gewinnzahlen in der Lotterie nicht außer acht gelassen werden dürfe. Und so kam es, daß Spuckgesicht unter dem aufgeregten Geschnatter der Mädchen aus einem Haufen zusammengerollter Zettel Zahlen ziehen mußte, eine Aufgabe, die ursprünglich dem blinden Wahrsager selbst zugedacht war.

Der Blinde wartete geduldig, während unter eifriger Mitwirkung seiner Frau die Zahlen gezogen wurden, und schlürfte seinen Longane-Tee. Er erstarrte, als eine weitere Person erschien.

»Göttin«, sagte er, als Han in die Küche trat. »Eine Göttin, die blutet.«

Für einen Augenblick wurde es still. Alle blickten auf und versuchten, die Worte des Mannes zu verstehen, doch sie blieben unverständlich wie so vieles, was er sagte, wenn ihn der Wahnsinn umfing. Am Ende wurde Han von den anderen umringt und aufgefordert, ebenfalls einige Glückszahlen zu ziehen.

»Wie seltsam!« rief jemand, denn ihre Zahlen stimmten genau mit Spuckgesichts Zahlen überein, und für den Rest des Abends bildeten der Idiot und das Mädchen ein Paar, das ein launischer Gott zum Werkzeug göttlicher Großzügigkeit erkoren hatte.

II Braut und Bräutigam saßen einander verlegen in ihrem Gemach gegenüber.

Der festliche Klang der Gläser und Stimmen, die zum Toast erhoben wurden, die Musik von hundert Flöten, Geigen und Becken, das Kreischen und Lachen von Kindern, die einander in der Menge von tausend Erwachsenen suchten und kleine fröhliche Grüppchen bildeten – der Lärm hatte sie bis zur Tür ihres Gemachs begleitet und dort verständlicherweise haltgemacht. Denn es war an der Zeit, das Brautpaar allein zu lassen.

Unter Menschen von geringerem Stand hätte man jetzt möglicherweise Steine an das Schlafzimmerfenster geworfen oder gar das Ehebett besetzt, um das schüchterne Paar zum Vollzug zu ermutigen, doch die Vereinigung des Hauses Wu mit dem Hause Chang duldete solch ein rüdes und vulgäres Verhalten nicht.

In dem großen Raum, der an das Hochzeitsgemach angrenzte, lag die Mitgift der Braut aus, und jeder einzelne Besucher war in ehrfürchtiges Schweigen verfallen, als sein Blick über die endlosen Reihen von Halsketten, Armbändern, Spangen, Broschen, Ringen und Fußreifen glitt. Bräute, die lediglich etwas Goldschmuck, ein paar Seidenkleider oder eine Nähmaschine als Mitgift bekamen, mußten beim Brautnecken unter Umständen zahlreiche Anzüglichkeiten, ja sogar obszöne Verse oder Liedchen über sich ergehen lassen. Doch Fräulein Li-Lis funkelnde Diamanten blendeten die Gäste so, daß sie aus Respekt von jeder frivolen Anspielung auf ihre sexuelle Initiation absahen. Selbst ein stark angetrunkener Cousin, ein Spielkamerad ihrer Kindheit, hatte lediglich sein Glas erhoben und dem Paar viele Söhne gewünscht. Er hatte geschwankt und leicht anzüglich gegrinst, dann war er umgekippt und hatte, unter lautem Gelächter, fortgetragen werden müssen.

Derselbe Cousin war schuld daran, daß der Braut Schauer über den Rücken liefen, als sie jetzt, dem Bräutigam halb zugewandt, auf einem Stuhl saß und mit ihren kleinen Händen ängstlich ein Taschentuch umklammerte und in ihren Schoß drückte. Denn er hatte ihr zur Hochzeit einen Schmuckgegenstand aus Jade geschenkt, der auf den ersten Blick an eine exotische Frucht oder Blume erinnerte, sich bei genauerem Hinsehen jedoch als kopulierendes Paar entpuppte, dessen Gliedmaßen raffiniert ineinander verschlungen waren. Er bildete, zusammen mit einer Spieldose, die in ihrem Innern ebenfalls ein leidenschaftlich kopulierendes Paar barg, die ganze Einführung Fräulein Li-Lis in die ungeschminkten Tatsachen des Ehelebens. Sie war beim Anblick des Geschenks errötet, hatte einen spitzen Schrei ausgestoßen und mit beiden Fäusten geziert auf den hinterhältigen Cousin eingetrommelt.

Ungestört in ihrem Zimmer, hatte sie die Figurinen lange betrachtet und jedesmal hastig weggestellt, wenn Schritte nahten. Kaum war sie allein, holte sie das faszinierende Geschenk wieder hervor und studierte es, auch im Hinblick auf ihr eigenes Eheleben, das in Bälde beginnen sollte. In Gedanken löste sie das Paar voneinander und setzte es wieder zusammen wie ein Kind, das in ein neues Spielzeug vertieft ist. Vor dem Spiegel betrachtete sie ihren schönen nackten Körper, errötete und unterdrückte ein Kichern. Die Neugier weckt in einem von Natur aus lebhaften Temperament ein überwältigendes Gefühl gespannter Erwartung. Bei den letzten Besuchen kurz vor der Hochzeit hatte sie verstohlene Blicke auf den schönen männlichen Körper geworfen, der bald nackt neben ihr in dem prächtig mit Satin und Seide ausgestatteten Ehebett liegen sollte. Ein freudiger Schauer durchlief sie, als sie ihm ein Tasse Tee reichte und dabei zufällig seine Hand streifte oder als sie bei einem entzückenden Ausflug im Wagen auf holpriger Straße gegen ihn geschleudert wurde und seinen Schenkel berührte.

Die Erfordernisse der Dynastie hatten Vorrang vor den Bedürfnissen des Fleisches. Ihre Mutter hatte sie eine Woche vor der Hochzeit auf die Seite genommen und zu ihr gesagt, daß nach Auskunft ihres Wahrsagers die eheliche Vereinigung erst am zweiten Tag erfolgen dürfe, da dies für die Zeugung vieler Söhne günstiger sei. Das Haus Chang erwarte von ihr einen ersten Enkel, das Haus Wu einen ersten Urenkel, und nichts dürfe der Erfüllung eines so wichtigen Anliegens im Wege stehen. Li-Li schlug die Augen nieder und errötete. Ihre Mutter hatte sie darauf besorgt angesehen und ihr geraten: »Sag, du seist unpäßlich. Reib dir mit Tigerbalsam die Schläfen ein.«

Doch alle Sorge war unnötig gewesen. Die unfeinen Gäste hatten dem Bräutigam am ersten Abend so viel Wein eingeflößt, daß er ins Bett fiel und bis zum Morgen durchschlief. Sie betrachtete sein Gesicht, während er schlief, dann wanderte ihr Blick hinunter, und wieder überkam sie, die an der Schwelle des Frauseins stand, ein erregender Schauer und durchströmte warm ihren Körper. Er murmelte etwas im Schlaf und streckte einen Arm aus, und sie berührte seine Handfläche zärtlich mit den Fingern.

Heute, am zweiten Abend, als sie nach einem festlichen Essen mit dem Patriarchen, der Herrin und einigen Verwandten wieder in ihr Zimmer zurückkehrten, sollten die dynastischen Forderungen mit der fleischlichen Begierde verschmelzen, sie einander näherbringen und zusammen zu dem einladenden Bett führen. Doch sie gingen sich noch immer verlegen aus dem Weg, sahen einander nicht an und schwiegen. Der Bräutigam saß auf einem Stuhl und zog verschiedene Gegenstände aus der Tasche, die er in aller Ausführlichkeit betrachtete. Er tat weitere alberne Dinge, die völlig unwichtig waren, und seine Ohren liefen rot an, was ein untrügliches Zeichen seines wachsenden Unbehagens war. Die Braut beobachtete ihn aus den Augenwinkeln. Schließlich murmelte er, daß er etwas im Nebenzimmer nachsehen müsse, stand auf und eilte hinaus. Die Braut blieb allein auf ihrem Stuhl zurück, biß sich auf die Lippe und blickte ernst zu Boden. Schließlich stand sie ebenfalls auf, zog ihr Nachthemd an, löschte das Licht und schlüpfte ins Bett, dessen mit einem Baldachin drapierte Pracht aus Samt und Seide ganz und gar nicht zu der Beklommenheit in ihrem Herzen paßte: Was, wenn sie nach der zweiten, dritten, siebten Nacht ihrer Mutter beichten mußte, daß ihr Mann sie noch nicht angerührt habe? Was, wenn dies böswilligen Spekulationen Vorschub leistete? Wenn behauptet wurde, er finde sie nicht attraktiv oder habe festgestellt, daß sie nicht unberührt sei? Das Los einer Braut, deren Schwiegereltern ihrer Familie rüde ein gebratenes Schwein mit abgehacktem Rüssel und abgehackten Ohren schickten, würde ihr zwar erspart bleiben, doch gegen das noch traurigere Schicksal einer Zurückweisung im Ehebett war sie nicht gefeit.

Mit einemmal wurde Li-Li sehr zornig. Sie war seine Frau, doch weder liebte er sie, noch begehrte er sie. Tränen traten ihr in die Augen. Sie hörte ihn zurückkommen, fühlte, wie das Bett wackelte, als er hereinkletterte und sich neben sie legte. Sie verharrte reglos, blieb auf der Seite liegen und kehrte ihm den Rücken zu. Sie spürte jede kleine Bewegung, wenn er an dem Kissen oder der Decke zupfte. Bald wurde es ruhig, und sie hörte ein tiefes Atmen: Er war eingeschlafen. Er war am ersten und zweiten Abend nach ihrer Hochzeit eingeschlafen, und sie lag wach und schrie innerlich vor Wut und Verlangen. Aus dem leisen Weinen wurde ein lautes Schluchzen. Sie spürte, wie er sich im Dunkeln regte, dann hochfuhr und sich ihr zuwandte.

»Was ist los?« fragte er sanft. Ohne eine Antwort abzuwarten, sagte er: »Weine nicht« und streckte gleichzeitig die Hand nach ihr aus. Sie wich vor seiner Berührung zurück und grub sich, von Schluchzern geschüttelt, tiefer in die warmen Kissen und Laken. Er setzte sich erschrocken auf, beugte sich zu ihr herüber und wiederholte besorgt: »Bitte, weine nicht.« Sie spürte den sanften Druck seiner Hand auf ihrer Schulter, spürte die sie umhüllende Nähe seines Körpers. Er konnte es nicht ertragen, wenn Frauen weinten, und so redete er weiter beruhigend auf sie ein, bis sie sich schließlich von ihm herumdrehen und in die Arme nehmen ließ. Die Folge war, daß sie noch heftiger weinte, und eine Zeitlang ließ sie ihren Gefühlen, dieser seltsamen Mischung aus Wut, Schmerz und Verlangen, die sie am Abend empfunden hatte, freien Lauf und heulte wie ein Kind. Aus Sorge, ihre Eltern könnten beunruhigt in der Tür erscheinen, nahm er sie noch fester in die Arme, streichelte ihr das Haar und sagte immer wieder: »Alles wird gut«, ohne recht zu wissen, was er damit meinte.

Ihr Schluchzen wurde schwächer, und dann lag sie still in seinen Armen und genoß das neue Gefühl der Berührung. Es steigerte sich rasch zu einem reinen Genuß: Sie spürte und roch seine Männlichkeit und drückte sich, begierig nach mehr, gegen ihn. Eine wohlige Wärme durchflutete ihren Körper, und sie streckte sich wie ein Katze und schmiegte sich lustvoll an jede Rundung seines Leibes. Das Weinen kehrte als sanftes Schnurren wieder und nahm einen anderen Charakter an, den Charakter reiner animalischer Körperlichkeit, die sich ihm bereitwillig mitteilte. Einen Augenblick später drückte er sie sanft in das Kissen und sank mit einem lustvollen Stöhnen auf sie nieder.

Mein Mann, dachte sie glühend vor Freude und Stolz, während sie sich im Rhythmus seiner Leidenschaft bewegte und einen scharfen Schmerz verspürte, der sogleich in wilde Lust überging: Ich bin so glücklich. Eine liebende Frau wittert auf dem Höhepunkt ihres Glücks die Gefahr. Sie roch die Derbheit des Bauernmädchens, die seinem Gesicht, seinem Mund, seinen Lenden entströmte. Als es vorüber war und sie ihre Morgenmäntel anzogen und beschlossen, zusammen ein Glas Wein zu trinken, hätte sie ihn fast gefragt: »Hast du mit dem Dienstmädchen geschlafen?« Doch in diesem Augenblick konnte sie die Frage nicht stellen, denn sie hätte möglicherweise eine Antwort erhalten, die sie nicht ertragen konnte und die ihr, einmal ausgesprochen, für immer den Frieden rauben würde. Sie goß ihrem Mann ein weiteres Glas ein, setzte sich ihm kokett auf den Schoß und dachte, während er mit beiden Händen ihre Hüften umschloß, verbittert: »Das Bauernmädchen quält mich noch in meinem Ehebett.«

Aber nicht mehr lange. Die Geburt eines Stammhalters würde alles ändern. Das Geschenk eines Sohnes verband Mann und Frau auf immer durch die heiligen Bande der Familie, die niemand, schon gar nicht ein Dienstmädchen, zerschneiden konnte.

Die Herrin des Hauses Chang sah ihrer Tochter jeden Tag prüfend ins Gesicht und suchte nach Anzeichen, die zur Hoffnung berechtigten. War sie blasser geworden? Hatte sie einen gesteigerten Appetit auf gesalzene Pflaumen? Vielleicht konnte man dem Glück nachhelfen mit einer besonderen Diät aus gesundem Ginseng, Vogelnestern und seltenen Kräutern und mit regelmäßigen Opfergaben im Tempel und am Ahnenaltar. Während die Herrin auf der einen Seite von den Göttern den Segen für ihre Tochter erflehte, tat sie auf der anderen Seite alles, um böse Geister fernzuhalten. So gab sie Anweisung, daß kein Nagel in die Wand geschlagen, kein Spiegel über einer Tür aufgehängt, kein Huhn im Haus geschlachtet werden durfte. Eines Morgens berichtete ein Diener schreckensbleich, daß die Katze der Familie, die unlängst geworfen hatte, in der Nacht ihre drei Jungen gefressen habe. Nur ein paar auf dem Boden verstreute Fellreste seien noch von ihnen übrig. Auch die Herrin erbleichte vor Schreck, und eine böse Ahnung befiel sie. Sie holte eilends den Rat des Tempelmediums ein. Sie erhielt von ihm eine Flasche mit geweihtem Wasser und ein Stück Papier, verbunden mit der Anweisung, das Papier zu verbrennen, die Asche in das geweihte Wasser zu mischen und Li-Li trinken zu lassen.

Eine schwangere Frau erblickte einen Affen in einem Käfig und trat törichterweise näher, um ihn sich anzusehen. Der Affe kreischte und schnitt ihr eine Grimasse. Sie erschrak, und das Baby, das sie später zur Welt brachte, hatte die Züge eines Affen, eine flache Stirn und überlange Arme. Eine andere Frau gebar ein entsetzlich mißgebildetes Kind, dem die Eingeweide aus dem Bauch hingen, genau wie einem Huhn, das sie im dritten Schwangerschaftsmonat auf dem Weg zum Markt auf der Straße gesehen hatte. Eine dritte Frau brachte einen Haufen lebender Krabben mit nach Hause und trennte ihnen mit einem Hackbeil die Füße ab; auch sie war schwanger, und ihr Kind kam mit kleinen Zehen auf die Welt, die große Ähnlichkeit mit einem abgehackten Krabbenfuß hatten.

Die Herrin Chang schirmte ihre Tochter gegen alle unansehnlichen Tiere und Menschen ab. Auf ihre Anweisung hin durften die Bettler, von denen viele mißgestaltet waren oder abstoßend aussahen, nicht mehr bis zur Eingangstreppe kommen, sondern mußten auf halbem Wege stehenbleiben und dort das übliche Almosen, Geld oder eine Tüte Reis, in Empfang nehmen. Sie beschwor ihre Tochter, das Haus nicht zu verlassen, da sie überall Gefahren lauern sah, doch die junge Dame bestand darauf, ihren Mann jedesmal zu begleiten, wenn er seine Großeltern besuchte. Und er besuchte sie häufig, denn er vermißte seinen Großvater sehr. Allerdings wäre er lieber alleine gefahren, denn für seinen Geschmack machten die Dienstmädchen unnötig viel Aufhebens, wenn seine Frau mitkam.

Der gemeinsame Besuch am ersten Tag im neuen Jahr war ein Akt der Pflicht, mit dem sie seinen Großeltern ihren

Respekt erwiesen. Die glühende Verehrung, die Choyin und die anderen Bediensteten des Hauses Wu Fräulein Li-Li bei jeder ihrer Visiten entgegengebracht hatten, wurde nun noch dadurch verstärkt, daß sie die Gattin des jungen Herrn war. Mehrere sichtbare Zeichen erinnerten an diesen Status, so etwa die neue, gesetztere Frisur – hatte sie als Kind zwei seitliche Haarknoten getragen, so trug sie jetzt nur noch einen im Nakken – und der Familienschmuck an Ohren, Hals und Brust, an Handgelenken, Fingern und Fußknöcheln. Li-Li selbst freute sich am meisten darüber, daß sie jetzt vor aller Augen ganz dicht neben ihrem Mann stehen konnte. Wenn sie sich mit ihrem zierlichen Arm bei ihm unterhakte, so war diese Geste Ausdruck ihres Besitzanspruchs und zugleich eine deutliche Warnung: Er gehört mir, Hände weg von ihm.

Und dies war auch das erste, was sie bei ihrem heutigen Besuch im Hause Wu tat. Sie hakte sich bei ihm unter, ließ den Blick über die Hausmädchen im Raum schweifen und hielt erst inne, als Choyin ihr zuraunte: »Sie ist im Hof und hängt Wäsche auf. Doch zur Zeremonie wird sie hier sein.« Es war Brauch, daß die Herrin des Hauses Chang oder eine Vertreterin in der Zeit um Neujahr jeder Bediensteten feierlich ein *ang pow* überreichte. Als frischgebackener Ehefrau fiel nun Li-Li diese Aufgabe zu. Sie hatte sich darauf gefreut, und sei es nur, weil das Bauernmädchen gezwungen sein würde, zu ihr nach vorn zu kommen, das Geld in Empfang zu nehmen und damit stillschweigend ihre Niederlage einzugestehen: Sie sind die Frau des jungen Herrn Wu. Ich bin nur eine Dienerin.

Der junge Herr begab sich eilends zu seinem Großvater. Wie der alte Mann wollte er mit den kleinen weiblichen Gehässigkeiten nichts zu tun haben, die er jedesmal witterte, wenn er die beiden miteinander tuscheln sah.

»Da ist sie«, dachte Li-Li, als Han den Raum betrat und sich in die Schlange der Mädchen einreihte, die ihr *ang pow* abholten. Wie immer mischte sich in ihr Triumphgefühl die demütigende Erkenntnis, daß sie sich mit einer Dienerin abgeben mußte. Eine ihrer Tanten hatte ihren Gatten gescholten, als er sich eine zweite Frau nahm. Nicht weil er sich eine Frau nahm, denn das stand ihm als wohlhabendem Mann zu, sondern weil die Familie der Frau zum Pöbel gehörte: Ihr Vater war Rikscha-Kuli, ihre Mutter eine Schwindsüchtige.

Mit königlicher Eleganz überreichte Li-Li jedem Mädchen ein *ang pow* und dazu zwei Glücksorangen. Unterstützt von ihrer Zofe, die ihr das Geschenk hinstreckte, wenn die jeweilige Empfängerin vortrat, setzte sie damit eine Tradition des Hauses Chang fort, denn die Frauen der Familie verteilten regelmäßig Lebensmittel und Geld an die Armen, um die Götter gnädig zu stimmen und ihren Wohlstand zu sichern.

»Danke«, sagte Han und ging weiter. Li-Li blickte ihr eine Weile nach. Auf dich wird man weiter aufpassen müssen, drückte ihr Blick aus. Und Choyins Blick folgte dem ihren und schien zu sagen: Dafür bin ich die Richtige. Dieses Mädchen ist gefährlich. Sie ist schlimmer als ein Dämon. Li-Li sah zur Tür, zuckte beim Anblick der Person, die jetzt den Raum betrat, zusammen und wandte sich angewidert ab. Spuckgesicht, den kindliche Neugier und die Hoffnung, etwas zu erleben, immer dorthin trieben, wo Menschen sich versammelten, humpelte grinsend herein und stellte sich frech zu den Mädchen, um sich seinen Anteil an dem zu sichern, was vorn verteilt wurde. Li-Li hatte sich als Kind nie an der Anwesenheit des Idioten gestört und gelegentlich sogar mit ihm gespielt, und so war Choyin über ihren offenkundigen Widerwillen verblüfft. Ihr Blick wanderte von Li-Li, die merklich blaß geworden war und sich ein Taschentuch vor den Mund hielt, zu dem wie immer ungepflegten Spuckgesicht mit seinen häßlich vorquellenden Augen und seinen scheußlich verfärbten Zähnen.

Dann begriff sie. Vielleicht auch deshalb, weil Li-Li sich plötzlich die zierliche Hand auf den Bauch legte, wie um ein keimendes Leben vor dem Schock einer Begegnung zu schützen, die ebenso unheimlich war wie die zwischen einer Frau und einem Affen im Käfig oder einem überfahrenen Huhn auf der Straße.

»Verschwinde!« schrie sie Spuckgesicht an. »Mach, daß du rauskommst!« Er war gern hier und grinste sie nur an.

»Er will ein *ang pow*«, sagte Peipei nervös, und Choyin riß der Zofe Li-Lis einen Umschlag aus der Hand und drückte ihn Spuckgesicht in die Hand. »Raus! Sofort raus mit dir!« brüllte sie wieder und begann, ihn zu stoßen. Völlig verwirrt hörte Spuckgesicht auf zu lächeln und blickte sich stammelnd um.

Ein plötzliches Schluchzen der angsterfüllten Li-Li verdoppelte Choyins Kräfte. Mit ihren dünnen Armen schlug sie auf den Idioten ein und schrie noch aufgebrachter: »Raus hier! Verstehst du denn nicht, du Idiot? Raus!«

Wie ein verwirrtes Kind verzog Spuckgesicht das Gesicht und wollte schreien. Da spürte er, wie ihn zwei Hände sanft am Arm nahmen, und er vernahm eine Stimme, die ebenso sanft zu ihm sagte: »Gehen wir.« Und schon lächelte er wieder. Mit verblüffender Schnelligkeit hatte sich seine Miene seinen Stimmungen angepaßt und innerhalb von Sekunden zuerst Freude, dann Verwirrung und Furcht ausgedrückt. Jetzt war sie wieder zur Freude zurückgekehrt, denn es war Han, die zu ihm getreten war und ihn freundlich am Arm hielt.

»Gehen wir«, wiederholte sie und verließ mit ihm zusammen den Raum.

Mittel zur Beruhigung der leidenden Li-Li wurden herbeigeschafft: Mädchen rannten mit heißem Wasser, Tee und Tigerbalsam hin und her. Li-Li stieß gequält eine Bitte hervor: Sie wolle ihren Mann sehen. Sofort eilte jemand zu den Gemächern des Großvaters, um den jungen Herrn zu holen. Als er mit besorgter Miene erschien, war seine Frau der Hysterie nahe. Sie rannte ihm entgegen und brach in Schluchzen aus. Es dauerte eine Weile, bis er begriff, was geschehen war. Und als er begriffen hatte, verrieten die Anspannung in seinem Gesicht und das Zittern seiner Stimme, daß er sich nur mit Mühe beherrschen konnte. Am liebsten hätte er die dummen Frauenzimmer angebrüllt, die sich wegen eines harmlosen Dummkopfs aufregten, der seit vielen Jahren unter ihnen lebte, doch er hatte den Schein perfekter ehelicher Harmonie zu wahren, und so sagte er beruhigend zu Li-Li: »Ist ja gut, alles kommt wieder in Ordnung.« Wieder fragte er sich, was er mit dieser Banalität, die er voraussichtlich noch öfter würde sagen müssen, eigentlich meinte. Li-Li schniefte und schneuzte in ihr Taschentuch, die bemitleidenswerte, liebende Ehefrau, die bei jeder kleinen Panne ihren gleichgültigen Mann zwang, an ihre Seite zu eilen und öffentlich seine Liebe zu demonstrieren. Sie umklammerte fest seinen Arm und fand Trost bei dem Gedanken, daß alle seine liebevollen Worte hören konnten. »Dieser Narr«, sagte Choyin und schüttelte den Kopf angesichts der Ungeheuerlichkeit, daß Spuckgesicht einem Stammhalter der Häuser Wu und Chang Schaden zufügen könnte. »Seien Sie versichert«, sagte sie zu Li-Li, »daß der Idiot von heute an nicht mehr in der Nähe sein wird, wenn Sie zu Besuch kommen.«

Der so Geschmähte saß derweil arglos auf einem Hocker neben der Auffahrt vor dem Haus. Er hatte folgsam und freudig genickt, als Han ihn zu der Stelle geführt, den Hocker geholt und ihn aufgefordert hatte, sich zu setzen. Jetzt zog sie ihm Li-Lis *ang pow* aus der Tasche, das man ihm so widerwillig gegeben hatte, zerknüllte es in der Hand und warf es in die Einfahrt. Spuckgesicht stieß einen Schreckensruf aus und sah sie verwirrt an, doch er wäre eher über glühende Kohlen gelaufen, als etwas aufzuheben, das Han so zornig weggeworfen hatte. Er beobachtete sie: Sie zog ein Bündel Geldscheine aus der Tasche, das sie, nachdem sie ihn aus dem Raum geführt und mit einem heißen Getränk beruhigt hatte, aus dem Versteck in seinem Schrank im Holzschuppen geholt hatte. Sie drückte ihm die Scheine in die Hand und zeigte ihm, wie er sie halten sollte. Er sollte sie nicht einfach halten, sondern auch mit ihnen spielen – sie fächerförmig ausbreiten wie Spielkarten, von einer Hand in die andere nehmen, auf dem Boden verstreuen und wieder aufheben. Sie zeigte Spuckgesicht genau, was sie von ihm erwartete, und er tat es vergnügt, wobei er unablässig zu ihr aufschaute, um sich zu vergewissern, daß er auch alles richtig machte.

Als Stimmen und Schritte nahten, trat sie zurück, schlüpfte hinter eine Säule und bedeutete Spuckgesicht, in seinem Tun fortzufahren. Er gehorchte und machte seine Sache so gut, daß Li-Li und Choyin auf ihrem Weg zu dem in der Auffahrt wartenden Wagen verdutzt stehenblieben, als sie ihn erblickten. Er hatte die selbstbewußte Haltung eines Mannes, der so viel Geld hat, daß er es sich leisten konnte, Geld wegzuwerfen, das man ihm nicht gern gegeben hatte. Ihre Augen wanderten von den Scheinen in seiner Hand zu dem *ang pow,* das in der Nähe des Autos zerknüllt auf dem Boden lag.

Verblüfft sahen sie einander an, dann wanderten ihre Blicke zurück und fielen auf Han, die inzwischen wieder vorgetreten war und nun neben Spuckgesicht stand. Das Geld in Spuckgesichts Hand, das verschmähte *ang pow,* das Auftauchen des impertinenten Mädchens – dies alles hing miteinander zusammen und war eine erneute Herausforderung. Von diesem Mädchen ging ein bedrohlicher dämonischer Einfluß aus, der zu gefährlich war, als daß man ihn ignorieren konnte.

Und daß er gefährlich war, wurde sogleich bestätigt. Li-Li stieg in den Wagen, und ihr Mann folgte ihr. Da sah sie, wie er sich kurz umdrehte, wie er zu dem Mädchen hinübersah und wie sie ihm einen wissenden Blick zuwarf. Ein Laut des Erschreckens entfuhr ihr, erstickte sogleich in ihrer Wut. Sie schielte nach ihrem Mann und sah, daß er starr geradeaus blickte. Die ganze Heimfahrt über sprach sie kein einziges Wort und preßte sich das Taschentuch auf den Mund.

III Sie watete nahe am Ufer im Teich. Sie hatte sich nicht die Mühe gemacht, die Hosenbeine hochzukrempeln, denn sie wollte, daß ihre Hosen naß wurden, und ihre Bluse auch. Und so tauchte sie langsam bis zum Hals ins Wasser und richtete sich wieder auf. Auch ohne Spiegel sah sie die volle Schönheit ihres Körpers, der sich unter der nassen Bluse abzeichnete. Sie fühlte die feste Form ihrer Brüste, die sie stolz und ebenso entschlossen herausstreckte, wie sie sie früher eingezogen und vor den neugierigen Blicken der verhaßten Männer in dem großen Haus verborgen hatte. Sie wandte das Gesicht langsam der Göttin im Schrein zu, der bedauernswerten kleinen Göttin, die ihrer Augen, Ohren und auch Brüste beraubt worden war und der sie eines Tages, so hatte sie gelobt, ihre ganze Schönheit zurückgeben würde. »Ich danke dir, liebe Göttin«, sagte sie, und sie bedankte sich für vieles, auch für die Großmut, mit der die Göttin bedrückten Seelen half, obwohl sie selbst noch immer unter der schlechten Behandlung des Himmelsgotts litt. Der Gott würde allzeit in prächtigen goldenen Tempeln herrschen und seine Blitze über den Himmel schleudern, während sie auf ewig in ihrem armseligen kleinen Schrein eingesperrt blieb und mit hundertjähriger Taubheit geschlagen war.

Ich danke dir, daß Goldener Farn einen Sohn bekommen hat. Die Geburt des Jungen hatte das arme Mädchen von seinen letzten Ängsten erlöst. Ihr glücklicher Ehemann, der Schuhmacher, hatte ihr Geld für eine goldene Kette gegeben und sie damit zu Tränen gerührt. Da sie nicht wußte, daß Han bei der Göttin Fürbitte für sie eingelegt hatte, hatte sie dem Himmelsgott gedankt, und auch dem blinden Wahrsager, der ihr prophezeit hatte, daß sie viele Söhne bekommen würde.

»Ich danke dir, daß Ältester Bruder zu Wohlstand gekommen ist.« Sie selbst wollte an diesem Wohlstand nicht teilhaben, doch ihren Bruder machte er sehr glücklich, und er hatte auch dazu beigetragen, daß es ihm gesundheitlich viel besser ging. Er protzte jetzt mit seinen Goldzähnen.

»Ich danke dir für die Erlösung meiner Mutter.« Denn die Mutter war ihr im Traum erschienen. Endlich hatte sich das Höllentor für sie geöffnet, endlich hatte sie die Strafe dafür abgebüßt, daß sie Kinder verkauft hatte.

»Ich danke dir für ...«

Die Litanei endete, als sie das Nahen des einen Menschen bemerkte, für den sie sich stets am lautesten bedankte. Sogleich widmete sie ihm die Bekenntnisse ihres Herzens, und sie wußte, daß die Göttin mild und verständnisvoll lächeln würde. Und so stand sie im Teich, wusch sich abermals das Gesicht und wartete darauf, daß er zu ihr kam, wobei sie mit einem Lächeln bemerkte, daß der Mond, der heute viel heller schien als bei ihrer letzten Begegnung, ihr Geschenk an ihn noch besser zur Geltung bringen würde.

Er sah sie. Er glaubte, noch nie etwas so Schönes gesehen zu haben – eine Frau, bekleidet und doch nackt, die im Mondschein wie eine Fee aus dem Wasser zu ihm heraufstieg. Das Überraschungsmoment sorgte für weitere Überraschungen: Statt in der Aufwallung des Blutes zu ihr zu eilen, blieb er zu seinem eigenen Erstaunen dort, wo er war, rollte in aller Ruhe die Matte auf dem Boden aus – eine große Matte, denn über der Leidenschaft darf die Bequemlichkeit nicht vergessen werden –, setzte sich und wartete. Als er sie auf sich zukommen sah – sie eine ergebene Wasserfee, er ein kühler mächtiger Sterblicher –, lächelte er und dachte: Wie glücklich sie mich macht. Er war zum Spielen aufgelegt, wie er es in keinem der beiden großen Häuser jemals war, wo er sich hundert Zwängen zu beugen hatte. Und dies war ein entzückendes Spiel, bei dem eine schöne, sinnliche Frau nackt auf einen Mann zuging, ihn verführte und zur Annahme ihres Geschenks überredete. Im ehelichen Schlafzimmer war es der Mann, der überredete und alles tat, um die Leidenschaft der schüchternen Frau zu entfesseln, die vor Scham erröten würde, wenn sie es selbst tun müßte. Die Umkehrung der Rollen war erregend. Das Vergnügen des Mannes an seiner Dominanz bestand auch darin, einen kleinen Teil dieser Dominanz abzutreten, sich zurückzulehnen und der kleinen Frau ihren Willen zu lassen. Sie schlüpfte leicht in diese Rolle, wie sie es schon in ihrer Kindheit getan hatte, erspürte jedes Bedürfnis, jeden kleinen Wunsch und stellte sich rasch darauf ein. So kam es, daß sie jetzt abrupt kehrtmachte, zum Teich zurückging und für ihn wieder zur Wassergöttin wurde. Diesmal aber tanzte sie nicht den Mond an, sondern bewegte sich langsam, damit der Mond seinen neckischen Tanz auf ihrem Körper vollführen und sie in ihrer ganzen Schönheit erstrahlen lassen konnte, bevor sie sich ihm zum Geschenk machte.

Er rannte zum Ufer, zog sie an der Hand aus dem Wasser und zerrte sie, immer noch rennend, zu der Matte.

Zwei Verliebte, die wie spielende Kinder unschuldig durch die freie Natur tollten, um die unangenehme Erinnerung an die mißglückte Liebesnacht in einem geschlossenen Raum aus dem Gedächtnis zu tilgen.

Das Spiel war damit noch nicht zu Ende. Als Vorspiel zur Leidenschaft zeigte es selbst keine Spur von Leidenschaft. Wie ein besorgter Vater, und nicht wie ein ungeduldiger Liebhaber, trocknete er ihr das Haar behutsam mit einem Handtuch – die praktische Matte, das praktische Handtuch, beides in einem kleinen Korb mitgebracht. In Erinnerung an die Sorgfalt, mit der das Kindermädchen seinen triefenden kleinen Körper nach dem Baden abgerieben hatte, trocknete er ihr nun die Augen, die Ohren, und sie saß reglos da wie ein Kind, das sich brav der Pflege mit Handtuch, Kamm und Bürste unterwarf.

Weitere kindliche Spiele und Tricks folgten. Sie zog Reiskuchen aus ihrem Korb, eine Liebesspeise, mit der sich Götter und Sterbliche gegenseitig fütterten. Sie schoben sich den Reiskuchen gegenseitig in den Mund. Damit taten sie genau dasselbe wie frischvermählte Brautleute beim Hochzeitsbankett, wenn sie einander unter dem Beifall der Gäste durch gegenseitiges Füttern Liebe gelobten. Das kleine Stück Reiskuchen, das sie ihm hinhielt und das er gierig mit dem Mund aufnahm, hob den Löffel voll seltener Haifischflossen- oder Vogelnestsuppe auf, den ihm Li-Li bei der Hochzeit darbieten mußte. Und das größere Liebesmahl, zu dem sie ihn jetzt einlud, als sie ihm mit dem feuchten Handtuch den Mund abwischte, den Rest der Speise wegschob und ihn sanft auf die Matte zog, würde die Liebe auf Satin und Seide aufheben. Sie konnte ihm ihre Liebe an keinem anderen Ort schenken als hier, in ihrem Reich, in der wohltuenden Umgebung von Bäumen und Wasser. Nur hier konnte sie die Fesseln ihres Dienstbotendaseins abwerfen und ihre ganze weibliche Schönheit und Macht entfalten. Nicht weniger eine Göttin wie jene aus Stein, die sie verehrte, wollte sie alle Mittel aufbieten, um diesen Mann, den sie aus ganzem Herzen liebte, seiner Welt zu entreißen und in ihre herüberzuziehen.

Einmal im Monat, hatte er gesagt. Einmal im Monat könne er sie treffen. Liebe, von festen Intervallen unterbrochen wie das Erscheinen des Vollmonds am Himmel oder die Wiederkehr des geheimen Bluts einer Frau.

Sie konnten sich nur hier am Teich treffen, einen anderen Ort gab es nicht. Auf das Warum brauchte nicht näher eingegangen zu werden. Da waren zunächst seine Frau und Choyin, ihre Spionin, die wahrscheinlich Bescheid wußten, dann seine Großeltern, die es nie erfahren durften. Doch das größte Hindernis waren nach wie vor sie selbst: er, der junge Herr Wu, sie, das Dienstmädchen Han. Keine tiefere Kluft hätte sie trennen können. Wäre er weniger und sie mehr gewesen, so hätten sie vielleicht eine ordnungsgemäße Verbindung eingehen können. Sie hätten ein richtiges Mahl am Tisch der Liebe genießen können und sich nicht mit wenigen heimlichen Stunden begnügen müssen.

Was? Eine Dienerin als Zweitfrau? Weshalb den Namen Wu beflecken? Nimm dir das Mädchen, nimm dir so viele, wie du willst. Aber als Zweitfrau? Weshalb den Ruf des Hauses Wu ruinieren?

Und so kam er zu ihr und sagte, einmal im Monat, nicht öfter.

Eine liebende Frau strebt mit der grimmigen Entschlossenheit eines Flüchtlings ihrem Ziel zu. Ich werde ihm dieses eine Mal im Monat so unvergeßlich machen, dachte sie, daß er die vielen Male im Monat mit ihr verschmähen wird.

So entschlossen, wie sie ihn als Kind mit gefangenen Raupen und Ameisen oder mit improvisierten Spielen von seinen prächtigen Spielsachen weggelockt hatte, so entschlossen und zielstrebig stellte sie jetzt jedes Glied und jeden Muskel allein in den Dienst seines Vergnügens. Doch in Wahrheit bedurfte sie keiner List, denn wenn er bei ihr war und sie berührte, wurde ihre Liebe so unermeßlich groß, daß sie jede andere Regung bezwang und sie beide auf einer Welle spontaner Freude emportrug. Ihr Geist, ihre Seele und ihr Körper paßten sich jeder Nuance seines Denkens, seines Fühlens und seiner Lust an. Sie verlor sich in ihm.

Mit derselben Ehrfurcht, die er an jenem Abend empfunden hatte, als sie sich seiner Zudringlichkeit mit dem Messer erwehrte, sich dann schluchzend an ihn schmiegte und ihm ihr einfaches, treues Herz öffnete, dachte er: Diese Frau liebt mich. Sie würde für mich sterben.

Das heftige Auflodern ihrer Sehnsucht führte sie zusammen.

Noch konnten Hans Gedanken abschweifen, die Macht der Sehnsucht, wenn auch nur für einen Moment, überwinden und sich der nüchternen Realität zuwenden: Dieser Mann liebt mich. Doch er würde niemals für mich sterben. Es gibt zu viele andere Dinge, für die er sterben würde.

Doch solche Gedanken wurden verdrängt und in die nächtlichen Stunden verbannt, in denen sie schlaflos auf ihrer Matte am Boden lag. Sie gehörten nicht in die Gegenwart, die in der Reinheit und Kraft ihrer Leidenschaft sorgsam bewahrt werden mußte. Hier, an diesem abgeschiedenen Ort, auf der Matte, nackt in ihren nassen Kleidern, wenn sie ihn nach unsäglich langen, einsamen Tagen endlich wiedersah, verstand und wollte sie nur die Leidenschaft des Fleisches, und so ließ sie ihn die ganze Macht ihrer Sehnsucht spüren. Sie schenkte ihm ihren Körper und forderte seinen dafür. Er war darüber verblüfft und erfreut. Während sie sich genüßlich und stürmisch liebten, wunderte er sich in einem Teil seines Gehirns mit einer gewissen Belustigung über die unvermutete Sinnlichkeit dieser sittsamen kleinen Hände, die es gewohnt waren, Tee zu servieren oder anderen den Rücken zu massieren, und in einem anderen Teil fragte er sich mit noch größerer Belustigung, ob die Liebe auf einer Matte in mückenverseuchter Wildnis an einem Teich besser sein könne als die Liebe auf Seide und Satin.

Er stützte sich auf einen Ellbogen und betrachtete im Mondschein die geliebte Frau, die, noch immer keuchend und nach Atem ringend, neben ihm auf der Matte lag und deren nasses Haar sich in Locken um ihren Kopf ringelte. Ich liebe sie, dachte er wieder. Ich könnte nicht ohne sie leben. Die Leidenschaft ging in die ruhigere Phase gemeinsamen Nachsinnens über. Sie lagen warm nebeneinander und begannen zu reden. Da sie alles fürchteten, was den Zauber der Gegenwart stören konnte, vermieden sie in stillem Einvernehmen jede Anspielung auf die Zukunft. Und da sie eine Störung durch Li-Lis

Namen fürchteten, mieden sie schließlich auch alle anderen Namen. Nur über sich selbst konnten sie frei und unbeschwert sprechen. Sie sprachen über ihr erstes Stelldichein am Teich, als sie ihn mit der Göttin bekannt gemacht hatte. Die arme Göttin, sagte sie, werde ihren Kopf verlieren; sie habe rund um ihren Hals Risse entdeckt, und an einem der nächsten Tage werde der Kopf herunterfallen. Er versprach ihr, den Kopf bei seinem nächsten Besuch zu reparieren. Er habe zwar keine Ahnung, wie man den Kopf einer Göttin repariere, doch sie könne sich auf ihn verlassen. Danach sprachen sie wieder über sich selbst, wobei sie diesmal zu ihrer Kindheit zurückkehrten, aus der sie die wunderbarsten Erinnerungen schöpften, die sie schamlos veränderten und ausschmückten, denn die Vergangenheit war nur gut, wenn sie die Bedürfnisse des Herzens in der Gegenwart befriedigte. So hatte er niemals den Käfig mit dem toten Vogel, ihr mitleiderregendes Geschenk, zurückgewiesen, war niemals auf die Laterne getreten, die sie ihm geschenkt hatte, hatte sie niemals angeschrien, und sie hatte sich an dem Tag seiner Abreise nicht die Seele aus dem Leib geweint. Seit der Zeit, als er sie vom Tod errettete und als sie ihn von dem noch schlimmeren Los einer einsamen Kindheit bewahrte, hatten sie nie aufgehört, einander zu lieben.

Sie lagen aneinandergeschmiegt auf der Matte am Boden, über ihnen der dunkle Nachthimmel, und ihre Welt schrumpfte auf einen glücklichen Kosmos der Zweisamkeit. Und so verflüchtigte sich die Vergangenheit wie der Dunst über dem Teich, wie die von einem letzten Besuch zurückgebliebene Asche der Räucherstäbchen im Schrein, die in die Erde gespült worden war.

Sie wollte ihm etwas schenken. Sie löste das Armband mit dem Jadebildnis des Himmelsgotts von ihrem Handgelenk und forderte ihn auf, die Hand auszustrecken.

»Keine Geschenke mehr«, sagte er. »Du hast mir schon zu viele gegeben.«

Sie band sich das Armband wieder um. »Aber eines Tages möchte ich es dir schenken«, sagte sie und setzte langsam hinzu: »Vielleicht zur Geburt unseres Sohnes.«

Die Beschwörung der Zukunft war gefährlich und brach den Bann. Sie hätte so etwas nicht sagen dürfen. Lange Zeit lagen sie reglos da und schwiegen.

Stand eine Frau im Verdacht, mit einem Mann zusammengewesen zu sein, konnte sie zum Beweis gewogen werden, denn eine Frau, so hieß es, sei nach der Liebe schwerer. Ein Mann wurde nicht gewogen, sondern einer Geruchsprobe unterzogen. Seine Ehefrau roch die Untreue in seinen Haaren und Lenden.

Er stand auf und sagte: »Ich muß gehen.«

Immer muß er gehen, dachte sie. Als ich dreizehn war, ging er von mir fort, und seitdem ist er immer fortgegangen. Selbst im Traum bleibt er nur kurze Zeit.

Doch in einem Monat würden sie sich wieder treffen.

IV Chu stürzte sich wütend auf sie.
»Warum hast du Spuckgesicht das Geld gegeben?«
fragte sie.

»Aber du hast es mir doch geschenkt. Ich dachte, ich könnte damit tun, was ich wollte«, antwortete Han und hätte gerne hinzugefügt: »Du bist doch tot. Du hast dich erhängt, erinnerst du dich? Wie kannst du dann so mit mir reden?« Doch dies wäre eine Unhöflichkeit gewesen, und so verkniff sie sich die Frage ebenso wie die Bemerkung, die ihr auf der Zunge lag, nämlich daß es höchst befremdend und unschicklich von Chu sei, ohne Pantoffeln oder Sandalen durchs Haus zu laufen, und obendrein mit offener Bluse, so daß ihre Brüste zu sehen waren.

»Ich dachte! Ich dachte!« murrte Chu. Sie sah besser aus als im Leben und hatte offenbar beträchtlich zugenommen, denn ihre Brüste, in Hans Erinnerung flach und hart, waren rund und voll, wie um ein Neugeborenes zu stillen. »Wie soll ich das Choyin erklären? Sie ist mir böse, denn sie meint, daß ihr das Geld zugestanden hätte. Sie belästigt mich Tag und Nacht. Sei auf der Hut. Sie hat es auf dich abgesehen. Der blinde Wahrsager hat ihr alles erzählt. Wir sind beide in Schwierigkeiten.«

»Warum solltest du dir Choyins wegen Sorgen machen? Du hast sie doch gehaßt«, erwiderte Han, doch Chu faselte weiter, rang die Hände und sagte: »Sie gibt uns die Schuld, wenn Spuckgesicht etwas zustößt. Er ist ein Idiot. Wie konntest du mein Geld einem Idioten geben? Hast du gewußt, daß der Dummkopf auf dem Marktplatz steht und jedem, der vorbeikommt, ein *ang pow* gibt? Er sagt, er sei der Affengott und vom Himmel herabgestiegen, um alle Menschen zu beschenken.«

»Das ist nicht wahr«, entgegnete Han. »Ich kann es beweisen.« Aber Chu war nicht mehr da.

Sie rief laut nach ihr, und eine Frau erschien. Es war nicht Chu, sondern die alte *Keo-Kia*-Frau.

»Warum bist du immer noch hier?« fragte Han.

»Einige wandeln für immer auf der Erde«, antwortete die alte *Keo-Kia*-Frau traurig.

»Warum bist du immer noch naß?« fragte Han. »Nach all den Jahren müßten dein Haar und deine Kleider doch endlich trocken sein.«

Die alte Frau legte einen Finger an die Lippen, wie sie es häufig tat, wenn Menschen in ihren Augen unhöflich oder unfreundlich wurden.

»Folge mir«, sagte sie.

»Das letzte Mal, als ich das tat, bist du verschwunden«, sagte Han.

»Folge mir«, wiederholte sie.

»Nur wenn du mich zu Chu führst«, sagte Han. »Sie ist mir böse. Ich muß ihr alles erklären. Ich möchte nicht, daß Chu so betrübt ist.«

»Gut«, sagte die alte *Keo-Kia*-Frau.

»Das letzte Mal, als ich dir folgen sollte, hast du mich zu einer Leiche geführt, die von der Decke hing«, sagte Han vorwurfsvoll. »Ich will nicht, daß so etwas noch einmal passiert. Ich will sehen, daß Chu lebt, daß es ihr gutgeht und daß sie glücklich ist.«

Chu lebte, aber es ging ihr alles andere als gut und sie war alles andere als glücklich.

»Jetzt verstehe ich, warum ihre Bluse offenstand«, dachte

Han. Denn sie sah Chu nackt unter dem Alten in dessen Bett liegen. Er saugte an ihren Brüsten wie ein gieriger Säugling, und gleichzeitig drang er so brutal in sie ein, daß sie schrie.

»Siehst du, was er mit mir macht?« weinte sie. »Seit zwanzig Jahren quält er mich.«

Der Alte nahm den Mund von ihrer Brust und sagte: »Wer quält hier wen seit zwanzig Jahren? Du mischst mir Vogelscheiße ins Essen. Du!« Dann machte er sich, ohne die beiden anderen zu beachten, wieder über ihre Brüste, ihre Schenkel und das Weiche dazwischen her, wie ein Eber, der gierig über einen Futtertrog herfällt, entschlossen, sich satt zu fressen.

»Rette mich!« schrie Chu.

»Wir hängen ihn auf!« rief die alte *Keo-Kia*-Frau, und im nächsten Moment legten sie und Chu dem Alten die Schlinge um den Hals. Er wurde schlaff wie ein gerupftes Huhn, das, bereit für den Suppentopf, an einem Eisenhaken hängt. Seine Füße zeigten nach unten.

»Das wird dir eine Lehre sein!« kreischte Chu und machte die obszöne Fingerkolbengeste.

»Ihr habt den Falschen aufgehängt!« schrie Han, denn die Leiche hatte sich langsam gedreht und wendete ihr nun das Gesicht zu. Es war Spuckgesicht, nicht der Alte. Spuckgesichts Augen quollen bizarr hervor, und die Zunge hing ihm dick und blau aus dem Mund.

Han stürzte sich weinend auf die Leiche.

»Es ist alles deine Schuld«, sagte Chu. »Ich habe dir gesagt, daß du ihm nicht mein Geld geben sollst. Das Geld war schlecht für ihn. Der blinde Wahrsager hat dich viele Male gewarnt!«

»Göttin, bitte, hilf mir«, schluchzte Han. »Bitte, bring Spuckgesicht zurück. Er ist der einzige, der mich wirklich liebt. Ich wollte ihm mein Armband schenken, doch jetzt ist es dafür zu spät.«

Die Göttin erwachte aus dem Schlaf und sagte: »Warum bittet mich jeder um einen Gefallen? Ihr seid so viele, und ich bin ganz allein. Ich bin müde. Auch Göttinnen können nämlich müde sein.«

»Hör zu, Göttin, wenn du Spuckgesicht wieder zum Leben erweckst, verspreche ich ...«

»Versprechen!« erwiderte die Göttin. Han hatte sie nie zuvor so zornig gesehen. »Bitte, laß mich in Ruhe. Ich muß eine Weile allein sein.«

V Es schickte sich nicht, daß Besucher der Dienstmädchen die Vordertür des großen Hauses benutzten. Sie traten durch die Hintertür in die Küche und wurden aufgefordert, sich zu setzen, allerdings nicht an den großen Küchentisch, an dem die Mädchen ihre Mahlzeiten einnahmen, sondern an einen kleineren daneben. Bescheidenere Besucher lehnten selbst diese Ehre ab und beharrten unterwürfig darauf, daß ihr Platz draußen sei. Dort standen sie dann in der Sonne, trugen mit gedämpfter Stimme ihr Anliegen vor und entfernten sich sofort wieder, wenn der Zweck ihres Kommens erfüllt war.

Ältester Bruder durfte als regelmäßiger Besucher in die Küche kommen und es sich an dem Nebentisch bequem machen, wo ihm Han oder Popo eine Tasse Kaffee oder Tee servierten, die er zunächst aufs entschiedenste ablehnte, dann aber genüßlich in einem Zug leer trank. Anfangs hatte es ihn geärgert, daß Choyin seinen Gruß nicht erwiderte, doch bald gewöhnte er sich daran. Er scherzte sogar darüber und fand Trost in dem Gedanken, daß Choyin, so häßlich und spindeldürr, wie sie war, im Haus der Blumen allenfalls eine Anstellung als Putzfrau finden würde mit der Aufgabe, in allen Zimmern die Bettwäsche zu wechseln und die Spucknäpfe zu leeren.

Ältester Bruder, der zum Zeichen seines Wohlstands mit Goldzähnen und Ringen protzte, lachte viel und brachte bei seinen häufigen Besuchen jedesmal eine Dose Gebäck als Geschenk mit. Außerdem hatte er einen Begleiter dabei, der draußen im Schatten eines Baumes wartete und selbst dann nicht hereinkam, wenn Han hinausging und ihn hereinbat. Er sah sehr jung aus, wie ein Knabe mit dem trotzigen Gesicht eines Mädchens, wenn er stur zu Boden blickte, mürrisch Blätter zwischen den Fingern zerrieb und durch die Haltung seines zitternden, angespannten Körpers Ältesten Bruder dazu aufforderte, selbst herauszukommen und ihm gut zuzureden.

»Besser, du gehst hinaus und holst ihn herein«, sagte Han und sah zu, wie ihr Bruder zu ihm ging und leise mit ihm sprach. Wie ein beleidigtes Kind entzog sich der Junge seiner Berührung.

Ältester Bruder schüttelte den Kopf und brummte: »So benimmt er sich immer, beachten wir ihn einfach nicht.« Er kehrte ins Haus zurück und nahm wieder Platz. Mit einer wegwerfenden Handbewegung tat er alle Fragen und Bemerkungen zu seinem Begleiter ab, der mit seinem gepuderten Gesicht und der kunstvoll gearbeiteten Goldkette um seinen Hals noch befremdlicher wirkte als die hochnäsige, stark geschminkte Frau, die er bei früheren Besuchen mitgebracht hatte. Ältester Bruder, der die Gassen der Stadt nach Mädchen für ungeduldig wartende Männer durchkämmte, las auch andere verzweifelt suchende Menschen auf und ließ es unklugerweise zu, daß sie sich an ihn hängten. Er sah zu dem Jungen unter dem Baum hinaus und sagte wieder: »Beachten wir ihn einfach nicht«, womit er zum Zweck seines Besuches zurückkehrte.

Auch diesmal wollte er Han dazu überreden, im Haus der Blumen zu arbeiten. Probeweise, sagte er vorsichtig. Sie könne so lange bleiben, wie sie wolle, und bekomme ein eigenes Zimmer, ein Privileg, das nur wenige Mädchen hätten. Ein regelmäßiger Besucher sei der alte Cheng, und es sei nur eine Frage der Zeit, bis eines der raffinierten Mädchen sich bei ihm eingeschmeichelt habe. Der alte Narr sei steinreich und besitze – und hier stocherte Ältester Bruder in seinen Zähnen und lehnte sich über den Tisch zu seiner Schwester – zahlreiche Kautschuk- und Kokosplantagen im In- und Ausland. Der alte Cheng könne ihr zu einem nie erträumten Wohlstand verhelfen. Keines der Mädchen im Haus der Blumen habe eine Chance gegen sie, wenn sie komme: Ihr Aussehen und ihre Sanftmut seien genau nach dem Geschmack des alten Mannes. Und dann erzählte Ältester Bruder genüßlich Geschichten über die schlechten Manieren einiger Mädchen, die ihrer Schönheit abträglich waren und die Männer aus der Fassung brachten.

Han hatte sich inzwischen damit abgefunden, daß ihr Bruder auf dieser Angelegenheit, die sie für erledigt gehalten hatte, beharrte. Sie ließ ihn weiterplappern, um ihn auf ein Thema zu bringen, das für sie von überwältigendem Interesse war. Natürlich konnte sie ihn nicht direkt fragen: »Kommt der junge Herr manchmal ins Haus der Blumen?« So fragte sie: »Geht Vierter Älterer Bruder immer noch ins Haus der Blumen?«, denn sie hoffte, Ältester Bruder würde diese zweite Frage wie gewohnt so ausführlich und weitschweifig beantworten, daß sie auch Antwort auf die erste bekam.

Ältester Bruder klopfte sich auf den Schenkel, bellte ein kurzes Lachen und verbreitete sich dann über das Treiben von Viertem Älterem Bruder im Haus der Blumen.

»Erinnerst du dich an die Frau, die mich bei meinem ersten Besuch begleitet hat?« fragte er. Die Frau, die vom Nachttisch einer Toten eine Thermoskanne und eine Flasche Tigeröl gestohlen und einer Leiche ein Armband abgerissen hatte. Doch Han sagte nichts, und Ältester Bruder erzählte mit Wonne, was im Haus der Blumen gemunkelt wurde: Der Mann sei der Frau – sie hieß Orchidee – total verfallen, denn sie habe ihn verzaubert. Anders sei es nicht zu erklären, daß er sich von den vielen schönen Mädchen im Haus ausgerechnet diese häßliche, ordinäre und übellaunige Frau ausgesucht habe, die obendrein nicht einmal mehr jung sei. Sie habe ihm ihr geheimes Blut in Speisen und Getränke gemischt und ihn mit ihrer Zauberkraft verhext.

»Bei mir hat sie das niemals versucht, weil sie der Meinung war, es würde sich für sie nicht lohnen«, lachte Ältester Bruder. Er lehnte sich wieder hinüber und sagte ernst: »Erzähle niemandem davon, aber wenn du dir seine Augen genauer ansiehst, wirst du feststellen, daß sie sich verändert haben – das sind die Augen eines verhexten Mannes.« Verhexte Männer hätten glasige Augen, einen blassen Teint und ein brennendes Verlangen nach der Frau, die sie verhext habe, würden aber vor anderen Frauen erschreckt zurückweichen.

Ihr selbst war an den Augen von Viertem Älterem Bruder nichts aufgefallen, doch sein Verhalten hatte sich zweifellos verändert – er belästigte sie nicht mehr. Eine Zeitlang hatte er sie erbittert gehaßt, und sie hatte ständig damit gerechnet, daß er plötzlich aus seinem Zimmer gestürmt kam, sie schlug oder trat, um sich dafür zu rächen, daß sie ihn angespuckt hatte. Dann wurde er gleichgültig, und schließlich beachtete er sie überhaupt nicht mehr. Zu diesem Zeitpunkt hatte er sich bereits mit Orchidee und den anderen Frauen im Haus der Blumen eingelassen, führte ein ausschweifendes Leben, kam manchmal betrunken nach Hause und nahm heimlich ein oder zwei Mädchen mit auf sein Zimmer. Er strapazierte die Langmut des Patriarchen über Gebühr, und so bestellte ihn der alte Mann eines Morgens zu sich und forderte ihn ungehalten auf, so etwas nie wieder zu tun, sonst... Die Gesundheit des alten Mannes ließ seit einiger Zeit zu wünschen übrig, und darunter litt auch seine Gutmütigkeit. Zwischen seinen Hustenanfällen schalt er Mitglieder seines Haushalts, die gefehlt hatten, und sprach ernste Warnungen aus. Eine solche Warnung hing drohend in der Luft, als Vierter Älterer Bruder aus dem Zimmer schlich. Er war deprimiert, denn er fürchtete, die Großzügigkeit des Patriarchen aufs Spiel gesetzt zu haben, von der er all die Jahre profitiert hatte. Kaum war er draußen, fühlte er Wut in sich aufsteigen und fragte sich, welche Bedienstete ihn wohl verraten hatte. Sein Verdacht fiel zuerst auf Han, dann auf Choyin, die er von allen am wenigsten leiden konnte.

Er brachte keine Frauen mehr mit nach Hause und ging immer häufiger ins Haus der Blumen, ließ sich dort von den Frauen verwöhnen und stellte eines Tages nach dem Aufwachen fest, daß er Orchidee verfallen war und nicht mehr von ihr loskam. Er war regelrecht ihr Gefangener. Die Mädchen im Haus der Blumen behaupteten, sie könnten sie sogar in seinem Haar riechen. Er selbst war darüber zutiefst verwirrt. Einerseits spürte er ein unwiderstehliches Verlangen nach ihr, andererseits grollte er ihr, weil sie Macht über ihn hatte, mal war er in Hochstimmung, mal stürzte er in tiefste Verzweiflung und heulte wie ein Kind. Ein Mann, der von dem Dämon des geheimen Blutes einer Frau besessen war. Das einzige Mittel gegen die Krankheit, so hieß es, sei das noch mächtigere Blut einer anderen Frau.

Ältester Bruder wurde beim Erzählen immer lebhafter, denn er liebte zotige Geschichten. Soll ich dir erzählen, wie sie seine Taschen leerte? Oder wie er vor ihr niederkniete und um Gnade flehte und wie eines der Mädchen kommen und ihr das Hackbeil entreißen mußte ...?

Hatte Vierter Älterer Bruder jemals den jungen Herrn ins Haus der Blumen mitgebracht? Die ungeduldige Frage mischte sich unter die schmutzigen Klatschgeschichten wie eine unverdauliche Speise unter die Opfergaben auf dem Altartisch, gab sich aber den Anschein kühler Gelassenheit. »Nein«, antwortete Ältester Bruder und ließ ein weiteres pikantes Detail folgen: Die Dienerinnen aus dem Haus Chang erzählten, daß die junge Herrin Li-Li häufig weine, weil der junge Herr Wu im Bett ein Versager sei. Eine habe sie eines Abends sagen hören: »Hast du Wasser statt Blut in den Adern?« Kein von der Herrin des Hauses zubereiteter Ginseng-Trank konnte die Schwäche beseitigen und der Familie Chang zu dem erhofften Stammhalter verhelfen. Der Schoß ihrer bedauernswerten Tochter blieb leer.

»Sie müßte aus unserem Dorf stammen«, gluckste Ältester Bruder. »Denk an unsere Mutter und all die anderen Frauen, die jedes Jahr *pok* wurden, auch ohne Ginseng und Vogelnester. Keine Frage, der Himmelsgott hat Sinn für Humor.« Er wischte sich die Tränen ab und fuhr fort: »Nimm nur unseren Vater. Er brauchte eine Frau nur anzusehen, und schon wurde sie schwanger. Aber der große Herr Wu kann nicht einmal die eigene Frau zufriedenstellen. Wie soll er sich da etwas für das Haus der Blumen aufsparen?« Ältester Bruder erstickte fast vor Lachen. Wahrscheinlich war es das Mitgefühl mit Frauen und Männern, deren fleischliche Gelüste unbefriedigt blieben, das ihn auf einen Gedanken brachte. Er fuhr erschreckt aus dem Stuhl hoch und blickte durch die Tür nach draußen. »Wo ist er hin?« stieß er hervor, denn der schmollende Begleiter war verschwunden. »Das macht er ständig mit mir. Besser, ich gehe«, murmelte er und wollte gerade aufbrechen, da kam Peipei herein und raunte Han aufgeregt etwas ins Ohr. Der seltsame Begleiter war im Besuchersalon und befingerte die Schmuckgegenstände auf den Tischen und die Wandbehänge – man mußte ihn wegbringen, bevor Choyin ihn entdeckte. Ältester Bruder schrie auf und stürmte davon, um den Lümmel zu holen. Mit einem herausfordernden Grinsen auf dem glatten, gepuderten Gesicht betrachtete der Junge gerade ein Keramikpferd und spielte den Ahnungslosen. Er schaute zu Ältestem Bruder auf und ließ sich, noch immer grinsend, von ihm wegführen. Zornig zischte Ältester Bruder: »Warum versuchst du ständig, mich in Wut zu bringen?« Der Junge sah ihn ruhig an und wußte, daß er wieder einmal gewonnen hatte.

»Bitte bring ihn nicht mehr mit, sonst gibt es noch Ärger«, sagte Han. Später bedauerte sie diese Taktlosigkeit, doch dazu bestand kein Grund. Bei seinem nächsten Besuch brachte er keinen Knaben, sondern eine junge Frau mit – nahmen die überraschenden Besuche denn nie ein Ende? Die Frau kam fröhlich auf sie zu und rief: »Erkennst du mich nicht wieder? Ich dich schon.« Ältester Bruder stand grinsend daneben.

»Sieh mich genau an«, sagte die lebhafte Frau. Han betrachtete sie genau, doch die Frau, die lächelnd vor ihr stand, Dauerwelle im Haar und statt mit Bluse und Hose mit einem fremdartigen Kleid mit Puffärmeln bekleidet, blieb eine Fremde.

»Ich bin Ältere Schwester«, sagte sie. »Erinnerst du dich?«

Die Geschwister, denen sie an jenem Morgen vor so vielen Jahren zum Abschied gewinkt hatte, waren im Dunkel der Vergessenheit versunken; nur Ältester Bruder verband sie noch mit ihrer Vergangenheit. Ältere Schwester, die ein oder zwei Jahre älter war als sie, mußte ein Teil jener flüchtigen, bruchstückhaften Erinnerungen sein, die sie manchmal im Traum verwirrten und nicht mehr waren als schattenhafte Gesichter und leises Geflüster. Nur Ältester Bruder hatte ein Gesicht, eine Gestalt, eine Stimme. Jetzt waren sie wieder zu dritt, als Erwachsene vereint: sie, ein Hausmädchen, er, ein Zuhälter, und die dritte, eine …

Ältere Schwester erzählte fröhlich ihre Geschichte, lautstark unterstützt von Ältestem Bruder, der sich eifrig mit ihr abwechselte. Er hatte sie ganz zufällig in einer Garküche entdeckt. Sie schälte dort jeden Tag von morgens bis abends Krabben, bis ihre Hände weich und wund wurden und den Geruch der Krabben annahmen. Er hatte sie aus dem Schmutz und Elend herausgeholt und im Haus der Blumen untergebracht. Sie arbeitete erst seit kurzem dort und war glücklich. Die Arbeit war viel leichter als in der Garküche, wo sie den ganzen Tag von dem Besitzer und seiner Frau angeschrien worden war, und der Verdienst war viel höher. Ältere Schwester sagte, sie sei nicht halb so attraktiv wie die anderen Mädchen, doch auch sie könne gefallen. Sie habe sich ein große Flasche Parfum gekauft und bade ihre Hände darin. Der Krabbengeruch sei fast verschwunden. Sie faßte an ihre Dauerwelle und ihre Handtasche, dann wandte sie sich an Ältesten Bruder und sagte, daß Han zu mager und zu blaß sei. Dies war offensichtlich das Stichwort für den nächsten Angriff, denn beide bestürmten sie nun, ihr gegenwärtiges Leben aufzugeben – wozu sein Dasein als Dienstmädchen fristen?

»Wir wollen uns zusammentun und füreinander sorgen«, rief Ältere Schwester begeistert. »Bitte, komm mit uns«, sagte Ältester Bruder, und in seiner Stimme schwang jener brüderliche Beschützerinstinkt, an den sie sich von früher erinnerte. Sie schlug die Augen nieder und starrte auf ihre Hände. »Sie ist störrisch, unsere kleine Schwester Han, sehr störrisch. Erinnerst du dich noch, wie sie sich lieber von Mutter kneifen ließ, als den kleinen Löffel herauszurücken, den sie dir gestohlen hatte?« Wie so oft versuchte Ältester Bruder, sie mit einem Scherz aufzuheitern, diesmal jedoch vergeblich. »Bitte, nicht«, sagte er besorgt, und auch Ältere Schwester bat: »Bitte, weine nicht«, denn als sie ihr ins Gesicht blickten, sahen sie zwei dicke Tränen in ihren Augen.

VI »Komm her.«
Hausmädchen waren diesen Befehl gewohnt, der den Auftakt zu einer Bestrafung oder Zudringlichkeit bildete. Ihr ganzer Körper sträubte sich, doch sie hatte keine Wahl. Geh hin. Geh hin, laß dich ausschimpfen, zwicken, streicheln.

»Komm her.«

Diesen Befehl erteilte der Priester seit vielen Jahren, wenn er nach den Gebeten im Ahnensaal bei seinem warmen Frühstück saß, und inzwischen hatte er sogar gelernt, die Grobheit in sanfte Worte zu kleiden. Wie die anderen Mädchen vor ihr reagierte Peipei mit Bestürzung. Sie empfand ein beklemmendes Gefühl der Angst und Verlegenheit, seit sie den starren Blick des Priesters auf sich ruhen fühlte.

Der Priester wurde ungeduldig, da sie nicht näher trat, und so fuhr er von seinem Stuhl hoch, beugte sich vor, zog sie an der Hand heran und setzte sich wieder an den Tisch. Nun war alles vor ihm aufgereiht, der duftende Tee, die dampfenden Reisbrötchen und das junge Mädchen, und sein morgendliches Vergnügen konnte beginnen. Die Ungeduld des Priesters rührte von einer Beobachtung her, die er am Morgen im Tempelbezirk gemacht hatte, als er zu der Zeremonie im Ahnensaal des großen Hauses aufgebrochen war. Der Hof füllte sich bereits mit Gläubigen, die zum Fest der Göttin der Barmherzigkeit gekommen waren. Der Priester sah eine junge Frau, die auf den Tempelstufen saß und ihr Baby stillte. Neben ihr lag ein kleiner Haufen Räucherstäbchen und Blumen, die sie, sobald das Kleine satt war, der Göttin opfern würde. Sie war eine unscheinbare Person und trug Bauernkleider, doch die Brust, die sie dem Kind gab, war prachtvoll: Der Priester erhaschte einen Blick von ihrer prallen Schönheit, bevor die Frau die Bluse wieder herunterzog und ihm der Kopf des Babys die Sicht versperrte. Er verweilte einige Augenblicke und verspürte ein angenehmes Prickeln, als die Frau das Kind an die andere Brust legte und er beide Brüste zu sehen bekam, üppig und voll, in cremigem Weiß und sattem Rosa. Es war nur ein flüchtiger Blick, denn abermals wurde die Frau verdeckt, die seelenruhig ihr Baby stillte, ohne auf das laute, geschäftige Treiben im Hof zu achten, oder gar auf den Priester in der grauen Seidenrobe mit den Gebetsketten. Der Mönch setzte seinen Weg fort, doch das Bild ging ihm nicht mehr aus dem Kopf und weckte in ihm ein Verlangen, das später, als er sich zum Frühstück setzte, so heftig geworden war, daß es Vorrang vor allem anderen hatte. Es kümmerte ihn nicht, wenn der Tee und die Brötchen kalt wurden.

Zu seiner großen Freude stellte er fest, daß das Mädchen Peipei zwar nicht so hübsch wie seine Schwester Popo, dafür aber körperlich besser entwickelt war. Er lächelte sie an, und sie erwiderte sein Lächeln nervös. Er berührte sanft ihre Hände, und sie fuhr mit dem Tischdecken fort. Er schob eine Hand unter ihre Bluse. Sie stand ganz still und zitterte vor Aufregung. Die Finger des Priesters knöpften sachkundig die Knöpfe des Leibchens auf und machten sich dann, als die Brüste aus ihrem Gefängnis ausbrachen und ihre volle runde Form annahmen, an eine wilde Erkundung ihrer Schönheit. Noch waren sie unter der Bluse seinem Blick verborgen. Um ein Höchstmaß an Genuß zu erreichen, hatte der Priester das Vergnügen in drei Phasen eingeteilt. Die zweite begann, wenn er die Bluse hob und betrachtete, was er spürte, und die dritte und befriedigendste von allen, wenn er die Hand des halbnackten Mädchens unter seine graue Seidenrobe führte.

Alle drei Phasen waren von jener Vorsicht geprägt, die der Priester bei seinem heimlichen Vergnügen seit jeher walten ließ: Sobald Schritte nahten, konnte er die Bluse herunterziehen, das Mädchen wegstoßen, die gespreizten Schenkel unter der Robe zusammenkneifen und sich wieder dem Frühstück zuwenden.

So genoß der Priester heute unbeschwert jede Phase seines Vergnügungsprogramms und dachte dabei die ganze Zeit, daß dieses Mädchen von allen, die er kannte, die schönsten Brüste hatte, Brüste, die zu einer besonders gründlichen Erforschung ihrer Schönheit einluden. Er ließ sie die Bluse hochheben, so daß er sie mit beiden Händen und dem Mund erkunden konnte. Der Körper des Mädchens war ein Lustgarten, der zum Spazieren einlud, und es war ohne Frage bedauerlich, daß er seinem Vergnügen Schranken setzen mußte. Aber mußte er das tatsächlich? Mitten in einem lang anhaltenden befriedigten Seufzer, als er dem Mädchen erlaubte, ihre Hand zurückzuziehen, und ihr bedeutete, daß sie gehen könne, nahm plötzlich ein Gedanke in seinem Kopf Gestalt an: Was, wenn er die Schranken niederriß? Immerhin hatte er sie sich selbst auferlegt, und so konnte er sie auch ohne weiteres niederreißen. Der Priester nahm sich vor, gründlich darüber nachzudenken und, wenn nötig, eine neue Strategie der Lust zu ersinnen. Inzwischen fiel er mit großem Appetit über den Tee und die Brötchen her, die ihm, obwohl etwas kalt geworden, vorzüglich schmeckten.

»Er hat mich angefaßt. Er hat mich zu schamlosen Dingen gezwungen.«

Tatsächlich hatte Peipei nur wenig über den Vorfall gesprochen. Weit mehr hatten ihre Tränen und ihr Nicken oder Kopfschütteln auf Fragen verraten. Am Abend jenes Tages hatte sie im Dunkeln auf ihrer Matratze geschnieft. Es war kein heimliches Schniefen, sondern deutlich von der Absicht getragen, ein offenes Ohr zu finden.

»Warum weinst du?« fragte Han. »Stimmt etwas nicht?« Das Mädchen brach sofort in Schluchzen aus.

»Weine nicht«, sagte Han, und das Mädchen rückte näher an ihre Matratze, um Trost zu suchen. Sie flüsterten zusammen in der Dunkelheit, und nach und nach beruhigte sich das Mädchen.

Der Priester schaute auf und erkannte mit großer Genugtuung, daß ihm heute wieder das üppige Mädchen den Tee und die Brötchen brachte. Und er erkannte auch, daß sie immer noch schüchtern und nervös war. Das war vielversprechend. Ein trotziger Blick hätte ihm mißfallen und wäre ihm eine Warnung gewesen. Er sah zu, wie sie den Tee eingoß, und versuchte, ihren Blick aufzufangen. Er konnte ihr nicht neckisch zuzwinkern, doch als er sie schließlich zwang, ihn anzusehen, sollte ihr das Funkeln in seinen kleinen, verengten Augen zu verstehen geben, daß sie keine Angst vor ihm zu haben brauche und daß das Vergnügen auf beiden Seiten sein solle.

In dem Moment, als sie sich zum Gehen anschickte, sagte er: »Komm her.« Sie zögerte, und er wiederholte die Aufforderung mit einem Anflug von Ungeduld. Sie trat näher. Er verknüpfte heute die beiden ersten Phasen seines Vergnügens, indem er etwas tat, was er noch nie getan hatte, teils aus Übermut, teils weil das Mädchen heute morgen eine weite Bluse trug: Er hob die Bluse, schob den Kopf darunter wie ein verspieltes Kind und begann seine Erkundung mit den Händen und dem Mund. Das Mädchen erstarrte. Der Mönch gluckste, dann hielt er plötzlich inne. Eine kurze unheilvolle Pause trat ein, dann zog er schnaubend den Kopf unter der Bluse hervor. Er hob die Bluse erneut, betrachtete die beiden Brüste genau, nicht lüstern, sondern sprachlos vor Wut, und fand den Verdacht bestätigt, der ihm plötzlich gekommen war, als er sie in den Mund genommen hatte. Denn die Brüste waren mit etwas beschmiert – mit Dreck, mit Taubendreck oder womit auch immer –, und diesen Dreck hatte er jetzt an den Fingern und, schlimmer noch, im Mund. Der Priester begann heftig zu spucken, langte nach dem Tee, nahm einen großen Schluck, spülte sich damit den Mund aus und spie ihn wieder von sich. Er wußte nicht, wohin mit den besudelten Händen, und so streckte er sie mit gespreizten Fingern von sich, weit weg von der weichen sauberen Seidenrobe. Sein Gesicht und sein Hals wurden fleckig vor Wut, seine Augen quollen aus ihren weichen Kissen hervor, und seine Stimme überschlug sich.

»Du! Du!« Er fand seine Stimme wieder, dämpfte sie aber und trat einen Schritt auf das Mädchen zu, das zitternd vor ihm zurückwich. Sie starrte ihn an, bleich vor Schreck, und er begriff, daß sie nicht die Urheberin dieses teuflischen Anschlags war.

»Komm her.«

Seine Stimme klang so gebieterisch, daß das Mädchen näher trat. Inzwischen zitterte sie heftig.

»Sag mir, wer dich dazu angestiftet hat.«

Sie sagte es ihm.

VII Der heftige Regen kühlte die Nachtluft ab und veranlaßte die Mädchen, sich noch fester in die warmen Decken zu kuscheln. Han hingegen streckte sich und schlug die Decke zurück, setzte sich auf ihrer Matte auf und rieb sich mit beiden Händen die Schläfrigkeit aus den Augen, die ihr bei der bevorstehenden Aufgabe hinderlich sein konnte. Während die anderen tief und fest weiterschliefen, richtete sie rasch ihr Haar und ihre Kleidung, rollte geräuschlos ihre Matte zusammen, stellte sie an ihren Platz an der Wand und verließ das Zimmer.

Draußen auf dem Korridor schlang sie die Bluse noch enger um den Leib, um sich vor dem kalten peitschenden Regen zu schützen, und ging unverzagt weiter. Vor dem Zimmer der Herrin blieb sie stehen. Drinnen brannte Licht: An Regentagen bekam die Herrin so starke Rückenschmerzen, daß sie aufstehen mußte und manchmal eines der Mädchen weckte, um sich den Rücken massieren zu lassen. Han brauchte keine Aufforderung. Sie spürte genau, wann sie gebraucht wurde, und stand einen Augenblick später pflichteifrig vor ihrer Tür. Sie klopfte jetzt sanft, und sofort öffnete die Herrin, ein dickes Umhängetuch über den Schultern. Ein Lächeln tiefer Erleichterung ging über ihre leidende Miene, so daß ihre Züge sich seltsam verzogen, insbesondere die sorgsam gezupften Augenbrauen, deren perfekte Mondsicheln sich nun in krause Wellen legten.

»Du bist wiedergekommen«, sagte sie und setzte sich für die

Klopfmassage sogleich auf einen Stuhl. »Du bist ein gutes Mädchen.« Und freundlich fügte sie hinzu: »Du solltest bei einem solchen Wetter einen warmen Mantel anziehen.« Kaum hatte die Massage begonnen, wetterte sie gegen die nutzlose Peipei und verglich die Tüchtigkeit des einen Mädchens mit der Unfähigkeit des anderen.

Seit kurzem waren ihre eigenen Fertigkeiten als Rückenklopferin auf dem Prüfstand, denn der Patriarch, durch alle möglichen Beschwerden ans Bett gefesselt, klagte ständig über Schmerzen in den Schultern und ließ niemanden außer seiner Frau an sich heran, ja, er stellte an sie sogar noch höhere Ansprüche, als sie jemals an ein Mädchen stellen könnte. Den ganzen Tag war sie in seinem Zimmer aus und ein gegangen. »Und jetzt dieser Regen«, sagte sie aus Kummer darüber, daß das Wetter und ihr Mann sich gegen sie verschworen hatten und sie nicht mehr zur Ruhe kommen ließen.

Das traurige Heulen des Windes lenkte ihre Gedanken in eine andere Richtung.

»Er hat begonnen, sich zu zeigen«, sagte sie in düster-vertraulichem Ton und meinte damit den Alten, der neuerdings dem Patriarchen im Traum erschien. Es war in der Tat sehr sonderbar – seit seinem Tod war er ihm kein einziges Mal im Traum erschienen, und dann plötzlich regelmäßig, und gleichzeitig litt der Patriarch an vielen merkwürdigen Beschwerden. So etwas war noch nie vorgekommen. Es bedeutete nichts Gutes.

Die Herrin seufzte leise und sagte, man werde wohl bald den Priester vom Tempel des Weißen Lichts konsultieren müssen. Vom Reden wurde ihr leichter ums Herz. Einige der Falten in ihrem Gesicht glätteten sich, und die Mondsicheln wurden wieder Sicheln.

Sie plapperte weiter, und Han kämpfte gegen die einschläfernde Wirkung ihrer monotonen Stimme an, denn sie fürchtete, die Augen könnten ihr zufallen und die Kraft ihrer Hände könnte erlahmen. Die alte Dame sollte allen Grund haben, am Ende zu sagen: »Du machst das sehr gut. Ich fühle mich viel besser. Ich weiß nicht, warum ich Choyin noch immer nicht aufgetragen habe, dir andere Aufgaben zu geben.«

Sie hegte für die Herrin keine besonderen Gefühle der Sympathie oder der Abneigung. Sie war einfach jemand, der respektiert und geachtet werden mußte, denn sie war die Herrin. Doch aus Respekt und Achtung wurde jedesmal Interesse, wenn sie an den besonderen Status der alten Dame erinnert wurde: Sie war die Großmutter des jungen Herrn. Allein schon deshalb verdiente sie besondere Aufmerksamkeit. Und abgesehen davon, daß sie aus dem Mund der redseligen Großmutter Wissenswertes über den Enkel erfahren konnte, bereitete es ihr einfach Vergnügen, bei der alten Dame besondere Merkmale von ihm zu entdecken, den Klang seiner Stimme, Gebärden, die er als Kind, als sie ihn eng an sich gebunden hatte, von ihr übernommen haben mußte. Alle sprachen von der großen Liebe der Herrin zu ihrem Enkel, und während ihre Fäuste sachkundig über den Rücken wanderten, fragte sie sich mit einem leichten Lächeln, ob die Liebe der Herrin ebenso groß war wie ihre. Dachte die Herrin beispielsweise tagsüber jede Sekunde an ihn und wartete sie in ihren Träumen darauf, daß er zu ihr kam? Hätte sie das Gefühl, ihr Leben zu vergeuden, wenn sie es nicht ausschließlich ihm widmete?

Die Herrin hatte ihr in der Kindheit geholfen. Sie erinnerte sich, daß sie nur deshalb den Züchtigungen Choyins entgangen war, weil sie sich mit Erfolg um die Gunst der alten Dame bemüht hatte. Diese Bemühungen mußte sie nun verstärken, denn nicht nur die Zahl, sondern auch die Rachsucht ihrer Feinde war größer geworden. Sie brauchte jede Hilfe, die sie bekommen konnte. Der reservierte und reizbare Patriarch war für sie unerreichbar, doch die chronischen Rückenleiden der Herrin waren gleichsam die Antwort der freundlichen Göttin auf ihre Gebete. Immer häufiger vertrat sie Peipei als

Masseuse und erntete dafür Dank. Doch gleichzeitig schürte sie damit auch den Argwohn Choyins, die, davon war sie überzeugt, bereits Li-Li ihren Verdacht mitgeteilt hatte, denn die beiden berieten sich unablässig und machten kein Geheimnis daraus.

»Seit wann bist du so geschickt im Massieren?«

»Peipei, du könntest auch etwas anderes lernen. Als Rückenklopferin wirst du nicht mehr gebraucht!«

Das Mädchen, noch verstört und aufgewühlt von dem Zwischenfall mit dem Priester, konnte den neuerlichen Spott nicht ertragen. Mit Han, von der sie sich schmählich verraten fühlte, konnte sie nicht sprechen, und so bat sie dringend ihre Schwester Popo um einen Besuch, die sich denn auch unverzüglich einstellte, ihr Kind auf dem Arm. Peipei schüttete der Schwester ihr Herz aus, und Popo erkannte sofort, worin die Gefahr bestand: nicht in den Nachstellungen des Mönches oder in den Intrigen Hans, sondern darin, daß Peipei ihre gute Stellung im Hause Wu zu verlieren drohte. Und so machte sie sich daran, die Gefahr zu bannen, und riet ihrer Schwester, fortan nicht mehr auf Hans Ratschläge zu hören und eifrig ihren Pflichten nachzugehen. Die Zudringlichkeiten des Mönchs seien nicht der Rede wert, so seien Männer nun einmal, Frauen müßten das ertragen. Zudem begnüge er sich stets mit den Brüsten und respektiere die Unschuld eines Mädchens.

»Sieh mich an«, sagte Popo. »Ich habe eine Familie und bin glücklich. Was wäre aus mir geworden, wenn ich viel Wind um die Sache gemacht hätte? Ich hätte nur ein Unglück heraufbeschworen.« Und zur Bekräftigung ihrer Worte hob sie ihren gesunden Jungen in die Höhe. Durchhalten. Frauen mußten nur lange genug durchhalten, dann erwartete sie ein gutes Leben.

»Hör nicht auf sie«, riet sie ihr. *Siau. Siau.* Sie erzählte Peipei, daß Han sich· schon als Kind seltsam benommen habe. Von Natur aus friedliebend, war sie immer noch freundlich zu ihr und brachte ihr bei ihren Besuchen gelegentlich sogar kleine Geschenke mit. Doch sie hatte unwiderruflich die Seiten gewechselt und war, ohne sich dessen voll bewußt zu sein, Choyins Spionin geworden.

Die Bespitzelung wurde mit jedem Besuch des jungen Herrn Wu und Li-Lis schlimmer.

»Du brauchst heute nicht zu fegen.« Wenn Han die Korridore fegte, konnte sie vor dem Zimmer verweilen, in dem der junge Herr gewöhnlich mit seinem Großvater saß.

»Peipei wird den Tee hinaufbringen.«

»Du brauchst der Herrin heute nicht den Rücken zu massieren. Ich soll dir ausrichten, daß sie heute keine Massage braucht.«

Manchmal, wenn die Anfeindungen sich häuften, fuhr Han wütend herum, funkelte sie an und schlug zurück.

»Wo ist Spuckgesicht? Schaff ihn weg. Die jungen Herrschaften kommen bald.«

»Wo soll ich ihn denn hinbringen? Sollen wir ihn auf den Müll zurückschicken? Warum bringen wir ihn nicht gleich um? Das wäre viel einfacher, als ihn jedesmal fortzuschaffen.«

Sie warf einen kurzen, verächtlichen Blick in Choyins starres Gesicht, bevor sie Spuckgesicht wegführte und ihm sagte, er solle für den Rest des Nachmittags in seinem Schuppen bleiben oder in die Stadt gehen und sich etwas Gutes zu essen kaufen. Sie deutete auf den kleinen Stapel Geldscheine, der in einem Winkel seines Schrankes versteckt war.

»Das gehört alles dir«, sagte sie. »Sie bestreitet zwar, daß es dir gehört, aber was Tote im Traum sagen, ist nicht immer richtig. Erzähl niemandem davon. Jetzt geh und kauf dir etwas zu essen.« Sie drückte ihm ein paar Scheine in die Hand und schickte ihn fort. Sie wußte, er würde direkt zu den Garküchen auf dem Markt gehen und sich sein Lieblingsgericht Ente oder Nudeln mit Huhn kaufen.

Die Feindschaft bekam neue Nahrung.

»Keine Sorge, Frau Li-Li. Wir haben alles aus dem Weg geschafft, was Ihnen schaden könnte.«

»Seien Sie vorsichtig, Frau Li-Li. Sie müssen gut auf sich achtgeben. In Ihrem Zustand dürfen Sie kein Risiko eingehen.«

»Unsere Glückwünsche, Frau Li-Li. Herr Wu muß sehr glücklich sein.«

Da wußte sie, daß Li-Li schwanger war.

VIII Das Ein-Monat-Fest, wertvolle Nahrung in der Wüste der Entbehrung, mußte bis zu dem letzten Bissen genossen werden. Glücklichere Frauen, die üppig speisten, konnten ihre Reste wartenden Hunden oder Bettlern hinwerfen; sie jedoch war eine Bettlerin, die von dem lebte, was Li-Li übrigließ, und dankbar die Krumen auflas. Einmal war ein alter, zerlumpter Bettler an die Tür gekommen, und eines der Mädchen hatte eine Tasse Reis aus dem großen Vorratstopf geschöpft und ihm in den Beutel gefüllt. Sie verschüttete ein paar Körner, und der alte Mann kniete sich hin und las sie auf.

»Lachen Sie nicht, mein Fräulein«, sagte er vorwurfsvoll zu dem Mädchen, das kicherte, als er umständlich versuchte, mit den Fingern zwei Körner aus einer Ritze im Boden zu kratzen. »Für Menschen wie mich ist jedes einzelne Korn wichtig.«

Selbst die wenigen Krumen, die von Li-Lis Tisch fielen, mußte sie schützen, damit sie ihr nicht entrissen wurden. Als sie nach dem Liebesakt nebeneinander im Dunkeln am Teich lagen und dem Summen der Insekten lauschten, kämpfte sie gegen solche trüben Gedanken an, die den Zauber des Augenblicks zu zerstören drohten. Die Zeit nach dem Liebesakt war die gefährlichste, denn nach der Liebe kehrte das Denken zurück und mit ihm die Wirklichkeit. Und die Wirklichkeit war ein Kind, das in einem Mutterschoß heranwuchs, kein Kind des Friedens, sondern ein übelwollendes Kind, das aus dem Mutterleib kommen und sie verhöhnen würde: Meine

Mutter war machtlos gegen dich, aber du wirst sehen, daß ich alle Macht besitze. Meine Geburt wird dein Tod sein.

Sie sah ihn vor sich, einen mächtigen Jungen in kostbaren Kleidern aus Seide, geschmückt mit goldenen Ringen und Fußspangen, der in stürmischer Freude von Arm zu Arm gereicht wurde, wenn die Häuser Wu und Chang beim Ein-Monat-Fest den wohlriechenden Rauch von tausend Räucherstäbchen gen Himmel sandten, um sich bei Göttern und Ahnen zu bedanken. In den Armen der Mutter schlafend und vom stolzen Vater bestaunt, würde ihr das Kind viel wirkungsvoller, als die Mutter es jemals vermochte, zu verstehen geben: Finger weg, Dienstmädchen. Und sein Vater würde sagen: Das war ein dummer Zeitvertreib von mir, mein Sohn. Ja, das war es, ein Zeitvertreib, wie ihn auch du, mein Sohn, zu gegebener Zeit für dich in Anspruch nehmen wirst.

So war er, als er nun tief und fest in ihren Armen schlief, unermeßlich weit von ihr entfernt, in seiner Welt des Wohlstands, der Privilegien und der Sicherheit. Das spöttische Baby entrückte ihn ihr noch weiter. In einem plötzlichen Anfall von Angst schlang sie die Arme noch fester um ihn und legte die Lippen an seine Braue. Er murmelte etwas, rutschte in eine bequemere Lage in der warmen Kuhle zwischen ihrem Arm und ihrer Brust, murmelte wieder und fiel dann wieder in den wohligen Schlaf nach der Liebe.

Sie lauschte im Dunkeln seinen regelmäßigen Atemzügen, und ein Gedanke durchzuckte sie, begleitet von einem bedenklich lauten Schluchzer: Dieser Mann schläft, während ich leide. Dieser Mann kommt einmal im Monat zu mir und kehrt dann in seine Welt zurück, während ich in meiner zugrunde gehe.

Sie hätte den Gedanken weiterspinnen können: Dieser Mann hat eine Zukunft, die wie eine goldene Straße vor ihm liegt; meine ist ein tiefer dunkler Teich, dessen Wellen über mir zusammenschlagen werden. Dieser Mann sagt, daß er mich liebt, doch beim ersten Anzeichen von Unannehmlichkeiten wird er mir diese Liebe entziehen.

Solche Gedanken mußte sie in ihrem Kopf einsperren. Wenn sie es zuließ, daß sie ihr in einem Schwall von Vorwürfen über die Lippen kamen, könnte er ungehalten werden und sagen: »Was erwartest du denn noch von mir?« Seine Sanftmut verbot ihm spöttische Bemerkungen, doch sie würde den Spott auf seiner verfinsterten Stirn, in seinen kühlen, starren Mundwinkeln lesen und er würde sie nicht weniger verletzen: Ich bin der junge Herr Wu. Mir stehen hundert Dienstmädchen zur Verfügung. Ich habe dich auserwählt und laufe mit einem Stelldichein wie diesem Gefahr, mir den Zorn des Hauses Wu und des Hauses Chang zuzuziehen. Was kannst du mehr verlangen?

Sie könnte so kühn sein und antworten, etwas mehr. Wie wäre es, wenn du mir einen festen Platz in deinem Leben einräumst, dann könnte ich mich manchmal mit dir zum Essen an einen Tisch setzen, das Bett für dich bereiten, bevor du kommst, mit dir sprechen, wenn ich fröhlich oder traurig bin, dir sagen, daß ich ein Kind von dir erwarte?

Er würde mit einer Gegenfrage antworten: Wie stellst du dir das vor? Und damit eine unerträgliche Spannung zwischen ihnen erzeugen. Sie würden sich voneinander abwenden und die kostbaren gemeinsamen Stunden, die letzten für lange Zeit, mit Schmollen vertun.

Warum bist du so dumm? Unsere arme, kleine Schwester, so dumm!

Ältester Bruder und Ältere Schwester hatten auf Umwegen von ihrem Geheimnis erfahren. Sie hatten ihr von dem alten Bao erzählt, der nach wie vor, obwohl er sich eine vierte Frau genommen hatte, das Haus der Blumen besuchte. Er war noch älter als der alte Cheng, aber weit mehr als dieser ein lebender Beweis für die vitalisierende Wirkung von Ginseng, Schlangenblut und Tigerhoden. Außerdem hatte er viel Geld.

»Der!« sagte Han verächtlich. »Ich kenne ihn.« Und dann erzählte sie, daß er bei der Herrin um ihre Hand angehalten hatte.

»Aber warum hast du nicht...«, stieß Ältere Schwester hervor. »Kennst du seine vierte Frau? Sie ist nicht halb so schön wie du und trägt so große Goldknöpfe!« Sie legte Daumen und Zeigefinger zusammen, um zu zeigen, wie groß sie waren.

»Der junge Herr Wu war gegen die Heirat. Er sagte seiner Mutter, sie solle den Antrag abweisen.«

Sie hatte diese Worte als Trost in ihrem Herzen bewahrt, und so war sie jetzt selbst überrascht, daß sie ihr wie ein Protest über die Lippen kamen. Ältester Bruder und Ältere Schwester sahen einander an. »Aha«, sagten ihre Blicke. »Dann stimmt es also. Jetzt wissen wir, warum sie sich so merkwürdig und töricht benimmt.«

Sie schalten sie für ihre Torheit. »Was hast du am Ende davon?« fragten sie und meinten damit: »Nimm, was du kriegen kannst, solange es gutgeht. Bald hat er genug von dir und sucht sich eine andere junge Frau. Das tun sie alle. Mach dir nichts vor. Nimm, was du kriegen kannst.«

Sie erzählten ihr von einem jungen Dienstmädchen aus einem anderen großen Haus. Das Mädchen wußte, daß es niemals zur Zweitfrau aufsteigen konnte, doch mit den Jahren häufte sie ein Vermögen in Form von Goldmünzen an, und als man sie schließlich fortjagte, schied sie als wohlhabende Frau, adoptierte eine Tochter und führte bis an ihr Ende ein ehrbares, sorgenfreies Leben. »Eine Goldmünze, wenn ich bitten darf«, hatte sie jedesmal schelmisch gefordert, wenn der alte Narr in ihr Zimmer schlüpfte oder sie in sein Bett zog. Er gehorchte lachend und störte sich überhaupt nicht an dieser neuen Art, eine Frau zum Spreizen ihrer Beine zu bewegen. Sie schloß die ihren für immer, als ihm die Goldmünzen ausgingen. Seine Frau tobte, als sie den Verlust entdeckte, und forderte schreiend das Gold zurück. Doch es war zu spät.

Aber du, sieh dich an. Der Mann raubt dir deine Unschuld. Wer will dich jetzt noch? Und du bekommst überhaupt nichts dafür? Warum bist du so dumm?

Sie hätten es nicht verstanden, wenn sie ihnen gesagt hätte: Ich liebe diesen Mann. Ich liebe ihn seit meiner Kindheit. Ich würde seinetwegen bis ans Ende der Welt gehen.

Sie betrachtete ihn, während er gleichmäßig atmend in ihren Armen schlief. Ich könnte ihn töten, dachte sie. Ich könnte ihn und mich töten. Wir könnten zusammen sterben.

Das Taschenmesser, das er ihr geschenkt hatte, wäre dafür ungeeignet. Sie hatte es ohnehin nach jenem Abend in seinem Zimmer weggeworfen.

Wenn wir jetzt sterben, werden wir ein Geisterpaar. Verliebte Geister müssen die glücklichsten von allen sein, denn sie brauchen nur noch auf den Hahn zu achten. Wir könnten uns, wenn wir wollten, jeden Tag am Teich treffen, und nicht nur einmal im Monat.

Unter der Last so vieler trübsinniger Gedanken schlief sie ein und erwachte wieder von der Berührung und dem Duft einer kleinen weißen Blume, die ihr sanft über die Wange und die Augenlider strich. Er war wach und lächelte auf sie herab, in der Stimmung für mehr Liebe. Er sagte »Warte«, stand auf und verschwand in der Dunkelheit. Sie hörte Blätter rascheln, ein leises Rupfen, dann sah sie ihn zurückkommen, in der Hand einen Strauß kleiner Nachtblumen. Sie blieb auf der Matte liegen, und er setzte sich neben sie und streute die Blumen, Spaß und Ritual verbindend, auf ihre Brüste und besprengte sie mit ihrem Duft. Sie wollte ihm sagen: »Nicht diese. Als wir Kinder waren, hat man uns gesagt, wir sollten sie meiden und nicht darüber sprechen, wenn wir ihren Duft in der Abendluft rochen. Sie bringen Unglück.« Doch sie tat es nicht und ließ ihn in seinem Liebesspiel gewähren.

»Ich liebe dich«, sagte er glühend, als er sich wieder auf sie legte und die Blüten zerdrückte, und sie dachte traurig: »Du meinst, du wirst mich lieben, solange dein heimliches Vergnügen nicht ans Licht kommt.«

Die Insekten am Teich summten lauter. Um sie und in ihr war Dunkelheit, er aber lachte fröhlich weiter und entbrannte von neuem vor Leidenschaft. »Ich kann ohne dich nicht leben«, murmelte er, und sie dachte: »Sag das noch einmal. Sag es mir tausendmal und vertreibe die Traurigkeit, die mein Herz erfüllt und nicht weggehen will. Denn ich fürchte, daß bald etwas geschieht.«

Sie hörte in einem Gebüsch in der Nähe ein Geräusch, das weder der Wind noch ein Vogel, noch ein Insekt verursacht haben konnte, und dachte: »Es ist bereits geschehen.« Und vom anderen Ufer des Teiches bekundete auch die kleine Göttin in ihrem Schrein ihr Unbehagen: Diese Blumen sind nicht gut. Du hättest nicht zulassen sollen, daß er sie pflückt und dir auf den Körper streut.

Ihr kräftiger Duft hatte eine berauschende Wirkung, die seine Leidenschaft um so mehr entfachte, und wäre es nach ihm gegangen, so hätte er die ganze Nacht mit ihr auf der Matte neben dem stillen Teich verbracht.

IX Seltsam, dachte sie. Ich sitze auf dem Thron einer Göttin, und vor mir stehen vier goldene Urnen mit Räucherstäbchen. Und da ist auch Reiskuchen. Sehen wir mal, wer da kommt und eine Bitte an mich hat.

Die Göttin ohne Augen und Ohren war die erste Bittstellerin. Sie hielt ein brennendes Räucherstäbchen in der Hand.

»Das darfst du nicht tun«, sagte Han. »Du bist doch die Göttin. Ich bin nur ein Dienstmädchen.«

»Du mußt mir helfen«, sagte die Göttin, die sehr bekümmert aussah.

»Wie könnte ich? Ich habe es dir bereits gesagt. Du bist die Göttin. Du hast die ganze Macht.«

Die Göttin hörte nicht auf sie und fuhr fort: »Du mußt mir helfen. Er wird immer schlimmer. Zuerst straft er mich mit hundertjähriger Taubheit. Dann schlägt er mich.«

In diesem Augenblick erschien der Himmelsgott und suchte nach ihr. In natura sah er viel wilder aus als auf den Bildnissen im Tempel oder als die Statuen von ihm. Seine Augen waren glühende Kohlen. Zwischen seinen vollen, roten, feuchten Lippen blitzten lange weiße Zähne. Sein Atem bewegte die Spitzen seines schwarzen Bartes. Das Sonnenrad aus goldenen Speeren auf seinem Rücken funkelte bedrohlich.

Der Himmelsgott blickte sich um und fragte: »Wo ist sie?« Als er sie entdeckte, rief er »Ah!«, zeigte mit allen zehn Fingern auf sie und sandte einen Energiestrahl aus, der sie erfaßte und zu ihm hinzog.

»Bitte, hilf mir«, flehte die Göttin und blickte weinend zu Han.

»Wie denn? Ich bin doch nur …«

»Wie kannst du nur so dumm sein?« erwiderte die Göttin unwirsch. »Sieh auf dein Handgelenk!«

Sie sah auf ihr Handgelenk und erblickte das Stoffarmband mit dem Jadebildnis des Himmelsgotts. Ein törichter Gott, der sich in Stein und Gold und Jade abbilden ließ und damit auf Gnade und Ungnade den Frauen auslieferte.

»Haben wir die richtige Zeit im Monat?« flüsterte die Göttin.

»Ja«, rief Han freudig. »Nun kann ich dir doch helfen.«

Und so machte sie von ihrem geheimen Blut Gebrauch und hielt den Jadestein an die intime Stelle.

»Nein, nicht!« schrie der Himmelsgott. »Bitte, nicht!« Aber das Blut war bereits auf seinem Bild. Der Himmelsgott stürzte zu Boden und schrie weiter: »Nein, nicht! Habt Erbarmen!«

»Hast du Erbarmen gezeigt, als du mich taub gemacht hast und auf mir herumgetrampelt bist?« brüllte die Göttin und trat auf ihn zu. Sie lachte, als sie sah, wie die goldenen Speere kreuz und quer übereinanderfielen und der mächtige Gott sich zwischen ihnen verfing.

»Wo sind deine Donnerschläge? Wo sind deine Blitze? Zerstört durch das Blut einer Frau!« höhnte sie. Sie wandte sich an Han und sagte: »Gib mir dein Taschenmesser.«

Sie trug das Taschenmesser um den Hals, verborgen in den Falten ihrer Bluse.

»Nein«, rief Han und umklammerte es. »Er hat es mir geschenkt. Du kannst es nicht haben.«

»Ein Geschenk, sieh an«, spottete die Göttin. »Dieser Mann kann dir nichts schenken. Er nutzt dich nur aus. Er sagt, daß er dich liebt, damit er weiter seinen Spaß mit dir haben kann. Doch die ganze Zeit lacht er heimlich über deine Torheit. Er lacht über dich, wenn er bei seiner Frau ist, weißt du das denn nicht?«

»Ja!« stimmte Ältere Schwester zu, die wie aus dem Nichts aufgetaucht war. »Er ist so wie alle Männer. Der alte Narr ließ mich den ganzen Tag Krabben schälen und schrie mich an. Eines Nachts vergewaltigte er mich. Er drückte mir etwas Geld in die Hand und sagte, ich dürfe niemandem davon erzählen. Ich erzählte es seiner Frau, und sie schlug mich. Wie ich die beiden haßte! Ich war so froh, als Ältester Bruder kam und mich holte.«

»Mich holte niemand!« rief Chu, die herbeigerannt kam. »Ich habe fünfzehn Jahre lang gelitten.«

»Gib mir das Taschenmesser«, sagte die Göttin. »Ich werde es ihm zeigen. Ihnen allen werde ich es zeigen.«

Sie riß Han das Messer vom Hals, klappte es auf und schnitt dem Himmelsgott mit einer Bewegung den Penis ab. Sie hielt ihn triumphierend in die Höhe.

»Ihm auch, bitte!«

»Und ihm! Und wenn er zehn Penisse hätte, schneide sie alle ab!«

Der entmannte Gott rannte heulend davon, gefolgt von dem Alten und dem Priester, und alle griffen sich an die blutige Wunde ihrer Entmannung.

Chu hüpfte auf und ab wie ein Kind und jauchzte vor Freude.

»Er hat ihn mit Ginseng gestärkt«, kreischte sie. »Ich mußte ihm stundenlang Tränke aus Ginseng zubereiten, um seine Lust zu steigern. Und sieh ihn dir jetzt an. Ich werde ihn aufheben und an die Enten verfüttern!«

»Du kommst dir wohl sehr schlau vor?« sagte die alte *Keo-Kia*-Frau. Han hatte sie noch nie so ernst gesehen. »Glaubst du denn, das ändert irgend etwas? Mein Rat ist, ertragen und durchhalten.«

»Still!« sagte Han. »Es kümmert mich nicht, daß du alt bist. Ich will dir eines sagen. Hör auf, uns zu belästigen. Du bist nie eine Hilfe.«

»Ich bin die Göttin, und ihr hört mir jetzt zu«, sagte die Göttin und musterte alle gebieterisch. Sie hatte jetzt Augen und Ohren, schöne, wohlgeformte, scharfe Augen und Ohren. Sie reichte Han das Messer.

»Du bist an der Reihe«, sagte sie. »Er hat dich schändlich behandelt. Du bist dran.«

»Nein, bitte nicht«, schrie Wu, doch die Göttin drückte ihn mit Unterstützung von Chu und Älterer Schwester auf die Matte nieder. Er war nach ihrem Liebesakt splitternackt.

»Ich liebe dich«, sagte er flehentlich zu Han. »Das kannst du mir nicht antun.«

»Los, tu es«, drängte die Göttin. »Dies ist deine einzige Chance.«

»Er sagt, daß er mich liebt«, rief Han. »Wie kann ich ihm das antun?«

»Du Närrin!« schrie Ältere Schwester. »Er wird zu seiner Frau zurückkehren. Er hat sie nie wirklich verlassen. Du bist diejenige, die er immer verläßt. Sie wird ihm einen Sohn schenken, und dann wird er dich verlassen und nie zurückkommen!«

»Ich mache dir einen Vorschlag«, sagte die Göttin ernst zu Wu. »Wenn du sie zu deiner Zweitfrau machst, lassen wir dich gehen.« Sie stand über ihm.

»Das kann ich nicht!« jammerte er. »Unmöglich! Ich liebe sie sehr, aber ich bin der junge Herr Wu und sie ist nur ein Dienstmädchen! Versteht ihr denn nicht?«

»Siehst du, was habe ich dir gesagt?« rief die Göttin und wandte sich triumphierend an Han. »Glaubst du mir jetzt?«

»Also gut«, sagte Han. Sie nahm das Taschenmesser und stürzte sich auf Wu.

»Ich sage euch, das wird nichts ändern«, sagt die alte *Keo-Kia*-Frau.

»He, er hat ja nur einen Schnitt an der Schulter«, rief Chu bestürzt. »Du solltest ihm den Penis abschneiden und wegwerfen, damit er ihn nicht finden kann.«

»Du hast Schande über uns gebracht«, sagte die Göttin zornig. »Wie kannst du ihm nur eine Verletzung an der Schulter beibringen, wenn du ihm den Penis abschneiden sollst? Gib das Messer wieder her!«

»O nein!« rief Han. »Ich glaube, er liebt mich. Ich wollte nicht, daß der alte Bao mich fortholt.«

»Du!« schrie die Göttin, die nun ernstlich böse auf Han wurde.

»Laß das ...«, rief Han und wollte damit sagen: »Wackele nicht so heftig mit dem Kopf. Die Risse sind noch da. Ich habe ihm gesagt, daß er sie kitten soll, doch er hat es vergessen.«

Und tatsächlich, die Risse wurden breiter, und plötzlich fiel der Kopf der Göttin von den Schultern auf den Boden.

»Er hat mir versprochen, deinen Kopf auszubessern, doch er hat es vergessen«, sagte Han traurig.

»Versprochen! Versprochen«, weinte die kopflose Göttin. Und plötzlich brach einen Höllenlärm los. Sie hörten das laute Klirren von Speeren, fuhren herum und erblickten den Himmelsgott, der, wieder erstarkt und im alten Glanz, auf sie zukam.

»Ihr habt also gedacht, ihr könntet mich vernichten?« knurrte er. Er zog sich die Hose herunter, und sein Penis schnellte mit aller Macht heraus. Er trat vor, packte die hilflose, kopflose Göttin und drang erbarmungslos in sie ein. Die anderen folgten seinem Beispiel. Der Alte stieß Chu zu Boden und vergewaltigte sie, der Priester Ältere Schwester.

Wu trat zu ihr und sagte: »Komm.« Sie waren in einem Zimmer. Er stieß mit dem Fuß die Tür zu. Er drückte sie gegen die Wand, hob ihre Bluse und riß ihr Leibchen auf. Er saugte an ihren Brustwarzen.

»Los.« Er stieß sie zum Bett, hielt sie nieder und zerrte an ihre Hose.

»Bilde dir nicht ein, daß du mir noch einmal mit dem Messer beikommen kannst«, sagte er, als er mit einem lauten Grunzen in sie eindrang. »Ich habe es weggeworfen. Es liegt auf dem Grund des Teichs.«

»Beeile dich«, rief Li-Li hinter einem Wandschirm hervor. »Wenn du deinen Spaß mit ihr gehabt hast, komm nach Hause.«

»Hilf mir, Göttin«, flehte sie.

»Ich kann mir nicht einmal selbst helfen«, stöhnte die Göttin, und Han sah, daß sie immer noch unter der nackten Gestalt des heftig stoßenden Himmelsgotts mit dem Sonnenrad aus goldenen Speeren auf dem Rücken lag. Blut floß aus ihr heraus.

»Dieses Blut hat keine Macht über mich!« lachte der Himmelsgott. »Ich habe sie gebrochen.«

»Es ist alles deine Schuld«, sagte die Göttin zu Han. »Du hast uns in diese Lage gebracht.«

»Hilfe!« rief Han. Sie erblickte Spuckgesicht, der sie und Wu anstarrte, und rief ihm zu: »Hilfe! Hilf mir, Spuckgesicht.«

Er stürzte herbei und zog sie unter Wu hervor. Der Himmelsgott, noch immer nackt und noch immer erregt, nahm einen Speer von seinem Rücken und erschlug ihn.

»Das darfst du nicht tun!« kreischte Han. »Er hat in seinem ganzen Leben niemandem etwas zuleide getan.«

»Lauft davon, alle, lauft!« rief die Göttin. »Es besteht keine Hoffnung mehr. Lauft!«

»Ich habe euch gewarnt, aber ihr wolltet ja nicht hören«, sagte die alte *Keo-Kia*-Frau traurig.

X »Du bist nicht tot«, murmelte Han dankbar, als Spuckgesicht am Morgen in die Küche kam. Er setzte sich bescheiden an den Beistelltisch, trank seinen Becher Tee, aß fröhlich seine Kekse und lächelte sie an. Sein Kopf saß fest auf den Schultern und war nicht vom Rumpf abgetrennt und auf einen goldenen Speer des Himmelsgotts gespießt. Schlechte Träume weckten düstere Vorahnungen, und den ganzen Tag sprach sie kein Wort, und die Glieder waren ihr schwer wie Blei. Der letzte Traum war der schlimmste von allen gewesen. Er machte ihr angst und lag ihr wie ein kalter Stein auf der Seele. Sie ging in einen Tempel und kaufte einen Beutel geweihter Blütenblätter. Sie tauchte sie in einen Eimer Wasser und wusch sich das Gesicht mit dem Wasser. Die weichen krausen Blätter, rosa und rot, strichen wohltuend über ihre Haut und bannten den Schrecken des Traumes, nicht aber den der Realität, die wie eine dunkle, mit dem Gift haßerfüllter Blicke und heimlichen Geredes gespeiste Wolke über ihr hing. Wenn sie durch das große Haus ging, einsam, von den anderen gemieden und argwöhnisch beobachtet, hatte sie insgeheim Angst.

Choyin war sogar dazu übergegangen, sie zu bespucken. Sobald die Hausdame sie kommen sah oder hörte, sammelte sie Speichel und schleuderte ihn dann kräftig in ihre Richtung. Wenn ihr Mund dafür zu trocken war, spitzte sie nur die Lippen und gab ein lautes »Pah!« von sich. Einmal begegnete sie dem Priester auf dem Korridor. Er trat beiseite und warf ihr einen hämischen Blick zu, der ihr bedeutete: »Du kommst dir wohl sehr schlau vor, mein Fräulein. Aber glaub ja nicht, daß du alle unterkriegen kannst. Der Tag der Abrechnung ist nah.« Der Priester befummelte niemanden mehr. Er aß seine Brötchen und trank seinen Tee in mißmutigem Schweigen. Die Wollust ruhte, solange er eine neue Taktik im Umgang mit widersetzlichen Dienstmädchen aus heckte.

Einmal begegnete sie auch Viertem Älterem Bruder, ebenfalls auf dem Korridor. Er lehnte finster an einer Säule und spähte angestrengt durch den dichten Nebel von Orchidees Zauber, der schließlich zerriß, so daß ihm die Erinnerung wiederkehrte. Er sah sie zunächst verdutzt, dann haßerfüllt an, sprang auf sie zu und knurrte: »Du! Du warst diejenige, die mich angespuckt hat!« Dann verdichtete sich der Nebel wieder, und er schüttelte den Kopf, blinzelte blöde und stolperte in sein Zimmer. Peipei hegte einen wachsenden Unwillen gegen sie, warf ihr scheue, bestürzte Blicke zu und hielt sich so weit wie möglich von ihr fern. Die Waschfrau redete nicht mehr mit ihr und zog ihren kleinen Sohn weg, wenn er, über den heimlichen Klatsch der Erwachsenen im Bilde, näher trat und sie aus großen Augen neugierig anstarrte.

Von mir aus. Macht mit mir, was ihr wollt. Ich habe keine Angst, dachte sie trotzig, doch die kalte beklemmende Angst, die das Rascheln in jener Nacht am Teich erweckt hatte, blieb.

Einmal, als der Sohn der Waschfrau sich unbeobachtet wußte, kam er auf sie zu und fragte mit ungläubigen Augen: »Stimmt es, daß du viele Dämonen im Leib hast?« Sie lächelte und erwiderte: »Ja, und du kannst ihnen bestellen, daß ich sie auch zu behalten gedenke.«

Sie brauchte Hilfe. Sie floh zu der Herrin, dem einzigen Menschen, von dem sie in dem großen Haus Hilfe erwarten konnte. Ihre ganze Hoffnung war dieser breite Rücken, den glücklicherweise nur ihre Hände von seinen Schmerzen erlösen konnten. Sie hatte Peipei als Rückenklopferin praktisch ersetzt.

Sie linderte jeden Schmerz und brachte die alte Dame zum Lächeln. Dieses Lächeln legte sich wie ein schützender Mantel um die nackte Angst, die sie erzittern ließ. Mit Befriedigung stellte sie fest, daß sie noch weitergehen und der Herrin sogar ein vergnügtes Lachen entlocken konnte, das ihr noch mehr Schutz bot. Denn die Herrin hatte Freude an frivolen, pikanten Gesprächen und machte es sich zur Gewohnheit, sie nach der Massage dazubehalten, damit sie ihr Geschichten erzählte. Sie kam dem Wunsch eifrig nach und paßte Inhalt und Art ihrer Geschichten genau den verschrobenen Wünschen der alten Dame an. Sie wurde eine vollendete Rückenklopferin und ein Klatschmaul. Die alte Dame lauschte ihr begierig wie ein Kind. Jetzt, im hohen Alter, legte sie plötzlich die Zwänge von Sitte und Anstand ab, denen sie sich in der Jugend gebeugt hatte. Nach einem langen Leben im Wohlstand wollte sie nun vom Elend der Armen hören und unterbrach jede Geschichte mit einem ungläubigen »Ach, tatsächlich?« oder »Wie war das möglich?«

»Ich weiß noch, wie wir eines Tages so hungrig waren, daß wir in einem Laden eine Packung Reisstangen stibitzten. Wir setzten uns unter einen Baum und aßen die Stangen. Einmal bestahlen wir auch die Götter. Unsere Mutter konnte uns nicht satt kriegen, weil unser Vater ihr niemals genug Geld gab. Eine Nachbarin hatte zu Ehren der Mondgöttin ein Stück gebratene Ente auf den Altar vor ihrem Haus gelegt. Ältester Bruder nahm einen Stock, stieß das Fleisch herunter, und als niemand hersah, rannte er hin und hob es auf. Wir brauchten einige Zeit, bis wir es von Sand und Schmutz gesäubert hatten, und dann hielten wir einen Festschmaus.« Obwohl voll Verachtung für jene, die vom Elend ihrer Familien erzählten, grub sie nun selbst bereitwillig die entwürdigendsten Geschichten über ihre eigene aus, nur um die mächtige alte Dame zu unterhalten.

Einmal, so erzählte die alte Dame, habe sie gesehen, wie ein Bettelkind etwas aus einer Mülltonne genommen und in den

Mund gesteckt habe. Mit leuchtenden Augen sagte sie: »Wenn die Mädchen in mein Haus kommen, haben sie nichts auf den Rippen, doch nach ein paar Monaten stehen sie gut im Futter.« Gern verwies sie darauf, daß das Haus Wu das einzige sei, das den Dienstboten Zugang zu allen Köstlichkeiten in der Speisekammer gewähre.

»Hast du jemals von einem Haus gehört, in dem die Dienstmädchen regelmäßig Huhn, Eier und Fisch bekommen?« fragte sie lächelnd.

Als Frau eines Mannes, der weder Konkubinen noch Nebenfrauen hatte, hörte sie gern Geschichten über die Zügellosigkeit anderer Männer, und sie selbst steuerte Anekdoten über ihren Schwiegervater, den alten Lüstling, bei.

»Mein Bruder kennt einen alten Mann, der vier Frauen hat und trotzdem häufig zu Prostituierten geht. Er stärkt sich mit dem Blut von Schlangen und Gürteltieren.«

Zu reserviert und in sich gekehrt, um sich an dem Klatsch der anderen Mädchen zu beteiligen, plapperte sie nun ungeniert drauflos und befriedigte die Neugierde einer alten, müßigen Frau. Die Herrin hörte aufmerksam zu und sagte, sie habe als kleines Mädchen einen Onkel gehabt, der Schlangenblut getrunken und Bärenpenisse gegessen habe. Sie liebte Geistergeschichten, solange sie nicht von den Geistern jener handelten, die in ihrem Haus gestorben waren. Sie fragte, was man sich über die alte *Keo-Kia*-Frau, die arme unglückliche Chu und das Mädchen mit der Hasenscharte erzähle, das vor so langer Zeit gestorben war, und sagte gleich darauf mit einem leichten Schauder, daß sie nichts mehr davon hören wolle.

Han leitete geschickt zu den harmlosen Geschichten des alten Wahrsagers über, die der Herrin ausnehmend gut gefielen und denen sie mit kindlicher Andacht lauschte. »Es ist schade, daß der blinde Wahrsager nicht mehr kommt«, sagte sie. »Ich würde zu gern seine wunderbaren Geschichten hören.«

Han schaute auf und sah, wie Choyin gerade vorüberging

und ins Zimmer spähte, genau im richtigen Moment, denn die Herrin sagte gerade etwas zu ihr und lachte. Dieser Beweis ihres guten Einvernehmens mußte die Hausdame maßlos ärgern, und sicherlich würde sie umgehend Li-Li davon berichten.

Der junge Herr mag nicht mehr da sein, um mich zu beschützen, aber jetzt habe ich seine Großmutter. Rühr mich an, wenn du dich traust.

Sie nutzte ihre kleinen täglichen Pflichten gezielt zur Pflege dieser Beziehung – Han war zwar nur ein Dienstmädchen, doch es schmeichelte und gefiel der eitlen und einsamen alten Dame, daß sie ihr hingebungsvoll den Rücken massierte, selbst in den Nachtstunden, wenn ihr vor Müdigkeit fast die Lider zufielen, daß sie ihr unterhaltsame Geschichten erzählte oder daß sie ihr durch hundert kleine Gesten ihre Ergebenheit und Fürsorglichkeit zeigte und beispielsweise das ganze Haus nach einem verlorengegangenen Zahnstocher absuchte, an dem sie besonders hing, oder sie auf eine schief sitzende Spange in ihrem Haarknoten aufmerksam machte und sie behutsam geraderückte. Einmal, als Han der alten Dame mit einer Feuchtigkeitscreme die Waden einrieb, sah sie Li-Li vorbeigehen und erwiderte ihren giftigen Blick mit einem leichten Lächeln.

Beschimpfe mich, wenn du dich traust.

Choyin traute sich. Die Gelegenheit dazu ergab sich, als eines Tages ein Fremder in der Küchentür erschien und, ohne jemand Bestimmtes zu verlangen, laut über Spuckgesicht zu sprechen begann. Die Mädchen unterbrachen ihre Arbeit und hörten zu. Choyin bat ihn herein. Wie sich herausstellte, war er der Inhaber des Nudelstands, den Spuckgesicht gern besuchte. Der Mann war gekommen, um Spuckgesichts Freunde in dem großen Haus vor drohendem Unheil zu warnen: Eine Bande von Rowdys aß öfter bei ihm und ließ Spuckgesicht für sie bezahlen. Spuckgesicht zog brav ein Bündel Geldscheine aus der Hemdtasche, und die Rowdys bestellten mehr, als sie essen konnten. Der Mann sagte, das gehe schon seit geraumer Zeit so. Ihm sei bei der Sache nicht wohl, und darum habe er beschlossen, Spuckgesichts Freunde zu unterrichten. Den Hauptgrund für sein Unbehagen ließ er unausgesprochen: Woher hatte Spuckgesicht das viele Geld? War der Idiot zum Dieb geworden, um einen Haufen Faulenzer auszuhalten? Bestahl der undankbare Arme seine großzügigen reichen Gönner? Choyin dankte dem Mann, und er ging in dem befriedigenden Gefühl, einer Verpflichtung nachgekommen zu sein, die sein einfaches, ehrliches Gemüt seit längerem bedrückt hatte. Dann begab sie sich auf die Suche nach Spuckgesicht und schleppte ihn in die Küche, wo sie ihn einem strengen Verhör unterzog.

»Geld, du Idiot, Geld«, brüllte sie, da er sie verständnislos ansah. Sie durchwühlte seine Taschen und fand eine Handvoll kleiner Geldscheine.

»Woher hast du das?« fragte sie. »Normalerweise hast du nur ein paar Geldstücke in der Tasche. Also, wo hast du das gestohlen?«

Sie sprach so laut, daß es im Raum nebenan zu hören war, wo Han gerade bügelte. Sie kam sofort herüber und trat, ein halb gebügeltes Hemd in der Hand, in die Küche.

»Laß ihn in Ruhe«, sagte sie ruhig. »Er hat nicht gestohlen. Das Geld habe ich ihm gegeben.«

»Dann hast *du* es gestohlen!« schrie Choyin. Der Vorwurf hatte ihr lange auf der Zunge gelegen, seit jenem Tag, an dem Spuckgesicht vor Li-Lis Augen mit einem Bündel Geldscheinen gespielt hatte. Zornentbrannt sprach sie ihn jetzt aus. »Du hast es Chu gestohlen. Du hast eine Tote bestohlen!«

»Denk, was du willst«, entgegnete Han. »Spuckgesicht ist kein Dieb. Und ich auch nicht.« Und dann kehrte sie zu ihrer Bügelwäsche zurück. Oder tat zumindest so. Denn sobald sie von der Küche aus nicht mehr zu sehen war, schlich sie sich rasch davon, zum Zimmer der Herrin. Sie trat respektvoll vor die alte Dame hin, die wie gewöhnlich auf einem Stuhl saß, und erklärte, daß sie des Rates bedürfe, und zwar von jemandem, der nur weise Ratschläge gebe. »Was ist geschehen?« fragte die Herrin, und Han erzählte ihr von dem Geld, daß Chu ihr kurz vor ihrem Selbstmord gegeben hatte.

»Sie brachte es mir eingeschlagen in ein Tuch, als ich schlief, rüttelte mich wach und legte es auf meine Matratze. Dann ging sie und erhängte sich. Ich wollte Sie mit der traurigen Geschichte nicht behelligen, und ich wollte das Geld nicht für mich behalten, denn ich habe im Hause Wu alles, was ich brauche. Und so gab ich es Spuckgesicht.«

Und nun dieser Ärger mit Spuckgesicht und den Rowdys. Was sollte sie tun? Wozu würde ihr die Herrin raten?

Sie stand da und wartete geduldig. Die Herrin hörte auf, sich Luft zuzufächeln, und dachte über die Angelegenheit nach. Schließlich gab sie ihr den gewünschten Rat. Das verbliebene Geld solle Spuckgesicht weggenommen werden, damit er keinen weiteren Ärger mit bösen Menschen bekomme. Ein Teil solle in Chus Namen dem Tempel des Weißen Lichts gespendet werden, dann solle ein Altar zum Gedenken an die arme Frau errichtet werden, deren Seele offenbar noch immer keine Ruhe gefunden habe. Das Fest der hungrigen Geister stehe bevor, und Chu habe niemanden, der für sie bete und Speisen für sie opfere.

Han quittierte jeden einzelnen Vorschlag mit einem beifälligen Nicken und hielt am Ende der langatmigen Ausführungen eine überschwengliche Lobrede auf die Klugheit der Herrin. Die alte Dame reagierte später am Tag, als Choyin zu ihr kam und ihre sorgfältig einstudierte Beschwerde vortrug, nur kühl und abweisend: Ja, sie sei über alles im Bilde. Nein, es bestehe kein Grund, etwas zu unternehmen, denn Han habe ihren Rat bereits angenommen und werde das Problem rasch aus der Welt schaffen. Der Präventivschlag machte Choyin sprachlos, hemmte aber nicht ihren Tatendrang. Sie ging abermals auf die Suche nach Spuckgesicht, um ihn ein- oder zweimal zu kneifen oder mit einer Ohrfeige zu bestrafen. Sie konnte sich darauf verlassen, daß der Idiot niemandem davon erzählen würde.

Es war Peipei, die erschreckt zu Han gerannt kam.

»Er ist zusammengeschlagen worden«, stieß sie hervor.

Spuckgesicht stand wimmernd vor der Küche im Hof. Ein Auge war dick geschwollen, die Unterlippe aufgeplatzt. Han eilte hinaus, um ihn ins Haus zu holen. Kaum hatte er sie erblickt, rannte er ihr entgegen und brach wie ein Kind in Tränen aus. Offenbar erinnerte ihn Hans besorgtes Gesicht an damals, als sie ihn von einem Stuhl losgebunden hatte, und verstärkte sein Selbstmitleid und seine Not, so daß er ein lautes Geheul ausstieß.

Spuckgesicht war nicht in der Lage, Fragen zu beantworten, doch er konnte nicken oder den Kopf schütteln und sich mit Händen und Füßen verständlich machen. Langsam kam Klarheit in die Angelegenheit. Mehrere Männer hatten ihn auf dem Marktplatz verprügelt. Der Inhaber des Nudelstands stattete dem Haus einen zweiten Besuch ab und brachte Licht in das restliche Dunkel. Nach seiner Auskunft waren die Rowdys wie gewöhnlich zusammengekommen, um mit Spuckgesicht zu essen. Sie waren ausgelassen und bestellten Berge von Essen, dazu Bier von einem anderen Stand. Dann, als sie feststellten, daß Spuckgesicht nicht einmal seine eigene Zeche bezahlen konnte, schlug ihre Stimmung um, und sie fielen aufgebracht über ihn her. Sie schleppten ihn in eine entlegene Ecke des Platzes, verprügelten ihn und rannten fort. »Wenn ich Ihnen einen Rat geben darf«, sagte der Standinhaber ernst und in aller Bescheidenheit. »Halten Sie ihn von diesen schlechten Menschen fern. Bitte, geben Sie ihm kein Geld mehr.«

Das Geld brachte Spuckgesicht offenbar Unglück. Es war sicherer, wenn er nur ein paar Geldstücke bei sich trug, die er als Almosen bekam oder sich mit Holzhacken oder Latrinenreinigen verdiente.

Spuckgesicht wurde krank von den Schlägen. Er lag in seinem Bett im Holzschuppen, und Han kochte für ihn nahrhaften Reisbrei.

»Es tut mir leid«, sagte Han zu der kleinen Fotografie von Chu, die zwei Urnen mit Räucherstäbchen flankierten, zwei Tassen Tee und ein Teller mit einer großen Pampelmuse. »Aber ich will dir sagen, daß Spuckgesicht und ich nichts mehr von deinem Geld haben, und so hoffe ich, daß deine Seele endlich Ruhe findet.« Gern hätte sie hinzugefügt: »Bitte, erscheine mir nicht mehr im Traum, denn du machst mir entweder angst oder du machst mich traurig. Ich bin so schon ängstlich und traurig genug.« Doch es wäre respektlos gewesen, so mit einer Toten zu reden, und deshalb wiederholte sie nur: »Möge deine Seele Frieden finden.«

Sie betrachtete Spuckgesichts blaue Flecken und sagte: »Das ist gut«, womit sie meinte, daß Spuckgesicht noch einmal glimpflich davongekommen war, wenn ihr böser Traum sich auf diese Weise erfüllt hatte. Einmal hatte ein Mann den Tempel aufgesucht und den Göttern dafür gedankt, daß ihm ein Mißgeschick widerfahren war, denn es bewahrte ihn vor einem größeren.

Glaub ja nicht, daß du noch einmal glimpflich davongekommen bist. Glaub ja nicht, daß ich dich nicht beobachtet habe und daß andere dich nicht für mich beobachtet haben.

Choyins gehässiges Schweigen war eine eindringliche Warnung.

Einer der anderen, die sie in jener Nacht heimlich beobachtet hatten, war wahrscheinlich der Laufbursche des Lebensmittelhändlers oder der Mann der Waschfrau.

»Die Herrin will dich sehen.«

Choyin, die Überbringerin harmloser und unheilvoller Botschaften, kräuselte im Vorgefühl des Triumphs den Mund zu einem schwachen Lächeln. Als Han der Hausdame ins Zimmer der Herrin folgte, wußte sie, daß gleich ein Gewitter auf sie niedergehen würde.

Sie betrat den Raum und schauderte vor der Feindseligkeit zurück, die ihr entgegenschlug und bedrohlich in ihren Ohren knisterte.

Die Herrin saß auf ihrem Stuhl, und die eleganten Mondsicheln ihrer Brauen verhedderten sich in einem Stirnrunzeln tiefsten Mißfallens. Li-Li saß neben ihr, das allgegenwärtige Taschentuch gegen den Mund gepreßt, die Augen vom Weinen verquollen. Choyin stellte sich kühn auf die andere Seite, nicht länger Bedienstete, sondern Teilhaberin der Macht und Mitwirkende an einem Akt der Vergeltung, zu dem sie selbst den Anstoß gegeben hatte. Natürlich war es der Herrin vorbehalten, den Reigen der Anschuldigungen zu eröffnen. Sie blieb sitzen, und ihre Stimme klang überraschend ruhig.

Wie konntest du nur! Von klein auf im Hause Wu so gut behandelt. Eine solche Undankbarkeit! Was wird der Patriarch sagen, wenn er davon erfährt? Wie konntest du nur! Nach all dem, was wir für dich getan haben. Was werden die Leute sagen?

Sie hielt sich nicht mit ermüdenden, einleitenden Fragen auf. Hast du es getan, ja oder nein?

An diesem und jenem Tag. Wir haben den Beweis. Wir wissen alles.

Hans frühere Bemühungen um sie und ihre Versuche, sich bei ihr einzuschmeicheln, waren nicht ganz umsonst gewesen. Offensichtlich wirkten sie mäßigend auf den Zorn der alten Dame. Unter anderen Umständen wäre sie aufgesprungen und hätte ihr eine Ohrfeige gegeben oder, wofür sie berüchtigt war, in die empfindlichsten Stellen im Oberschenkel gezwickt. Im Verlauf ihrer Schimpfkanonade warf sie Han hin und wieder einen Blick zu und milderte ihren Ton, wohl weil sie dachte, daß dieses sonderbare junge Mädchen so schlecht gar nicht sein konnte, denn schließlich war sie ein Muster an

Gehorsam und eine perfekte Rückenklopferin. Oder weil sie, umgekehrt, an die verwöhnte junge Frau ihres Enkels denken mußte, die mit ihren Problemen nicht fertig wurde und damit zu den Älteren gerannt kam und ihnen ihre Ruhe raubte.

Ärgerlicher noch als der Umstand, daß diese junge Dienerin ihren Enkel verführt hatte – was war daran schon so ungewöhnlich angesichts des zügellosen Appetits der Männer? –, war der Wirbel, den die junge Herrin aus dem Hause Chang um die Angelegenheit machte, anstatt ihrem Mann seinen Willen zu lassen und abzuwarten, bis er von dem Mädchen genug hatte, was nur eine Frage der Zeit war. Aber, dachte die Herrin mit einem müden Seufzer, es war wohl das unveränderliche Los des Alters, die Unfähigkeit der Jugend zu ertragen.

Wie konntest du nur! Das hättest du dem Hause Wu nicht antun dürfen. Wir waren so gut zu dir. Du warst ein so braves Mädchen …

Das Gewitter verlor an Heftigkeit. Und tatsächlich ließ die Strenge der alten Dame merklich nach, was auch daran abzulesen war, daß ihre Stirn sich glättete. Wütend und energisch ergriff nun Li-Li das Wort. Sie nahm das Taschentuch vom Mund und beschimpfte Han. Verräterin. Hure. Undankbares Miststück. Wie lange geht das schon? Wie kannst du so schamlos sein? Wie kannst du es wagen, du, ein Dienstmädchen?

Sie war um so empörter, als sie ihrer Wut noch nicht in Gegenwart ihres Mannes hatte Luft machen können, der in diesem Moment wahrscheinlich seelenruhig in seinem Arbeitszimmer las, mit Freunden etwas trank oder im Fond seines Wagens spazierenfuhr und mit dem Chauffeur plauderte.

Wie lange geht das schon? Die liebende Frau, tief gekränkt, will es wissen und noch mehr gekränkt werden.

Han schwieg zu dem Geschrei, in das sich Choyin im geeigneten Moment mit eigenen Behauptungen und Vorwürfen einschaltete. Glaub ja nicht, ich hätte nichts geahnt. Abends zu ungewöhnlicher Stunde davonschleichen. Und erst in den frühen Morgenstunden wiederkommen. Glaub ja nicht, ich hätte es nicht gewußt.

Die gekränkte Frau dachte bedrückt: Das müssen die Nächte der Lügen gewesen sein. Ein Mann belügt seine Frau, stiehlt sich des Nachts davon und trifft sich mit seiner Geliebten.

Choyins Wut wuchs mit der Zahl der Vergehen: Seit das Mädchen im Hause Wu sei, habe es allen nur Verdruß bereitet. In einem Schwall von Beschimpfungen prangerte sie alle Missetaten des Kindes an. Und jetzt dies. Choyin holte mit ihren dünnen fuchtelnden Armen zum Gnadenstoß aus: Der blinde Wahrsager habe vorausgesagt, daß das von einem Dämon besessene Mädchen unsägliches Leid über das Haus Wu bringen werde. Li-Li schrie: »Hinaus! Auf der Stelle hinaus mit dir, du Miststück, du Hure, du Teufel.«

Die Herrin stemmte sich müde aus ihrem Stuhl und verkündete das Urteil, das sie offenbar schon vorher gefällt hatten: Das Mädchen mußte gehen.

»Du mußt gehen«, sagte sie mit einer Mischung aus Strenge und Erschöpfung. »Ich bin eine alte Frau und brauche meine Ruhe. Dem Patriarchen geht es nicht gut. Wir können im Hause Wu keinen Ärger gebrauchen. Du wirst gehen. Du bekommst genug Geld zum Leben, bis wir eine Anstellung für dich gefunden haben.«

Die letzte Maßnahme war allein ihre Entscheidung. Choyin und Li-Li hätten sie mittellos auf die Straße gejagt.

Sie schaute auf. Zum erstenmal schaute sie auf und sagte zu der Herrin mit zitternder, aber klarer Stimme: »Machen Sie sich keine Umstände. Sie brauchen mir kein Geld zu geben oder eine Stelle für mich zu suchen. Ich habe schon eine Stelle gefunden und werde sie noch heute antreten.«

Mit Genugtuung bemerkte sie, wie Choyin und Li-Li zusammenzuckten und sie verdutzt ansahen.

»Wohin gehst du?« fragte die Herrin, und sie antwortete:

»Ins Haus der Blumen.« Die Herrin blickte fragend zu Choyin und Li-Li. Li-Li machte große Augen, dann stieß sie ein kurzes höhnisches Lachen aus. Ein Glanz trat in ihre Augen und brachte sie zum Funkeln.

»Du willst im Haus der Blumen arbeiten? Bei deinem Bruder?« Die pikante Mitteilung bedurfte der Bestätigung.

»Ja.«

Li-Li beugte sich zu der Herrin hinüber und flüsterte ihr etwas zu. Die alte Dame sah Han an und runzelte die Stirn. »Wirst du als Prostituierte arbeiten?«

»Ich gehe ins Haus der Blumen. Ich werde gleich meinem Bruder Bescheid geben.« Und damit drehte sie sich um und ging aus dem Zimmer, voller Genugtuung bei dem Gedanken, daß Li-Li, deren Gesicht vor Freude über den kaum erwarteten Sieg strahlte, es kaum erwarten konnte, nach Hause zu eilen und ihrem Mann zu sagen: »Ich hatte recht, was das Dienstmädchen angeht. Sie war eine Prostituierte und wird immer eine Prostituierte bleiben. Das sind sie alle.«

XI Han lehnte die Hilfe ab, die ihr Lotos und Rose angeboten hatten – sie trugen alle Blumennamen. Zu gegebener Zeit würde auch sie Päonie, Chrysantheme oder Jasmin heißen, je nachdem, welcher Name noch frei war, oder auch Lotos Nummer zwei oder Rose Nummer drei, je nachdem, welcher ihr besser gefiel. Sie fuhr allein mit ihrer Verwandlung fort. Sie stand in dem kleinen Zimmer im Obergeschoß, das ihr Ältester Bruder zugewiesen hatte, und betrachtete sich im Spiegel. Die Männer fanden sie schön. Sie hatte ihre Schönheit für einen einzigen aufgehoben, aber nun sollte sie gepflegt werden, damit viele ihre Freude an ihr hatten. Sie betrachtete die Dosen mit Puder und Rouge, die Lippenstifte, die Augenbrauenstifte und Pinzetten, Utensilien, mit denen sich Frauen zum Vergnügen der Männer künstlich schöner machten. Die beiden Mädchen hatten sie ihr großzügig geliehen, und sie hatte eine ungefähre Vorstellung, was sie damit anfangen sollte. Sie arbeitete gewissenhaft und hatte Spaß an dieser neuen Erfahrung, und knapp eine Stunde später betrachtete sie sich erneut im Spiegel und lächelte.

Kein Mensch hätte sie wiedererkannt. Puder und Farbe hatten sie wie durch Zauberei verwandelt. Sie musterte ihre vergrößerten Augen, den blutroten Bogen ihres Mundes, ihre glühenden Wangen. Sie hatte das Gesicht einer Hure oder einer Göttin, denn selbst Göttinnen bedurften der verschönernden Kraft der Kosmetika, wie die vielen Statuen und Bildnisse in den Tempeln bewiesen. Der einzige Unterschied lag in der Frisur. Ihr Haar, im Nacken zu einem züchtigen Knoten zusammengesteckt, war das einer unbefleckten Göttin. Sie entschied sich für die Hure, löste das Haar und schüttelte es, so daß es glänzend auf ihre Schultern herabwallte, und komplettierte die Wirkung, indem sie sich über dem rechten Ohr eine kecke rote Blume ansteckte.

Ihre wilde Schönheit paßte nicht zu der adretten langärmeligen Bluse mit dem hohen Kragen und den weiten Baumwollhosen, die sie ihr Leben lang getragen hatte, und so legte sie beides ab. Sie ergriff das Kleid, das ihr Lotos oder Rose geliehen hatten, und nahm es in Augenschein. Es war ein langes rosa Kleid aus weichem Stoff, mit koketten Rüschen an Kragen und Ärmeln und einer erstaunlichen Vielzahl von Knöpfen und Haken. Wie der Puder und der Lippenstift entmutigte es sie nicht, sondern weckte ihre Neugier. Sie trat vor den Spiegel und hielt es sich an, dann untersuchte sie es noch einmal genauer, drehte es hin und her, wendete es nach links und kämpfte mit seinen Tücken. Sie kam bald damit zurecht. Das Kleid paßte wie angegossen, und wie das veränderte Gesicht entlockte es ihr einen Ausruf des Erstaunens: Wer würde glauben, dies sei das Dienstmädchen, das einen Tag zuvor das Haus Wu verlassen hatte? Sie lachte in sich hinein.

Lotos und Rose, die beiden hilfsbereiten Mädchen, hatten kichernd vor der geschlossenen Tür herumgelungert und gehofft, als erste das Ergebnis der Verwandlung in Augenschein zu nehmen, wurden aber im letzten Moment weggerufen. Ältester Bruder trat ein und lächelte zufrieden. »Du bist schöner als jedes andere Mädchen hier«, sagte er galant und verfiel sofort wieder in den Trübsinn der letzten Tage. Er vertraute ihr seine Sorgen an: Der junge Begleiter machte ihm zunehmend Ärger. Am Tag zuvor hatte er sogar die Frechheit besessen, ins Haus der Blumen zu kommen, obwohl er es ihm streng verboten hatte. Die Besitzerin des Etablissements, um deren Gunst Ältester Bruder so eifrig gebuhlt hatte, war darüber höchst ungehalten gewesen. Außerdem drohte ihm eine Klage aus dem Hause Wu, denn wie er gehört hatte, warf man ihm dort vor, daß er Vierten Älteren Bruder mit Orchidee bekannt gemacht habe, und deshalb brauchte er jetzt jede Hilfe, die er bekommen konnte. Eines Abends hatte Vierter Älterer Bruder die Prostituierte mit auf sein Zimmer genommen, weil sie darauf bestanden hatte, und innerhalb von zehn Minuten hatte sie alle Wertgegenstände aus dem Zimmer geräumt, darunter auch eine Uhr, die dem Patriarchen gehörte. Später fand man ein Amulett und einen Beutel mit sonderbarem Inhalt unter dem Kopfkissen. Das Paar war seitdem spurlos verschwunden.

Sorgen über Sorgen. Ältester Bruder hob das betrübte Gesicht und teilte ihr eine weitere schlechte Neuigkeit mit: Ältere Schwester, unberechenbar wie immer, war mit einem Mann durchgebrannt, den sie erst seit einer Woche kannte, und hatte Geld mitgenommen, das er ihr anvertraut hatte. Geliehenes Geld, fügte Ältester Bruder hinzu und ließ ein lautes Stöhnen vernehmen.

Er betrachtete seine jüngste Schwester und schöpfte wieder Hoffnung. Er schöpfte Hoffnung, weil das, was er sah, auch dem alten Cheng gefiel. Tatsächlich hatte der alte Mann, der bei seinen Besuchen stets einen tadellos geschnittenen Anzug aus weißer Seide und einen weißen Tropenhelm trug und einen Stock mit goldenem Knauf mitführte, nur einen Blick auf Han geworfen und sofort wohlwollend genickt. Das Nikken des alten Cheng war Gold wert.

»Er möchte dich morgen besuchen«, sagte Ältester Bruder und setzte hinzu: »Er besitzt riesige Kautschuk- und Kokosplantagen.«

»In Ordnung«, erwiderte Han.

Ältester Bruder schenkte ihr auch einen wohlwollenden Blick.

»Keine Sorge«, sagte sie vergnügt im Hinblick auf seine Schwierigkeiten.

Ältester Bruder staunte insgeheim über ihre Verwandlung. Innerhalb von Tagen hatten ihr Aussehen und ihr Verhalten eine verblüffende Veränderung erfahren. Er fühlte sich an die Geschichte von der Schlangenfrau erinnert, die in ihre Schlangenhaut schlüpft und sich von einem Moment auf den andern von einem unschuldigen Mädchen in eine böse, hinreißend schöne Zauberin verwandelt. Er hatte seiner Schwester lange vergeblich zugeredet, ins Haus der Blumen zu kommen und mit ihm ein Leben in Wohlstand zu führen, und so hätte er jetzt eigentlich froh sein müssen. Doch er hatte ein ungutes Gefühl. Irgend etwas stimmte nicht, aber er wußte nicht, was. Die Frau, die da in dem weichen, koketten Kleid vor ihm stand, mit den roten Lippen und dem blumengeschmückten Haar, war nicht seine Schwester.

Der alte Cheng, dem sich dieses Bild der neuen Schönheit im Haus der Blumen eingeprägt hatte, nickte erwartungsvoll und lächelte, als er in das Zimmer geführt wurde. Er schloß sanft die Tür. Der alte Cheng liebte schöne junge Körper. Zwar war er weit über das Alter hinaus, in dem seltener Ginseng und Schlangenblut noch ihre Wirkung taten, doch seiner Freude an einfachen Vergnügen tat dies keinen Abbruch. Er sah einem jungen Mädchen gern dabei zu, wie es sich die Haare über die nackten Schultern kämmte, ihm eine Tasse duftenden Tee brachte oder ihm mit Öl die Beine massierte.

Das Zimmer lag im Halbdunkel, was ihm gefiel, und das neue Mädchen saß in einer Ecke und kehrte ihm verschämt den Rücken zu, was ihm noch besser gefiel. Sie wandte ihm langsam das Gesicht zu. Er trat mit einem vergnügten Kichern näher, prallte aber im nächsten Moment zurück, denn was er sah, war eine zerzauste, schlampige Frau und nicht die prächtig aufgemachte Schönheit vom Vortag. Das Haar, in dem ein paar welke Blumen steckten, hing ihr in wirren Strähnen in das Gesicht und auf die Schultern. War sie so unordentlich, weil sie eben erst aufgestanden war? Der alte Cheng machte große Augen. Das Mädchen trat aus dem Schatten vor ihn hin und lächelte. Der Angstschrei blieb ihm in der Kehle stecken, denn er blickte in das Gesicht einer Hexe: Es war mit irgendeiner widerlichen Substanz beschmiert, die Augen waren weit aufgerissen und starrten ihn an, und der aufgesperrte Mund entblößte widerwärtig schwarze Zähne. Und auch ihre Kleider waren zerlumpt und schmutzig. Das Mädchen brach in ein Lachen aus, ein heiseres Lachen, und da wußte er endgültig, daß er eine Wahnsinnige vor sich hatte. Aus irgendeinem Grund beherbergte dieses Freudenhaus eine Verrückte, und er war versehentlich in ihr Zimmer geführt worden. Oder war sie ein Geist? Hatte er ein geheimes Zimmer betreten, in das eine vor Jahren verstorbene Frau zurückgekehrt war, um Rache zu üben?

Schreckliche Gedanken schossen dem alten Cheng durch den Kopf, ließen ihn zurückweichen und entlockten ihm spitze Schreie des Entsetzens. »O nein, nicht doch«, stammelte er, als sie grinsend näher kam, und ging rückwärts zur Tür. Seine alten Hände zitterten heftig, doch es gelang ihm, den Türknopf zu drehen. Er floh. Sie lächelte. Sie konnte sich darauf verlassen, daß er das Geheimnis bis an sein Lebensende für sich behielt. Reiche alte Männer waren abergläubisch, und über eine Begegnung wie diese, die ein böses Omen war, wurde für immer der Mantel des Schweigens gebreitet. Der alte Cheng würde nie wieder ins Haus der Blumen kommen und statt dessen sein Heil in Reinigungsbädern suchen, die ihm Tempelmönche verordneten.

Sie lachte in sich hinein. Innerhalb eines knappen Jahres hatte sie sich einem Mann zuliebe drei andere vom Leib gehalten, jeden auf eine andere Art: Den ersten hatte sie mit Tee verbrüht, den zweiten angespuckt, den dritten zu Tode erschreckt. Sie nahm die welken Blumen aus dem Haar, wusch sich das Gesicht, putzte sich die Zähne und zog sich um. Dann machte sie sich wieder an die mühsame Aufgabe des Schminkens, damit sie mit den perfekt herausgeputzten Mädchen Lotos und Rose konkurrieren konnte, den unangefochtenen Favoritinnen im Haus der Blumen. Sie zog ein rosafarbenes Kleid an, setzte sich auf einen Stuhl und wartete. Sie wußte, daß sie nicht lange würde warten müssen.

Und tatsächlich, gerade als sie schläfrig wurde und eindöste, vernahm sie laute Schritte. Ein freudiger Schauder durchlief sie, als sie hörte, wie die Schritte zornig und zielstrebig auf ihre Tür zuhielten und wie die Stimme wütend ihren Namen rief, noch bevor die Augen sie erblickt hatten.

»Du!« brüllte Wu. Sie hatte ihn noch nie so wütend gesehen. Sie schaute schweigend zu ihm auf.

»Zieh die Sachen aus. Wasch dir die Farbe aus dem Gesicht. Ich nehme dich mit.«

Er riß sie vom Stuhl hoch. Sie sah ihn noch immer an und schwieg. Er starrte sie an, dann blickte er sich im Zimmer um. Er machte seinem Zorn weiter durch Brüllen und Poltern Luft.

»Ich habe gesagt, du sollst die Sachen ausziehen«, schrie er und riß ihr die rote Dahlie aus dem Haar. »Du Hure!« Er suchte nach ihren Kleidern, sah die vertraute Bluse und Hose an einem Haken hängen, riß sie herunter und warf sie ihr zu. Er entdeckte ihre Pantoffeln unter dem Bett, zog sie hervor und schleuderte sie ihr an den Kopf.

Er mußte noch mehr tun, um seine angestaute Wut zu entladen. Er rannte zur Wand und schlug mit beiden Fäusten dagegen. Er schlug so lange, bis seine Knöchel bluteten, dann lehnte er keuchend den Kopf an die Wand. Sie beobachtete ihn. Er wirbelte herum und sah sie mit funkelnden Augen an. Mit einem wilden Grunzen zog er sie an sich und schüttelte sie, dann schlug er ihr auf den Mund, so daß sie rückwärts taumelte und auf das Bett fiel.

Sie blieb still liegen und betastete ihre blutende Unterlippe. Sie sahen einander an. Er war bleich vor Entsetzen über seine Tat. Er sprang zu ihr, schlang die Arme um sie und weinte.

»Bitte, verzeih mir, das habe ich nicht gewollt. Ich schwöre dir, das habe ich nicht gewollt.« Sie betastete noch immer ihre Lippe. Er drückte ihren Kopf an seine Schulter und wiegte sie in seinen Armen, von Reue und Sehnsucht übermannt. »Bitte, verzeih mir. Ich wollte dir nicht weh tun. Ich war nur so wütend, weil du zu anderen Männern gegangen bist. Ich kann den Gedanken nicht ertragen, daß du mit anderen Männern zusammen bist, denn ich liebe dich so sehr. Verstehst du das nicht?«

Das war das größte Geständnis, das ein Mann machen konnte. Sie dachte, den Kopf an seiner Schulter, die Lippe noch immer zitternd vor Schmerz: Das ist das erste Mal, daß er es wirklich so meint. Wenn eine liebende Frau erst geschlagen werden muß, damit er reumütig wird, damit er sie liebt, nun gut. Sie wollte das Geständnis seiner Liebe noch einmal hören, wollte die Worte aus ihm herausziehen, immer und immer wieder, sie wie Perlen auf eine Schnur ziehen und in ihrem Gedächtnis bewahren. In möglichen Zeiten künftiger Trauer könnte sie sie berühren, an ihr Gesicht drücken. Sie forderte ihn nicht auf, es ihr noch einmal zu sagen, sondern machte ihm ihrerseits glühende Liebeserklärungen – »Ich habe nie aufgehört, dich zu lieben«, »Ich werde keinen anderen jemals so lieben wie dich« – und spornte ihn so zu immer leidenschaftlicheren Antworten an, so daß sie sich wie ängstliche, hilflose Kinder auf dem Bett aneinanderklammerten, sie noch an der Lippe blutend, er mit schmerzenden Knöcheln von den Schlägen gegen die Wand. Sie wußten, daß ihr Verlangen und ihre Liebe jenen unbestimmbaren Punkt erreicht hatten, von dem es kein Zurück mehr gab.

Was sollen wir jetzt tun?

Die Zärtlichkeit mußte rasch nüchterner Überlegung weichen. Sie stellte eine harte Forderung: Mach mich zu deiner Zweitfrau. Geh zu deinem Großvater und deiner Großmutter und sage, ich bin der junge Herr Wu, ich will das Dienstmädchen Han zu meiner Zweitfrau machen. Geh zu deiner Frau und sage, ich bin dein Mann, ich will das Dienstmädchen Han als Zweitfrau haben. Dann geh weg, ohne auf ihre Antwort zu warten, denn du bist der Herr Wu.

Er starrte sie an.

»Und wenn ich es nicht tun kann?« fragte er.

»Dann bleibe ich im Haus der Blumen«, sagte sie. »Für mich gibt es kein anderes Leben. Ich werde niemals weggehen und bei dem alten Bao oder dem alten Cheng leben. Ich werde hier leben und sterben.«

Er starrte sie weiter an.

»Verstehst du denn nicht?« fragte sie und begann zu weinen. »Ich muß ein Teil von dir sein. Ich kann nicht eine Bedienstete sein, die du einmal im Monat heimlich triffst und die übrige Zeit vergißt. Ich muß in einem richtigen Bett mit dir liegen, in einem Zimmer, in einem Haus. Wenn ich im Dunkeln sitze und auf dich warte, muß ich Gewißheit haben, daß du auch kommst. Und vor allem möchte ich vor Choyin und den anderen deinen Arm halten und ihnen sagen können: ›Er ist auch *mein* Ehemann. Er wird auch der Vater *meiner* Kinder sein.‹«

Es war einmal eine Zweitfrau, die nur einmal im Monat mit ihrem Ehemann schlafen durfte, weil es die Erstfrau so wollte. Dennoch gebar sie viele Kinder, die ihr aber weggenommen und von der Erstfrau aufgezogen wurden. Die Zweitfrau ertrug ihren Kummer viele Jahre, dann starb die Erstfrau plötzlich an einer mysteriösen Krankheit, und sie hatte ihren Mann ganz für sich allein und führte mit ihm noch zwanzig Jahre lang ein erfülltes Leben. Wenn die Götter es gut meinten, starben grausame Erstfrauen als erste.

Er konnte nicht aufhören, sie anzustarren.

»Schwach!« dachte sie. »Schwach. Du sagst, du liebst mich, aber es ist eine schwache Liebe.«

»Ich tue es«, sagte er. »Ich nehme dich mit nach Hause. Jetzt zieh deine Sachen an.«

XII »Ich nehme dich mit nach Hause.«
Von der Liebe eingegebene Versprechen sind immer größer als die Realität und müssen entsprechend eingeschränkt werden.

»Ich lasse dich bei vertrauenswürdigen Leuten, bis ich…« Er sprach es nicht aus, doch beide wußten, daß er sein Versprechen meinte, das Notwendige zu tun und seinen Großeltern und seiner Frau seine Entscheidung mitzuteilen.

Goldener Farn und ihr netter Mann, der Schuhmacher, waren in ihren Augen die vertrauenswürdigsten und gastfreundlichsten Leute.

»Natürlich«, sagte Goldener Farn und wandte sich mit einem nervösen, fragenden Blick an ihren Ehemann, denn selbst freundliche Ehemänner sollten gefragt werden.

»Natürlich«, beschied der Schuhmacher, der einmal gesagt hatte, er ziehe das einfache, friedliche Leben eines einfachen Schuhmachers dem eines wohlhabenden Mannes vor, den die Intrigen seiner Konkubinen und Nebenfrauen zermürbten.

»Ich richte gleich ein Zimmer für dich her«, sagte Goldener Farn großzügig.

Später, in der Stille der Nacht, sollten Mann und Frau über die seltsame Wendung der Ereignisse sprechen, freilich nur flüsternd, damit ihre Unterhaltung nicht durch die dünnen Bretterwände des Hauses gehört werden konnte. Jetzt waren sie von ausgesuchter Freundlichkeit. Ein Dienstmädchen, das die

Nebenfrau des jungen Herrn Wu werden sollte, stieg in ihrer Achtung rapide.

»Danke«, sagte Han.

»Es ist nur für kurze Zeit«, fügte sie hinzu, im Glauben, dies sei die letzte Zwischenstation auf der langen beschwerlichen Reise ihrer Liebe.

XIII Das Taschentuch half wenig gegen den Schock und den Schmerz, und so warf Li-Li es weg, schob sich statt dessen die Faust in den Mund und biß kräftig hinein. Ihr kleiner Körper krümmte sich vor Schmerzen, aber sie brauchte das, um sich von dem noch größeren Schmerz abzulenken. Es war vergeblich. Sie zog die Hand, von weißen Bißspuren verunstaltet, wieder aus dem Mund, fuhr herum und sah ihren Mann an, der am Fenster stand. »Wie kannst du mir so etwas antun?« fragte sie. Wie. Was. Warum. Eine verletzte Frau fällt ihr Urteil in Form rhetorischer Fragen, die in lauten Schmähungen gipfeln: Raus! Verschwinde aus meinem Leben!

Er wartete, bis ihr Schluchzen nachließ, dann wiederholte er einfach und ruhig: »Ich will Han zu meiner Nebenfrau machen.« Auch wiederholte er: »Ich liebe sie«, und hoffte, daß diese Wiederholung genügte, um seinen Wunsch vor Einwänden zu schützen. Da es keine Rechtfertigung gab, konnte er die beiden Äußerungen nur durch ihre Wiederholung bekräftigen. »Wie kannst du dich so erniedrigen?« »Ist das der Dank dafür, daß ich dir eine treue, liebende Ehefrau bin?« »Willst du das Haus Wu zum allgemeinen Gespött machen?« Auf jede Frage, die ihm seine Frau entgegenschleuderte, konnte er nur antworten: »Ich brauche sie« oder »Ich liebe sie«. Er kam sich idiotisch vor, weil er sich ständig wiederholte, und war nicht überrascht, als seine Frau darauf mit einem weiteren Wutausbruch reagierte.

Sie schrie und wimmerte abwechselnd und fiel von einem

Extrem ins andere, von denen keines ihren Mann zu beeindrucken schien. Obwohl sie außer sich vor Wut war, nahm mit erstaunlicher Klarheit ein Gedanke in ihrem Kopf Gestalt an: Das besessene Dienstmädchen war selbst zum Dämon geworden und hatte ihre neue Macht dazu benutzt, ihren Mann zu behexen. Anders ließ sich der Reiz, den sie auf ihn ausübte, nicht erklären. Noch nie war ein Mann vor der Hexenkunst einer Frau allein dadurch gerettet worden, daß man ihn zwang, den Tatsachen ins Gesicht zu sehen: Er würde es bis zum letzten Atemzug bestreiten und noch tiefer in die Fänge der Hexe geraten. Doch Li-Li war fest entschlossen, ihrem Mann die Wahrheit ins Gesicht zu schleudern, denn vielleicht brach der Schock ja den Bann.

»Ich will dir eines sagen«, rief sie. »Diese dämonische Frau hat dich verhext. Mit ihrem geheimen Blut. Das nächste Mal, wenn sie dir etwas zu essen oder zu trinken anbietet, sieh es dir genau an und schnuppere daran, ob du es riechst.« Ihr zartes, empfindsames Gemüt war von den schlüpfrigen Geschichten und dem derben Klatsch der Dienstmädchen nicht gänzlich verschont geblieben. Als junges Mädchen hatte sie ernst und mit großen Augen solch anstößigem Gerede gelauscht.

Sie fuhr mit unverminderter Heftigkeit fort: »Du bist nicht mehr du selbst. Jeder kann das sehen. Ich kann es sogar in deinen Augen sehen. Das sind nicht mehr die Augen eines normalen Mannes. Wirf einen Blick in den Spiegel. Der junge Herr Wu, von einem gewöhnlichen Dienstmädchen verhext!«

Die Strategie, die geheimen Ängste ihres Mannes zu schüren, war nun ausgereizt, und sie fühlte sich erschöpft. Sie sank in die Kissen auf ihrem Bett zurück, während er noch immer schweigsam und reglos am Fenster stand. »Geh!« brachte sie langsam und mühsam hervor: »Bitte, verlaß augenblicklich dieses Zimmer. Ich kann deinen Anblick nicht mehr ertragen.« Er blieb, wo er war, empfand Mitleid mit ihr und dachte gleichzeitig: »Mein Vater und mein Großvater hätten es nie geduldet, daß eine Frau in ihrer Gegenwart schreit.« Und er fragte sich, ob es klug war, wenn Männer ein Mädchen aus reicherem Hause heirateten.

»Ich habe dir gesagt, daß du gehen sollst«, sagte sie müde und bedeckte ihre Augen mit einem Arm. Doch kaum machte er Anstalten, zur Tür zu gehen, fuhr sie hoch und rief: »Warte!« Er blieb stehen und wandte sich ihr wieder zu.

»Eine Frage«, sagte sie. »Hast du es deinen Großeltern schon gesagt?«

»Noch nicht, aber ich werde es tun«, antwortete er.

»Dann verschwinde!« herrschte sie ihn an.

Mehr noch als unter ihrer Wut leidet eine Frau unter ihrer Unschlüssigkeit. Verschwinde, sagte sie. Komm zurück. Verschwinde. Komm zurück.

Er war bereits in der Tür, als sie sich erneut auf den Ellenbogen stützte und rief: »Warte!«

Er blieb stehen und wartete. Plötzlich wurde sie ganz sanft.

»Ich muß dir etwas sagen«, hauchte sie mit leidender Stimme. »Ich bin schwanger.«

Er fuhr zusammen und wollte zu ihr eilen, doch schon war sie wieder so abweisend wie zuvor, schrie und wies ihn mit einer Handbewegung zurück. »Geh zu ihr! Geh zu deiner Hure. Ist mir doch egal!«

XIV Die Herrin saß auf ihrem Stuhl, die Hände schlaff in ihrem Schoß.

»Ihr jungen Leute bringt mich noch ins Grab«, sagte sie traurig. »Warum müßt ihr einem soviel Kummer machen?«

Ohne die Form oder den Ton zu ändern, wiederholte er seine Entscheidung und ihren Grund: »Ich will das Dienstmädchen Han zu meiner Zweitfrau machen. Ich liebe sie.«

Die alte Dame seufzte und schüttelte den Kopf. »Ich dachte, der Ärger hätte ein Ende, als sie wegging. Jetzt beginnt alles noch einmal von vorn.«

Sie beurteilte die Angelegenheit allein nach ihren Auswirkungen auf ihren schmerzenden Rücken, ihren leidenden Gatten, der wieder schlecht von dem Alten träumte, die Beziehungen zum Hause Chang, die noch nie besonders gut gewesen waren. Sie wollte, daß ihr Enkel glücklich wurde. Ihretwegen konnte er sich hundert Dienstmädchen nehmen, wenn ihm danach war, aber nicht, wenn es mit solchen Scherereien verbunden war.

»Ich bin nicht mehr so stark wie früher«, fuhr sie fort. »Ich kann mir nicht immer die Probleme der Jungen aufladen.«

Worte der Reue gingen ihm leichter über die Lippen als Liebesbekenntnisse, und so fiel er vor der Großmutter auf die Knie, ergriff ihre Hände und bat sie um Verzeihung. Die alte Dame brach in Tränen aus und schmiegte sich an ihn. Die Tränen hatten den erstaunlichen Effekt, daß sie sogar die Unannehmlichkeiten vergessen machten, die den gleichmäßigen

Gang ihres Lebens störten und ihr die Freude an den kleinen Vergnügen verdarben wie dem Austausch von Klatsch und der Begutachtung neuer Haarnadeln, die ihr Juweliere regelmäßig brachten. Sichtlich gerührt über die zärtliche Geste der Zuneigung ihres Enkels, trocknete sich die alte Dame die Tränen und erkundigte sich nach seinem Befinden, fragte, ob er sich gut ernähre, was er gegen den hartnäckigen Ausschlag an seinem Fuß tue, ob er die Vogelnester möge, die Choyin ihm geschickt habe. Sie tätschelte ihm liebevoll den Arm und klagte, daß er sich seit seiner Heirat niemals die Zeit für einen längeren Plausch mit ihr genommen habe wie früher.

»Mein Enkel«, sagte sie stolz und hielt seinen Arm. »Mein Enkel, warum hast du so wenig Zeit für deine alte Großmutter? Als du noch ein kleiner Junge warst, habe ich dich immer meinen ›kostbaren Diamanten‹ genannt. Erinnerst du dich?« Er erinnerte sich mit einer gewissen Verlegenheit. Wenn sie jemanden besucht hatte, hatte sie vor dem Betreten des Hauses immer laut gerufen: »Ich habe auch meinen ›kostbaren Diamanten‹ mitgebracht!« und ihn dann einem Kreis bewundernd kichernder Frauen vorgeführt.

Er versprach, sie künftig häufiger zu besuchen, und erklärte, daß er sich bei seinen Besuchen ganz dem Großvater widmen müsse, da es ihm so schlecht gehe und er sich immer sehr freue, ihn zu sehen. Bei der Erwähnung des Patriarchen wurde die Miene der alten Dame wieder ernst. »Dein Großvater darf nicht mit den Problemen von euch Jungen behelligt werden«, sagte sie, sah ihn streng an und fuhr mit leiser Stimme fort: »Er ist jetzt ein sehr alter Mann, und er soll einen friedlichen Lebensabend verleben. Oh, oh, womit habe ich das verdient?« Und die sanften Augenbrauen legten sich wieder in sorgenvolle Wellen.

»Großmutter, bitte, weine nicht. Alles wird wieder gut.«

Mit einemmal wurde ihm bewußt, daß sein Wortschatz angesichts der Unhaltbarkeit seiner Position auf ein paar stereotype Sätze zusammengeschrumpft war, ob er nun seine Liebe bekundete, Beschuldigungen zurückwies oder Trost spendete. Weine nicht. Alles wird wieder gut. In den kommenden Tagen würde er diese Worte zu mehreren weinenden Frauen sagen – seiner Großmutter, seiner Frau, seiner Geliebten, vielleicht auch zu seiner Schwiegermutter und sogar zu der Hausdame Choyin, wenn sie unter Tränen zu ihm kam und sich für seine Frau einsetzte. Weine nicht. Als könnte eine einfache Ermahnung eine Frau vom Weinen oder Fluchen abhalten.

Er fühlte sich erschöpft. Doch es gab für ihn kein Zurück mehr. Er liebte und begehrte das Mädchen. Er konnte nicht ohne sie leben. Gemessen an diesem Herzenswunsch war alles andere zweitrangig.

»Bitte, erzähle deinem Großvater nichts davon«, sagte die Herrin. Sie hatte eine Idee: Er solle sich das Mädchen ruhig nehmen, aber an einem diskreten Ort unterbringen, weit weg von den beiden Häusern, am besten in einer anderen Stadt. Sie kenne einen Mann, der das mit großem Erfolg praktiziert habe. Seine Frau sei erst nach einer Weile dahintergekommen, habe sich aber nichts anmerken lassen. Alles sei glatt über die Bühne gegangen. Niemand habe sich aufgeregt.

»Bitte, erzähl deinem Großvater nichts davon«, wiederholte sie eindringlich. »Er würde sich nur Sorgen machen, und sein Zustand würde sich verschlechtern.«

»Ich werde es ihm sagen, ich muß«, entgegnete Wu, denn er hatte ein Versprechen gegeben, das er halten mußte.

»Dann warte noch ein paar Tage damit«, sagte die alte Dame bekümmert. »Kannst du nicht ein paar Tage warten?«

»Also gut, Großmutter«, sagte er und tröstete sie, denn sie hatte abermals zu weinen begonnen.

XV »Mein Enkel«, sagte der Patriarch mit schwacher Stimme. Er wollte aus dem Bett steigen, doch Wu rannte zu ihm und kam dieser Geste der Zuneigung mit einer Geste kindlicher Fürsorge zuvor. »Nein, nein, Großvater, du brauchst nicht aufzustehen.« Er half dem alten Mann, sich wieder in das bequeme Bett zu legen. Der Patriarch sah ihn zärtlich und liebevoll an. Seit seiner Erkrankung war er längst nicht mehr so reserviert, sondern überaus mitteilsam und mochte es, wenn seine Frau oder sein Enkel sich zu ihm setzten und mit ihm plauderten.

»Eine wunderbare Neuigkeit«, sagte der Patriarch. »Ich habe immer gewußt, daß ich meinen Urenkel sehe, bevor ich sterbe. Jetzt kann ich frohen Herzens sterben.«

Wu schaute auf, und jetzt erst bemerkte er Li-Li, die still auf einem Stuhl in der Ecke saß. Sie war ihm also zuvorgekommen und hatte dem alten Mann ihre Neuigkeit zuerst überbracht.

Der Patriarch drehte den Kopf in Li-Lis Richtung und forderte sie auf, sich näher zu ihnen zu setzen.

»Es ist schon in Ordnung, Großvater«, sagte sie und blieb auf ihrem Platz. Sie hatte den alten Mann allein in seinem Zimmer aufgesucht und dieser Kühnheit dadurch die Spitze genommen, daß sie sich, sobald der Zweck ihres Kommens erfüllt war, ehrerbietig in eine Ecke zurückgezogen hatte, und nun bekundete sie erneut ihren Respekt, indem sie es ablehnte, das traute Beisammensein der beiden Männer zu stören.

»Eine wunderbare Neuigkeit«, wiederholte der Patriarch

und fügte hinzu, daß er erst letzte Nacht vom Alten geträumt habe, doch anders als sonst habe ihn der Traum nicht geängstigt, sondern beruhigt. Der Alte habe ihn angelächelt und gesagt: »Ich habe meinen Urenkel noch gesehen. Diese Gnade wird der Himmelsgott auch dir erweisen.«

Und nun, sagte der alte Mann mit Dankbarkeit in den Augen, sei der Traum durch Li-Lis Besuch bestätigt worden. Wäre er gesund gewesen, so hätte es ihn verdrossen, aus dem Mund einer Frau zu erfahren, daß sie guter Hoffnung sei, auch wenn die Nachricht höchst erfreulich sei und den Fortbestand seines Namens garantiere. Doch die Krankheit hatte den strengen Mann milde gestimmt, so daß selbst die junge Frau seines Enkels ohne Scheu zu ihm kommen konnte.

Der Patriarch, der nun ausführlich seinen Traum erzählte, war so bewegt über die Güte des mächtigen Himmelsgotts, daß eine Träne in seinem Auge erschien. Seine Stimme zitterte, und Li-Li sprang herbei und war mit ihrem Taschentuch rechtzeitig zur Stelle, um die große Träne abzuwischen, die ihm langsam über die Wange rollte.

Ein alter Mann, der vor Freude weinte, während ihm der Enkel die Hand hielt und die junge Frau des Enkels, die den ersehnten Urenkel in sich trug, der sein irdisches Leben krönen würde, eine Träne abwischte – nichts durfte die Heiligkeit einer solchen Szene verletzen, am wenigsten die Ankündigung eines rücksichtslosen Vorhabens. Tatsächlich war dieses Vorhaben zu diesem Zeitpunkt so weit in den Hintergrund getreten, daß Wu sich von ganzem Herzen mit dem Patriarchen freuen konnte. Der Fortbestand des Hauses Wu war gesichert.

XVI »Und?« fragte Li-Li am selben Abend. Die Frage war zugleich eine Herausforderung und Warnung. Sie hatte in dieses kleine Wort all die Gefühle gelegt, die sie seit jenem Tag bewegten, als sie den flüchtigen Blickkontakt zwischen ihrem Mann und dem Dienstmädchen Han bemerkt hatte.

Und? Was wirst du als nächstes tun? Willst du immer noch an der Dienerin festhalten? Willst du deinen Großvater ins Grab bringen? Bist du dir darüber im klaren, daß du dir den Zorn des ganzen Hauses Chang zuziehst?

Wu schwieg.

Li-Li stand vor ihm und sagte: »Ich weiß, wo sie ist. Ich möchte, daß du einen Boten mit folgender Nachricht zu ihr schickst: ›Ich will dich nicht mehr sehen. Ich will nichts mehr mit dir zu tun haben.‹«

Sie funkelte ihn herausfordernd an. Ihr Blick sagte: »Tue es, sonst gehe ich noch einmal zu deinem Großvater. Der alte Mann ist auf meiner Seite.«

Im allgemeinen war sie ihm gleichgültig, manchmal war er von ihrer schüchternen Sinnlichkeit im Bett fasziniert, doch jetzt stellte er zu seiner Überraschung fest, daß er sie haßte. Er fragte sich, wie es möglich war, eine Frau zu hassen und sie gleichzeitig zu schätzen, weil Leben in ihr heranwuchs. Der giftige, bohrende Blick ihrer verengten Augen, ihre verbittert gekräuselten Lippen, ihr Lachen, das mit seiner Schärfe die Luft durchschnitt, dies alles stieß ihn ab, doch der verborgene

Teil ihres Körpers, der das keimende Leben, das seinen Namen tragen würde, umschloß, zog ihn an.

Mein Sohn, dachte er. Mein Sohn. Der Ururenkel des Alten, der Urenkel des Patriarchen. Die großartige männliche Linie des Hauses Wu.

»Wirst du es tun?« fragte sie wieder.

»Nein«, antwortete er.

»Dann wirst du die Konsequenzen tragen müssen.«

XVII Choyin rang die Hände und schüttelte den Kopf. Li-Li hatte nach ihr geschickt, und sie eilte vom Haus Wu in das Haus Chang. Ihre ausladenden Gesten drückten ihre Sorge um die bedauernswerte junge Herrin aus, aber auch ihren Wunsch, den Mädchen im Haus Chang zu zeigen, daß sie ihnen nun, da ihre Kompetenz so offen anerkannt worden war, zu befehlen hatte. Und so schnalzte sie mit der Zunge, gackerte aufgeregt und kommandierte die anderen herum. Dann ging sie ins Zimmer der jungen Herrin, um ihr Trost zu spenden und zu helfen.

Denn Li-Li war gestürzt und hatte zu bluten begonnen. Ein Dienstmädchen hatte sie auf der Treppe gefunden, wo sie sich jämmerlich weinend an das Geländer geklammert hatte. Man hatte sofort einen Arzt gerufen. Es stand zu befürchten, daß sie das Kind verlieren würde.

Jetzt lag sie im Bett, bleich und schwach. Choyin half ihr, sich aufzusetzen, und fütterte sie mit kräftiger schwarzer Hühnerbrühe. Ihre Mutter saß daneben, betrachtete sie besorgt und befühlte hin und wieder nervös ihre Stirn oder Wange. Die Herrin Chang wollte in Kürze die verschiedenen Tempel aufsuchen und von dort geweihte Blumen, geweihtes Öl und die Asche von verbranntem Gebetspapier mitbringen. Die Herrin Wu hatte bereits den Priester konsultiert, und er hatte ihr gesagt, daß irgendeine böse Macht versuche, das Haus Wu zugrunde zu richten. Sie habe sich zwar zurückgezogen, liege aber auf der Lauer und wartete darauf, loszuschlagen. Die Herrin beauftragte die Mönche des Tempels vom Weißen Licht, alle nur erdenklichen Reinigungsrituale durchzuführen, mit denen sich dieser teuflische Einfluß eindämmen ließe. Sie schüttelte den Kopf und seufzte: »Die Sorgen wollen kein Ende nehmen!«

Li-Lis Augen füllten sich mit Tränen, und ihre Lippen zitterten. Die Frauen umdrängten sie voller Mitgefühl, stoben aber im nächsten Moment wie aufgeschreckte Motten auseinander, als die Tür aufflog und Wu auf das Bett zuschritt. Respekvoll machten sie dem besorgten Ehemann Platz. Er setzte sich und sah seine Frau beunruhigt an. »Was hat der Arzt gesagt?« fragte er, und sie weinte tonlos weiter.

»Das Kind ist außer Gefahr«, sagte die Herrin Chang und wiederholte damit die Worte des Doktors und des Tempelmediums.

»Mein Sohn ist außer Gefahr.«

Wu nahm die Hand seiner Frau und verschränkte sie mit seiner. Die Frauen schlichen aus dem Zimmer.

XVIII

»Herr Wu läßt dir ausrichten, daß er dich nicht mehr besuchen wird.«

Sie erkannte in dem Boten einen Diener aus dem Hause Chang wieder. Sie starrte ihn ungläubig an, und er wiederholte die Nachricht mechanisch und lustlos. Hinter seiner ausdruckslosen Miene verbarg sich eine brennende Neugier, die erst zum Vorschein kommen sollte, als er von seinem Gang zurück war und sich mit anderen Dienern über sie das Maul zerriß.

Goldener Farn, die daneben stand, unterdrückte einen Schrei und warf einen erschreckten, nervösen Blick auf Han, die in der Tür stand und noch immer den Boten anstarrte.

Wer hat dich geschickt? Was genau hat er dir aufgetragen? Was hat er sonst noch gesagt? War jemand bei ihm?

Sie überschüttete ihn mit Fragen, als sich ihre Erstarrung gelöst hatte. Der Bote drehte sich um und eilte davon.

Han kehrte langsam in ihr Zimmer zurück. Sie blieb den ganzen Tag im Bett.

»Da ist jemand, der dich sprechen will.«

Ihr Leben lang hatte sie eine solche Nachricht aufgerüttelt, und sie war dem Besucher voller Hoffnung entgegengeeilt, nur um dann bitter enttäuscht zu werden. Und so ignorierte sie die Nachricht jetzt und bedeckte die Augen mit dem Arm.

»Am besten, du gehst hinein«, raunte Goldener Farn dem Besucher zu. Ältester Bruder setzte sich an ihr Bett und sagte: »Ich habe gehört, daß du Schwierigkeiten hast. Ich bin gekommen, um dir zu helfen.«

Sie sagte nichts. Durch ihr Schweigen gab sie zu verstehen: »Was kannst du schon tun?«

»Es tut mir leid, was passiert ist«, sagte Ältester Bruder und fügte bedrückt hinzu: »Auf unserer Familie liegt ein Fluch. Der Himmelsgott hat uns alle mit einem Fluch belegt! Denk nur an Vater. Denk an Mutter. Ältere Schwester ist eine Diebin. Sie ist immer noch unauffindbar. Sie hat auch Geld von anderen Leuten mitgenommen. Alle suchen nach ihr.« Ältester Bruder hatte selbst jede Menge Probleme, und so begann er nun, gegen den jungen Begleiter zu wettern. Seinetwegen hatte er sich hoch verschuldet und dieser habe sich obendrein als gefährlich entpuppt, denn er habe ihn tätlich angegriffen. Er drehte den Kopf und zeigte die tiefen Kratzer an seiner Wange, die nur von gemeinen Fingernägeln herrühren konnten, die entschlossen waren, ganze Arbeit zu leisten.

»Er verlangt immer nur Geld von mir«, klagte Ältester Bruder, der inzwischen so in seine Probleme vertieft war, daß er Selbstgespräche führte. Er schreckte erst aus seiner Versunkenheit hoch, als Goldener Farn schüchtern mit einer Tasse Tee eintrat.

Ältester Bruder betrachtete die Schwester, die immer noch still dalag, den Arm über den Augen, und fühlte sich genötigt, in deutlich vorwurfsvollem Ton zu fragen: »Warum hast du das Haus der Blumen verlassen? Der alte Cheng war bereit, dir den Vorzug zu geben. Das hast du jetzt von deiner Sturheit.«

Noch immer den Arm über den Augen, sagte Han: »Geh. Geh auf der Stelle, oder ich setze mich auf und spucke dich an.«

Ältester Bruder sprang erschrocken auf.

»Komm nie wieder her.«

»Du bist jetzt meine einzige Schwester ...«

»Geh, sage ich.«

Später meldete Goldener Farn einen weiteren Besucher.

»Laß ihn herein«, sagte Han. »Er ist der einzige, den ich sehen will.«

Spuckgesicht trat ein. Er wirkte überrascht und beunruhigt. Als er Han erblickte, rannte er zu ihr und stammelte aufgeregt. Er beruhigte sich bald wieder, setzte sich ans Bett und betrachtete sie sorgenvoll. Sie öffnete die Augen, sah ihn an und dachte: »Er ist der einzige, der mich jemals geliebt hat. Er würde alles für mich tun.«

Goldener Farn brachte Kaffee und Kekse und eilte wieder hinaus.

»Ich bin schwanger«, sagte Han traurig. »Ich wollte es ihm sagen, aber jetzt wird er es niemals erfahren.« Spuckgesicht, der einen Keks aß, nickte eifrig. Er war glücklich, daß er neben ihr sitzen durfte.

XIX

»Komm, ich will dir eine Geschichte erzählen.« Sie war nie eine gute Erzählerin gewesen und hatte ihr Leben lang lieber anderen zugehört, doch jetzt wollte sie ihre Geschichte unbedingt loswerden, auch wenn ihr Publikum nur aus einem Zuhörer bestand. Spuckgesicht, der stets auf einen Wink von ihr lauerte, hockte sich neben ihren Stuhl und blickte zu ihr auf. Sie sang ihre Geschichte:

Der Vogel sucht
die Biene schmachtet
die Ameisen lechzen
nach meiner kleinen Blume
meiner kleinen aufblühenden Blume.

Es war keine Hymne auf die verlockenden Reize der Blume, sondern ein Klagelied auf ihre Verlassenheit. Er war gekommen, hatte sich ihre aufblühende Schönheit genommen und war seines Weges gegangen. Er hatte sie leer und verzweifelt zurückgelassen.

Doch es bestand noch Hoffnung. Wenn die Blume sich ein zweites Mal öffnen und seinen Samen, zu seinem Abbild herangewachsen, ausstoßen könnte, würde er zurückkehren. Männer kehrten zurück und forderten ihre Söhne, aber von Töchtern wandten sie sich ab.

Sie berührte die inzwischen erkennbare Schwellung unter ihrer Bluse und sagte: »Es besteht noch Hoffnung.« Und dann fragte sie den Dummkopf traurig: »Glaubst du, daß noch

Hoffnung besteht?« Die Hoffnung auf Geld, die Hoffnung, die Gewinnzahlen der Lotterie zu erfahren, hatte andere dazu veranlaßt, kleine Rituale mit ihr und ihm durchzuführen. Einmal hatte sie in einen Krug fassen und Stäbe herausziehen müssen, auf denen Zahlen geschrieben standen, und Spuckgesicht hatten sie auf einen Rambutan-Baum klettern und die kleinen runden Früchte herunterwerfen lassen, die sie dann auflasen und sorgfältig zählten. Jungfrauen und Idioten besaßen besondere Kräfte. Und jetzt griff sie in ihrer Ungewißheit selbst zu Stäben, Steinen und Samenkörnern. Sie bat Spuckgesicht immer wieder, diese auf den Boden zu werfen, und sah dann nach, wie sie gefallen waren. Sie verhießen ihr alle einen Sohn. »Spuckgesicht, ich werde dich belohnen«, sagte sie großzügig. Sie betrachtete das Stoffarmband an ihrem Handgelenk, mit dem nach oben gewandten Gesicht des Himmelsgotts. »Ich wollte es ihm einmal schenken, in der Hoffnung auf einen Sohn, doch er wollte mein Geschenk nicht annehmen.«

»Spuckgesicht«, sagte sie wieder und sah ihn sehr ernst an, »wenn es ein Mädchen wird, weißt du, was du zu tun hast, nicht wahr?« In diesem Fall stand für das Kind nach der Geburt eine Kiste mit Asche bereit. Nach der Entbindung warf die Hebamme als erstes einen Blick zwischen die Beine des Neugeborenen. Um seinetwillen hoffte sie, den kleinen Zipfel der Hoffnung dort zu entdecken, nicht den Schlitz der Schmach.

Sagte die Hebamme traurig: »Ein Mädchen«, so war sie ermächtigt, das Gesicht des Kindes in die Asche zu drücken und es vor seinem ersten Schrei zu ersticken. Manchmal erfüllten auch Lumpen oder ein Eimer Wasser diesen Zweck. Noch weniger wert als Büffelmist oder Reisstroh, die immerhin aufgehoben wurden, landete das neugeborene Mädchen auf dem Müll.

»Spuckgesicht, du weißt, was du dann zu tun hast, nicht?« wiederholte sie unter Tränen. Spuckgesicht erledigte mit seinen ungleichen Beinen allerlei Botengänge, ja, er konnte sogar in Abwasserkanäle hinabsteigen, um das Eigentum anderer Leute zu retten, wie einmal, als ein Dienstmädchen ihren goldenen Ring verloren hatte. Aber Anweisungen, wie ein unerwünschtes Kind zu beseitigen war, überstiegen sein Begriffsvermögen. Er grinste fröhlich. Es war ihm zu einer lieben Gewohnheit geworden, sie jeden Tag zu besuchen und stundenlang unter einem Dach mit ihr zu verweilen. Ältester Bruder, der schmollend draußen herumlungerte, wurde fortgejagt, doch Spuckgesicht war willkommen.

Goldener Farn, die schüchtern um ihren Gast herumstrich, stets etwas zu essen oder einen Rat parat hatte und sofort zur Stelle war, sobald sie einen Klagelaut hörte, trat mit ihrem Baby an der Hüfte ins Zimmer und sagte: »Du hast wenig gegessen. In deinem Zustand mußt du viel essen.« In ihrer unendlichen Güte nahm sie sich jeden Kummers an: Sie wäre durch den Regen zum Dorfladen gestapft, um Tigerbalsam oder gesalzene Pflaumen zu holen, wenn ihr Gast, der sich lustlos auf dem Bett wälzte, sie darum gebeten hätte. Sie stand mitten in der Nacht auf, um Hans fiebrige Stirn zu kühlen oder sie mit einem kurzen Gebet, das sie jemand gelehrt hatte, zu trösten, wenn sie schlecht geträumt hatte, und kehrte danach zu ihrem Ehemann zurück, dem freundlichen Schuhmacher, dessen Güte Grenzen hatte. »Wann geht sie?« fragte er vorsichtig, damit sich seine Frau nicht unnötig aufregte.

»Sobald das Kind geboren ist«, antwortete sie nervös. »Wir bekommen etwas Geld aus dem Hause Wu«, fügte sie hinzu, um ihm das Gefühl zu geben, daß das arme Mädchen nicht völlig von ihnen abhängig war. Ihr Bruder brachte gelegentlich kleine Geschenke wie Lebensmittel und Medikamente, jedoch kein Geld, denn, so sagte er, er mache gerade eine schwere Zeit durch, werde aber die Freundlichkeit, die sie seiner Schwester erwiesen, vergelten, sobald er dazu in der Lage sei.

Han, deren dicker Bauch nun deutlich unter ihrer Bluse zu

sehen war, bat ihre Gastgeberin um einen Gefallen. Sie stützte sich auf den Ellbogen, das Gesicht verhärmt, und sagte zu Goldener Farn: »Du mußt zu Tante Hoo gehen und sie um eine Hose bitten, die ich tragen kann. Sag ihr, sie soll mir ein altes zerrissenes Paar geben, das sie nicht mehr will.« Tante Hoo, Mutter von fünf Söhnen, verlieh und verschenkte Hosen an Schwangere, die hofften, daß mit den Hosen etwas von ihrem großen Glück auf sie überging. Tante Hoo entsprach ihrer Bitte und schickte eine abgetragene graue Baumwollhose, die sie sofort anzog. Sie war dankbar, als sie den Stoff auf ihrem glatten runden Bauch spürte. Eine sehr reiche Herrin kaufte ihrer schwangeren Tochter ein uraltes Bett, in dem eine Frau sechs Söhne zur Welt gebracht hatte, eine andere einen prachtvollen Jadearmreif, den eine andere, ähnlich fruchtbare Frau getragen hatte. Die Armen griffen zu gebrauchter Kleidung, doch angeblich war diese Methode nicht weniger wirksam.

Sie hatte noch mehr Wünsche. Das Kind mußte nicht nur ein Junge, es mußte auch gesund sein. Groß war der Kummer der Frau, die endlich einen Sohn gebar, ihn aber innerhalb eines Monats wieder verlor, weil er schwächlich und unterernährt war. Also bat sie Goldener Farn, mehr zu kochen. Sie schöpfte gewaltige Mengen Reis in ihre Schüssel, aß sie rasch leer und hielt ihr die Schüssel von neuem hin. Die zweite Portion verschlang sie ebenso gierig. Li-Li brauchte niemandem eine Schüssel oder einen Teller hinzuhalten; stets hielt ihr ein Dienstmädchen pflichteifrig einen Löffel an den Mund, und nicht mit trockenem Reis, sondern mit Ginseng, schwarzem Huhn oder zartestem Schweinefleisch.

»Unser Reisvorrat geht sehr schnell zur Neige«, sagte der Schuhmacher, dessen Güte fast erschöpft war.

»Ihr Bruder bringt heute eine Tüte Reis«, antwortete seine Frau. Auch sie sehnte die Geburt ungeduldig herbei, damit Han endlich ging.

»Hat sie den Verstand verloren?« murrte er. »Badet sie denn

überhaupt nicht mehr?« Denn Han trug Tante Hoos Hose ununterbrochen und begann zu riechen.

»Soll ich dir die Haare und die Fingernägel schneiden?« fragte Goldener Farn besorgt, doch Han schüttelte den Kopf. Das Haar hing ihr in wirren Strähnen ins Gesicht. Sie erlaubte Goldener Farn, es zu kämmen und zu einem Pferdeschwanz zusammenzubinden. Die Glut in ihren Augen machte einem angst.

»Da bin ich wieder. Ich war lange nicht mehr hier.«

Sie stand mit prallem Bauch vor der Göttin in ihrem Schrein. Seit Monaten vernachlässigt, waren Schrein und Göttin in einem beklagenswerten Zustand. Mit den Fingernägeln kratzte sie einen kleinen Fetzen rotes Band zwischen zwei Steinen hervor, Überbleibsel eines verlorenen Glückes, und starrte ihn an. Dann betrachtete sie die Göttin, die, ohne Kopf und ohne Brust, all ihrer Merkmale beraubt war, und begann zu weinen.

»Verzeih mir meine Undankbarkeit«, klagte sie. »Du hast mir Mut gemacht, als ich verzagen wollte, und ich bin nie zu dir gekommen, um mich zu bedanken. Jetzt bin ich da, und ich schäme mich zu sagen, daß ich dich erneut um einen Gefallen bitten will. Ich will dich bitten, dafür zu sorgen, daß ich mir keine falschen Hoffnungen mache.«

Liebe Göttin, flehte sie voller Verzweiflung. Mach, daß das Kind kein Mädchen wird wie du oder ich.

»Als ob ich dich jemals im Stich gelassen hätte!«

Sie sah die Göttin vor sich, unversehrt, schön, lächelnd.

»Liebe Göttin«, sagte sie. »Ich bin so froh, daß du wieder vollständig und glücklich bist.« Sie betrachtete die Göttin und staunte über ihre Schönheit, dann fuhr sie herum und sah Li-Li auf sie beide zukommen. »Sieh mal, wer da kommt, und sieh, wie ihr Bauch geformt ist«, raunte sie der Göttin zu. Li-Li war hochschwanger, und ihr Bauch war kugelrund wie eine Melone, was die Geburt eines Sohnes verhieß.

»Ich bin gekommen, um dir etwas zu sagen«, sagte Li-Li und kräuselte die schönen, roten Lippen. »Wenn mein Sohn geboren ist, wird mein Mann nichts mehr mit dir zu tun haben wollen. Gegenwärtig schickt er dir noch Geld. Glaube ja nicht, ich wüßte das nicht. Ich habe überall meine Spione. Aber mein Sohn ist meine Hoffnung. Er wird dich endgültig vernichten!«

»Ihr Bauch ist kugelrund«, dachte Han, »und meiner ist ein wenig spitz.« Verzweifelt flüsterte sie der Göttin zu: »Göttin, sie hat recht. Sie wird einen Sohn bekommen und ich eine Tochter! Er wird zu ihr gehen und mich für immer fallenlassen. Für mich besteht keine Hoffnung mehr!«

»Du hast so wenig Vertrauen zu mir«, sagte die Göttin vorwurfsvoll. »Seit deiner Kindheit habe ich über dich gewacht und mich um dich gekümmert, und dennoch hast du so wenig Vertrauen zu mir.«

Han und Li-Li lagen nebeneinander auf dem Boden und waren bereit, unter der Aufsicht der Göttin zu entbinden.

»Gibt es hier keine Hebammen?« schrie Li-Li.

»Wir werden keine Hebammen brauchen«, antwortete die Göttin. »Jetzt lieg still und hab Geduld. Gleich beginnt die Geburt.«

Li-Li fühlte als erste, daß das Kind ihren Körper verließ. Es kam mit einem Schwall Wasser und Blut zwischen ihren angezogenen Beinen hervor.

»Nein! Nein!« kreischte Li-Li, denn es war ein Mädchen. Die mitleiderregend flache Stelle mit dem kleinen Schlitz zwischen den Beinen des Babys war das erste, was sie sahen.

Dann war sie an der Reihe.

»Nein! Nein!« kreischte Li-Li wieder, denn es war ein Junge, der mit weit gespreizten Beinen strampelte und stolz die kleine Falte der Männlichkeit dazwischen präsentierte. Li-Li ließ ihre Tochter liegen und versuchte, ihr den Jungen zu entreißen, doch sie wehrte sie ab und hielt, schluchzend vor Freude, ihren Sohn fest in den Armen. Er hatte sie gerettet.

»Was habe ich dir gesagt?« sagte die Göttin, schnalzte mit der Zunge und schüttelte den Kopf. »Hoffentlich hast du jetzt mehr Vertrauen zu mir.«

XX Die Hebamme stand mit einer Schüssel heißem Wasser und Handtüchern bereit. »Es wird keine leichte Geburt«, raunte sie Goldener Farn zu. »Sie hat jetzt schon starke Schmerzen.«

Goldener Farn schickte Spuckgesicht mit den Worten fort: »Geh nach Hause. Komm später wieder. Han ist sehr krank. Hast du verstanden?« Und zu Ältestem Bruder, der draußen vor dem Haus stand, sagte sie: »Die Hebamme glaubt, daß es keine leichte Geburt wird.«

Sie entzündete zwei Räucherstäbchen für den Himmelsgott und betete um eine glückliche Entbindung.

Durch die geschlossene Tür drang ein leises Stöhnen, das bald zu einem lauten, gellenden Schreien anschwoll. Als Kind, so erinnerte sich Goldener Farn, hatte Han einer Flickenpuppe die Ohren abgebissen und die Zipfel eines Kopfkissens zernagt, und einmal hatte sie mehrmals den Kopf gegen die Wand gestoßen, um einen Schmerz mit einem anderen zu betäuben. Offensichtlich war es nicht nur die Geburt, sondern die Angst vor einem schlechten Ausgang, die ihren kleinen Körper peinigte und sie dazu trieb, einen erleichternden Schrei nach dem anderen auszustoßen.

Schließlich trat Stille ein, und Goldener Farn schlich auf Zehenspitzen ins Zimmer. Das Mädchen lag tief in den Kissen und keuchte, die Augen geschlossen, das Gesicht und das Haar naßgeschwitzt vor Angst und Anstrengung.

»Es ist ein Junge«, sagte die Hebamme.

Goldener Farn beugte sich über Han und wiederholte: »Es ist ein Junge.« Han öffnete langsam die Augen. »Ein Junge«, wiederholte sie. Sie mußte es mit eigenen Augen sehen, erst dann konnte die Angst endgültig von ihr abfallen. Die Hebamme brachte das blutverschmierte schreiende Kind und zeigte ihr den unbestreitbaren Beweis zwischen seinen kleinen Beinen. Sie richtete sich mit eigener Kraft im Bett auf und nahm ihr den Jungen ab. Sie hielt ihn fest in den Armen und schluchzte vor Freude.

Goldener Farn konnte der Versuchung nicht widerstehen, ihr die zweite erfreuliche Neuigkeit mitzuteilen. Sie schielte nach der Hebamme, die sich gerade in einem Wasserbottich am anderen Ende des Zimmers die Hände wusch, beugte sich zu Han hinunter und sagte: »Sie hat ein Mädchen bekommen. Eben, vor zwei Stunden. Ich weiß es von jemandem, dem es die Dienstmädchen erzählt haben. Sie weint. Sie will nicht, daß der Herr es erfährt.«

»Ich danke dir, Göttin«, sagte Han. Sie betastete die Haare des Neugeborenen, seine Augen, seine Nase, seine Wangen und schließlich die kleine Knospe seines Penis und lachte bei der Vorstellung, wie ihre Feindin auf die schmähliche Spalte blickte.

»Spuckgesicht soll kommen«, sagte sie plötzlich zu Goldener Farn.

»Ich habe ihn nach Hause geschickt«, erwiderte Goldener Farn erschrocken.

»Bitte, suche ihn«, sagte Han.

Goldener Farn verließ händeringend das Zimmer, kam aber gleich darauf wieder mit Spuckgesicht zurück. Der Idiot war nicht nach Hause gegangen, sondern dageblieben wie ein treues, anhängliches Kind, während sie unter Qualen geschrien hatte. Jetzt eilte er mit zutiefst besorgter Miene an ihr Bett. Er blickte völlig verdutzt auf das Baby. Han löste das Armband von ihrem Handgelenk und gab es ihm.

»Bring das dem jungen Herrn Wu«, sagte sie. »Bitte beeil dich.«

Sie fühlte sich schwach. Das Zimmer drehte sich um sie. Sie spürte, wie ihr das Kind sanft aus den Armen genommen wurde und wie sie selbst mit einem erleichterten Seufzer in ein behagliches Dunkel eintauchte.

XXI »Nein«, sagte sie mit wachsender Angst, doch sie brachte keinen Laut hervor. »Nein, du bist meine Feindin, und ich will nicht, daß du meinem geliebten Sohn zu nahe kommst.« Sie machte in der Dunkelheit die Gestalt Choyins aus, und sie erkannte sie an der Stimme, obwohl sie nur ein kurzes Flüstern vernahm.

»Du hast gesagt, daß du mich nie wiedersehen wolltest, doch ich bin noch einmal gekommen«, sagte die alte *Keo-Kia*-Frau. »Es ist das letzte Mal. Ich will dich vor deinen Feinden warnen. Sie werden versuchen, dich und deinen Sohn zu vernichten.«

»Haltet sie auf! Bitte, jemand muß sie aufhalten!« schrie sie und meinte damit die Hebamme, die ihr Baby hochhob, und Choyin, die beide Arme nach ihm ausstreckte und es ihr abnahm. Sie sah, wie Choyin es in ein dickes Handtuch wickelte und sanft wiegte.

»Mach dir keine Sorgen, Kleine Schwester, ich werde mich um dich kümmern«, sagte Ältester Bruder und tupfte ihr mit einem Taschentuch den Schweiß von der Stirn. »Ruhe dich aus, Kleine Schwester. Schlaf jetzt wieder.«

Sie wollte fragen: »Was tut ihr hier, du und Choyin? Weißt du denn nicht, daß ich euch nicht mehr sehen will? Hinaus mit euch!« Aber ihre Worte waren wie gefangene Vögel, die vergeblich gegen den harten Käfig ihrer Kehle flatterten.

Sie spürte, wie eine Hand sie am Arm zurückhielt, und hörte wieder die tröstende Stimme ihres Bruders: »Kleine Schwester, schone dich. Es geht dir nicht gut. Ich werde mich immer gut um dich kümmern.«

Sie entwand sich seinem Griff und sprang aus dem Bett, denn sie sah, wie Choyin mit dem Baby das Zimmer verließ.

»Haltet sie auf, bitte, haltet sie auf!«

»Ich werde sie aufhalten! Ich habe die Macht dazu!«

Zu ihrer großen Erleichterung erblickte sie die Göttin. Tränen schossen ihr in die Augen. »Liebe, liebe Göttin«, sagte sie. »Ich werde immer Vertrauen zu dir haben. Bitte, bring mir mein Baby zurück.«

Jemand legte ihr das weiche Bündel in die Arme.

»Sie hat es verdient.«

Sie sah Choyin am Deckenbalken hängen, und sie sah noch gräßlicher als Chu aus. Anders als Chu hatte sie noch ihre Pantoffeln an. Die Pantoffeln fielen nicht zu Boden, obwohl ihre Füße nach unten zeigten und sich mit dem Körper drehten.

»Meinetwegen kann sie sich hundertmal erhängen«, sagte Han und liebkoste ihren Sohn.

»Wohlbehalten und gesund«, sagte Ältester Bruder. »Du darfst dich nicht mehr aufregen, Kleine Schwester. Du brauchst jetzt viel Ruhe.«

Sie hörte gedämpfte Stimmen, Schritte, eine Tür, die sich schloß.

»Ich danke dir, Göttin.«

Bleierne Müdigkeit überkam sie. Sie schmiegte das Gesicht an das Kind, das, in ein warmes Handtuch gewickelt, in ihren Armen lag, und schlief wieder ein.

XXII Die Hebamme und Ältester Bruder beobachteten sie still und tauschten beklommene Blicke aus wie Menschen, die den Tobsuchtsanfall einer Wahnsinnigen miterleben und es für ratsamer halten, dem Anfall seinen Lauf zu lassen. Sie schrie, stürzte sich auf sie, trommelte ihnen mit den Fäusten gegen die Brust, ging dann zum Bett zurück und starrte das Kind an, dessen Handtuch zurückgeschlagen war und nicht den stolzen kleinen Zipfel männlichen Fleisches entblößte, sondern den armseligen Schlitz der weiblichen Scham. Sie kreischte unablässig und kehrte immer wieder zu ihnen zurück, schlug auf sie ein oder kniete mit gefalteten Händen vor ihnen nieder und flehte sie an, ihr zu erklären, warum zu ihrem Entsetzen ein kleines Mädchen in ihrem Bett lag.

»Ich habe einen Sohn geboren«, schluchzte sie schließlich, als der Anfall nachließ, und sackte zu Boden. »Ich habe keine Tochter geboren.«

Die Hebamme und Ältester Bruder traten vor und halfen ihr sachte auf die Beine. Sie führten sie zum Bett, und sie legte sich hinein. Die Hebamme wickelte das Baby wieder in das Handtuch, nahm es hoch und wiegte es sanft in den Armen. Ältester Bruder sagte fröhlich: »Trink das. Es wird dir guttun. Der beste Ginseng. Hat eine Menge Geld gekostet.« Wimmernd wiederholte sie: »Ich habe einen Sohn geboren, ich habe ihn gesehen. Ich habe ihn berührt.« Dann wandte sie sich an die Hebamme und sagte scharf: »Du hast mich entbunden. Du hast mich von einem Jungen entbunden, nicht wahr? Los, rede!«

Die Hebamme warf Ältestem Bruder wieder einen beklommenen Blick zu, und er sagte besänftigend: »Kleine Schwester, du fühlst dich nicht wohl. Du warst bei der Geburt in einem Delirium. Du hast gebrüllt und geschrien.«

»Willst du damit sagen, daß ich verrückt bin?« kreischte sie wie eine Wahnsinnige, sprang aus dem Bett und drosch wieder auf sie ein. »Ich weiß, daß ich mit einem Jungen niedergekommen bin.« Und wieder begann das mühsame Unterfangen, die wild um sich schlagenden Arme zu bändigen, das wutverzerrte Gesicht zu beruhigen, die Flut von Beleidigungen einzudämmen.

»Es geht dir nicht gut«, sagte Ältester Bruder. »Du brauchst jetzt viel Ruhe. Laß dich von mir pflegen.« Er habe Ginseng und Vogelnester mitgebracht, fuhr er fort. Die Hebamme werde sie für sie zubereiten, damit sie nach der schweren Geburt wieder zu Kräften komme.

Plötzlich begannen ihre Augen zu funkeln, und sie fuhr erneut vom Bett empor. »Holt Goldener Farn! Sie kann es bestätigen. Sie war dabei, als das Baby geboren wurde.«

»Goldener Farn ist mit ihrem Ehemann verreist. Sie wird längere Zeit fortbleiben. Eine wichtige Familienangelegenheit. Solange sie fort ist, werden wir uns um dich kümmern.«

Die Hebamme sprach, ohne einmal zu stocken, und so ruhig, daß ihre Rede einstudiert sein mußte. Als sie fertig war, blickte sie zustimmungsheischend zu Ältester Bruder, doch der sagte nur »Ja«, mit matter Stimme und spürbar gedämpftem Eifer.

»Ich werde dir nachher einen Ginsengtrunk bringen«, sagte die Hebamme und fügte hinzu: »Du brauchst etwas Nahrhaftes, damit du das Baby stillen kannst, gleich ob Mädchen oder Junge.«

XXIII »Göttin«, flehte sie. »Bitte, hilf mir. Ich bin völlig verwirrt. Wirklich, ich glaube, ich werde verrückt.«

Ihre Stimme wurde drohend. »Du mußt mir helfen, sonst habe ich nie wieder Vertrauen zu dir. Sonst will ich nie wieder etwas mit dir zu tun haben.«

»Was willst du denn diesmal?« fragte die Göttin beleidigt.

»Sag mir, was geschehen ist«, antwortete sie unter Tränen. »Ich habe einen Sohn geboren. Warum halte ich jetzt eine Tochter in den Armen?«

»Einfältiges Ding!« sagte die Göttin verächtlich. »Als Kind hattest du einen schärferen Verstand. Du hörtest süße Worte und suchtest nach dem Gift, das sich in ihnen verbarg. Du sahst ein Lächeln und wartetest darauf, daß die Maske fiel und der Haß zum Vorschein kam. Du schnapptest hier und dort ein Wort auf und wußtest, wo die Falle war und wie du ihr entgehen konntest. Wo ist dein Scharfsinn geblieben?«

Wie in einem Schattenspiel reihten sich Choyin, die Hebamme und Ältester Bruder vor ihr auf, bedrohliche dunkle Schatten, und hinter ihnen sah sie den noch dunkleren Schatten Li-Lis, die über ihrem Neugeborenen jammerte und jedem, der ihren Kummer in Freude verwandelte, eine großzügige Belohnung versprach. Weitere Schatten erschienen: der Begleiter von Ältester Bruder, der gepuderte Junge, der ihren Bruder anstachelte und sagte: »Das ist deine letzte Chance. Tu es für mich, sonst verlasse ich dich endgültig«, und der Schuhmacher, der die Einwände von Goldener Farn mit den Worten abtat: »Was ist daran falsch? Sie schuldet uns doch Geld. Denk daran, wie oft wir ihretwegen unseren Reisvorrat auffüllen mußten.« Sie wollten von ihrem Neugeborenen profitieren. Es war Gold wert, und sie kamen, um ihren Anteil zu fordern.

»Göttin, ich danke dir«, sagte sie demütig und dachte: »Es besteht noch Hoffnung.« Und dabei dachte sie nicht an die Göttin, deren Güte bisweilen unter ihrem launischen Wesen litt, sondern an Spuckgesicht.

XXIV Wu starrte das Stoffarmband an, das Spuckgesicht ihm soeben gebracht hatte.

»Mein Sohn«, sagte er. Er war zu bewegt, um mehr zu sagen.

XXV

»Das wird mich nicht aufhalten.«
Dicke Tropfen fielen ihr auf den Kopf, die Nase
und die Arme, in denen sie das in ein Handtuch gewickelte
Kind hielt. Das Kind begann zu schreien, aber nicht weil es
naß wurde, sondern weil es Hunger hatte, denn sie hatte sich
nicht die Zeit genommen, es zu stillen.

»Ich bringe dich zurück, denn du bist nicht mein Kind«,
sagte sie. »Wenn sie dich nicht zurücknehmen wollen, lege ich
dich auf die Treppe. Aber sie müssen mir meinen Sohn zurückgeben. Ich will meinen Sohn wiederhaben.«

Der Regen kam nun in wahren Sturzbächen herunter. Das
Peitschen des Regens und das Heulen des aufkommenden
Windes erinnerten sie an einen Freudentanz und eine Vereinigung, und für kurze Zeit vergaß sie ihren Schmerz und ihre
Furcht, doch nur für kurze Zeit, dann kehrten ihre Gedanken
in die schreckliche Gegenwart zurück. Mit steigendem Fieber
und einem Neugeborenen im Arm, das nur durch ein Handtuch geschützt wurde, mußte sie bei diesem Unwetter einen
langen Fußmarsch unternehmen.

»Mir bleibt keine andere Wahl«, sagte sie, am ganzen Leibe
zitternd. »Ich muß es tun. Das ist meine letzte Hoffnung.«

Sie sah einen grellen Blitz am Himmel, der sie rückwärts
taumeln ließ, und hörte einen gewaltigen Donner, der sie zu
Boden warf. Sie lag ausgestreckt im Schlamm und spürte einen
stechenden Schmerz in den Beinen, der rasch in ihren Bauch
heraufkroch, doch das Baby ließ sie nicht los. Eine Zeitlang

lag sie reglos da, hilflos dem prasselnden Regen ausgesetzt, dann sah sie, wie sich Schatten um sie sammelten, und sie vernahm einen Chor aufgeregter Stimmen.

»Schnell, hebt sie auf.«

»Nehmt das Kind.«

Sie spürte, wie ihr das Baby aus den Armen genommen und sie selbst an den Armbeugen hochgezogen wurde. Sie wehrte sich verzweifelt und schrie: »Nein! Ihr habt mir genug angetan. Laßt mich! Ich will meinen Sohn zurück.« Sie hörte Ältesten Bruder sagen: »Jemand muß mir helfen, sie zu tragen.« Sie hörte Choyin sagen: »Das Kind lebt« und schlug kraftlos mit der Faust gegen eine Schulter, dann wurde es dunkel und still um sie.

XXVI
Stimmen. Rings um sie immerzu Stimmen, denen sie nicht antworten konnte.

»Wir wissen, daß sie bei Ihnen in den besten Händen ist.«

»Wir sind Ihnen zutiefst dankbar.«

Die Stimmen gehörten Choyin und Ältestem Bruder. Unter verzweifelter Anstrengung gelang es ihr, die Augen zu öffnen, und sie sah, daß sie recht hatte: Sie gewahrte ihre nicht zu verwechselnden Gestalten in einer Tür, einer ihr unbekannten Tür. Da war noch eine dritte Person, sie stand ihnen gegenüber und sprach mit ihnen, und sie war ihr nicht unbekannt. Sie hätte die Glatze und den Bauch unter der Robe überall wiedererkannt.

»Ich will sehen, was ich tun kann«, sagte der Priester. »Manche Dämonen sind schwerer auszutreiben als andere. Bei ihrem ist es besonders schwer.«

Sie hörte Ältesten Bruder jammern: »Sie müssen meiner Schwester helfen! Sie ist der einzige Mensch, den ich auf der Welt noch habe!«

Sie hörte Choyin etwas unwirsch sagen: »Sie müssen dem Priester vertrauen. Ihre Schwester hat uns immer nur Ungelegenheiten gemacht. Hoffentlich ist damit nun endlich Schluß.« Sie sah, daß Ältester Bruder zu ihr kam, um einen letzten Blick auf sie zu werfen, schloß die Augen und rührte sich nicht.

»Auf Wiedersehen, Kleine Schwester«, sagte er traurig und berührte ihre Stirn. Und noch trauriger fügte er hinzu: »Verzeih mir.« Dann eilte er mit Choyin davon.

Der Priester trat an das Bett, auf dem sie steif und weiß wie eine Leiche lag. Sie hielt die Augen geschlossen, sah aber deutlich seine haßerfüllte Grimasse vor sich, als er ihr ins Ohr flüsterte: »Jetzt werden wir ja sehen, wie schlau du bist, mein Fräulein. Glaub ja nicht, daß ich etwas vergessen habe. Seit jenem Tag hatte ich keine ruhige Nacht mehr. Von heute an werde ich wieder gut schlafen.«

In dem Moment, als man das Mädchen zu ihm in den Tempel vom Weißen Licht gebracht hatte, damit er ihm ein für allemal die Dämonen austrieb, hatte er begonnen, einen Racheplan zu schmieden, einen vorzüglichen und vergnüglichen Plan, über den er jetzt tiefe Genugtuung empfand. Bei dem Austreibungsritual vor fünfzehn Jahren hatte sie sich vor Schmerzen gekrümmt. Dieses Mal wollte er sie mürbe machen und diesen Willen brechen, der allzu lange ungestraft geblieben war. Das stolze Mädchen sollte vor ihm auf den Knien liegen und winseln. Rache war der erste und klarste Teil seines Plans, der Rest war weniger klar, aber nicht weniger erquickend. Niemand wollte sie haben, nicht einmal dieser Jammerlappen von Bruder, der sie jederzeit wieder zum halben Preis verkaufen würde. Also konnte er sie für immer als Hilfskraft im Tempel behalten, eine Möglichkeit, die aufregende Aussichten eröffnete. Der Priester lächelte genüßlich, und für einen Moment ließ er seiner Phantasie freien Lauf. Er betrachtete das Mädchen, das reglos auf der Matratze lag, und war begeistert von seinem Plan. Sie rührte sich und rief im Delirium: »Göttin! Göttin! Bitte, komm. Bitte, hilf mir!«

»Nur ich kann dir helfen, mein Kind«, dachte er. Sie rief immer dringlicher: »Göttin! Göttin!« Schließlich brüllte er »Ruhe!«, ging aus dem Raum und ließ sie in ihrem Delirium zurück.

Kaum war er fort, fiel die Schwere von ihr ab, von ihren Augenlidern, ihren Armen und Beinen, ihrem ganzen Körper, und sie setzte sich auf und sah sich mit wirrem Blick um.

»Ich habe dich gehört«, sagte die Göttin, aber da war nur ihre Stimme. Sie selbst war nicht da.

»Oh, hilf mir, Göttin!« rief sie. »Bitte, komm zu mir. Ich befinde mich wieder in ihrer Gewalt. Bitte, hilf mir.«

»Nein, komm du zu mir«, erwiderte die Göttin. »Nur so kannst du dich retten. Komm zu mir.«

»Na schön, Göttin.«

Überrascht stellte sie fest, daß sie kräftig genug war, um aufzustehen. Sie taumelte ein paar Schritte, fing sich und spürte, wie die Kraft in ihre Beine zurückkehrte.

»Ich komme, Göttin«, sagte sie.

XXVII

»Wo ist sie?« schrie Wu. Vor Angst und vom Laufen hatte er blasse Lippen. Spuckgesicht stand keuchend bei ihm.

»Ich weiß es nicht«, antwortete der Priester schulterzuckend. »Choyin und ihr Bruder legten sie hier auf die Matratze. Sie schlief.« Er fügte hinzu, daß die zeremonielle Austreibung für den folgenden Morgen angesetzt sei.

»Wo ist sie?«

Das wütende Gebrüll des jungen Herrn Wu überraschte den Priester. Er sah ihn kühl an und sagte: »Ich weiß es nicht. Sie war im Delirium. Sie rief ständig nach irgendeiner Göttin.«

XXVIII

Han erblickte den Himmelsgott am Schrein. Er belästigte die Göttin.

»He!« schrie sie ihn an. »Du hast kein Recht, hier zu sein!« Sie hatte angenommen, dies sei einer der Orte auf Erden, zu denen er trotz seiner Macht nicht vordringen könne.

»Ich kann überall sein, wo ich will«, lachte der Himmelsgott und fuhr fort, die Göttin zu piesacken, indem er sie mit einem seiner goldenen Speere hier stupste oder dort piekte, so daß sie hilflos herumhüpfte wie ein Kind.

»Göttin«, schrie Han, »warum läßt du dir das von ihm gefallen? Warum wehrst du dich nicht?«

»Ich kann nicht!« jammerte die Göttin. »Es ist nicht die richtige Zeit im Monat.«

Einmal im Monat hatte sie Macht über den Gott und jagte ihm mit ihrem Ausfluß Angst ein. Selbst Göttinnen profitierten von der Macht der weiblichen Biologie.

»Ich kann dir helfen, Göttin!« rief Han und trat schnell auf den Gott zu. Und tatsächlich, er bekam Angst und schrie: »Nein, komm mir nicht zu nahe. Bitte, bleib mir vom Leib!« Denn die Macht, die eine Frau nach der Niederkunft besaß, war um vieles größer. Der offene Schoß, aus dem das Kind und Blut gekommen waren, machte den Männern angst, so daß sie sich fernhielten.

»Ich werde dich retten, Göttin!« rief Han triumphierend und stürzte sich auf den Himmelsgott, der jämmerlich zitterte. Doch es war zu spät, denn bevor der Gott heulend entfloh, packte er die Göttin und schleuderte sie hinaus auf den dunklen Teich. Sie fiel platschend ins Wasser und versank. »Hab keine Angst, ich rette dich«, rief Han, rannte zum Teich und watete ins Wasser. Das Wasser wurde immer tiefer, und sie spürte, wie ein heftiger Schauder ihren ganzen Körper befiel, doch sie ging unverzagt weiter, um die Göttin zu retten. Das Wasser reichte ihr bis zum Kinn, zur Nase, zu den Augen, und dann blickte sie hinab und sah die Göttin auf dem Grund liegen. Sie schaute zu ihr herauf und lächelte. Sie hatte ein schönes Gesicht mit Augen und Ohren. »Ich werde sie nie wieder verlieren«, sagte die Göttin.

»Göttin, ich möchte dir für alles danken«, murmelte Han. »Ich habe mir nie die Mühe gemacht, dir gebührend zu danken.«

»Geh zurück«, sagte die Göttin. »Geh zurück. Er ruft dich.« Ihr Name wurde über das Wasser gerufen.

»Und was wird aus dir?« fragte Han, die fühlte, wie das Wasser über ihrem Kopf zusammenschlug und sanft ihre Glieder umspülte.

»Laß mich«, antwortete die Göttin. »Meine Arbeit ist beendet. Deine beginnt jetzt erst. Geh zurück.«

»Ich höre ihn«, murmelte Han, denn ihr Name ertönte über dem Wasser, schrill und eindringlich. Sie hatte nicht mehr die Kraft, umzukehren und ihm entgegenzugehen, fühlte, wie sie sanft, aber unaufhaltsam in die Tiefe gezogen wurde.

»Einmal träumte mir«, dachte sie, »wir seien auf dem Grund des Meeres, in einem warmen Meer – die Wellen gingen über uns hinweg, wir waren in Sicherheit und glücklich, wir versteckten uns vor dem Hahnenschrei.« Dann fühlte sie, wie sie nach oben gezogen wurde.

»Seltsam«, dachte sie. »Ich falle immer in die Tiefe und werde nach oben gezogen, ich falle immer ins Dunkel und werde hinauf ans Licht gezogen.«

»Er ist es«, dachte sie. »Ich kann ihn nicht deutlich sehen, aber ich weiß, daß er es ist. Endlich ist er zu mir gekommen.«

Mit einem tiefen Seufzer gab sie sich dem Gefühl hin, wie sie mit großer Anstrengung getragen wurde, gleich einer unerträglich schweren Last, und wie sie dann auf den Boden gelegt wurde.

»Du lebst noch.«

Erleichterung und Entsetzen verschlugen ihm die Sprache, als er am Ufer des Teichs neben ihr niederkniete und sie fest in die Arme nahm. Erleichtert war er, weil sie die Augen aufschlug und ihn ansah, entsetzt, weil er erkannte, daß diese Augen sich nach unsäglich kurzer Zeit wieder schließen würden. Er hatte das verzweifelte Bedürfnis, diese Zeit mit all seiner Liebe und Sehnsucht auszufüllen, die in all den Jahren im Dunkeln geblieben war, aus Angst, sich zu zeigen und sich mit dem kühnen Leuchten ihrer Liebe zu vereinen. Er wollte ihr jetzt sagen, wie sehr er sie liebte, doch er konnte nur stammeln in seinem Kummer, drückte sie mit Ungestüm an sich und brachte am Ende nur hervor: »Stirb nicht. Bitte, stirb nicht.«

Das kühne Leuchten wollte nicht erlöschen.

»Ich habe dir einen Sohn geschenkt«, sagte sie mit einem triumphierenden Lächeln. »Ich wußte, daß ich es konnte.« Er drückte ihr das Armband mit dem kühlen Jadestein an die Wange, denn ihre Augen konnten nicht mehr sehen.

»Ja, ich weiß es und bin gekommen«, schluchzte er.

»Einen hübschen, gesunden Jungen«, sagte sie.

Es brach ihm das Herz, und er wollte sagen: »Rede nicht von Söhnen! Rede über nichts und niemanden, nur über uns, denn uns bleibt nur noch sehr wenig Zeit«, aber der Kummer erstickte jedes Wort, und so küßte er ihre Stirn, ihre Haare, ihre Augen, ihre Lippen.

»Verschwinde«, knurrte er den Idioten an, der weinend näher trat, um sie ein letztes Mal zu sehen und zu berühren. Er wollte ihm nichts von der verbliebenen Zeit abtreten, er wollte sie ganz für sich haben. Er und der Idiot, der mit ihm an diesen traurigen Ort gekommen war, würden später noch zusammen weinen, aber jetzt durfte niemand in ihre Nähe.

Der Himmel verdunkelte sich, und dicke Regentropfen fielen.

»Ein Sturm zieht auf«, sagte er. »Ich trage dich weg.«

»Nein«, sagte sie. »Wir trotzen dem Sturm.«

Regen fiel auf sie nieder. Sie lächelte, und er wußte, daß sie an die vielen Stürme ihrer Freude und Liebe dachte, an ihre Vereinigung im Schlamm und ihr Lachen am Teich. Er schlang die Arme noch fester um sie, um den störenden Spuckgesicht abzuhalten, der sich heulend auf sie warf, und um den letzten Hauch, der aus ihr wich, festzuhalten. Er umschlang sie danach noch lange und hörte, wie ihrer beider Liebe in der Herrlichkeit des Sturmes widerhallte.

Epilog

Einige Jahre nach dem Tod des Dienstmädchens Han verbreiteten sich Geschichten über eine Göttin, die in dem Teich wohnte und Wunder tat. Eine Frau behauptete, sie sei von einer scheußlichen Hautkrankheit genesen, weil sie vom Wasser des Teiches getrunken habe. Eine andere erzählte, sie habe sich aus der Rinde eines Baumes, der unweit des Teiches wachse, einen Tee gekocht und nach fünf Töchtern endlich einen Sohn geboren. Ein Schrein wurde für die Göttin errichtet, der man den Namen Göttin mit Augen und Ohren gab, denn sie sah und hörte stets mitfühlend zu. Frauen kamen, beteten und opferten ihr Räucherstäbchen, Blumen, Speisen und Geld. Der Besucherstrom schwoll an, und der Priester des Tempels vom Weißen Licht ernannte sich selbst zum Hüter des Schreins, führte Zeremonien durch und zog Nutzen aus den Geldopfern. Doch plötzlich verschwand er auf mysteriöse Weise. Die einen sagten, er sei von einer seltsamen Krankheit befallen und zeige sich aus Scham nicht mehr, andere behaupteten, er sei verrückt geworden und müsse in einem kleinen Raum im Tempel eingesperrt werden. Der Priester war anscheinend nicht das einzige Opfer der Göttin, die ebenso rachsüchtig wie großzügig sein konnte. Innerhalb eines Jahres starben im Hause Wu zwei Kinder, ein dreijähriger Junge, angeblich der Sohn des jungen Herrn Wu und eines Dienstmädchens, und ein Mädchen, die Tochter seiner Frau Li-Li aus dem Hause Chang. Der Junge erkrankte eines Tages an einem schweren Fieber und starb, und das gleichaltrige Mädchen erlag wenig später derselben mysteriösen Krankheit. Wie es hieß, wurde Li-Li vor Gram fast wahnsinnig. Der Patriarch starb friedlich im Bett, bis zuletzt gepflegt von seiner Frau, die angesichts all der Sorgen schweigsam geworden war. Der schwachsinnige Spuckgesicht, der nahezu sein ganzes Leben bei der Familie zugebracht hatte, starb eines Morgens im Bett in seinem Schuppen, offensichtlich eines natürlichen Todes. Doch zu dieser Zeit schrieben die beiden Häuser Wu und Chang jeden Todesfall der unheilvollen Macht der Göttin zu, die besonders erschreckend am jungen Herrn Wu sichtbar wurde. Nach Meinung der Leute wäre es besser für ihn gewesen, er wäre gestorben. Er wurde über Nacht grau und führte ein zurückgezogenes Leben, blieb für sich und benahm sich wie ein Verrückter, schlich sich häufig des Nachts davon und ging zum Teich. Und noch ein Mann ging zum Teich, der älteste Bruder des Dienstmädchens. Er empfand tiefe Trauer über ihren Tod und erlegte sich eine Zeitlang sogar Bußübungen in einem Tempel auf. Er verließ das Bordell namens Haus der Blumen, in dem er als Zuhälter gearbeitet hatte, und verschwand einige Zeit später. Einige sagten, er sei ins Ausland gegangen.

Die Häuser Wu und Chang zogen Wahrsager, Geomanten und Tempelmedien zu Rate, und alle teilten ihnen mit, daß der mächtige Fluch des Dienstmädchens auch auf den kommenden Generationen lasten werde. Er werde erst weichen, wenn der Teich ausgetrocknet sei. Eine Zeitlang erwogen die beiden Häuser denn auch, den Teich trockenzulegen. Doch der Plan wurde auf halbem Weg aufgegeben, da er angeblich den Zorn der Göttin schürte, was in einer Reihe von Unglücksfällen in beiden Familien zum Ausdruck kam. So blieb ihnen nur noch eine Möglichkeit, dem Fluch zu entkommen: Sie mußten ein großes Gewässer überqueren und sich in einem anderen Land niederlassen, denn Flüche reisen nicht über Wasser. Und so verließen die beiden Familien Singapur und fuhren mit dem Schiff nach China, in das Land ihrer Vorfahren. Nur der junge Herr Wu blieb zurück. Er bestand darauf, den Schrein der Göttin zu pflegen. Er sagte, er werde auf sie warten, denn irgendwann werde sie zu ihm kommen. Der Teich trocknete nach einiger Zeit aus, und der Schrein verfiel, doch er blieb, wo er war, und wohnte in einer morschen Hütte, die er sich neben dem Teich gebaut hatte. Er merkte nicht, wie die Jahre verstrichen, und lebte bis an sein Ende in dem festen Glauben, daß die Göttin eines Tages zu ihm kommen und sich mit ihm vereinen werde, nicht im Wasser oder in einem Sturm, sondern in der Herrlichkeit des Feuers.

MALIK

Justine Lévy
Rendezvous mit Alice

Roman. Aus dem Französischen von Christiane Filius-Jehne.
174 Seiten. Geb.

Alice war nie da, und wenn, dann kam sie nie pünktlich;
und war sie doch mal zu Hause, hatte sie unmögliche Typen
dabei. Mal rauchte sie Marihuana, mal klaute sie was im
Laden um die Ecke, und oft vergaß sie, die Telefonrechnung
zu bezahlen. Aber sie war schön – wunderschön und charis-
matisch und damals, Anfang der siebziger Jahre, mehr als
einmal auf der Titelseite von Vogue oder Elle. Manchmal
kümmerte sie sich sogar liebevoll um ihre kleine Tochter
Louise.

Louise ist mittlerweile achtzehn. Sie sitzt in einem Café an
der Place de la Sorbonne und wartet auf ihre Mutter,
wieder einmal läßt sie auf sich warten. Während Louise
noch schwankt, ob sie traurig, enttäuscht oder einfach nur
sauer sein soll, bestürmen sie Erinnerungen an ihre ziemlich
chaotische Kindheit, in der sie hin und her gerissen war
zwischen ihrer selbst so liebebedürftigen Hippie-Mutter
und einem meist abwesenden Vater. Für Louise lohnt sich
das Warten, denn ihr wird bewußt, was sie ihrer Mutter
verdankt: Reife und Selbständigkeit. Und dafür liebt sie sie.

MALIK

John Burdett
Die letzten Tage von Hongkong

Roman. Aus dem Englischen von Sonja Hauser.
487 Seiten. Geb.

Hongkong im April 1997: Eine gigantische Digitaluhr zählt die
Sekunden bis zur Übergabe der Macht an China. Als Chef-
inspektor Chan zufällig auf die Anzeige sieht, fehlen noch
genau 6.000.000 Sekunden bis zur historischen Mitternacht
des 30. Juni 1997, in der der Sechs-Millionen-Stadtstaat an die
Machthaber in Peking zurückfallen wird. Die Zeit tickt gegen
Chan. In der flirrenden, nervösen Atmosphäre Hongkongs vor
der magischen »Stunde Null« muß er einen brutalen Dreifach-
mord aufklären, in den sowohl die alten wie auch die neuen
Machthaber verwickelt sind. Die Fäden eines Milliardendeals
führen nach Peking, New York und London …
Ein packender Thriller aus den letzten Tagen der britischen
Kronkolonie, in dem noch einmal auflebt, wofür Hongkong
bis heute steht: Macht, Geld, Sex, Drogen und ungezügelter
Lebenswille.